T0243995

CHAOS & FLAME

LOS DONES DEL CAOS

TESSA GRATTON
JUSTINA IRELAND

Traducción de Tatiana Marco Marín

Argentina – Chile – Colombia – España
Estados Unidos – México – Perú – Uruguay

Título original: *Chaos & Flame*
Editor original: Razorbill, un sello de Penguin Random House LLC
Traductora: Tatiana Marco Marín

1.ª edición: julio 2024

Plaza de los Reyes Magos, 8, piso 1.º C y D – 28007 Madrid
www.mundopuck.com

ISBN: 978-84-19252-80-7
E-ISBN: 978-84-10159-52-5
Depósito legal: M-9.898-2024

Fotocomposición: Urano World Spain, S.A.U.

Impreso por: Rodesa, S.A. – Polígono Industrial San Miguel
Parcelas E7-E8 – 31132 Villatuerta (Navarra)

Impreso en España – *Printed in Spain*

CAOS

La primera vez que el vástago de la Casa del Dragón dibujó a la chica sin ojos tan solo tenía seis años. No era más que un rostro pintado con los dedos manchados de marrón, una línea torcida más oscura que tal vez fuese una sonrisa triste y unos agujeros enormes, oscuros y turbulentos donde debería haber tenido los ojos.

—No sé cómo salvarla —le dijo a su madre cuando le enseñó aquella obra de arte.

La mujer tomó el suave pergamino, esforzándose por ocultar el terror que sintió al contemplar las cavidades oculares furiosas y bordeadas de rojo del dibujo de su hijo.

—¿Por qué está en peligro? —le preguntó de forma despreocupada.

—No lo sé.

—¿Qué le ha pasado en los ojos?

—Todavía nada —contestó el niño mientras se encogía de hombros.

Aunque la consorte del Dragón le hizo algunas preguntas más, él no pudo darle respuestas. Sin embargo, empezó a dibujar a la chica sin ojos una y otra vez y les habló de ella a su niñera, a su tía y, al final, a su padre. Aquello fue un error, pues el hombre gruñó y le dijo que era demasiado mayor para tener amigos imaginarios. La consorte le prometió a su esposo, el Dragón regente, que no eran más que juegos infantiles y que su hijo acabaría olvidándose de aquello.

La mujer pensó que era mejor tener un amigo imaginario que la verdad que sospechaba en el fondo de su corazón: que su hijo había sido bendecido con un don, pero se trataba de un don profético y las profecías siempre volvían loco al portador.

El pueblo de Pyrlanum jamás aceptaría a un regente con un don tan impredecible. Así pues, para proteger a su hijo mayor, la consorte le obligó a prometer que dejaría de hablar de la chica y, por supuesto, de dibujarla. Nunca debía pintar nada procedente de sus sueños o visiones, ya que era peligroso. El joven vástago accedió, emocionado ante la idea de estar unido a su madre a través de un asunto tan ilícito.

Mantuvo su promesa durante dos largos años. Hasta que asesinaron a su madre.

El día que murió, la consorte y su hijo estaban podando su jardín privado. Ella se pinchó con unas rosas imprudentes y, cuando ahogó un grito, el vástago sufrió los destellos de una visión, trazados con pintura de colores vívidos: un abanico de faldas azul oscuro sobre el duro suelo a cuadros blancos y negros del patio de su madre, la luz dorada del sol pintada en manchas y el carmesí de un beso salpicando los labios y el pelo de la mujer. Cerca de su mano, una taza derramada goteaba un verde enfermizo.

Si le hubieran permitido crearlo, habría sido un cuadro precioso. Sin embargo, el vástago había aprendido bien la lección: su don era una maldición, así que no dijo ni hizo nada.

Más tarde, mientras su madre yacía muerta sobre el suelo de mármol, el niño se dio cuenta de que aquello no era un juego ni un secreto emocionante; se trataba de una cuestión de vida o muerte. Si hubiese sido más valiente, tal vez habría podido salvar a su madre del veneno de aquella taza.

Lloró y se mesó los cabellos hasta que su tía, la hermana de su madre, lo estrechó entre sus brazos.

—¿Qué ha ocurrido, dragoncito? ¿Quién ha sido?

El vástago se aferró a su cuello con fuerza.

—No se lo digas a nadie —le rogó—. Lo siento. Lo siento. No podía salvarla. ¡Ni siquiera lo he intentado! ¡Lo siento! Por favor...

—Shhhh, tranquilo, no pasa nada.

—No la salvé —susurró, lloriqueando—. Tengo que salvarla.

—Es demasiado tarde, dragoncito —murmuró su tía.

—No —repitió él una y otra vez.

Se apartó de su tía y salió corriendo hacia sus aposentos. Encontró tizas y viejos botes de pintura resquebrajados. Y, en medio de una rabieta, arrancó las páginas de los libros. El vástago dibujó y dibujó, garabateando imágenes de la chica sin ojos. Se negó a comer y se negó a ver a su padre y a su hermanito. Se negó a hacer cualquier cosa que no fuera dibujar y, al final, cerró la puerta con llave mientras gritaba que lo dejaran en paz a menos que alguien fuese a ayudarle.

Cuando su tía hizo que derribaran la puerta a patadas, la habitación del vástago era un desastre de dibujos y pintura derramada. Las imágenes eran feas e infantiles, un esfuerzo inútil. Borrones y formas que no parecían más que imitaciones de paisajes o personas, de castillos, jardines, naves, o de aquellas criaturas enormes y antiguas que las diferentes casas llamaban «empíreos». Una figura ígnea, hermosa y de alas amplias. La chica sin ojos. Su tía reconoció los monstruos, aunque no a la chica. Un dragón, un grifo, un barghest, una esfinge, una cocatriz, un kraken y el Primer Fénix.

Sin embargo, el vástago rompió por la mitad el dibujo del fénix y le lanzó a su tía un libro pesado.

—¡Tráeme a un maestro para que me enseñe cómo se hace! —exclamó—. Tengo que encontrarla. Ocurrirá pronto.

—¿Qué ocurrirá pronto? —le preguntó su tía mientras lo rodeaba con un brazo—. ¿Quién es ella?

—Ya lo verás —contestó el niño conforme se apartaba de ella.

Mientras el joven vástago se perdía entre sueños de pintura, Pyrlanum se sumía en la violencia. La Casa del Dragón acusó a la Casa de la Esfinge de haber asesinado a su amada consorte. El Dragón regente, afligido por la pena, exigió venganza, obligó a todas las casas a elegir bando y reavivó la Guerra de las Casas tras más de veinte años de paz.

El derramamiento de sangre consumió aquellas tierras y el joven vástago descubrió que no podía salvar a la chica sin ojos.

—Es demasiado tarde —le susurró al desastre artístico que lo rodeaba la noche en que su padre, a muchos kilómetros de distancia, masacraba a todo el linaje familiar de la Casa de la Esfinge.

La nueva Guerra de las Casas se prolongó durante años y, en lugar de a la chica sin ojos, el vástago pintaba oscuridad. Gruesas manchas negras, robustos picos en tonos de gris y azul furioso y un rojo-rojo-rojo subyacente; el rojo de un latido y de los recuerdos iluminados por el sol tras unos ojos cerrados con fuerza.

Cuando su hermanito le preguntaba qué estaba dibujando, el vástago se limitaba a bufarle mientras lo echaba de la habitación.

La Casa del Dragón ocupaba cada vez más partes del país, obligando a las otras casas a someterse. Finalmente, tomaron Cumbre del Fénix, antiguo hogar de la Casa del Fénix, guardianes de la paz que se habían esfumado durante la Primera Guerra de las Casas, más de cien años atrás. El Dragón regente se declaró a sí mismo Alto Príncipe Regente de todo Pyrlanum.

Su familia abandonó las montañas del norte en las que habitaban para ocupar la fortaleza y, allí, la tía del vástago del Dragón se quedó a cargo del niño y de su hermanito mientras su padre proseguía con su guerra. Aunque la Casa de la Cocatriz había abandonado el país por completo, la mujer consiguió contratar a artistas que enseñaran al vástago. Después de todo, ella, al igual que su hermana, había nacido en aquella Casa. Compró pinturas, papel, lienzos, tinta y carbón para el niño, que creció a la vez que sus habilidades. Se volvió alto y fuerte, aunque siguió siendo muy bello. Tenía un rubor de fiebre continuo en las mejillas blancas y afiladas y un brillo fantasmal en los ojos verde pálido. Era propenso a los ataques de risa o a quedarse mirando a la nada, y la corte murmuraba a sus espaldas que aquello eran, sin duda, síntomas de locura. Bajo la guía de su tía, el vástago del Dragón también aprendió a ser encantador y a esconder la fiereza que sentía. Estudió idiomas, política y economía. Coqueteaba, discutía y presidía las reuniones del consejo durante las ausencias frecuentes de su padre. Pronto, todos empezaron a creer que sus inclinaciones no eran más que un duelo prolongado. Después de todo, su madre, la difunta consorte del Dragón, había sido gloriosa y especial, ¿no? Por lo tanto, su hijo glorioso y especial sobreviviría y sería buen gobernante si el Caos lo permitía. Daba igual que su don para la pintura fuese inútil en un líder.

Sin embargo, su tía conocía la verdad de su don. La mujer le susurraba que ella siempre había tenido leves sueños proféticos; que corrían en la familia. Su abuela también había sido una profetisa brillante. Se ofreció a tomar los secretos que pintaba, para ponerlos al servicio de la Casa del Dragón en su nombre. El joven vástago accedió.

La mujer estudiaba cada dibujo en busca de pistas y, cuando las descubría, le contaba al Alto Príncipe Regente cosas imposibles de saber: dónde se escondían los últimos vestigios de la Casa de la Esfinge, la ubicación de una emboscada o el aspecto que tenía un espía. Él le otorgó el título de Vidente del Dragón y el joven vástago se sintió complacido de que su secreto quedara tan bien guardado, tal como su madre habría deseado.

El tiempo pasó. El vástago pintaba y soñaba con la chica sin ojos, aunque se la guardaba para sí mismo. No la había salvado de la oscuridad, del mismo modo que no había salvado a su madre. Ambas lo perseguían y, algunos días, lo dejaban destrozado por la pena.

La mañana en la que llegó a la fortaleza la noticia de que el Alto Príncipe Regente había sido asesinado por la Casa del Kraken, el vástago se despertó riendo. Rio y rio, atrapado entre visiones de las espirales de luz ardiente y resplandeciente (¡luz del sol!) que había en el rostro de la chica sin ojos. Había sobrevivido.

Sin embargo, el vástago ni siquiera había soñado con la muerte de su padre.

Ese mismo día, diez años después de aquella primera vez en la que la había dibujado con torpeza, el joven esbozó la verdadera forma de las mejillas, la barbilla y la nariz de la chica; la amplia sonrisa de entusiasmo y aquellos ojos brillantes de forma perfecta y belleza ideal salvo por el hecho de que, en el interior, eran espirales turbulentas de oscuridad. Emocionado y concentrado, mezcló nuevos colores y, con pinceladas largas, directamente sobre la piedra, la pintó en el muro sudeste de su habitación de pies a cabeza, con su misma altura. El pelo se le rizaba en las sombras de la habitación como si fuera un dios de las tormentas y sus pupilas eran explosiones diminutas de fuego.

Cuando su hermano pequeño, más serio, se aventuró a entrar en los aposentos del vástago, frunció el ceño ante el sol que había en el rostro de la chica. La pintura le pareció demasiado intensa, demasiado real, y miró al muchacho como si no lo hubiera visto nunca jamás.

—¿Cuál es tu problema? —dijo el pequeño, que no sabía nada de las profecías y sus maldiciones.

El vástago se rio, decidido a conservar la inocencia de su hermano con respecto a sus secretos.

—Tan solo estoy cansado, dragoncillo —dijo—. Déjame con mis sueños.

Tras la muerte de su padre, el vástago no solo se convirtió en regente de la Casa del Dragón, sino en Alto Príncipe Regente, soberano de todo Pyrlanum.

Liberado por la corona que reposaba sobre su cabeza, el Alto Príncipe Regente dejó que sus generales se ocuparan de la guerra y él se apoderó de la torre más alta de Cumbre del Fénix para pintar a su chica sin ojos una y otra vez. A veces, desaparecía en la torre durante días. Ocurría durante tanto tiempo y de forma tan repentina como para volver a avivar los rumores de locura, de un espíritu salvaje o de una maldición. Cada vez que aparecía, sobre los muros de la torre reposaba un nuevo cuadro: la chica a plena luz del sol con los brazos cruzados en un gesto defensivo, los rizos atrapados en una ráfaga de aire y una máscara sobre los ojos; la chica con una espada en la mano y unas gafas protectoras que hacían que sus ojos parecieran los de un abejorro; la chica, ya mayor, al borde de un acantilado, contemplando unas ruinas y con los ojos cubiertos por dos pequeñas máscaras: una que reía y otra que gritaba; la chica en una biblioteca, de pie junto a una chimenea tan grande como la boca de un gigante, sujetando una daga con la forma de una garra de grifo curvada y los ojos como lunas llenas; la chica en el salón de baile de Cumbre del Fénix, ataviada con un vestido color crema, aferrando el aire como si estuviera bailando con un fantasma y con los ojos como dos enormes perlas negras.

El Alto Príncipe Regente tenía dieciocho años cuando pintó a la chica envuelta en llamas. La Guerra de las Casas que su padre había reavivado se había prolongado durante toda una década.

Apenas recordaba haber mezclado los colores del fuego o haber lanzado los pinceles a un rincón. Con las manos, pintó las llamas enroscándose en su cuerpo como si fueran hiedra. Se retorcían y quemaban, pero alimentaban su poder. Ardiente y hambriento, él también sentía la promesa de derretirse en semejante infierno. El fuego lamió los bordes del lienzo y le trepó por las muñecas, trenzando sus antebrazos con dolor.

El Alto Príncipe Regente gritó con los dientes apretados y se negó a parar aunque las manos le temblaban y el humo hacía que las lágrimas le corrieran por las mejillas. Cerró los ojos para bloquear el miedo, el calor y el sufrimiento; el recuerdo de aquella futura pira dolía demasiado.

Se despertó solo en su habitación de la torre con la nariz inundada por el olor del humo viejo. Sin embargo, en torno a él no había más que manchas de pintura y todos y cada uno de los cuadros de aquella chica que lo rodeaban y lo contemplaban con aquellos pozos que tenía por ojos; aquellos ojos de abejorro, de luna llena, de cristal marino y de perlas; aquellos ojos fantasmales y moribundos mordisqueados por los peces. Más que nada, había una nueva pintura sobre un lienzo caótico sin enmarcar: la chica hecha llamas con los ojos como dos soles gemelos.

Nunca había habido un incendio que lo devorara por completo, pero lo habría.

Dentro de cuatro años: una alta muralla, un cielo azul despejado, naves de guerra en el horizonte resplandeciente, algo pegajoso en su mano, un sabor horrible en la boca y, frente a él, con los labios sobre los suyos, la chica sin ojos. Por primera vez, podía vérselos no como pozos furiosos de energía, sino de un color marrón amable con motitas doradas. Después, el fuego. Ocurriría. Tenía que ocurrir.

Solo en su habitación de la torre, el Alto Príncipe Regente esperó a que el sol saliera sobre sus tierras arrasadas por una guerra constante. Entonces, hizo jirones el cuadro llameante y le prendió fuego.

ENEMIGOS

1
DARLING

He soñado con la oscuridad.

No con la noche, en la que las estrellas y la luna arrojan sombras, sino con una oscuridad que todo lo consumía y que devoraba, retorcía y cambiaba a una chica hasta convertirla en algo diferente, algo desafiante y monstruoso. Se abría paso por el abismo con las demás mujeres de su casa (hermanas, madres, primas y amigas) que, una a una, iban desapareciendo hasta que solo quedaba ella. Para cuando se daba cuenta de que había salido de aquel hoyo, sus ojos ya habían aprendido a vivir sin la luz y a amar el consuelo frío de las sombras. Así que lloraba entre los brazos de quienes la habían liberado. No porque estuviera triste, sino porque sus pobres ojos dañados no sabían qué hacer ante el brillo del sol.

Cada noche antes de una batalla, sueño con mi niñez, lo que, si tenemos en cuenta que Pyrlanum lleva sumido en esta guerra sin sentido desde antes de que pueda recordar; es decir, mucho. Puede que luchar sea un rito de iniciación, uno que me parece menos triunfal cuanto más tiempo pasamos en combate, pero mis sueños me resultan tan familiares que se han vuelto reconfortantes y angustiosos en igual medida. Por suerte para mí, aprendí a hacer las paces con el miedo hace tiempo.

—¡Darling, atenta!

Un cuchillo me pasa volando junto a la cara, lo bastante cerca como para hacerme una raja en la piel marrón oscura de la mejilla y llevarse un trocito de oreja. Un rizo que había conseguido escapar de los dos moños que llevo en la nuca cae al suelo. No suelto una palabrota ante el repentino brote de dolor; tan solo me giro a la espera de la siguiente hoja, lista para desviarla con una de mis dagas.

—¿En serio, Adelaide? ¿Cuando falta tan poco para la batalla? —digo mientras reprimo un suspiro.

Adelaide Seabreak, mi hermana adoptiva y Segundo Vástago de la Casa del Kraken, me sonríe desde la otra punta de la cubierta del *Tentáculo Espinoso*, la nave insignia de la flota del Kraken. El viento hace que la larga melena castaña se le agite en torno a la cara y, aunque tiene la piel bronceada, no luce un tono marrón tan oscuro como el de la mía. Dicen que todos los miembros de la Casa de la Esfinge tenían la tez del mismo marrón que el cuero de sus apreciados tratados, pero no hay nadie que pueda verificarlo. Yo soy la única que queda.

—¿De qué otra manera se supone que voy a lograr que no acabes empantanada por la melancolía?

Está de pie en posición de disparar, con las piernas separadas a la altura de los hombros y los pies plantados con firmeza sobre la cubierta del barco. En la mano izquierda, la que está maldita, sujeta otro cuchillo arrojadizo y su postura destila arrogancia y una bravuconería ganada a pulso. Algún día, debería convertirse en la regente de su casa y ocupar el puesto de su padre, pero el hecho de que sea zurda desbarató ese sueño antes de que pudiera empezar siquiera. «Tocada por el Caos», susurran todavía las viejas chismosas cuando Adelaide está cerca. Incluso en la Casa del Kraken, las viejas supersticiones de Pyrlanum controlan el futuro de todo el mundo.

Al menos ella tiene una Casa a la que llamar propia.

—Ahora no. Además, ¿no tienes un plan de batalla que revisar?

No tengo el ánimo necesario para aguantar su buen humor y me levanto del montón de cuerda sobre el que estaba recostada. Quería una siesta rápida, un breve descanso tras un día cargado de emociones, no una pelea de cuchillos improvisada.

—Ay, no seas así. De verdad, Darling, tampoco es como si tuvieras que preocuparte. ¡Mira! Tu don ya ha hecho que vuelvas a estar preciosa.

Inconscientemente, me toco la mejilla. El corte ha desaparecido y en su lugar solo queda el rastro de una costra. Mi habilidad para sanar me convirtió en una leyenda entre los Tentáculos de la Casa del Kraken desde el momento en el que me encontraron y despertó en ellos tanta especulación como admiración. Después de todo, ¿cómo era posible que la chica con el don para sanar tuviera unos ojos tan dañados? Incluso ahora, tengo que llevar unas gafas protectoras de cristal oscurecido porque el sol, que se está poniendo, todavía está demasiado alto en el cielo como para que pueda quitármelas.

La sensibilidad a la luz de mis ojos es una señal visible de que mis dones tienen sus límites: no soy invencible.

Me pongo en pie y me dirijo hacia la proa del barco, haciendo caso omiso de los comentarios trillados y las disculpas a medias de Adelaide. Quiero a mi hermana aunque no tengamos la misma sangre. Me adoptaron como miembro de la Casa del Kraken después de que Leonetti Seabreak, el Kraken regente, me salvara de la oscuridad de las alcantarillas de Nakumba hace siete años, cuando yo tenía diez. Sin embargo, a su hija le encanta insistir e insistir hasta que encuentra tus límites. No es más que su naturaleza: como el agua, fluye en torno a una persona hasta hallar sus puntos débiles.

El problema es que, mucho antes de revelar mis debilidades, habré atacado, y matar a Adelaide no sería una opción ni aunque quisiera hacerlo. Así que, tal como llevo haciéndolo muchos años, prefiero alejarme de su insistencia en lugar de darle alas.

—No le hagas caso. Lo único que le pasa es que siente la presión de la misión de esta noche.

Gavin Swiftblade se acerca a mí con una sonrisa. El viento le revuelve el cabello de un tono rubio arenoso y se lo aparta de los ojos azules brillantes de manera distraída. El sol le ha dejado pecas en las mejillas pálidas, lo que le da un aire angelical. Sin embargo, es todo una mentira; he visto a Gavin clavarle un cuchillo entre las costillas a un hombre sin el menor atisbo de remordimiento. Era de esperar. Después de todo, los Swiftblade fueron respetados asesinos antes de darle la espalda a la Casa del Dragón y desafiar al Alto Príncipe Regente para luchar junto a la Casa del Kraken.

—Que el Caos me dé fuerza, ¿estás excusándola? Todos notamos la presión, Gav. Eso no significa que pueda tomarse la libertad de ser una idiota —digo.

—Te he oído, Darling —replica Adelaide, a pesar de que mantiene las distancias. Sabe que es mejor no provocarme cuando estoy de mal humor y, esta noche, los recuerdos tiran de mí con demasiada fuerza como para sonreír ante sus burlas amables.

A pesar de que hemos echado el ancla a unos pocos kilómetros de la costa de Lastrium, no se ve demasiado del litoral. Se trata de una ciudad portuaria normal y corriente con poco valor estratégico, pero los espías de la Casa del Kraken nos han indicado que, en algún lugar de la casa del gobernador, tienen cautivo a Leonetti. En algún momento de la semana pasada, mientras mis Tentáculos y yo arrasábamos asentamientos del Dragón por toda la costa oriental, secuestraron a nuestro regente, lo que nos obligó a circunnavegar los páramos del sur para llegar hasta aquí, la costa occidental del país. Fue un viaje duro, pero *Tentáculo*

Espinoso es rápida, pues fue construida más para el contrabando que para la guerra, lo que, con la ayuda del don para los vientos favorables de Adelaide, hizo que completáramos el trayecto en días en lugar de semanas. Ahora, tenemos que llegar hasta Leonetti antes de que los malditos Dragones lo trasladen.

No tengo muchas esperanzas de volver a ver a mi padre adoptivo con vida. Esta guerra, tres veces maldita, tiene tendencia a arrebatarte todo lo que amas para convertirlo en cenizas.

Por un instante, vuelvo a estar atrapada en el jardín de mi infancia. Mi madre grita mientras uno de los Dientes del Dragón, soldados de élite que, básicamente, cumplen el mismo propósito que los Tentáculos de la Casa del Kraken, le separa la cabeza del resto del cuerpo. El último recuerdo que tengo antes de que alguien me tomara en brazos y me empujara hacia un pasadizo que comunicaba con los túneles de Nakumba es del arco carmesí de su sangre salpicando sus floreternas. En el recinto de mi niñez, solían vivir más de cien mujeres y niños.

—¿Vamos a despellejar a unos pocos Dragones o qué? —dice Alvin Kelpline antes de escupir por la borda mientras se apoya en la barandilla de la cubierta junto a Gavin y a mí.

Alvin es un mozo de cubierta y tan solo tiene trece veranos, por lo que es demasiado joven para formar parte de los Tentáculos todavía, pero casi lo bastante mayor como para derramar sangre él solito. Su maraña de rizos negros y sus dientes de conejo siempre me hacen sonreír. Tiene la misma piel olivácea que el resto de la Casa del Kraken, lo que apunta al linaje ancestral compartido que hace tiempo unió a los Kraken y los Esfinge.

—Tú no vas a ninguna parte, pececito —le digo con una sonrisa y haciendo caso omiso del miedo que me asalta cuando pienso en inocentes como Alvin tomando las armas junto al resto de nosotros. Pero lo más probable es que, igual que muchos otros niños, se vea obligado a entrar en batalla antes de estar preparado. Me esforzaré al máximo para asegurarme de que eso no ocurra—. Enséñame tu postura.

Alvin se coloca en posición de disparo, pero tiene los pies demasiado juntos y los hombros caídos. Le ajusto el cuerpo para mejorar su postura y llevo a cabo con él un entrenamiento mientras Gavin le ofrece consejos útiles. Los movimientos, fáciles y familiares, son suficientes para apartar el resto de nubes tormentosas de mis recuerdos, por lo que me pregunto si Adelaide me habrá enviado al chico; siempre se le ha dado bien adivinar mi estado de ánimo.

La sonrisa se me borra cuando imagino a Alvin luchando. Yo tenía su edad cuando le supliqué a Leonetti que me dejara tomar la espada por primera vez. Dos años después, participé en mi primera escaramuza cuando la Casa del Barghest asaltó la casa de campo en la que nos estábamos alojando. Leonetti me lanzó una espada y me exigió que me defendiera.

—Darling Seabreak, si vas a formar parte de mi Casa, tendrás que luchar como una Kraken —me dijo con una sonrisa torcida. Su piel curtida por las inclemencias del tiempo y su cabello canoso y despeinado hacían que pareciera un pirata libertino más que el gobernante de una Casa próspera.

Aquel día, fue la primera vez que maté a un hombre. Después, le han seguido demasiados.

—Yo también lo echo de menos.

Miranda, la hermana mayor (y más seria) de Adelaide, está cerca de mí. Lleva el cabello largo y oscuro recogido en una trenza y la piel bronceada oscurecida con hollín mezclado con aceite. Aunque ambas comparten la misma madre, Miranda no tiene ni idea de quién es su padre biológico. Sin embargo, Adelaide es la viva imagen de su hermana, solo que sin la temeridad. Miranda me ofrece el cuenco con la mezcla de hollín, pero yo niego con la cabeza. Mi piel es lo bastante oscura de forma natural como para no tener que preocuparme por fundirme con las sombras.

—Creo que Adelaide y tú debéis de haber lanzado algún hechizo de sangre prohibido para interpretar mi estado de ánimo —digo para cambiar de tema de conversación mientras empiezo a prepararme para la noche que tenemos por delante. No quiero hablar de Leonetti o de cómo no estábamos allí para evitar que lo secuestraran. En su lugar, me envuelvo el pelo con un pañuelo oscuro y me lo paso por detrás de las orejas.

—¿Magia de sangre? Incluso con las gafas oscurecidas, eres como un libro abierto, Darling. ¿Por qué crees que siempre pierdes jugando a las cartas? —me pregunta Miranda con una carcajada.

Sonrío.

—Porque todos los Seabreak sois unos tramposos.

Ella se encoge de hombros.

—Pero es tan fácil interpretar tu estado de ánimo como leer los manuscritos de los Grifos. Deberías trabajar ese asunto.

—No es un problema cuando estás en medio de la oscuridad.

Miranda vuelve a encogerse de hombros.

—Solo tú pensarías que pasar la vida en la penumbra es la solución para un simple incordio.

Ella lo dice sin mala intención, pero sus palabras me duelen de todos modos. Cuando las cosas han ido mal, mi reacción instintiva siempre ha sido ocultarme entre las sombras. Tal vez por eso me alegré de unirme a los Tentáculos cuando Leonetti me lo propuso el año pasado: ellos reciben alabanzas por merodear en la oscuridad, no reprimendas.

Sin embargo, después de esta noche, se acabó. Me he jurado que se acabó tanta perfidia: los asesinatos, la captura de rehenes que nunca sale como era de esperar, los sabotajes…

Pondré fin a todo eso tras liberar a mi padre de acogida. Ya he interpretado mi papel en esta guerra sin fin. Ahora, me haré a un lado y dejaré que otra persona ocupe mi lugar en el escenario. Alguien como Gavin, cuyo apetito por la violencia a veces parece insaciable.

—Nos pondremos en marcha en cuanto se haya ido la luz —dice Miranda, interrumpiendo mis pensamientos—. Gavin y tú iréis hasta la mansión del gobernador. Yo me quedaré en la playa para asegurarme de que la extracción sea impecable.

—¿Estás segura?

A pesar de lo cansada que estoy de las matanzas y las traiciones, hay pocas cosas que me generen más alegría que liderar una misión. Me gusta hacer un buen trabajo aunque eso me suponga demasiadas noches sin dormir.

—Claro que sí. Él tiene la invisibilidad y tú la sanación. Mi don con los venenos no servirá de mucho en una misión de rescate y a los demás los he enviado a investigar los almacenes que hay junto al muelle, así que solo quedamos nosotros tres. Yo os esperaré con el bote para que podamos marcharnos rápidamente. —Me apoya una mano fría en el brazo desnudo—. Pero quiero que tengas cuidado. No quiero perder a otro miembro de mi familia esta noche.

Gavin aparece a nuestro lado y sonríe al ver que nos hemos sobresaltado.

—¿Estás de broma? Si alguien se interpone en nuestro camino, Darling los hará pedazos. Estarán muertos antes incluso de darse cuenta de que han perdido la cabeza.

Por razones obvias, él también ha rechazado el hollín. Me guiña un ojo antes de desaparecer de nuevo y yo pongo los ojos en blanco ante la manera en la que presume de su don. Si el mío no necesitara de cierta cantidad de dolor, tal vez yo también estaría más tentada de presumir.

Mientras Miranda repasa los parámetros de la misión una vez más, dejo que mi mente divague. El sol, grande y redondo, está bajo en el cielo y parece temblar gracias a la forma en la que la luz se refleja en el mar. Aunque tal vez solo sea producto de las gafas de protección oscurecidas que llevo. De todos modos, a este mundo no le queda mucha luz del día y estoy ansiosa por levar anclas y partir. En breve, podré quitarme las gafas y moverme en la oscuridad, donde seré yo la que tenga ventaja.

Esta noche, mataré a cualquiera que se interponga entre mi padre y yo.

Y, después, depondré las armas de una vez por todas.

2
TALON

Odio luchar en las ciudades. Hay incluso menos cosas que puedo controlar que de costumbre: no hay terreno elevado y hay demasiada gente, pocas posibilidades de maniobrar, callejones sin salida y una cantidad increíble de materiales inflamables. Y, normalmente, gritos. Toda mi vida ha transcurrido en medio de esta Guerra de las Casas y, aunque hay un montón de cosas que odio de ella, las batallas urbanas son lo peor de todo.

No oculto mi consternación al capitán y los oficiales que están frente a mí, al otro lado de una mesa alargada. Hasta hace dos días, este edificio era un establo para dracos de tiro y hay un olor amargo a huesos carbonizados y escamas caídas y mohosas. Sin embargo, incluso los dracos de combate son inútiles en una batalla dentro de una ciudad, por lo que tomamos los establos para convertirlos en barracones temporales y enviamos a las bestias torpes al campo.

El gobernador Tillus pidió que nos reuniéramos en su mansión, donde tiene vino y pastas a raudales. La mitad de mi consejo de campo está de acuerdo, pero me da igual: esto es una guerra, y no voy a permitir que lo olviden. Les gusta hablar a mis espaldas y fingir que no soy un vástago del Dragón o el Príncipe de la Guerra de mi hermano porque tan solo tengo dieciocho años y, en comparación con Caspian, no soy nada memorable. Sin embargo, llevo años dirigiendo a soldados y matando a los enemigos del Alto Príncipe Regente. Si Tillus se encontrara cara a cara con uno de esos insurgentes, probablemente se pondría de rodillas para suplicar por su vida antes incluso de pensar en desenvainar la espada. Tan solo está molesto porque, cuando llegamos ayer, lo primero que hice fue enviar lejos a su nuevo y resplandeciente prisionero.

Ni siquiera deberíamos estar aquí. Lastrium es una ciudad portuaria solo porque construyeron un muelle decente, no porque sea útil a nivel estratégico. Está rodeada por acantilados muy escarpados, mientras que la ciudad de Sartoria, que está a un día a caballo por la costa, tiene un río y, durante siglos, fue la antigua sede de los Kraken regentes. Eso fue antes de la caída del Primer Fénix y de la Primera Guerra de las Casas. Sartoria es mucho más importante a nivel estratégico a pesar de que la tengamos confinada desde que mi padre reavivara la Guerra de las Casas hace catorce años, cuando murió madre. Si los Kraken están decididos a reiniciar sus ataques de guerrilla aquí, en la costa occidental, Lastrium es más adecuada para una ronda de prácticas que para un asalto real. No merece la pena que manden a su fuerza naval. Sin embargo, la tía Aurora nos envió una profecía que señalaba que la flota del Kraken había levado anclas y estarían aquí, en Lastrium, dentro de tres días.

Tiene que ser una maniobra de distracción. La única cosa útil que hay en Lastrium son unas reservas de veneno fosilizado que usamos para elaborar el llamado «fuego de dragón». Sin embargo, los Kraken tienen que ser conscientes de que, si sometieran la ciudad a cualquier tipo de sitio y creyéramos que íbamos a perderla, haríamos estallar los almacenes antes que permitir que se hicieran con ella.

Me pregunto si debería limitarme a hacer eso mismo y regresar a Cumbre del Fénix. Caspian no me estará esperando y tal vez pueda sorprenderlo en su torre antes de que me prohíba visitarlo. Llevo los últimos dieciocho meses en territorio Barghest, liderando nuestras fuerzas conjuntas, y cada vez que sugiero regresar a casa para reunirme en persona con mi consejo de guerra, me ordenan que me mantenga alejado. Tengo que hablar con mi hermano pronto. Estoy preocupado por él, sobre todo si tenemos en cuenta que cada vez hay más rumores acerca de su locura.

Sin embargo, las profecías de Aurora nunca se equivocan. Los Kraken vienen hacia aquí. Así que, en lugar de estar en Cumbre del Fénix, estoy en la maldita Lastrium.

El capitán Firesmith señala el mapa de la ciudad que está extendido sobre la mesa de madera.

—No pueden prender fuego a los acantilados, así que se centrarán en el muelle. Deberíamos enviar el resto de los barcos a Sartoria.

—Tan solo quedan unos cuantos guardacostas lo bastante rápidos como para enviar mensajes —le recuerda Mara Stormswell, una de las oficiales de la ciudad.

Yo no digo nada mientras repaso las defensas de la ciudad con la mirada. No son buenas, pero nunca han necesitado serlo. Este lugar tan solo tiene acantilados, playa, casas, unos pocos mercados esparcidos por aquí y por allá y almacenes. Leonetti Seabreak estuvo aquí un momento, pero es imposible que lo sepan. Aprieto los dientes al pensar en que tal vez lo sepan. Aunque, ahora que ya no está, tampoco importa, pero no quiero que sus espías sean mejores que los míos.

—Sus naves pueden mantenerse fuera de nuestro alcance con facilidad —dice Finn Sharpscale. Supongo que se refiere a los pocos cañones de fuego de dragón de los que disponemos.

Menos de una hora después de que Caspian me nombrara comandante de los Dientes del Dragón, le entregué la posición a Finn, ya que yo prefería estar libre para poder luchar donde se me necesitara en lugar de estar atado a una compañía concreta. Una de las pocas cosas que he aprendido sobre liderazgo de mi impredecible hermano mayor es que, a veces, sirve de mucha ayuda sorprender a la gente con un giro inesperado. Si no pueden adivinar tus movimientos, te prestan más atención. Por supuesto, Caspian lleva esto a todos los extremos. Yo necesito ser más fiable y más seguro; más respetable.

El gobernador Tillus suelta un bufido de burla.

—Kraken idiotas… Aquí, el conflicto naval es inútil. —Su barba se sacude ya sea porque está sonriendo o porque está haciendo una mueca.

—No son idiotas —digo en voz baja.

Creen que pueden obtener algo de nosotros: a Leonetti, o algún tipo de venganza por su captura.

El gobernador parece querer decir que somos todos unos tontos para poder marcharse a casa y envolverse en las sedas que los Dragones hemos ganado bajo el techo que los Dragones le hemos proporcionado. Tal vez su familia haya jurado lealtad al Alto Príncipe Regente pero, apenas hace cinco años, formaban parte de los Kraken. Todavía no se han tomado en serio lo que significa ser un Dragón.

Me pongo en pie. No soy lo bastante alto como para resultar igual de imponente que Caspian, pero soy fornido y he perfeccionado la manera en la que muestro los dientes cuando sonrío. Se parece al gesto dracónido lleno de dientes que tiene mi casco cuando llevo la armadura completa. Quiero recordarle a Tillus que, sin importar quién fuese en el pasado o a quién perteneciesen estas tierras, ahora todo forma parte del botín del Alto Príncipe Regente. Debemos protegerlas y morir por ellas en medio de un reinado de fuego porque así son los Dragones. No somos unos idiotas.

A mi lado, Finn también se pone de pie. Es enorme y tiene una cicatriz en el lado izquierdo del rostro que hace que sus labios dibujen una mueca constante de desdén. No lo hice comandante de los Dientes solo por su destreza con un hacha o por su lealtad hacia mí.

—Tenemos tres días hasta que llegue su flota —le digo al gobernador Tillus. Después, atravieso a los demás oficiales y capitanes con una mirada inquebrantable de un verde vivo. El color es cosa de familia—. Quiero un inventario completo de todo lo que hay en la ciudad, Tillus. Por muy pequeño que sea. También quiero que se coloquen cañones a lo largo de los acantilados para que, aunque no alcancemos los barcos, podamos complicarles un poco la vida a los marineros del Kraken. Mañana, quiero que todos me deis alguna idea para añadir más defensas. Sed creativos. Fingid que esta ciudad está construida con vuestros valiosos botines personales. Tenemos que estar preparados en dos días.

Tras decir eso, me doy la vuelta de forma brusca y me marcho. Finn me dará tiempo suficiente para que mi partida surta su efecto y, después, me seguirá hasta la estrecha oficina del mozo de cuadras que he tomado como propia.

Avanzo rápidamente por los adoquines del patio interior que está junto a la zona de entrenamiento del establo, que es donde hemos colocado la mesa del consejo y los catres para la mayoría de los soldados rasos. En un establo como este, todo está construido con piedra o cemento, ya que los dracos de todas las variedades suelen sufrir accidentes llameantes. Los siete dracos de combate que montan los Dientes están enjaezados con aparejos de hierro y atados en la esquina más alejada de las puertas. Tienen los cuerpos apoyados los unos contra los otros y los sinuosos cuellos llenos de escamas entrelazados. Unos penachos les ensombrecen los ojos de pupilas rasgadas, pero todos me están mirando. Yo los observo fijamente y llamo la atención de mi montura principal para recordarle quién está al mando. Ella me devuelve la mirada durante un largo momento y, después, sacude la larga hilera de plumas que le recorre la columna. Sonrío y me detengo para acariciarle la barbilla escamosa. Entonces, emite un sonido que suena casi como un ronroneo.

Alzo la vista hacia los últimos rayos de sol de un anochecer naranja. La luna aparecerá pronto, casi llena. Esta noche habrá buena visibilidad en el mar, por lo que no habrá nada que pueda retrasar a esa flota. Voy a tomar una cena rápida, esperaré a Finn y, después, yo mismo bajaré al muelle. Registraremos el almacén. La mayoría de los Dientes del Dragón que nos acompañan tienen patrulla nocturna, pero los pocos que están fuera de servicio tal vez me permitan luchar contra ellos. Como es evidente, harán lo que les ordene, pero es mejor cuando quieren incluirme en sus actividades.

Justo antes de que abra las puertas que conducen al edificio del establo, siento un palpitar en el brazo que me distrae. Se trata de la llamada de Aurora, que hace que el brazalete que llevo pegado a la piel mediante un brazal de cuero vibre. Quiere que hablemos cinco días antes de la reunión que habíamos acordado, lo cual no es habitual. Limitamos nuestras comunicaciones ordinarias por necesidad, ya que las visiones a tanta distancia pasan factura a las fuerzas de la ayudante de Aurora.

Acelero el ritmo cuando paso por los compartimentos en los que los soldados de mayor rango duermen en parejas. La mayoría están vacíos ahora mismo, ya que casi es la hora del cambio de guardia, pero hay dos soldados apoyados en las puertas abiertas que hacen el saludo militar. Yo me llevo el puño al pecho a modo de respuesta.

Dentro de la oficina en penumbras están mi propio catre, mis armas y mi armadura junto con un juego de comunicaciones de campo con el cuenco y el cristal purificador necesarios. Enciendo la lámpara de dones y cierro de un tirón la persiana de la ventana redonda que da al patio por el que acabo de pasar. La luz del fuego danza sobre los tres pedazos de cristal de dragón que hay al fondo del cuenco de piedra poco profundo. Tomo uno con la mano y lo arrastro con suavidad en el sentido de las agujas del reloj, dibujando una espiral hasta el borde del cuenco, y lo dejo allí, en equilibrio. Al segundo lo arrastro en espiral en el sentido contrario a las agujas del reloj y lo coloco en ángulo con el primero. Y al tercero lo utilizo para dibujar una estrella de seis puntas por toda la superficie del cuenco antes de colocarlo en el borde. Siento un leve hormigueo en la columna, así que sé que la purificación ha funcionado. La tía Aurora dice que tan solo lo siento porque mi don está relacionado con las visiones y que, si fuese un auténtico vidente, allí por donde he pasado las piedras, vería una línea fina de energía. Confío en sus palabras y voy a buscar un poco de agua a la bomba que hay nada más salir de la oficina.

Entonces, espero.

El agua se sacude mientras se asienta en el cuenco. En caso de emergencia, podemos conectar a través de agua ondulante, pero este no debe de ser el caso. Coloco mi cuerpo en posición de núcleo, con los pies separados y los puños unidos sobre el estómago de modo que mis brazos y mis codos dibujan un triángulo de fuerza. Me centro en la respiración y en calmar mi flujo sanguíneo mientras el agua se asienta. Cuando estoy molesto, Aurora siempre es capaz de notarlo gracias a cómo el ardor de cualquier emoción hace que me aparezca un rastro ruborizado en lo alto de las mejillas. No quiero que esta noche se preocupe por cuidar de mí. Soy un adulto y puedo cuidarme solo; puedo controlar mis sentimientos. «Los Dragones no necesitan esconder sus emociones —me dijo una vez para consolarme cuando tenía nueve años e iba dando vueltas, enfadado, con un casco demasiado grande y con protector facial—. Permítete mostrar tu furia, tu alegría y tu dolor, pues ahí es donde reside tu poder, dragoncillo». Tal vez eso sea cierto cuando se trata de un niño pequeño o de un Alto Príncipe Regente, pero no puede ser cierto en mi caso. No soy lo bastante poderoso como para que la gente respete que muestre mis emociones. No a menos que sean demostraciones calculadas.

Además, la reputación de Caspian ya es bastante mala sin necesidad de tener siempre a un vástago a punto de estallar.

—Talon —dice Aurora.

Bajo la vista al cuenco. Su rostro incoloro, tranquilo y encantador, tiembla sobre el agua, pero en la comisura de sus labios veo cierta tensión; una tensión que pasaría desapercibida para la mayoría, pero que yo sé buscar.

—¿Qué ha hecho? —pregunto.

Mi tía frunce los labios traicioneros y dice:

—Ha sido una semana muy mala.

Yo aprieto la mandíbula y asiento lentamente.

—Puedo partir ahora…

—No, Talon, quiere que te quedes allí. Lo ha especificado, pero… También ha dicho: «Talon tiene que salvarla».

—¿Salvar a quién?

Aurora pestañea y baja la vista con pesar.

—Desde que murió mi hermana, solo hay una mujer que ocupe los pensamientos de Caspian.

La chica sin ojos. Su amiga imaginaria o lo que quiera que sea. Un producto de su locura. Su musa. Lo único que se molesta en dibujar. Ni siquiera Aurora, cuyo don es la profecía, es capaz de verla. Sin embargo, Caspian lleva obsesionado con ella desde que tengo recuerdo. Nuestra tía cree que debió de conocerla de pequeño; que tal vez ocurriera algo mientras su don para la pintura enraizaba. Es eso o que se trate de un fragmento de sus pesadillas, una alucinación producida por el Caos. Hay historias antiguas que dicen que el Caos nos habla a todos a través de los sueños, pero algo así no ha ocurrido desde que el Último Fénix muriera hace cien años. Ahora, todos nuestros dones son más débiles de lo que eran entonces. Y eso cuando los tenemos.

—¿De qué quiere que la salve? —pregunto.

—No lo sé —admite Aurora—. Estaba incluso más agitado de lo normal.

—¿«Agitado»? —La ira hace que baje el tono de voz. Odio estar lejos de ellos, allí donde no puedo hacer nada para ayudar—. Eso no es excusa para que te trate mal.

—Ay, Talon... —Aprieta la mandíbula tal como hago yo, pero en el agua no puedo saber si tiene lágrimas en los ojos o no—. Cuando acabes ahí, tienes que volver a casa y estar preparado para tomar el control.

—Tía... —comienzo a decir. Ya me ha dicho lo mismo en otras ocasiones, pero no puedo. No destronaré a mi propio hermano. Ella me interrumpe.

—Soy yo la que mantiene al consejo unido, Talon, pero, en el mejor de los casos, creen que Caspian está demasiado distraído para gobernar. En el peor, sigue habiendo rumores de locura. Nos hemos esforzado por mantener en privado sus inclinaciones, pero no le importa que la gente se percate de que desaparece durante días o de que apenas viene a las reuniones. Cuando aparece ante la corte, es imposible predecir si estará lúcido o desbocado. Le sanadore de los Grifos que mandaste llamar hace poco por...

Alguien llama a mi puerta, captando mi atención. Alzo la mano para que Aurora deje de hablar.

—¿Finn? —pregunto.

—Vástago —responde él al otro lado de la puerta fina—, ¿hambriento?

—Espera un momento.

Vuelvo a girarme hacia mi tía, que me está observando con calma. No tiene ningún cabello fuera de su sitio; es tan elegante e inmaculada como un cuadro, aunque no se parece en nada al arte del Alto Príncipe Regente loco. Me han dicho que se parece a mi madre, pero yo no la recuerdo. Ambas pertenecían a la Casa de la Cocatriz; eran dos bellezas que su padre había intercambiado con el mío en un intento por aplacar el rencor que la Casa del Dragón había acumulado casi cuarenta años antes, durante la anterior Guerra de las Casas. Dudo que la aciaga mezcla de locura y habilidad para el arte que se ha manifestado en mi hermano fuese el resultado que habían previsto para aquella alianza.

—Tía —digo—, ya sabes cuál es mi respuesta pero, después de esta batalla, volveré a casa con el corazón fuerte y lleno de gloria. Lo ayudaremos de algún modo; no le arrebataremos el trono. Tengo que ser capaz de hacer eso. Después de todo, soy su hermano.

Durante un instante, el rostro de Aurora se queda calmado, como si quisiera discutírmelo, pero, después, baja la mirada en señal de aceptación.

—Como quieras, vástago. Pero ten cuidado, por favor. Te necesitamos.

—Si hoy fuese el día de mi muerte, lo sabrías gracias a tu propio don, Aurora —le contesto con calidez antes de tocar el agua para que no pueda seguir viendo. La echo de menos, pero no puedo sucumbir a la nostalgia.

Llamo a Finn y justo cuando está girando la manilla de la puerta, siento un cosquilleo en la nuca. Soy incapaz de reaccionar en absoluto antes de escuchar un estruendo enorme.

Mi capitán abre la puerta de golpe con el hacha en la mano, pero yo paso a su lado para salir al establo. Voy corriendo porque reconozco ese sonido: una explosión.

A mis espaldas, Finn ordena a gritos que todo el mundo tome las armas. Yo me detengo y alzo la vista. El cielo refulge, lleno de estrellas, y la luna está baja. Allí, en el suroeste, hay un resplandor de un naranja furioso: fuego.

Me dirijo corriendo a la posada que hay frente al establo de dracos. Tiene cuatro plantas y es el edificio cercano más alto. Irrumpo en el interior, haciendo caso omiso de los gritos de alarma y la gente que intenta salir a empujones. En la calle no van a ver nada de utilidad; tengo que ascender a las alturas.

Subo las escaleras corriendo, cada vez más arriba. Las botas de Finn resuenan detrás de mí. Cuando llego al piso superior, entro a la fuerza en una de las habitaciones privadas y me dirijo a la ventana orientada al sur. Abro los postigos de golpe y me inclino hacia afuera.

Con mi vista de dragón alcanzo a ver con exactitud lo lejos que queda el destello de las llamas al rojo vivo. La espiral de humo que se esparce perezosamente por el cielo oculta las estrellas. Un kilómetro en dirección al mar, pero hacia el sur. Sé lo que hay ahí.

Las reservas de veneno fosilizado. Alguien ha hecho explotar los almacenes.

Con la mente funcionando a toda velocidad, me quedo observando durante un largo momento. Debe de haber insurgentes Kraken en la ciudad; una avanzadilla que se ha adelantado a la flota. Tentáculos. Así es como llaman a sus espías y acechadores. Deben de estar preparando la llegada de las naves, pero ¿por qué nos están poniendo sobre aviso? ¿Por qué no han esperado hasta que su flota estuviera justo aquí en lugar de prender fuego a la ciudad?

A mis pies, las calles se están llenando de gente. Caos. Desorden. Ahora, será más difícil llevar a mis soldados a cualquier parte. Ese es un motivo bastante bueno para hacer estallar los almacenes, pero cuando llegue la flota, no ahora.

Me vuelvo a meter dentro y me dirijo a Finn.

—Han hecho explotar las reservas de veneno. Ese incendio no se extinguirá en horas ni aunque consigamos encontrar a gente con dones de fuego y agua para contenerlo. Voy a enviar a los almacenes a los capitanes Firesmith y Peak para que ayuden con el control de las multitudes y atrapen a cualquiera de los insurgentes mientras Wingry y Fallfar van a los acantilados y al muelle. Haz que el vidente de los Dientes busque cualquier cosa, pero deja a tus soldados conmigo.

Nos dirigimos de nuevo hacia los barracones.

—¿Qué vamos a hacer? —pregunta Finn.

—Tomar las armas. Solo tienen un buen motivo para hacer esto ahora, cuando aún quedan días para que llegue su flota.

A regañadientes, pienso que necesito mejores espías.

—Para crear una distracción —dice él mientras enseña los dientes con impaciencia. Gracias a su cicatriz, parece verdaderamente contento—. Creen que Leonetti sigue aquí.

Asiento mientras me detengo en el patio del establo e intercepto a una de las cadetes de los Dientes que me han asignado. Mando a la muchacha a que transmita mis órdenes a los diferentes capitanes. Tiembla con una mezcla embriagadora de miedo y emoción por ver algo de acción, rebota sobre las puntas de los pies y posa los dedos sobre el puño de la espada corta que lleva mientras repite mis órdenes antes de salir corriendo.

Finn me apoya una mano en el hombro.

—Vamos a ahogar a unos cuantos calamares, Talon.

3
DARLING

La explosión del almacén de veneno fosilizado es visible desde el mar. Miranda, Gavin, Alvin y yo ahogamos un grito cuando la vemos desde el lugar en el que nos mecemos sobre un bote pequeño a menos de una milla náutica de la costa. Llevamos medio turno esperando a que estallase el primer almacén para que la gente abarrotara las calles y distrajera a los Dragones que ocupan la ciudad el tiempo suficiente para que podamos colarnos por los túneles para contrabandistas que hay bajo Lastrium.

—¡Guau! ¡Menuda pasada! —comenta Alvin con los ojos muy abiertos en medio de su rostro oscurecido con hollín.

Tiene razón. La explosión (naranja, rojo y humo) es una belleza y resulta tan brillante que me deslumbra la vista durante un instante. Los ojos me lloran profusamente y me desprendo de las lágrimas cuando pestañeo para deshacerme de la imagen residual del fuego y la matanza.

—Hemos conseguido que saliera todo el mundo antes de que estallara, ¿verdad? —pregunto.

El fuego es tan brillante que me planteo ponerme las gafas protectoras de nuevo e incluso llego a sacarlas del bolsillo de mi túnica antes de que las llamas se extingan un poco y se me despeje la visión, permitiéndome ver los acantilados, las olas y a mis compañeros de bote.

—Darling, siempre tan preocupada por el número de bajas —dice Gavin con un suspiro.

Miranda le lanza una mirada cortante.

—Sí. Lastrium era una de nuestras ciudades. Y sigue siéndolo. La Casa del Kraken no es como la del Dragón. Nosotros inspiramos lealtad, no la exigimos por la fuerza.

Asiento y tomo uno de los remos.

—Fantástico. Veamos cuán leal es este gobernador a los Dragones que sujetan su correa.

Gavin se ríe.

—Me encanta cuando hablas de tortura.

Miranda, Gavin y Alvin toman cada uno un remo y nos dirigimos en silencio hacia la cueva que hay en la base de los acantilados. Puede que los Dragones sospechen de la existencia de los túneles de contrabando que se abren paso entre las colinas pero, aunque sea así, el camino supone la muerte para cualquiera que no esté familiarizado con las rutas. Por suerte, llevamos casi quince días usando los subterráneos para abastecer a los leales al Kraken que habitan dentro de la ciudad. Con mi asombrosa vista, Gavin y yo recorreremos los túneles rápidamente hasta la mansión del gobernador y regresaremos justo a tiempo de que estalle el segundo almacén, mucho antes de que hayan conseguido apagar el primer incendio. Es un plan sencillo, pero en eso reside su belleza.

Los Dragones nunca sabrán lo que ha pasado.

La barca se sacude y se bambolea conforme llegamos a los bajíos. A pesar de que la costa es rocosa, hay una pequeña playa que conduce a la entrada de los túneles y, sin mediar palabra, remamos hacia allí.

Maniobramos con el barquito hasta llevarlo a la orilla y, después, salto del bote y empiezo a arrastrarlo hacia la arena. La luna está lo bastante grande como para que me parezca que casi hay tanta luz como durante el día y, además, soy más rápida que los demás. Una vez que hemos sacado la embarcación del agua, Gavin y yo comprobamos con rapidez nuestras armas antes de despedirnos de Miranda.

—Buen viento y buena mar —me dice mientras me abraza con fuerza.

Es la despedida habitual entre los miembros de la Casa del Kraken. Sirve para desear buena suerte, pero también es una despedida más profunda y emocional. Es el tipo de cosa que los marineros dicen a sus familias antes de embarcarse. Es un recordatorio de que, tal vez, no todos salgamos con vida de esto.

La abrazo en silencio antes de hacer lo mismo con Alvin. Yo ni siquiera quería que viniera hasta aquí, pero si Gavin y yo no conseguimos regresar, Miranda necesitará a otra persona para que la ayude a regresar al *Tentáculo Espinoso*. Está casi temblando ante la idea de que le hayamos permitido acompañarnos y no soporto ver su gesto de felicidad y esperanza mientras Gavin y yo los dejamos atrás.

Rezo al Caos para que la misión de esta noche sea un éxito y el chico nunca tenga que presenciar una auténtica batalla.

En cuanto entramos en la ruta de los contrabandistas, la oscuridad nos engulle rápidamente. Conforme nos abrimos paso por los túneles húmedos, Gavin camina con una mano apoyada en mi hombro. En las paredes hay huecos para poner antorchas, pero puedo ver sin problemas incluso en las entrañas de los acantilados, donde apenas hay luz ambiental. Uno de los sanadores de la Casa del Kraken teorizó que mi capacidad visual se había visto incrementada de algún modo por algo más que la mera adaptación física y que había una pizca de Caos en juego, ya que mis ojos perciben en la oscuridad muchas más cosas de las que deberían. Tiene cierto sentido, ya que los dones son el resultado del Caos corriendo por nuestra sangre, pero nunca le he dado muchas más vueltas. La filosofía es cosa de la Casa del Grifo y sus mentes prodigiosas. Tal vez me hubiese importado si la Casa de la Esfinge siguiera existiendo, pero ahora soy una Kraken y las dos únicas cosas que me interesan son la acción y los resultados.

Tengo las botas mojadas tras haber saltado al agua y los charcos que hay en los túneles tampoco sirven de ayuda, pero la malla y el cuero están diseñados para un arribo semejante y, tras un corto paseo por los túneles, el material empieza a secarse. Llevo la cuenta del tiempo gracias a la pendiente ascendente del suelo y a la respiración de Gavin, que siento cerca del oído pero que resulta tan regular y rítmica como el mar en un día tranquilo. Incluso aunque nunca antes hubiera estado en estos túneles, seguiría sin perderme. Los muros me señalan la dirección correcta. Las marcas talladas por los contrabandistas de antaño parecen tonterías sin significado: flechas, estrellas y lunas crecientes que lograrían que cualquiera que no estuviera familiarizado con el código de la Casa Kraken se extraviara. Sin embargo, a mí me guían con claridad hacia donde quiero ir: tierra adentro y en dirección a las afueras de Lastrium.

El espacio entre los muros es tan estrecho que podría hacer que otros dudaran, pero, para mí, es algo extraño, casi como volver a casa. Pasé tanto tiempo de mi vida cazando y buscando comida en los túneles que hay bajo Nakumba que las paredes húmedas y el aire enrarecido me resultan más relajantes que alarmantes. Desde luego, estos túneles para contrabandistas huelen bastante mejor que las alcantarillas de Nakumba pero, aun así… Prácticamente tiemblo de emoción cuando siento que he recorrido la mayor parte del laberinto con la mano de Gavin sobre el hombro como único recordatorio de que no estoy sola en medio de esta oscuridad.

Me detengo y mi amigo tropieza antes de recuperar el equilibrio.

—Estamos en el cruce donde se encuentra la señal para el cementerio —digo mientras desenvaino mis dagas y muevo los hombros en círculos para relajarlos. Gavin saca sus cuchillos arrojadizos y se los coloca entre los dedos a toda velocidad incluso en la oscuridad. Los Tentáculos nos centramos en el sigilo y la rapidez, y nuestras armas también son así. Nada de espadas ostentosas, muchas gracias.

Mi acompañante vuelve a colocarme la mano sobre el hombro, aunque ahora la lleva repleta de diminutos cuchillos envenenados. Me aseguro de ladear la cabeza hacia la derecha de modo que no me corte con una de las hojas por accidente. Apenas damos unos pocos pasos antes de que aparte la mano y el túnel se ilumine considerablemente gracias a la luz de la luna que se cuela por una abertura que tenemos delante. Respiro hondo y suelto el aire.

Estamos muy cerca y el corazón me late el triple de rápido ante la idea de volver a ver pronto a mi padre.

El túnel está bloqueado en su mayor parte por unas cañas de bayas gruesas. A estas alturas de la temporada, todavía son todo espinas y hojas nuevas por lo que, haciendo uso de nuestras armas, Gavin y yo las apartamos a un lado con cuidado mientras nos escabullimos al exterior. El camino desemboca en un cementerio a las afueras de la ciudad pero, por buenos motivos, la mansión del gobernador no se encuentra demasiado lejos. El contrabando forma parte de la Casa del Kraken tanto como la pesca y las expediciones. Se rumorea que el Primer Kraken fue una pirata, una mujer que afirmó que no se casaría con el hombre con el que la había prometido su familia y que, en su lugar, se hizo a la mar. Cuando su familia la persiguió y le exigió que se casara, ella dijo que contraería matrimonio con las profundidades saladas. El Caos le concedió aquel deseo al transformar su cuerpo para que pudiera vivir para siempre en su amado mar, hundiendo barcos hasta que recuperara su forma humana y regresara para dirigir su Casa.

No sé si la historia es cierta, pero me encanta la idea de que el Caos conceda un deseo de un modo tan retorcido.

—¿Por qué sonríes? —me susurra Gavin mientras corremos hacia un grupo de robles que hay en los límites del jardín de la casa del gobernador y nos agachamos detrás.

No hay guardias en la zona y las cortinas de las amplias ventanas del comedor formal están descorridas, por lo que la casa queda a la vista de cualquiera. Las puertas que dan al jardín están abiertas para dejar entrar la brisa. Es una escena casi perfecta, como si hubiera salido de alguna de esas antiguas comedias de la Casa de la Cocatriz. Dentro, están un capitán de los Dragones, canoso y de aspecto apagado con su distintivo uniforme del mismo color verde que un bosque; el gobernador, que es un hombre pequeño con demasiado vello facial y un gusto por las telas estampadas, y varias personas más que no conozco. Una doncella que está cerca les sirve más vino de miel a pesar de que está claro que el grupo ya ha bebido suficiente, tal como evidencia el hecho de que hablan en voz alta y descontrolada. El gobernador hace rebotar sobre su rodilla a una muchacha risueña que es demasiado joven para él mientras los hombres hacen bromas lascivas. La chica se ríe con ese humor grosero. Espero que le paguen bien.

—Qué idiotas… —masculla Gavin—. ¿Acaso no saben que estamos en guerra?

—Bryanne Seabreak —digo.

Gavin da un respingo.

—¿Qué?

—Me has preguntado que por qué estaba sonriendo. Estaba sonriendo por Bryanne Seabreak. ¿Has oído esa historia? —le respondo en un susurro.

—No, pero puede que este no sea el momento más indicado —replica él mientras señala a los jinetes armados hasta los dientes que llegan por el camino de acceso.

Van montados sobre unos dracos de combate enormes, sin apenas plumas, con las escamas de colores opacos y unas patas con fuertes garras. Nunca había visto criaturas de aspecto tan feroz. Los dracos de la Casa del Kraken solían ser más pequeños para que pudieran subir a las naves. Tenían un gran plumaje y sus garras eran casi inexistentes. No es de extrañar que los veteranos más curtidos cuenten historias de miedo sobre la caballería de la Casa del Dragón. Me cuesta imaginarme a una unidad de esos lagartos monstruosos abalanzándose sobre mí en el campo de batalla.

—Que el Caos me lleve —maldice Gavin—. Mira.

Lo miro con el ceño fruncido y me giro hacia la compañía de jinetes que están desmontando de los dracos. Llevan armaduras apropiadas para pequeñas refriegas: placas y guanteletes de cuero, pero sin cascos. Entran en la mansión a grandes zancadas, como si fueran a apagar un incendio, que es lo que se supone que deberían estar haciendo: ayudando con el fuego del almacén cercano al muelle. No deberían estar aquí.

—¿Qué se supone que debería estar viendo? —pregunto.

—¿Has visto quién era? —pregunta mi compañero, que suspira cuando niego con la cabeza—. Talon Goldhoard; el mismísimo Príncipe de la Guerra, vástago de la Casa del Dragón. Su padre fue el que ordenó que aniquilaran a tu Casa.

—Yo soy de la Casa del Kraken —murmuro de forma ausente, esgrimiendo el mismo argumento de siempre sin darme cuenta de lo que estoy diciendo.

Los jinetes aparecen en la escena del comedor y parece producirse un griterío. El gobernador hace las correspondientes reverencias y aspavientos y el resto de sus invitados parecen a medio camino entre contrariados y molestos por la llegada de los invitados inesperados.

—Si el Príncipe de la Guerra está aquí, Leonetti también tiene que estarlo —dice Gavin.

Tiene razón. ¿Por qué otro motivo iba a molestarse un comandante de batalla en venir a una ciudad sin importancia como Lastrium? Las reservas de veneno fosilizado son importantes a nivel táctico, pero esta ciudad no es ni de lejos tan relevante como otros lugares de la costa.

—De acuerdo; cambio de planes —digo. Antes de volver a tomar mis armas, me quito la armadura, pero conservo la cartuchera para los cuchillos arrojadizos y las fundas de mis dagas. Sacudo los brazos y los hago girar. Disfruto de sentirme más ligera. Este es un final perfecto para mi guerra: una venganza perfecta—. Primero, vamos a matar a un príncipe.

Gavin sonríe, aunque su gesto más bien parece un gruñido.

—Muy bien, ¿qué has pensado?

—Necesito apagar esas luces. Mientras yo me pongo manos a la obra, registra la residencia en busca de Leonetti. Vamos a enseñarles a esas lagartijas desproporcionadas lo que puede hacer un poquito de acero azul Kraken —digo.

Gavin asiente y desaparece antes de salir corriendo hacia la otra punta del jardín.

Yo me reclino hacia atrás y espero mientras observo a los soldados del Dragón recién llegados. A diferencia de las tropas normales, no van ataviados de verde. En su lugar, llevan túnicas rojas como la sangre bajo las armaduras y unos pantalones de un color blanco níveo.

Dientes del Dragón.

Estos no son soldados normales; son las tropas más mortíferas y despiadadas del Alto Príncipe Regente. En el pasado, su trabajo era custodiar y proteger al regente de la Casa del Dragón del mismo modo que los Tentáculos estaban asignados a Leonetti. Sin embargo, eso fue antes de un siglo de batallas sin fin y de que los Dragones quisieran añadir a su propio botín todo Pyrlanum.

Uno de los soldados, un mal bicho que sobresale por encima de los demás, empieza a cerrar de un tirón todas las cortinas. Acaba de llegar a las puertas dobles cuando la estampa que tengo ante mí se oscurece. Se oye un grito y, en ese momento, las lámparas de dones que hay en el comedor empiezan a apagarse de una en una. Es un alivio para mis ojos que llega justo a tiempo. Es increíblemente difícil colarse a través de una ventana cerrada.

La luna brilla bastante y baña el mundo de plata con su luz fría, por lo que, con cuidado, bordeo los límites del jardín hasta las puertas dobles, que todavía siguen abiertas. Llevo las dagas en las manos, pues solo tendré unos pocos minutos antes de que adivinen cómo volver a encender las luces que ha apagado Gavin.

—Alguien debe de haber cortado la corriente principal de las lámparas.

El Príncipe de la Guerra está cerca de la pared del fondo, la más alejada de la puerta. Cuando uno de sus Dientes se dirige a arreglar el asunto de la luz, cruzo la jamba de la puerta intentando parecer una sombra más, pero él se tensa.

—Acaba de entrar alguien —dice con calma mientras desenvaina la espada con un suave chasquido. Sus soldados hacen lo mismo, pero no son capaces de ver la amenaza en medio de la oscuridad. A pesar de mis precauciones, el vástago me ha percibido, así que dejo de lado cualquier intento de sigilo y me pongo manos a la obra.

Puede que la habitación esté a oscuras, pero yo puedo verlo todo. En primer lugar, me encargo del viejo y canoso general de guerra y mi filo le raja la garganta con facilidad. Golpea el suelo con un impacto fuerte, pero yo ya me he acercado al gobernador y le he clavado el puñal por la espalda hasta llegar al corazón. Emite un borboteo ahogado y, mientras cae al suelo, la acompañante a la que ha contratado suelta un grito. La empujo hacia las puertas dobles y ella capta la indirecta, así que sale corriendo al jardín.

—¡Tras ella! —grita una de los soldados, que la persigue a pesar de que el Príncipe de la Guerra le espeta que se mantenga en posición.

La mujer corre directamente al encuentro de mi daga, que le atraviesa la garganta con facilidad. Entonces, me giro hacia un lado para que sea su cuerpo el que reciba el golpe del hacha que viene a por mí.

—¡Muéstrate! —grita el bruto que tiene el rostro desfigurado por una cicatriz.

Le respondo pasándole la daga por el costado y permitiendo que el veneno que lleva la hoja haga tanto daño como el filo. Él suelta un gruñido y yo me aparto antes de que me parta el cráneo con el hacha. En su lugar, golpea en el rostro a otro de sus camaradas, que cae al suelo.

Empiezo a pensar que va a funcionar, que tal vez pueda clavar un puñal en el corazón del vástago del Dragón pero, en ese momento, vuelven a encenderse las luces, que me ciegan durante un valioso instante. Busco a tientas las gafas y me las pongo justo a tiempo de que el bruto del hacha vuelva sobre sus pasos y cargue contra mí como un borracho. Me meto debajo de la mesa del comedor, doy una voltereta hacia el otro lado y me pongo en pie de un salto. Todavía quedan cuatro Dientes, incluyendo al bruto y al Príncipe de la Guerra. Les sonrío mientras me coloco en posición de lanzamiento y preparo mis cuchillos.

«Lucha siempre con una sonrisa». La voz de Leonetti resuena en mi interior a través de los años, pero algo me oprime el pecho de forma dolorosa.

De pronto, toda mi alma me grita que corra, que huya. Sin embargo, Gavin sigue en el piso de arriba, en algún lugar de la casa y, con suerte, acompañado por Leonetti. Le debo mi vida al viejo, así que respiro hondo y decido que aquí es donde termina mi viaje. Parece que voy a morir a manos de los Dragones, tal como se suponía que debería haber hecho hace tiempo.

El Caos siempre encuentra el modo de cobrarse su precio.

El bruto cae de rodillas. Al final, la Picadura del Kraken que llevan mis hojas ha hecho efecto. El hombre y la mujer que se acercan hacia mí se vuelven hacia el Príncipe de la Guerra en busca de guía. Yo le echo un vistazo mientras intento calcular si tengo un tiro limpio con un cuchillo arrojadizo o no, pero él me está mirando fijamente con una mezcla de asombro y terror. Es una mirada que ya he visto en otras ocasiones, cuando la gente ve la rareza de mis gafas protectoras oscurecidas, así que le gruño a modo de respuesta.

Sin embargo, los Dientes se abalanzan sobre mí en ese momento y no puedo pensar en otra cosa que no sea en la supervivencia.

4
TALON

La primera vez que recuerdo haberla visto, yo tenía once años y mi padre acababa de morir.

Caspian la había pintado sobre la pared curva de piedra de su dormitorio. Estaba hecha de fuego y tinieblas y emergía de las sombras, de la oscuridad constante, violenta y borrosa, que era lo único que mi hermano había pintado durante años antes de aquel día. Una chica con una sonrisa en el rostro. Piel marrón radiante iluminada por la luz del sol, la luz del fuego, la luz de la luna y cualquier tipo de luz que pudiera hacer brillar sobre ella con trazos de pintura. En una mano llevaba un cuchillo curvado y, en la otra, una pluma. Sin embargo, sus ojos eran unos pozos agitados de negrura, como si esos años de oscuridad fuesen una tormenta en su interior y la convirtiesen en alguien tan salvaje y desquiciado como Caspian.

La pesadilla de mi hermano está de pie frente a mí, hecha de carne, sangre y acero envenenado. Tan fiera y hermosa como él la dibuja y con una sonrisa en el rostro que rasgaría cualquier cosa. Sus ojos son dos círculos enormes de un color negro reflectante, como si fuesen los de una serpiente de cascabel o una mariposa.

Está hecha de Caos.

Finn gruñe mientras cae con una rodilla apoyada en el suelo y se lleva la mano amplia al costado. La sangre le fluye entre las placas de cuero y, aunque no es suficiente para acabar con él, los Tentáculos del Kraken les ponen veneno a sus filos. Después, dicen que los traicioneros somos nosotros.

Salva y Eovan me miran y yo consigo asentir de forma tensa: somos suficientes para reducirla ahora que podemos ver. Su ventaja ha desaparecido. Tiene una sola daga contra todas nuestras espadas. Sin embargo, vuelvo a mirar a la chica sin ojos y saber que está tan claramente viva es como recibir un puñetazo en las entrañas. «Talon tiene que salvarla», le dijo Caspian a Aurora.

Mi vacilación le cuesta a Eovan la vida.

La chica lanza dos cuchillos pequeños que ha sacado de una cartuchera que yo ni siquiera había visto y los lanza contra mi soldado. Uno le alcanza en la garganta y otro, más abajo, en la cadera. Sigue dirigiéndose hacia ella junto con Salva, pero la chica se mueve con una rapidez asombrosa: se agacha para pasar por debajo de la espada de Salva, gira sobre sus rodillas cuando Eovan dirige su filo hacia donde había estado su garganta y, en lugar de apuñalarlo de nuevo, agarra el cuchillo que se le ha clavado en la cadera y le desgarra un poco más la herida con él. Eovan suelta un grito y la chica lo esquiva a duras penas.

Los rodeo para no darle espacio para retroceder. Debe seguir luchando. Sin embargo, están demasiado cerca como para que Salva pueda usar la espada, así que el joven Diente se lanza contra ella y la agarra del brazo para retorcérselo y bloquearla. Ella, como si lo hubiera esperado, usa la fuerza de mi Dragón para darse la vuelta y darle una patada a Eovan en el vientre de modo que tropiece y se caiga. La sangre le brota de la garganta a causa del primer cuchillo. La joven vuelve a dejarse caer, lo que hace que Salva tenga que soltarla y, aunque intenta golpearla, no lo consigue. Sin embargo, cuando ella se retuerce para intentar apartarse, él consigue golpearle la barbilla con la mano enguantada.

Todo da igual: la chica no deja de moverse. Un paso fluye hacia el siguiente y su juego de pies es rápido y deslumbrante. Hace un movimiento con la muñeca y vuelve a atacar a Salva con la daga, que se estrella contra su armadura. Sin embargo, cuando ella vuelve a ponerse en pie, lleva un arma en cada mano. Sus labios ensangrentados todavía dibujan una sonrisa y las extrañas gafas negras destellan bajo las luces de la sala. Están a dos brazos de distancia.

—Salva, hazte a un lado —digo sin apartar la vista de la chica.

Es idéntica a como la pintaba Caspian. Fuego y sombras. Ha entrado en esta habitación procedente de la negrura más oscura y ha destruido a la mitad de los Dientes del Dragón. Ahora, nos enfrentaremos los dos solos.

Tal vez no sea la locura lo que ha rozado la mente de mi hermano. Tal vez el Caos lo reclame con más insistencia de lo que ninguno de nosotros se había percatado.

—Dime tu nombre —le ordeno.

Ella escupe sangre al suelo mientras, en teoría, me mira directamente. Sin embargo, no puedo verle los ojos en absoluto. Da igual. Por el rabillo del ojo, veo a Finn, que respira con fuerza y está de rodillas pero sigue vivo y a la espera.

Tomo aire y flexiono la mano en torno a la empuñadura de mi bracamante. La hoja se curva un poco y tan solo es algo más larga que las dagas de ella: fue fabricada para ser elegante y causar muertes rápidas. Me gusta porque, con ella, puedo superar a la mayoría de las espadas sin importar la habilidad de quien las empuñe y, además, cuento con mi propia fuerza, por lo que no necesito poner tanto peso en la hoja. No tengo escudo ni otra arma que haga frente a sus dagas gemelas, pero llevo la mano a las garras que tengo atadas al cinturón en la parte baja de la espalda y deslizo los dedos en ellas. Se trata de un guantelete modificado y sin dedos con unas garras en la zona de los nudillos y que puede usarse para cortar o bloquear. Eso servirá.

Cuando me enfrento a ella armado del todo, la chica ladea la cabeza y su sonrisa cambia un poco, de modo que parece ansiosa y divertida. Me pregunto si se tratará de una fachada o si de verdad estará tan dispuesta a morir.

—Soy Talon Goldhoard —digo—, Primer Vástago de la Casa del Dragón. ¿Quién eres tú?

La única respuesta de ella es atacar.

Recibo sus dagas con mi espada y la empujo hacia atrás. Ella se da la vuelta y me lanza un cuchillo, pero yo lo desvío y giro en su misma dirección sin parar en ningún momento. Puedo moverme tal como lo hace ella, con ella, porque no estoy intentando matarla. No quiero que muera. La necesitamos. No tengo ni la menor idea de para qué, pero es lo que creo en el fondo de mi ser.

A la defensiva, puedo reaccionar, pero estamos demasiado equiparados. Es más pequeña que yo, pero es rápida y fuerte; sabe exactamente cómo usar su velocidad para hacer que la persiga, pero yo sé cómo colocarme para, poco a poco, conducirla hacia la dirección que quiero. Nos enfrentamos con cuidado, evitando las piernas desparramadas de mis Dientes muertos y del viejo capitán Ignatius.

Me sorprende al girarse a toda velocidad y pasar por debajo de mí. Hago oscilar mi arma pero me tropiezo y apenas soy capaz de recuperar el equilibrio antes de que me corte la garganta. Salva grita. Siento el viento que levanta la hoja y aprieto la mandíbula mientras giro mi bracamante para alinearlo con mi antebrazo. Me acerco tanto a ella que puedo verme reflejado en el cristal negro de sus gafas. Me inclino hacia delante y está a punto de clavarme la daga por debajo del mentón, pero le clavo mi propia hoja en el vientre sin armadura, justo por debajo de los pechos. Se queda parada y sisea con los dientes apretados. Lentamente, extraigo el bracamante y la obligo a retroceder, tal como hago yo. La chica da un paso atrás y se deja caer, retorciéndose, y casi consigue apuñalarme con esa hoja envenenada en el mismo sitio que a Finn.

—¡Mi filo! —dice Salva, pero yo niego con la cabeza una vez.

—Ve a buscar refuerzos —le ordeno.

El sudor me corre en riachuelos por la espalda y me lo quito de los ojos pestañeando. Me obligo a volver a respirar con lentitud mientras miro fijamente a la chica, que se pone en pie.

—No estás intentando matarme —me acusa. Son las primeras palabras que me dirige.

—No quiero que mueras.

—Eso supondrá tu funeral, Príncipe de la Guerra. —Dibuja círculos con un hombro como si le doliera, pero creo que se trata de una distracción.

—Dime cómo te llamas —le digo, intentándolo de nuevo—. Me gustaría saber quién quiere matarme.

Suelta un bufido burlón.

—La lista es muy larga.

Yo también me permito dibujar lentamente una sonrisa, intentando que resulte lo más peligrosa posible.

—Está bien tener enemigos. Así sabes que estás viviendo tu vida lo mejor posible.

—Eso es propaganda de los Dragones.

Ni siquiera termina la palabra antes de abalanzarse sobre mí. Hago uso de la garra y al fin consigo atrapar su daga izquierda entre las hojas con forma de gancho. Giro la muñeca de forma brusca, lo que hace que su arma se retuerza y se vea obligada a soltarla. La arrojo lejos y me acerco a ella antes de que pueda sacar otro cuchillo. La daga que le queda bloquea mi bracamante, pero me acerco de nuevo de modo que quedemos atrapados. La joven lleva la mano que tiene libre a la otra y usa toda su fuerza para presionar su arma contra la mía. Yo doblo el codo, permitiendo que se aproxime y, después, uso todo mi cuerpo para lanzarla contra el lateral de la mesa.

Ella gruñe cuando se golpea con la cadera y hace una mueca pero, en lugar de volver a cargar contra mí o de doblarse, salta, da una voltereta sobre la mesa y aterriza al otro lado, junto al gobernador desplomado. El hombre ha caído muerto sobre su silla y la sangre le corre por la chaqueta de brocado, que está todavía más sucia que su barba. No es un pensamiento digno de mi rango, pero me alegro de que esté muerto.

Ahora, los hombros de la chica también suben y bajan. Siento el ardor de la batalla en el rostro y el corazón me late con tanta fuerza como las alas de un dragón. Vuelvo a mirarla fijamente. Contemplo el destello de sudor que hace que le brillen las mejillas, los labios y la mano que le cuelga a un lateral, curvada como si estuvieran a punto de crecerle garras. Me lo creería. Está hecha de Caos y tengo que saber cómo se llama.

—Leonetti no está aquí —le digo en tono burlón. Sé que ese es el motivo por el que ha venido.

Aunque las gafas protectoras hacen que sus ojos sean unos pozos vacíos e infernales, la piel de la frente se le arruga como si los hubiera apretado. Entonces, deja de sonreír.

—Mentira.

Sacudo la cabeza.

—Hace dos días que no está en Lastrium. —Me acerco a la mesa, apoyo mi garra contra la madera y me inclino hacia ella sobre las copas rotas y el vino derramado para subrayar mis palabras—. Lo envié lejos en cuanto llegué aquí.

Ella vuelve a mostrarme los dientes.

—Pedazo de mierda de grifo, hijo de un barghest…

—¿Eres su hija? ¿Su lugarteniente? ¿Una esposa nueva demasiado joven? —Se pone rígida—. No debe de estar orgulloso de ti —insisto, haciendo hincapié donde sé que más duele—. De lo contrario, habríamos oído hablar de una habilidosa y despiadada asesina sin ojos.

No muerde mi anzuelo, lo que me parece admirable de un modo que resulta irritante.

Empiezo a rodear la mesa para que tenga que salir corriendo por las puertas abiertas hacia el jardín o dejarme que la acorrale todavía más en la habitación. Ella no se mueve. Me espera. Solo que toma un cuchillo de la mesa para reemplazar el que le he obligado a soltar. No duda mientras se lo acomoda en la mano y el resplandor de las luces se refleja en su hoja relativamente opaca.

Algo embriagador me acelera el pulso en ese momento. Apenas me acuerdo de que ha asesinado a cuatro de mis Dientes y de que, si no termino pronto con esto, dos más podrían morir a causa de sus heridas, incluido Finn.

No lo miro para asegurarme de que esté listo. Puedo sentir su figura descomunal allí donde lo dejamos, con una rodilla apoyada en el suelo y esforzándose por no caer hasta que no haya completado su última tarea.

—Muy bien, vástago —digo. Después de todo, si es familia de Leonetti Seabreak, es hija de un regente, y eso la convierte en una de las nuestras. Al menos que yo sepa, tiene una hija y un hijo.

Un leve cambio en cómo está apoyando el peso me hace pensar que no le gusta que la llame así, por lo que debe de ser una de las huérfanas de guerra de los Seabreak. Es familia, pero no un vástago por sangre.

En esta ocasión ataco de forma repentina y rápida.

La chica se aparta con brusquedad y, en el mismo movimiento, me ataca con la pierna. Esperaba algo así, por lo que permito que me golpee el muslo lo bastante fuerte como para que solamente duela como si me hubiera pateado un draco en plena estampida. Enrollo mi garra en torno a su pantorrilla para impedirle que avance.

Ambos nos separamos y yo aprovecho mi ventaja para volver a darme la vuelta y empujarla hacia Finn. Es peligroso y arriesgado, pero ralentizo el ritmo, como si estuviera cansado, y la joven no me da margen de maniobra. Ojalá pudiera permitirme recibir un golpe, pero ese maldito veneno hace que no merezca la pena. Así que vuelvo a atacar, intentando cortarla, pero me esquiva con la misma elegancia que las llamas parpadeantes. Desde luego, es igual de difícil de tocar que ellas.

Oigo a otras personas a mis espaldas: más soldados y, tal vez, sirvientes. No lo sé porque no puedo desviar la atención. Si la pierdo tan solo un instante, acabará ensartándome y nunca llegaré a saber su nombre. Estoy tan absorto, sin aliento y actuando con tanta fiereza, que está a punto de ocurrir. Pienso que, tal vez, se suponga que tiene que matarme y por eso Caspian la dibujaba una y otra vez. Tal vez, durante todo este tiempo, haya sido él el que estaba prediciendo mi muerte en lugar de Aurora.

Titubeo y ella se lanza hacia el hueco que he dejado en mi defensa. Bajo el bracamante con desesperación para intentar golpearle la muñeca. Su daga está a apenas un palmo de distancia de mi cuello desnudo y la mano le tiembla por el esfuerzo. Puedo sentir su aliento en la mandíbula. Después, noto el dolor florecer en mi hombro justo en el lugar entre la armadura que me cubre el pecho y la hombrera de cuero que llevo en el brazo del escudo.

El cuchillo de mesa. No podía ser otra cosa.

Me río con una carcajada grave y dolorida. Empujo el hombro herido hacia ella y tiro de su muñeca hacia mí para lanzarla contra Finn.

La chica permanece de pie y en ningún momento suelta su daga. La levanta y, en esta ocasión, está dispuesta a apuñalarme directamente en la garganta. Se permite volver a sonreír, satisfecha, porque mi arma está en el suelo y de mi hombro sobresale un cuchillo, lo que hace que mi garra no sirva de nada.

Sin embargo, su sonrisa vacila. Ojalá pudiera verle los ojos.

Se tambalea y, en contra de toda lógica, me lanzo hacia delante para sujetarla mientras cae inconsciente entre mis brazos.

Me arrodillo de inmediato. Oigo el sonido de mi nombre pronunciado con urgencia mientras los soldados y los residentes de la casa del gobernador se acercan al fin, ahora que el peligro ha pasado. La cabeza de la chica choca contra el mango del cuchillo de cocina, lo golpea y hace que una oleada de dolor me recorra desde el brazo hasta el pecho.

—En nombre del Caos, ¿quién es? —gruñe Finn mientras dejo con cuidado a la chica sin ojos sobre el suelo ensangrentado.

Con la mandíbula apretada por el dolor, le aparto el brazo de debajo del cuello y la contemplo. El don silencioso y a veces inútil de Finn es el sueño: con un solo roce, puede dejar a cualquiera inconsciente. Ella no lo ha tenido en cuenta porque estaba demasiado envenenado como para luchar, pero no lo suficiente como para agarrarla e invocar su poder.

Dormida, la muchacha aparenta ser más joven y se parece menos a un monstruo del Caos. Una punzada de compasión acalla la furia que siento en el corazón. Es probable que sea más joven que yo, pero por poco. Sumida en una guerra durante toda su vida, ¿quién sabe lo que habrá perdido y en lo que se habrá obligado a convertirse?

Me permito pasarle los dedos por la mejilla: tiene la piel ardiendo. Detrás de esas gafas reflectantes podría seguir mirándome con esos ojos como pozos, como espirales de dolor y de violencia, como perlas vacías, como los ojos de un pez muerto o todas esas cosas que Caspian ha pintado.

—Talon —dice Finn para llamar mi atención sobre Salva, que acaba de regresar, y el grupo de soldados y civiles que nos miran con los ojos abiertos de par en par. A mí. Y a ella.

—Finn, ve a que te den algún tratamiento para el veneno. Después, te quedarás a cargo de la ciudad. En cuanto se extinga el fuego del almacén, asegurad el puerto contra la flota del Kraken. Keen —añado mientras me dirijo al soldado de más edad que está sosteniendo a Salva—, quiero que preparéis a esta prisionera para viajar. Nos marcharemos lo antes posible. Voy a llevarla a la fortaleza de Cumbre del Fénix.

A mi hogar, pienso. La llevaré a la torre rodeada por las pinturas de Caspian y al fin comprenderé qué es lo que ha perseguido a mi hermano toda su vida.

—Vástago —dice Finn. Yo le miro el rostro manchado—, tú también necesitas tratamiento.

Hago una mueca mientras contemplo el cuchillo de mesa. Después, paso los dedos por debajo de la correa de las gafas protectoras de la chica y se las aparto del rostro. Le dejan una suave marca sobre las sienes, casi como si fueran rastros de lágrimas.

Sin embargo, tiene los ojos cerrados y las pestañas curvadas. Los párpados se le agitan en sueños. Mientras el dolor hace que me maree, me pregunto si alguna vez llegaré a ver de qué están hechos de verdad sus ojos.

5
DARLING

Me despierto atontada y confusa. La cabeza me palpita, hay demasiada luz en la habitación y, mientras me incorporo, entrecierro los ojos y me los escudo con la mano. Estoy en una cama desconocida. El cuerpo me duele y me da punzadas de un modo que hace que me pregunte si Adelaide habrá probado conmigo uno de los venenos de Miranda tal como solía hacer cuando éramos más pequeñas. Desde luego, me siento como si me hubiese bebido por accidente uno de los traicioneros tónicos de mi hermana.

—Está despierta, mi filo.

La voz no me suena familiar. No puedo ver nada más que el más mínimo contorno y todo tiene un halo formado por la luz del sol que me quema los ojos. El recuerdo del ataque fallido a la casa del gobernador empieza a regresar a mi mente en fragmentos, y entonces me doy cuenta de que debo de ser la prisionera de alguien. Desde luego, no estoy en una mazmorra, lo que me parece extraño. La cama sobre la que estoy tumbada es demasiado mullida como para ser una prisionera de guerra, así que tal vez esté en uno de los refugios de la Casa del Kraken.

La mano que me aprieta el brazo me quita esa idea de la cabeza.

—¡Tú, levántate! —dice otra voz mientras tira de mí. Yo tironeo hacia atrás.

—No puedo ver nada sin mis gafas, así que o vas a buscarlas o cargas conmigo.

Puede que no sepa lo que está pasando, pero el hecho de que siga viva parece algo positivo. Debería estar muerta. Recuerdo al Príncipe de la Guerra, su espada presionada contra mi vientre y sus dudas. Qué idiota.

Mi cerebro repasa rápidamente todo lo que sé sobre la Casa del Dragón y no deja de regresar a una verdad única e indiscutible: la Casa del Dragón nunca toma prisioneros y, desde luego, nunca muestra piedad. Entonces, ¿por qué el más implacable de todos ellos ha hecho ambas cosas?

El cristal frío y las correas de cuero me golpean las manos cuando atrapo las gafas en el aire. Cierro los ojos con fuerza antes de colocar las lentes oscurecidas en su lugar y atar la correa. No son mi gafas, pero me servirán. Los cristales me envuelven los ojos de modo que no se cuele ni la más mínima luz de ese sol tan brillante y, antes de adaptarse, los ojos me lagrimean un instante. En apenas unos segundos, puedo ver de nuevo.

Estoy sentada en una lujosa cama con una montaña de edredones, dentro de una habitación destinada a un vástago en lugar de a una prisionera. Las cortinas, confeccionadas con un pesado terciopelo verde, están apartadas y las paredes son de una madera muy pulida. En los laterales de la habitación hay sirvientes de la Casa. En total, son tres: dos mujeres y un hombre de aspecto nervioso. El escudo de la Casa del Dragón, un dragón sinuoso enroscado en torno a una espada feroz, está bordado en el delantal de las mujeres. En la habitación también hay una enorme bañera de cobre y un vestido de raso azul expuesto con delicadeza sobre un maniquí.

La imagen es tan increíble que casi me río.

—¿Es esto cosa de Adelaide? ¿De dónde ha sacado los uniformes de la Casa del Dragón? —pregunto. Esta tiene que ser una de las bromas de mi hermana; no hay otra explicación racional.

Sin embargo, me había olvidado de la mano que me estaba sujetando el brazo y no me doy cuenta de que esto no es una farsa hasta que no me tiran fuera de la cama. La mano rechoncha pertenece al bruto del hacha que estaba en la mansión del gobernador. La cicatriz que le marca el rostro le da un aspecto cruel, y la mirada asesina que me lanza no ayuda.

Cuando aterrizo con fuerza en el suelo, él me suelta y se aparta antes de que me pueda poner en pie. Me coloco en posición defensiva y él me lanza una mirada de desagrado.

—Sin tus dagas envenenadas no eres gran cosa, ¿eh, calamar?

—Ponme a prueba y verás lo peligrosa que puedo ser, lagartija —digo con un gruñido. No tengo armas y, ciertamente, me siento un poco floja ahora que estoy de pie, pero conozco varias maneras de hacer daño a una persona, tenga armas a mano o no—. ¿Cómo está tu costado?

Su rostro se contrae con una ira reprimida a duras penas, pero no se mueve.

—Te vas a bañar y te vas a poner el vestido que se te ha proporcionado. Después, te llevaré a la biblioteca del vástago. Si me pones las cosas difíciles, volveré a robarte el sentido una vez más —dice. Pronuncia las palabras como si no hubiera otra cosa que deseara más que hacerme obedecer, como si hubiera recibido alguna otra orden que le impidiera estrangularme. Me guardo esa información para más tarde y hago caso omiso de su mirada amenazadora.

—¿«Robarme el sentido»? ¿Tienes el don de la locura?

He oído historias sobre aquellos que tienen el don de volver locos a los demás y que es similar a la afición de Miranda por los venenos. Ella puede crear cualquier veneno para cualquier situación y puede hacer que su tacto resulte todo lo venenoso que desee. Los dones tan peligrosos son muy poco habituales, pero los rumores sobre ellos persisten desde hace mucho tiempo. Concretamente, desde que el Caos concedía dones a todos los habitantes de Pyrlanum y no solo a unos pocos.

—No; tengo el don del sueño, así que, si no te comportas, te volveré a dejar inconsciente. Tal vez, durante un par de semanas más. Sin embargo, la próxima vez que te despiertes, será en un agujero inmundo.

Antes de cerrar la puerta a sus espaldas, se muerde el pulgar en dirección a mí, señal que se usa para maldecir a la Casa de los demás. No es en absoluto un gesto agradable.

—Bueno —digo con un suspiro apesadumbrado—, me temo que no vamos a ser amigos.

—Eh… Mi filo… —dice el hombre que está contra la pared, lo que llama mi atención.

Ahora que ha desaparecido la amenaza más inmediata, tengo la oportunidad de estudiarlos a él y a las mujeres un poco más. Todos tienen la piel y los ojos claros distintivos de los Dragones del norte. Tienen el cabello del color rojo fogoso que los Kraken denominamos «llama de Dragón», aunque no en un sentido halagador. Dicen los rumores que aquellos con un cabello tan característico suelen perder rápido el temperamento pero, a juzgar por cómo dobla y desdobla las manos, este hombre parece más propenso a la ansiedad. Las mujeres no dicen nada. En sus rostros se muestra el gesto cuidado y neutral de la servidumbre de una Casa que ha presenciado demasiadas cosas como para que nada les parezca especialmente escandaloso.

—¿Dónde estoy?

Lo único que veo al otro lado de la ventana es cielo.

—Mi filo, tal como os estaba diciendo... Me llamo Niall Softclaw y os ofrezco toda la gracia y la alegría de nuestra Casa para daros la bienvenida a Cumbre del Fénix. Nuestro más estimado Príncipe de la Guerra, Talon Goldhoard, Primer Vástago de esta Casa, valiente en la batalla, intrépido y con coraje, os pide que os unáis a él de inmediato en su sala de guerra para la merienda.

Parpadeo y vuelvo a parpadear como una tonta. La forma de hablar de estos Dragones es un galimatías, y me cuesta un momento comprender lo que quiere decir.

—Disculpa, ¿has dicho «Talon Goldhoard»? —Estoy bastante segura de que, la última vez que vi a ese tipo, estaba intentando matarme. Lo cual es justo, ya que yo estaba tratando de hacer lo mismo. Recuerdo cómo le clavé un cuchillo de mesa en el hombro y me río en voz alta—. Muy valiente por su parte invitarme a comer con él —digo a pesar de que Niall no tiene ni idea de a qué me estoy refiriendo.

Empiezo a preguntarme si me di un golpe en la cabeza, porque nada de todo esto tiene ningún sentido. Parece más un sueño enviado por el Caos que la vida real.

Niall no hace ningún comentario con respecto a mi estado de casi locura. Se limita a hacer una profunda reverencia y, cuando se incorpora, parece tan aturullado como yo.

—Mi filo, mi equipo y yo estamos a vuestra entera disposición pero, por favor, deberíais daros prisa. Hay muchas cosas que hacer.

Observa mi vestimenta con consternación, lo cual es justo, ya que todavía llevo la ropa de la noche que Gavin y yo atacamos la casa del gobernador y voy medio cubierta de suciedad y sangre seca.

—¿Por qué tanta prisa? —pregunto, ya que, ahora que me fijo en la bañera de cobre, un baño largo y agradable suena de maravilla.

Niall infla las mejillas. Es la primera falta de decoro que le veo y eso me causa cierta alegría. Entonces, pienso que Adelaide estaría orgullosa de mí. He conseguido que el hombre se relajase en cuestión de minutos y, por lo general, ese es su punto fuerte.

—Al vástago le desagrada mucho la impuntualidad.

Me río.

—Bueno —digo mientras me quito la ropa y me dirijo a la bañera sin prestar atención a Niall, que sale corriendo de la habitación—, parece que hoy es el día en el que vuestro Príncipe de la Guerra aprende a tener un poco de paciencia.

Me paso medio turno metida en la bañera y el siguiente medio dejando que Sarabeth y Janella, las dos doncellas que Niall no se ha molestado en presentarme, me desenmarañen la melena hasta que me cae por la espalda con unos rizos pesados. Quieren peinármelos con algún estilo complicado, probablemente con los cuernos y trenzas que los Dragones parecen preferir, pero me niego. Muy pocas veces llevo el pelo suelto y pretendo disfrutar de este descanso todo el tiempo que dure.

Me visto con la monstruosidad de raso, que acaba siendo la cosa más horrible que me he puesto jamás. El pelo, que todavía está húmedo, se me engancha con los bordes de los volantes, de los cuales parece haber al menos mil. El azul hace que mi piel marrón parezca amarillenta, y el vestido me traga y hace que parezca que tengo la mitad de mi edad, como si fuese una niña pequeña jugando a los disfraces. Ni siquiera Sarabeth consigue reprimir un mohín de enfado, lo que hace que yo me ría.

—Así que parece que, después de todo, sí me van a torturar —digo tras atarme las gafas por encima de los rizos mojados.

Me contemplo en el espejo de cuerpo entero que sostienen las mujeres para que pueda mirarme. Incluso las gafas protectoras son ridículas: el suave cuero lleva flores y unos extraños pájaros grabados y el metal está adornado con filigranas. Me ofrecen un par de zapatos imposibles sin punta pero, en su lugar, yo opto por mis botas.

Mi aspecto ya es un desastre, así que, al menos, seré una terrorista de la moda que puede dar patadas con eficiencia.

Tras hacer que las mujeres me prometan que lavarán y me devolverán el mucho más útil uniforme de los Tentáculos (promesa que solo espero que cumplan a medias), sigo a Niall fuera de la habitación. Me planteo asaltarlo y probar mi suerte intentando escapar, pero el bruto y un grupo de soldados de los Dragones nos esperan en el pasillo.

—¿No tienes ningunas botas que lamer? —le pregunto con dulzura al muy ordinario.

—No; ya me he encargado de eso esta mañana. Por cierto, ¿te gusta el vestido de mi abuela?

Hago una mueca.

—Ya suponía que esto era algún tipo de castigo.

Él me enseña los dientes.

—En realidad, me sorprende que te valga, calamar. De todos modos, has tardado tanto que, ahora, no vas a comer. En su lugar, iremos a la Torre del Regente.

Me hace un gesto para que siga a los tres soldados que abren el camino. Dudo un poco, pero la montaña que es este hombre hace una mínima demostración de fuerza y eso logra que me ponga en marcha. Le encantaría tener cualquier excusa para romperme el cuello, pero no voy a darle ese placer.

Atravesamos una serie de puertas, subimos por una escalera de caracol y, después, damos la vuelta por lo que, aunque intento registrar el camino, cuando llegamos a una puerta ornamentada ante la que se detienen los soldados, me siento impotentemente confusa. Los grabados representan a un fénix atrapado en un abrazo con un dragón. Sus cuerpos están unidos y enmarañados, por lo que podrían estar intentando matarse el uno al otro o haciendo el amor de forma apasionada. Es una representación artística nauseabunda y, a juzgar por el hecho de que la madera tiene un tono más claro que el resto de las puertas del pasillo, se ve que es bastante nueva. Cuando los soldados abren la puerta y me empujan para que la atraviese, me alegro de tener esa distracción.

—Sube —me dice el bruto. Antes de que pueda responder, cierran de golpe tras de mí y la voluminosa falda de mi vestido de ancianita casi se queda enganchada. Tiro de la tela hacia mí justo a tiempo y, después, quedo atrapada y sola en una escalera apenas iluminada.

Para cualquier otra persona resultaría demasiado oscuro y confuso, pero yo puedo ver sin problemas, incluso con las gafas. Este lugar no es una fortaleza lista para un asedio, sino un palacio. La torre está construida con suave arenisca blanca y la escalera está iluminada con la luz tenue de una hilera de lámparas de dones parpadeantes tan grandes que, probablemente, costarán más de lo que una familia normal gana en un año.

Sé que Cumbre del Fénix solía ser el centro de poder antes de la caída del Último Fénix hace un siglo y sé que estas lámparas son una reliquia, así que, en su lugar, dirijo mi desagrado hacia los Dragones. ¿Cómo se atreven a disfrutar de tales lujos cuando medio continente tiene problemas para conseguir comida a la sombra de esta guerra sin fin?

Empiezo a subir la escalera de caracol mientras cuento los peldaños para calmar mis pensamientos agitados. Llevo contados setenta y cinco cuando un último giro deja a la vista una puerta por la que se cuela la agradable luz del sol. Termino de subir y entro en la sala, lista para pelear.

Freno en seco y pierdo el equilibrio como si me encontrara en medio de una tormenta en el mar. A lo largo de toda la habitación, representada más o menos en un centenar de cuadros, aparece una chica que se parece a mí.

No. Soy yo.

Entro en la torre en trance. Toda mi ira, mi miedo y mi incertidumbre desaparecen mientras contemplo los cuadros, los bocetos e incluso un mural. Mi vida domina estas representaciones artísticas. Aunque, más bien, se trata de una versión de mí misma. Allí donde deberían aparecer las gafas protectoras no hay más que unos círculos de oscuridad que, cuanto más los miro, más parecen girar. Ahí estoy el día que maté por primera vez, de pie en un campo de riña de amantes morada. Allá me estoy riendo junto a una fogata con Miranda, Adelaide y Gavin. Sus rostros están borrosos en el cuadro, pero me acuerdo de esa noche. También hay un retrato a tamaño real en el que salgo de la oscuridad el día que Leonetti me liberó de las alcantarillas de Nakumba. El cuadro es tan real que es casi como si volviera a estar allí. El Kraken me tendió la mano y yo aferré mi cuchillo improvisado con fuerza. Hacía al menos un año que mi niñera, Claudia, una de las últimas mujeres que había recorrido conmigo las alcantarillas, había muerto por una extrema desnutrición.

«¿Cómo te llamas, niña?».

«No lo sé».

«Dime, pececillo, ¿cómo te llama la gente?».

«Darling».

—Este es el motivo por el que no te maté.

Me doy la vuelta y me llevo las manos a las dagas, pero tan solo me encuentro con los malditos volantes. El Príncipe de la Guerra está de pie en el umbral de la puerta y sus hombros son lo suficientemente amplios como para bloquearla bastante bien.

La primera noche que lo vi, no pude tomarme el tiempo para fijarme en sus rasgos, ya que estaba intentando matarlo, pero ahora me molesta darme cuenta de que es apuesto. Tiene una mandíbula cuadrada que indica una terquedad que encaja con la experiencia que he tenido al enfrentarme a él en combate. Lleva el cabello oscuro muy rapado en los laterales y, al parecer, las largas ondas de la parte superior que le caen sobre la frente morena son la única concesión que le ha ofrecido a la vanidad. Tiene los ojos ridículamente verdes y me hacen pensar en el Mar del Vidrio Distante. Sus labios carnosos hacen que, en lugar de un asesino sin escrúpulos, parezca el héroe de un poema romántico.

Eso hace que lo odie todavía más.

—¿Qué tal ese hombro? —le pregunto mientras le enseño los dientes. Estoy perturbada y me siento como pez fuera del agua, ataviada con un vestido horrible y atrapada en una torre repleta de cuadros con mi rostro. Nunca he sido una persona demasiado preocupada por los modales, así que no pienso empezar ahora.

—Supongo que mejor que el costado de Finn, dado que el cuchillo de mesa no estaba impregnado de Picadura —dice mientras se acerca hacia mí.

Por un instante pienso que me va a devolver la pulla pero, en su lugar, se detiene a unos pocos pasos para contemplar un cuadro en el que aparezco encima de un acantilado en un lugar en el que nunca he estado y que tampoco reconozco. Me resulta enloquecedor, por lo que me clavo las uñas en la palma de la mano. El dolor me equilibra y me ata a la realidad de mi cuerpo.

Me encojo de hombros y finjo indiferencia.

—La próxima vez me aseguraré de apuntarte al corazón.

Él se cruza de brazos.

—No habrá próxima vez.

—Claro que la habrá, lagartija —contesto mientras me dirijo hacia el cuadro en el que estoy saliendo de los túneles de Nakumba. La imagen me afecta y me llena de un dolor agridulce cuando me doy cuenta de que Leonetti sigue estando retenido por estos Dragones. ¿Lo estarán tratando igual de bien que a mí? ¿También tendrán de algún modo una sala llena de pinturas que representen su semblante? No parece muy probable.

—¿Qué te hace pensar que voy a darte otra oportunidad de que me claves un cuchillo en el corazón? —pregunta el Príncipe de la Guerra.

Chasqueo la lengua.

—Sigo viva, ¿no es así?

Me doy la vuelta para ver su gesto, pero me siento decepcionada: se está esforzando por contener una sonrisa.

—No estaba muy seguro tras verte con ese vestido funerario —dice—. Estoy bastante seguro de que enterraron a la abuelita de mi capitán con algo parecido.

Hago una mueca.

—Créeme cuando te digo que no lo he elegido yo.

Arruga el ceño.

—¿Los demás que escogí no te quedaban bien?

Frunzo los labios pero no digo nada. Imagino que sus soldados han debido pensar que sería divertido humillarme. No me importa. Después de todo, maté a unos cuantos de sus camaradas y yo me habría sentido igual si alguien hubiera acabado con tanta facilidad con mis Tentáculos.

—¿Por qué estoy aquí exactamente? ¿Por todo esto? —pregunto mientras, con un gesto, señalo toda la torre—. Es curioso; no pensaba que un belicista fuese a ser también artista.

—Eso es porque no los ha pintado mi querido hermano —dice una voz nueva con un toque de humor en sus palabras.

Junto a un tapiz comido por las polillas que supongo que oculta una puerta diferente a la que he utilizado yo, hay otro joven, apuesto y ágil. Tiene unos ojos verde claro enormes y el cabello oscuro le cae por encima de los hombros en ondas rebeldes. Mientras que el Príncipe de la Guerra va ataviado con su uniforme rojo y marfil, este hombre lleva unos pantalones cerúleos y un batín bordado con un arcoíris de dragones y llamas. Tiene el pecho desnudo, pero es muy pálido, como si pasara muy poco tiempo al aire libre. Allí donde su hermano es todo poder y resolución, este hombre es todo belleza y estética y parece como si jamás hubiera empuñado un arma en toda su vida.

—Cas —dice Talon con una mirada de esperanza. Es el primer gesto espontáneo que le he visto—. He… Ha pasado mucho tiempo.

—¿De verdad?

El joven le dedica al Príncipe de la Guerra una sonrisa enigmática, pero yo no comprendo demasiado bien ese intercambio. Aun así, tengo preguntas, por lo que continúo con mi interrogatorio, solo que redirijo mis consultas.

—¿Eres el artista? —digo mientras le doy la espalda y vuelvo a mirar los cuadros—. Tienes una técnica descuidada —añado. La mentira me resulta amarga en la lengua. Las pinturas están bellamente representadas.

Él se ríe, imperturbable, y el sonido resulta demasiado alto en este espacio cerrado.

—Eres una mentirosa terrible, niña de los enigmas. Es una lástima, ya que era una de las mejores habilidades de tu Casa.

—Soy de la Casa del Kraken —digo.

—No es verdad —dice el joven. Lo dice con indiferencia y sin sobresaltarse, como si estuviera corrigiendo a un niño pequeño—. Eres de la Casa de la Esfinge. Puede que tu verdadero nombre se haya perdido entre las llamas de la guerra, pero eso no cambia tu sangre ni tu corazón.

—¿Y cuál es tu nombre, si se puede saber? —le espeto, molesta.

Él hace una reverencia tan marcada que resulta ridículo.

—No soy otro que el soberano de esta tierra tres veces maldita, o de lo que quede de ella una vez que se acabe esta guerra. Caspian Goldhoard, Alto Príncipe Regente y retratista de tragedias.

Aprieto los dientes y el estómago me da un vuelco. Se ha referido a Talon como «mi hermano». Tendría que haberlo adivinado de inmediato, pero no me había sentido tan perdida y fuera de mi elemento desde aquella vez que Adelaide me obligó a navegar con ella a través de una tormenta veraniega. No estoy hecha para conversar con vástagos y príncipes, sino para empuñar filos en la oscuridad. Vuelvo a buscar mis dagas que, lamentablemente, no han conseguido materializarse por arte de magia en los últimos minutos. Me pregunto si existirá un don para algo así.

Tengo ante mí la oportunidad de hacer aquello con lo que sueñan la mayoría de los Tentáculos: matar a los traicioneros líderes de la Casa del Dragón. Sin embargo, no puedo hacer mucho más que admirar unos cuadros que resultan espeluznantes.

—¿La Casa de la Esfinge? —dice el Príncipe de la Guerra. Su gesto está a medio camino entre la sorpresa y la irritación, como si acabara de darse cuenta de que es el objeto de una broma.

—Sí, queridísimo Talon, mi vástago, mi corazón —dice Caspian mientras le pasa un brazo por los hombros y lo atrae hacia él. Incluso le planta un beso afectuoso en la mejilla. El Alto Príncipe Regente es un poco más alto que su hermano, aunque solo unos centímetros. Es un cambio tan drástico con la interacción anterior en la que casi le ha mandado que se retirara que siento curiosidad por el tipo de relación que tienen—. Dragoncillo, has atrapado a la mismísima Darling Seabreak, huérfana de guerra de la Casa del Kraken, la mejor y más mortífera de las hijas de Leonetti Seabreak, que la sacó de las alcantarillas de Nakumba cuando la Casa del Kraken nos arrebató la antigua ciudad de la Esfinge. Aunque no por mucho tiempo. —Caspian se ríe—. ¿No lo sabías?

—Había imaginado una parte. —Talon me fulmina con la mirada, como si deseara haberme matado en Lastrium—. No puede ser un vástago de la Casa de la Esfinge.

Me pregunto si no estaré muerta ya, porque estas cosas, todo lo que Caspian sabe, son cuestiones que ni siquiera conocen la mayoría de los vástagos de la Casa del Kraken. Leonetti me juró guardar el secreto hace mucho tiempo y solo Adelaide, Miranda y Gavin saben la verdad sobre mis orígenes. Todos los demás creen que soy una huérfana de guerra más, alguien de baja alcurnia pero con el talento suficiente como para que se fijaran en mí, tal como es evidente que había supuesto Talon.

También es muy probable que sea un miembro de clase baja de la Casa de la Esfinge, pero lo que recuerdo de la época anterior a que los Dragones arrasaran con mi hogar es extraño y está borroso. Hay las mismas posibilidades de que sea la hija de una lavandera que de que sea un vástago de la Casa. De todos modos, a mí no me cambia demasiado. Ahora soy una Kraken, y eso es lo único que importa.

Sin embargo, ¿cómo sabe todo eso el Alto Príncipe Regente?

—¿Y por qué no? —pregunta Caspian con una sonrisa perezosa dibujada todavía en los labios—. A mí me parece lo bastante regia. Bueno, tal vez tras un cambio rápido de vestuario.

—Dime cómo lo sabes, hermano —dice el Príncipe de la Guerra en tono sombrío. No me gusta el hecho de que nuestra mutua confusión nos coloque en el mismo lado de esta conversación.

—Porque me acuerdo de ella, por supuesto. Nos conocimos de niños y llevo mucho tiempo preocupado por que estuviera perdida. —El joven suelta a Talon y se encoge de hombros—. Tienes que conseguir mejores espías. —Parpadeo. Ningún espía puede descubrir un secreto del que jamás se ha hablado. Tan solo tengo un instante para fijarme en el gesto dolido que aparece en el rostro de Talon antes de que Caspian vuelva a dirigirse a mí—. Diría que la jovencita y yo tenemos muchas cosas de las que hablar, teniendo en cuenta que nuestro padre acabó con todos los miembros de su familia. —Intento responder, pero todas las palabras y el ingenio se me atascan en la garganta y me dejan asfixiada, intentando respirar—. Talon —añade él mientras se gira hacia su hermano—, de camino a la reunión del consejo a la que ya llegas tarde, pide que nos envíen algo de comida, por favor. Ah, y una mesa con dos sillas. Los asuntos difíciles pasan mejor cuando se discuten con comida y vino. Además, me apetece tomar ambas cosas.

—Podría matarte —digo al fin, ya que es lo único que se me ocurre.

—Antes te atravesaría yo —dice Talon mientras desenvaina su bracamante. Sus estúpidos ojos verdes brillan como si me estuviera retando. Mi amenaza lo ha liberado de cualquiera que sea el hechizo que lo ha atrapado en el momento en el que su hermano ha entrado en la torre. Me alegro de que sea así, ya que pelearme con él es mejor que la rareza que desprende el Alto Príncipe.

Sin embargo, Caspian toca sin miedo la espada de su hermano y lo anima sin mediar palabra a que vuelva a envainarla antes de mirarme por encima del hombro. La sonrisa le titubea un poco. Es demasiado hermoso y me pregunto si su don será deslumbrar a los demás con una sola mirada. Eso explicaría muchas cosas.

—Podrías hacerlo, pero no lo harás. Quieres demasiadas cosas de mí.

Caspian se gira hacia Talon, que sigue teniendo la mandíbula apretada.

—Ay, Talon, dile al consejo que estaré presente, pero que llegaré un poco tarde. Antes, tenemos que comer y discutir algunos asuntos importantes. Y, confía en mí, hermanito, cuando te digo que encontraremos el momento de ponernos al día.

—Pronto —insiste el otro joven.

—Te lo prometo.

Eso parece aplacar al Príncipe de la Guerra, de modo que no se resiste cuando Caspian lo empuja con suavidad hacia la puerta.

—Y, si ves a Marsden —añade el Alto Príncipe—, asegúrate de que nos envíe el vino de miel que me gusta, no el añejo que sirvió la otra noche durante la cena. Fue muy decepcionante.

Talon me lanza una última mirada llena de promesas ardientes; una advertencia de que la cosa entre nosotros no ha llegado a su fin a pesar de que sus obligaciones lo lleven ahora a atender otros asuntos. Yo le devuelvo un guiño con la intención de provocarlo, pero estoy ansiosa por verlo de nuevo: todavía tengo que matarlo.

—La próxima vez, tráeme las gafas que me robaste —le digo mientras se marcha—. Estas son demasiado grandes.

Él frunce los labios, irritado, pero no dice nada más antes de abandonar la torre.

Caspian junta las manos y se las frota, deleitado.

—Bueno, ¿por dónde íbamos? Cuesta concentrarse teniendo en cuenta que vas vestida con semejante monstruosidad —dice justo en el momento en el que entran dos soldados y empiezan a montar guardia.

Talon no está tan seguro de mis motivaciones como su hermano. Sin embargo, en cuanto aparecen, Caspian los despacha de la estancia como si fueran niños obstinados. Conforme se marchan, los siguen dos sirvientes vestidos con librea que colocan con rapidez la mesa y las sillas. Tengo la sensación de que el Alto Príncipe suele recibir visitas aquí a menudo, ya que los movimientos de los sirvientes son eficientes y practicados.

—Estabas contándome cómo tu padre asesinó a toda mi Casa —le digo en tono monocorde.

No tengo ni idea de qué decir o qué hacer, así que opto por ser directa. Creo que, tal vez, preferiría estar pudriéndome en las mazmorras. Al menos, eso me resultaría lo bastante conocido como para saber cómo reaccionar. Esto, el hecho de comer a media tarde con el soberano de toda Pyrlanum en una torre ornamentada y repleta de cuadros de mí misma, parece algo sacado de un sueño febril.

Colocan frente a mí una jarra de vino y yo la tomo junto con la copa a juego. Me sirvo una cantidad adecuada y me la bebo de un trago con rapidez. Es dulce y se posa en mi estómago vacío, haciendo que sienta cierta calidez. No suelo disfrutar demasiado de las bebidas fuertes pero, en los últimos turnos he vivido toda una vida, así que me permito darme ese gusto.

—Ah, sí —contesta Caspian con una sonrisa como respuesta a mi sencilla afirmación. Frente a él colocan una jarra diferente y bebe directamente de ella, sin molestarse en usar una copa. Tal vez los rumores sobre su locura no sean rumores después de todo—. Primero —añade mientras toma un pajarito asado y lo parte por la mitad antes de colocar una parte en mi plato—, vamos a discutir el asunto de las compensaciones.

6
TALON

Cuando salgo de la habitación de mi hermano, ordeno a dos soldados de la Cumbre que entren en la sala para evitar que la chica sin ojos, Darling, haga daño a Caspian. Después, bajo corriendo las escaleras de la torre. Hago tanto ruido que los sirvientes que están esperando en la base con la comida y el vino se apartan de mi camino con las miradas agachadas. Bien.

Aprieto los puños y me detengo de forma abrupta. Apoyo las palmas de las manos contra la pared con cuidado y, después, cierro los ojos y presiono la frente contra la piedra fría con tanta fuerza como para hacerme daño. Tengo la respiración demasiado superficial y agitada.

Necesito calmarme; rodearme de un escudo de control y ocultar el desastre emocional que se sacude en mi interior. Estoy furioso con Caspian por haberme ocultado tantas cosas. Soy su hermano, así como su vástago. Debería confiar en mí. ¡Y esa chica, Darling! ¿Qué necesita mi hermano de un posible vástago de la Casa de la Esfinge que no pueda compartir conmigo? Tendría que haber insistido en quedarme. La joven es peligrosa incluso sin un cuchillo de mesa.

Me aparto de la pared y prosigo hasta llegar al rellano. Ya no estoy jadeando por la frustración y la ira. Está bien. Yo estoy bien.

Finn me espera justo al otro lado de la dichosa puerta tallada que Caspian hizo que instalaran hace unos años. «Para recordarnos que tanto el dragón como el fénix mueren entre llamas —dijo con melancolía—, pero solo uno de ellos resurge de sus cenizas».

—¿Cómo ha ido? ¿Has dejado su cadáver ahí arriba? —pregunta mi capitán cuando se pone en marcha para caminar a mi lado derecho mientras sigo recorriendo el pasillo.

Su voz es grave e insistente. Él sabe aún menos que yo. La tía Aurora se ha esforzado por mantener en secreto la locura de Caspian y por ocultar en esa habitación de la torre sus cuadros y su obsesión con la chica sin ojos. Ahora, ya no seguirá siendo un secreto durante mucho más tiempo. Además, mi hermano no me permite ayudarlo a planificar la mejor manera de poner al descubierto sus planes.

¿Qué he hecho para ganarme su desconfianza? Pensar en ello me pone enfermo. Sin embargo, a lo largo de toda nuestra vida, jamás me ha dejado acercarme a él. Creo que hoy, cuando me ha rodeado con un brazo, ha sido la primera vez que me ha tocado en una década.

—¿Talon? —Finn me da un golpecito en el hombro sano.

—El Alto Príncipe Regente está con ella —digo—. Llego tarde a la reunión del consejo a la que él mismo debería estar asistiendo.

El capitán de los Dientes del Dragón gruñe con suavidad. Insistió mucho en que metiera a Darling en las mazmorras cuando me negué a rebanarle la garganta y colgar su cabeza de las puertas de la Cumbre. Detesta que estuviera a punto de destriparlo y el hecho de que la Picadura que llevaba su puñal todavía persista en su interior a pesar de que le sanadore de la Casa del Grifo supervise su herida de manera constante. Incluso ahora, sigue sudando levemente y la sangre le arde gracias a los tónicos de Elias que, poco a poco, están contrarrestando los efectos del veneno. Se pondrá bien; ya hemos hecho frente con éxito al mismo veneno en otras ocasiones. Sin embargo, el recordatorio constante hace que sea menos amistoso de lo habitual.

Me detengo y me giro hacia él. Tiene el puño apoyado sobre el plomo de la espada corta que lleva (cuando está de servicio en palacio, deja el hacha en su habitación) y la mandíbula tan apretada que la piel en torno a la cicatriz serrada le ha palidecido. Su ira es más vívida que el color rojo de su uniforme.

—Finn… —Le coloco el puño sobre el pecho con un leve golpe—. Es Darling Seabreak. Tenía razón al decir que era una de las huérfanas de guerra de Leonetti. No sé qué quiere Caspian de ella, pero cree que es el último vástago de la Casa de la Esfinge.

Una enorme sonrisa se apodera de los labios de mi capitán.

—Hará que la ejecuten en público para demostrar que la Casa del Dragón al fin ha acabado hasta con el último de ellos.

El estómago vuelve a darme un vuelco.

—No lo creo. —Antes de que su sorpresa pueda convertirse en preguntas, añado—: Ve a relevar al comandante Lightwing en cuestiones relacionadas con la seguridad de la Cumbre. Quiero que los Dientes estén a cargo del palacio y que tan solo me informen a mí.

Es evidente que él quiere más, pero me doy la vuelta y me dirijo a la reunión del consejo.

La tía Aurora me intercepta antes de que abra las puertas dobles adornadas con filigranas del Salón del Fénix.

—Talon —dice con un suave arrullo. Me rodea el codo con la mano. Su agarre es delicado pero insistente y consigo dirigirme a ella con suavidad en lugar de ladrarle como habría hecho con cualquier otra persona.

—Tía...

Soy un poco más alto que ella, pero es esbelta y suave, sin un atisbo de la malicia de los Dragones en su forma de caminar o de presentarse. En mis recuerdos de la infancia, antes de que padre muriera y me enviaran a convertirme en soldado, Aurora solía vestir en tonos crema, rosados y hermosos naranjas brillantes con manchas violetas como el amanecer y el anochecer de la exiliada Casa de la Cocatriz en la que ella y mi madre habían nacido. Me resultaba reconfortante y me permitía sentir que mi madre seguía viva. Cuando Caspian subió al trono, Aurora cambió su vestimenta de forma abrupta para reflejar una lealtad absoluta a la casa familiar de sus sobrinos. Hoy lleva puesto un vestido de color marrón arcilla oscuro recubierto por una capa de encaje del verde de la Casa del Dragón que parece dibujar escamas. En el hombro lleva el elaborado imperdible esmeralda de la Vidente del Dragón.

El problema es que, cuando veo a la tía Aurora arreglada a la perfección, me acuerdo de inmediato de lo ridícula que estaba Darling con ese vestido tan inflado. Estaba ridícula y, aun así, tenía aspecto de que no dudaría en rasgar el dobladillo y estrangularme con la tela.

Tendría que haberle devuelto las gafas protectoras. Están perfectamente guardadas en la caja fuerte de mis aposentos. Me había olvidado de ellas hasta que me ha exigido que se las devolviera. Sin embargo, llevaba unas puestas. Solo Caspian podría habérselas proporcionado. Nadie más sabía que las necesitaba y la intervención de mi hermano explicaría por qué eran más bonitas que las que le quité. Confeccionadas con delicadeza, llevaban grabadas unas flores en el cuero. Me pregunto si tendrá marcas permanentes en las mejillas gracias a la presión de la correa.

—Talon —dice mi tía.

Pestañeo y me centro en su piel tersa y blanca y en los ojos verdes bordeados con kohl en lugar de en la desastrosa y desmaquillada Darling.

—Caspian ha aparecido allí conmigo y con... ella. Darling Seabreak.

—Entonces, estabas en lo cierto con respecto a su identidad.

Aurora sonríe, complacida. Aunque Caspian me negó una audiencia, nuestra tía me recibió ayer con entusiasmo. Me encargué de que llevaran a la inconsciente Darling a una habitación de invitados y me aseguré (o eso pensaba) de que pudiera elegir su ropa y de que dispusiera de sirvientes para que estuviera lo más cómoda posible. Después, la tía Aurora preparó un festín con mis comidas favoritas. Me entretuvo con cotilleos y noticias de los últimos meses hasta que estuve descansado, lleno y listo para contárselo todo. Una de las cosas que hemos compartido a lo largo de los años, más allá de la sangre y nuestra preocupación por la mente de mi hermano, es la curiosidad sobre la identidad de la chica sin ojos. Ahora, ya la conocemos. Mientras me observa, la sonrisa de mi tía se desvanece.

—Deberías haberla matado cuando tuviste la oportunidad —me dice en voz baja—. Cuando era una doña nadie anónima.

Es fácil olvidar que alguien de aspecto tan elegante y dulce puede estar tan sediento de sangre como cualquier otro Dragón. Sin embargo, Caspian había dicho: «Talon tiene que salvarla». Sacudo la cabeza.

—Ha dicho que la recuerda de cuando eran muy pequeños; que por eso la dibuja.

—¿Cómo podría haberla conocido si no la conocíamos ni tu madre ni yo?

No tengo respuesta para eso.

—Necesito saber la verdad, tía. Quiero saber qué significa todo esto; qué significan sus cuadros.

Aurora dibuja un mohín irritado con los labios.

—Bien podría no significar nada. En tiempos difíciles, la locura puede parecer razonable, Talon.

Intento no reaccionar, aunque es muy probable que el ardor que siento en las mejillas sea visible. Odio cuando me regaña tal como solía hacerlo cuando era pequeño. Ya tuvimos esta misma discusión anoche y no pienso tenerla de nuevo. Aunque Caspian se ha comportado fatal hace un momento (me ha ignorado, después ha actuado como un hermano cariñoso y, al final, me ha despachado como si no fuese nadie), necesito creer que tiene cierta idea de lo que está haciendo y, si no es así, que hay respuesta a la pregunta de por qué el Caos ejerce un control tan extraño sobre él. Lo necesito. Porque no solo es mi hermano, también es mi Príncipe Regente.

—Caspian dice que es la última superviviente de la Casa de la Esfinge —digo en voz muy baja, consciente de los guardias estacionados frente a las puertas del consejo y del flujo constante de personas que recorren los pasillos de Cumbre del Fénix.

Aurora se lleva a la boca una mano con las uñas pintadas de rosa para ocultar un grito ahogado.

—Bueno, eso explicaría muchas cosas. Tal vez incluso el hecho de que él la viera y yo no. Nunca visité la Casa de la Esfinge antes de que llegara su fin.

—¿No has visto nada en tus profecías? —le pregunto mientras nos acercamos el uno al otro.

—Ya sabes que siempre ha esquivado mis visiones —murmura Aurora con otro atisbo de enfado.

—Hay Caos en su interior, tía —admito—. Igual que en el caso de Caspian. Puede que eso influya en tus esfuerzos. Le ocurrió algo que la cambió y sus ojos…

Me asalta un anhelo profundo de preguntarle a Darling qué es lo que ve; qué es lo que ha visto en esos cuadros. Casi he sido capaz de adivinar sus sentimientos mientras la observaba. Ha extendido el brazo para tocar uno y ha separado los labios en un gesto que iba más allá de la sorpresa. Tal vez haya sido reverencia. O, quizá, dolor. Es imposible saberlo cuando tiene los ojos ocultos tras unas gafas negras.

—Debemos descubrir cuáles son las intenciones de Caspian, mi filo —dice Aurora—. Esta no es manera de dirigir un país y, mucho menos, de conquistar uno.

Quiero replicar que el problema de este país es la guerra, que nos mantiene siempre distraídos y nos hace dividir nuestra atención y nuestros recursos. Pero este no es el momento ni el lugar.

—Tengo que entrar en la reunión —digo en su lugar—. Y tú también.

Mi tía me mira como si estuviera decidiendo si debería llamarme la atención por haber cambiado de tema de conversación o no. En su lugar, hace una reverencia juntando los delicados puños en señal de reconocimiento y yo abro las puertas dobles.

El Salón del Fénix es la estancia más antigua de la Cumbre y está excavada directamente en la montaña. El suelo está cubierto de mármol negro y los límites marcados por seis pilares enormes de granito. Cada pilar está tallado para tener la forma de un empíreo y decorado con los metales y joyas preciosas propios de la Casa a la que representa. Oro y esmeraldas para las escamas y las alas de los Dragones; granates para los Grifos con cabeza de águila y cuerpo de león alado y, para su hermana, la leona de la

Casa de la Esfinge, con su rostro sabio de humana, marfil tallado. La plata y los zafiros resplandecen sobre el perro enorme de los Barghest; todos los tipos de cuarzo y las amatistas componen a la extraña Cocatriz, emplumada y con garras; y, finalmente, unas perlas negras recorren los brazos enredados del Kraken.

Al fondo del salón hay una estatua gigantesca de un Fénix, el gran pájaro de fuego que cada generación se alzaba de una Casa diferente para guiarnos con pasión y equilibrio. El fénix de piedra eleva las alas, dibujando un arco que da pie a la cúpula del techo. Tiene las alas cubiertas de vidrio hilado y ópalos de fuego que resplandecen como cien mil velas.

Bajo las alas del ave se encuentra la mesa ovalada del consejo y todas las sillas están ocupadas a excepción de la mía, la de Aurora y el trono alto y negro que está reservado para el Alto Príncipe Regente. No esperan que venga en absoluto, pues su asiento está apoyado contra el pilar del Dragón, apartado para que no moleste.

Con Aurora aferrada a mi brazo, me dirijo hacia la mesa y mis pasos resuenan en el silencio repentino que se produce una vez que todos los consejeros han apartado sus sillas con un chirrido para ponerse en pie y saludarme.

A pesar de que nunca he pasado un momento decente en este salón, me gusta estar aquí, rodeado por las gemas y los metales preciosos, al cobijo de la piedra de nuestra montaña y bajo la protección, por muy imaginaria que sea, del Fénix muerto hace tiempo. Al último lo asesinaron hace cien años y nadie sabe por qué, desde entonces, no ha vuelto a alzarse otro. A mí no debería importarme. Después de todo, la Casa del Dragón se erigió en el lugar del Fénix y nos esforzamos por conservar lo que es nuestro.

O, más bien, lo que hemos robado. Me criaron para proteger lo mío, mi botín, y para buscar más. Desde el principio, ese ha sido el legado de la Casa del Dragón: protección, lealtad y la fortaleza de la riqueza. Sin embargo, estamos perdiendo esa riqueza por lo mucho que estamos luchando últimamente para conservarla. Cuanto más dura esta guerra, más perdemos. No hablo de mis dudas con nadie, ni siquiera cuando estoy sentado con Finn en torno a una hoguera tranquila a altas horas de la noche. Sin embargo, esta Guerra de las Casas no es más que un hábito. Y, además, uno mortífero.

El general Bloodscale no vuelve a sentarse cuando hago un gesto para que el consejo retome sus asientos. Da la vuelta en torno a la mesa y se dirige hacia mí con un gesto severo en los labios. Tiene el pelo tan rapado como yo en los laterales y la parte superior más larga; ahora la tiene casi por completo plateada. Lo mismo le ocurre a la barba que se ha recortado hasta formar un cuerno partido, y las arrugas que le rodean los inflexibles ojos azules se han profundizado. Sin embargo, vestido con la elegante chaqueta verde del uniforme, con un rondel dorado en el hombro izquierdo y el cuello ornamentado igualmente dorado, no parece menos fuerte.

—General —digo mientras permito que Aurora me abandone para deslizarse hasta su asiento.

—Vástago —contesta Bloodscale mientras me mira de arriba abajo.

Ni siquiera me remuevo bajo su mirada autoritaria. Fue el capitán de mi padre cuando eran jóvenes y escaló de rango con éxitos brutales incluso durante el periodo de relativa paz antes de esta nueva tanda de la Guerra de las Casas. Lideró el asalto contra la Casa de la Esfinge y la derrota de los Barghest. Cuando Caspian me envió a que aprendiera lo que era la guerra cuando solo tenía once años, me tomó bajo su protección. Bloodscale tan solo se retiró del frente para servir como ministro de Guerra cuando yo ocupé su lugar en el campo el año pasado; es decir:

cuando me consideró preparado. Cuanto más me mira, más se me acelera el pulso. Sin embargo, permanezco quieto, si bien no en posición de firmes, pues ya no le debo eso y él lo interpretaría como una debilidad.

Entonces, sin el más mínimo cambio en su expresión, Bloodscale asiente de forma brusca y me da una palmadita en el brazo.

—Bienvenido de nuevo, Talon —dice mientras me conduce hasta el asiento reservado para el Primer Vástago, que se encuentra frente al Trono del Dragón. Aparta la silla para que me siente y, después, ocupa su lugar a mi lado—. Estoy seguro de que te acordarás de Callis y Freescale —dice en referencia a los ministros de Prosperidad y de Trabajo respectivamente. Se salta a la tía Aurora para continuar con el viejo representante de la Casa del Grifo, Ferl Elysium, y me presenta a los dos nuevos miembros del consejo, que han ocupado sus puestos en los dieciocho meses que he estado lejos de la Cumbre. El primero es Kael Longspine, ministro de la Moneda, y, por su parte, la Casa del Barghest ha enviado a la prima segunda de su actual regente, una mujer joven que lleva unos pendientes de zafiros tan grandes como tazas de té y que responde al nombre de Mia Brynsdottir.

Antes de que el ministro Freescale pueda intervenir (recuerdo que tiene tendencia a acaparar el control de las reuniones siempre que puede), golpeo la mesa con el puño con suavidad y les digo que me pongan al día muy brevemente acerca de lo que han estado haciendo este último año y sobre qué es lo que más les preocupa. Necesito un respiro, así como una idea básica de qué es lo que me he perdido.

Me arrepiento casi de inmediato. Paso la siguiente hora de mi vida escuchando quejas, retórica insistente, halagos y auténticas discusiones sobre la comida, el dinero, los recursos, el propio Caspian y la guerra. Esa guerra bajo la que he vivido toda mi vida, esforzándome. Preferiría que la Casa del Dragón cerrara filas en torno a nuestras posesiones actuales, que consisten en muchísimo territorio, muchísimas personas y muchísimo dinero, y las protegiéramos. Los Barghest y los Grifos son nuestros aliados; entre los tres, podríamos defender con facilidad los dos tercios de la zona norte del país. ¡Que los Kraken se queden con sus mares y sus islas! Tenemos todo lo demás. Sin embargo, todavía no tengo el poder político suficiente para decir eso. Los Kraken mataron a nuestro padre, el último Alto Príncipe Regente. No puedo defender que la Casa del Dragón abandone sin haberlos erradicado del mismo modo que erradicamos a los Esfinges por haber envenenado a nuestra madre. Que tal vez erradicáramos a la Casa de la Esfinge.

Vuelvo a pensar en Darling y en la intensidad de Caspian mientras se acercaba a ella y me mandaba que me retirara. Lo necesito. ¡La Casa del Dragón lo necesita! Necesitamos que actúe de forma racional y que nos guíe. A él es al que hay que escuchar. Espero que tener aquí a Darling colme cualquier locura o don salvaje que le haya provocado esa obsesión. Tal vez con ella a su lado pueda dejarla atrás y gobernar. Si confiara en el Caos, no solo albergaría esperanzas, sino que me pondría a rezar.

Los dos tragos de vino que me he permitido tomar se me suben a la cabeza ya que no he llegado a comer con Darling, así que me abstengo de beber el resto. Mi estómago amenaza con gruñir de forma audible y me duele la cabeza, así que me desabrocho el cuello de la chaqueta del uniforme mientras le recuerdo al ministro de la Moneda que las personas que están pidiendo la ayuda de su ministerio son Dragones y que nadie debería ser despachado sin más.

Alguien suelta un bufido y, aunque no consigo ver quién ha sido, creo que se trata de la representante de los Barghest, Mia Brynsdottir.

Freescale, cuyo informe hubo que interrumpir antes de que languideciera en una maraña sobre las compensaciones a las granjas por lo que el ejército toma de sus graneros, interviene para decir:

—Hay Dragones de cuna y, después, están aquellos que han jurado servir a nuestra casa recientemente y cuyas motivaciones podrían ser cuestionables, vástago.

—Porque no tuvieron mucha elección al hacer sus juramentos —replico, intentando no sonar sarcástico.

La Casa del Dragón cuida de su gente. Compartimos nuestras riquezas con aquellos que se unen a nosotros y, a los que no, los despojamos de todo. Eso ha hecho que la mayor parte del país fuera nuestro, pero también fomenta una mentalidad de «conmigo o contra mí» muy marcada incluso entre aquellos de baja alcurnia. Y logra que la Casa del Kraken pueda reclutar mucha carne de cañón.

—¿Como todos los soldados que han desertado en los últimos meses? —pregunta Mia Brynsdottir en tono acaramelado.

La miro fijamente, listo para preguntarle si quiere presentarse voluntaria como soldado de reemplazo, pero el general Bloodscale se aclara la garganta. Es el único ministro que queda por informar y supongo que ha orquestado todo de tal modo que él fuera el último para tener el control del terreno desde la posición más fuerte. Le hago un gesto con la cabeza para que prosiga.

—Quiero instaurar un nuevo castigo para los desertores: la muerte —dice—. No hay sitio entre nuestras filas para los cobardes.

Ahora, me alegro de no haber comido nada. Es difícil discutir con el hombre que me ha enseñado casi todo lo que sé sobre mi trabajo.

—La muerte a duras penas fomentará que los soldados regresen a nosotros —señalo.

—Una vez perdidos, se han perdido para siempre —responde él.

Mi padre también solía decir eso para hacerme entender que ningún fracaso es bueno y que tenía que ganar todas y cada una de las veces.

—Sé que hace un tiempo que no estás en el campo de batalla —digo con cuidado pero con firmeza—, pero los últimos conflictos han sido diferentes a las batallas anteriores.

—Los asesinatos y la guerra de guerrillas siempre han formado parte de la Guerra de las Casas —contesta Bloodscale.

—Pero no con tan pocos recursos, general. Y no durante periodos tan largos. Tan solo pagamos lo bastante bien como para que puedan mantener a sus familias a un tercio de nuestro ejército; los demás dependen de la temporada agrícola o de la de construcción y, cuando no tienen tiempo para alimentar a sus hijos, entonces…

—Traicionan al Alto Príncipe Regente —concluye por mí.

—Tal vez el vástago pueda explicarnos con más detalle por qué abandonó en Lastrium a sus propias tropas, que acabaron claudicando ante la flota del Kraken —dice Callis. Esperaba que se pusiera de mi parte tras su largo informe sobre cómo la guerra está acabando con su capacidad para evitar que los caminos no se desmoronen incluso en la Cumbre.

—¿Estás sugiriendo que nuestro Príncipe de la Guerra desertó de su puesto? —pregunta la tía Aurora en un murmullo horrorizado.

Me planteo permitir que mi tía lidere la carga y ver qué responde Callis, pero todo esto es una pérdida de tiempo.

—Me marché de Lastrium por diferentes motivos, ministra, incluyendo el hecho de que es insignificante a nivel estratégico, que los depósitos de veneno ya estaban destrozados y que allí descubrí algo muy importante para el Alto Príncipe Regente que requería que lo escoltara hasta aquí en persona. —Todos me miran fijamente excepto Aurora, que baja la vista con recato—. Cuando llegue el momento adecuado, el Alto Príncipe nos desvelará sus planes —digo—. Y, entonces, estaremos preparados.

—Cuánta verdad, querido hermano —dice Caspian. Su voz resuena con deleite desde la entrada más alejada al Salón del Fénix.

Ninguno de nosotros se había percatado de que se habían abierto las puertas, pero aquí llega Caspian, caminando hacia nosotros con seguridad y siendo la viva imagen del liderazgo. Solo que todavía va vestido con la larga bata de seda con dragones sin nada más que unos pantalones anchos y los pies descalzos. Lleva la prenda atada a la cintura, pero se le abre a la altura del pecho y se arrastra tras él de forma dramática sobre el suelo de mármol negro como si fuera una cola alargada.

Al menos, causa impresión, pienso con amargura. No puedo evitar mirar tras él para ver si Darling está ahí. No es así. Es probable que la punzada de decepción que siento tan solo sea hambre.

—Llegáis tarde, mi filo —dice el general Bloodscale.

Caspian se lleva una mano al pecho de forma dramática y se detiene.

—¿Tarde? —dice con los ojos abiertos de par en par—. ¿Es posible que el Alto Príncipe Regente llegue tarde… a algo?

Mia Brynsdottir suelta una risita como si hubiera dicho la cosa más inteligente que el Caos haya presenciado jamás. Me cuesta controlar mi expresión cuando me doy cuenta de que los Barghest han enviado a una nueva representante de su Casa con una edad similar a la de Caspian porque quieren que se case con ella.

Pisándole los talones a ese pensamiento me llega la idea de que, tal vez, Caspian tenga la intención de casarse con Darling. Doy gracias a las sierpes ancestrales de estar sentado.

Mi hermano sonríe ante el mohín de Bloodscale y el grupo de ministros que concuerda que, por supuesto, no puede llegar tarde. Rodea la mesa del consejo en dirección a su trono y saluda con la mano a la enorme escultura de ópalos y cristal del Fénix como si fuese su mejor amiga. Una vez más, tengo que controlar mi expresión.

La tía Aurora toma la palabra.

—Príncipe, tal vez podríais acabar con nuestro debate de una vez por todas. —En su tono de voz reside la promesa de que sabe con exactitud lo que va a decir. No porque él se lo haya contado, sino gracias a sus profecías.

—Bueno… —Mi hermano se coloca frente al Trono del Dragón. Se mantiene erguido en toda su altura con una mano en el bolsillo de la bata y la otra ligeramente levantada con la palma hacia nosotros. Tiene un aspecto regio, calmado y distante. A pesar de que, básicamente, va en pijama, es el Alto Príncipe Regente en cada centímetro de su cuerpo—. Desde luego, no sé qué asunto estabais debatiendo, tía, pero sí voy a zanjar algo. —Su gesto indiferente se transforma en una sonrisa pícara—. La guerra ha llegado a su fin. La Casa del Dragón no seguirá luchando contra los calamares.

Reprimo una exclamación de sorpresa. Bloodscale no tarda ni un segundo en gruñir.

—¡Pero vuestro padre…!

Y, mientras los demás nos quedamos ahí sentados, girados para mirarlo, Caspian se sienta con lentitud y de forma controlada con ambas manos curvadas como garras sobre los reposabrazos de madera negra del trono. Parece fuerte. Y regio. De hecho, lo es.

Aurora posa su mano sobre la mía para tranquilizarme, pero la sorpresa hace que no me percate. Es como si yo lo hubiera conjurado, como si tuviera un don para los deseos o lo hubiera logrado con esa oración inconsciente. Sin embargo...

¿Es el poder o la locura lo que hace que Caspian pueda hacer un gesto con la mano y decir con tanta facilidad: «Por cierto, la guerra se ha acabado»?

—Nuestro padre ha sido vengado con creces —dice mi hermano—. Y soy yo el que toma las decisiones, ¿no es así? Y si no lo hago yo, solo lo puede hacer Talon. —Pasa su mirada de un verde fantasmal hacia mí—. Talon, ¿estás en desacuerdo conmigo?

Tengo que tragar saliva una vez para humedecerme la boca lo suficiente como para poder responder.

—No, hermano, no estoy en desacuerdo contigo.

Caspian se deja caer en el trono con un gesto bastante triunfal. Bloodscale está de pie, Callis y Freescale hablan a la vez y Mia Brynsdottir le dice a mi hermano que es muy sabio. El representante de la Casa del Grifo permanece en silencio, observando a Caspian con detenimiento.

—¿Cómo pretendéis que pongamos fin a esta guerra? —pregunta Bloodscale antes de lanzarme una mirada reprobatoria. Es entonces cuando me doy cuenta de que soy yo el que debería haber hecho esa pregunta. Después de todo, soy el Príncipe de la Guerra. La guerra es mi identidad.

—Ese es vuestro trabajo, general —contesta mi hermano con una carcajada. Por debajo de la maraña de pelo resplandece un pendiente rojo—. Tomaos la libertad de discutirlo entre vosotros cuando me haya marchado y enviad a alguien que me haga saber la estrategia que habéis escogido.

Bloodscale tiene los labios apretados con tanta fuerza que casi espero que empiecen a sangrarle. Pasa la vista hacia mí y me siento como si fuese un niño de nuevo y mis recompensas y castigos estuvieran en sus manos. Hay una amenaza en su profundo ceño fruncido. Si no hago algo, lo hará él.

Aurora tiene razón: matarán a Caspian si no les da un buen motivo para hacer esto. Lo asesinarán y, en su lugar, me harán interpretar su papel.

Me pongo en pie con cierta rigidez y me dirijo al lado de mi hermano. Yo también lo fulmino con la mirada para que sepa que estoy furioso por que me haya puesto en esta posición al mantenerme ajeno a sus planes, pero me coloco junto a su trono. No me importa qué juego sea este; sin duda, yo también quiero que se acabe la guerra. Quiero dejar de matar. Quiero tener la oportunidad de probar algo diferente; cualquier otra cosa. En esto estamos de acuerdo.

Caspian ladea la cabeza y me guiña un ojo, tal como ha hecho Darling. El calor se apodera de mi rostro. ¿Cómo encaja ella en este plan? ¿Habrán elucubrado esto juntos en una hora? ¿O se tratará del fin de un viejo proyecto?

Llego hasta él y me coloco a su lado como si fuese una piedra angular. El Príncipe de la Guerra apoya a su Alto Príncipe Regente.

—Sobrino mío —dice Aurora—, ¿nos diréis qué es lo que ha causado esta decisión tras tantos años de guerra?

—Ah, sí… —Da una sola palmada—. Os habría traído a la chica, pero me temo que, en este momento, desencaja con la estética de… Bueno, de cualquier cosa. —Se ríe para sí mismo.

—¿«La chica»? —pregunta el ministro Longspine en tono dubitativo.

—¡Oh! —Nuestra tía se pone en pie mientras se lleva las manos a las sienes—. ¡La chica de mi profecía!

Los labios de mi hermano se curvan y me doy cuenta de que esperaba que hiciera eso; que dijera que Darling había sido una de sus profecías. Sin embargo, nunca ha visto a la chica: ella misma me lo ha dicho. Esta debe de ser su forma de convertirse en otra piedra angular para él. Bien.

Por un instante, parece como si Caspian fuese a ignorarla, pero será mejor que no lo haga: tan solo quiere mostrar su apoyo tanto hacia él como hacia su gobierno; evitar que parezca que está loco. Lo quiere tanto como yo, a pesar de que él preferiría no permitírnoslo.

Para alivio mío, habla arrastrando las palabras.

—Sí, tía, la chica de tu profecía.

A toda prisa, sonriendo, Aurora se une a nosotros para completar el trío familiar. Se arrodilla al otro lado del trono y toma con alegría la mano que él le tiende. Es un acto performativo, pero me mira y yo asiento. Seremos más fuertes así, trabajando juntos.

—¿Qué chica? —pregunta Bloodscale.

—Darling Seabreak, a la que capturé en Lastrium —digo. Después, añado mi propia mentirijilla a la de ellos—. La reconocí por una reciente profecía que la Vidente del Dragón tan solo compartió con el Alto Príncipe Regente y conmigo.

Caspian se pone en pie como si no pudiera soportar seguir quieto ni un momento más. Se coloca frente a mí y la cola de su bata se desliza por encima de la falda de Aurora.

—Ese es su nombre, pero no es su identidad. Es el último Primer Vástago de la Casa de la Esfinge y, desde este momento, su casa queda reinstaurada con todos los privilegios inherentes al título y los territorios confiscados, que le serán devueltos. —Mi hermano le dedica una mirada al ministro de la Moneda—. También su dinero. —De la mesa del consejo surgen gritos ahogados e incluso un gruñido. Intento fijarme en todas las reacciones para hacer caso omiso de mi propio horror (y deleite), pero Caspian no ha terminado—. Está hecho, mis buenos consejeros; firmado ante testigos en este mismo momento. —Se dirige hacia la puerta con una mano alzada para despedirse de nosotros—. Tenéis una semana para encargaros de los preparativos. Entonces, organizaremos una gala para presentar ante todo el mundo al nuevo vástago de la Casa de la Esfinge aquí, en Cumbre del Fénix. —Se gira lo justo y necesario para dedicarnos una sonrisa—. Dentro de una semana, celebraremos una fiesta.

Tras decir eso, sale por las puertas dobles y nos deja a todos sumidos en un enorme silencio.

Aurora vuelve a tomarme la mano, me la estrecha y yo asiento una vez. Estoy con ella. Me despojo de la sorpresa y del dolor de que no me haya preparado para esto ni haya confiado en mí para planificarlo. Si se hubiese dignado a hablar conmigo, ¡habría sabido que odio la guerra y la violencia innecesaria!

Pero, ahora mismo, mi tía y yo tenemos que rescatar todo lo que podamos del alcance de la locura de mi hermano. Respiro hondo, aprieto la mandíbula y pongo un gesto frío. Voy a controlar la situación.

Sin embargo, no puedo dejar de pensar una y otra vez que, en lugar de apuñalar a Caspian con uno de sus pinceles y escapar por las alcantarillas o alguna otra cosa igual de dramática, Darling ha consentido en convertirse en su peón. Debe de haber considerado que los riesgos merecían la pena ya que, cuando todo acabe, si le sigue el juego y recupera la gloria de la Casa de la Esfinge, será tan poderosa y rica como la Casa del Dragón. Será su igual.

Ni siquiera puedo imaginar el Caos que los dos juntos podrían llegar a invocar.

Lo que sí puedo imaginar fácilmente es lo que puede que tenga que hacer para detenerlos.

7
DARLING

Me despierto con la luz demasiado brillante del sol colándose por las cortinas llenas de volantes y recuerdo que soy una tonta tres veces maldita y tocada por el Caos. Tendría que estar loca para seguir el plan de Caspian y, aun así, aquí estoy, tumbada en una cama digna de un príncipe. O de un vástago.

Me incorporo sobre el colchón y tanteo a mi alrededor en busca de las gafas protectoras; las de cristales oscurecidos y cuero que he pedido, no esa cosa ridícula y adornada que Niall no deja de traerme. No son mías, pues Talon no me las ha devuelto, pero se parecen bastante y me resultan familiares en un mundo que dista mucho de serlo.

A lo largo de la última semana me han arreglado ropa, me han medido, me han pinchado con algún alfiler y me han lisonjeado. Cada comida ha sido un espectáculo de elecciones, y cada sugerencia con respecto a mi vestuario, un desfile de telas en todos los colores del arcoíris. Para una persona como yo, acostumbrada a la ropa funcional y las raciones marítimas, ha sido un poco desconcertante intentar acostumbrarse a semejantes usanzas tan ridículas. Por no mencionar las cosas que los Dragones quieren hacerme en el pelo: trenzas, recogidos y demasiadas flores. Intentar establecer mis límites ha hecho que me pusiera de mal humor. Un día, una doncella incluso acabó estallando en lágrimas cuando intentó atacar mis rizos con un par de tenacillas al rojo vivo.

Sigo sin haber recibido noticias de mi padre. Pregunto y exijo que me digan algo, pero la respuesta es siempre la misma: Leonetti está a salvo y lo veré muy pronto. Suponiendo que cumpla con mi parte del trato. Quiero replicar, exigir visitarlo y negarme a cooperar, pero soy tan prisionera como él. Me superan en número y no tengo ningún amigo. Además, incluso yo dudo a la hora de presionar a un Dragón.

Sin embargo, por muy difícil que haya sido mi paso de asesina a vástago, también ha sido interesante. He aprendido que, si bien en teoría la Casa de la Esfinge fue borrada de los registros históricos y reducida a cenizas ardientes, la realidad es muy diferente. Niall encontró un libro dedicado a los colores y los códigos de vestimenta de las Casas y me han entregado un conjunto de habitaciones decoradas al estilo de la Esfinge: suculentas y flores del desierto, fuentes de agua cantarina y un jardín amurallado con un camino de arenisca. Es algo hermoso y decadente pero, cuando pregunto cómo ha llegado a existir, Niall se sonroja.

—Hace tiempo que uno de nuestros más queridos miembros del consejo disfruta de los botines de guerra de la Casa de la Esfinge, mi pluma —dice Niall, dirigiéndose a mí con el término adecuado para los miembros nobles de mi casa.

Eso me hace sonreír, porque imaginarme cómo echan a patadas de unas habitaciones que, en algún momento, pertenecieron a alguien que conocía a un general resentido me llena de alegría incluso aunque eso no haga que dichas personas estén menos muertas.

Cuando Caspian me pidió que me convirtiera en el vástago de la Casa de la Esfinge, me reí. Sentada en aquella extraña habitación de la torre, aullé divertida hasta que las lágrimas me empañaron las gafas y tuve que enjugarme los ojos con la mantelería.

—¿Estás loco? No soy un príncipe.

—Es muy mala suerte que nadie parezca acordarse de ti más que yo —me dijo mientras se encogía de hombros como si estuviésemos charlando sobre nuestras mermeladas favoritas en lugar de sobre el destino de una Casa desaparecida—, pero, seas quien seas, o seas quien no seas, me atrevo a decir que nadie osará discutir tus demandas.

Eso me serenó de inmediato, ya que no puedo olvidar quiénes son estas personas y de lo que son capaces. Los Dragones son estratégicos y mortíferos, y subestimarlos no me hará ningún bien.

Salgo de la cama y salto varias veces para que la sangre empiece a circular antes de escaparme al patio cercano para hacer mis ejercicios matutinos. Niall y el resto de su equipo (mis sirvientes, supongo) se han acostumbrado lo suficiente a mi rutina como para saber que no deben molestarme hasta que no los llame para pedir el desayuno. Todavía es pronto y uso mi hora de libertad para realizar una serie de ejercicios de cuerpo entero. Preferiría entrenar en el patio con el resto de los soldados, pues hace demasiado tiempo que no lucho contra nadie, pero Talon me ha denegado esa petición y ni siquiera una carta de Caspian ha sido suficiente para hacerlo cambiar de opinión. Puede que el Príncipe de la Guerra esté consintiendo a regañadientes los caprichos de su Alto Príncipe, pero sigue teniendo sus límites.

Cuando tengo los músculos calientes y ya he empezado a sudar, tomo un par de rocas decorativas pesadas del jardín de piedras. El peso adicional tan solo es un poco mayor que el de mis dagas, pero supongo que es mejor que nada. Imagino que, para otros, las comodidades de Cumbre del Fénix supondrán unas vacaciones agradables, pero yo solo puedo pensar en que ahí fuera, en algún lugar, mis amigos siguen luchando una guerra mientras a mí me hacen pruebas para un vestido de fiesta.

Acabo de repasar tres de las siete formas de ataque cuando alguien aparece detrás de mí. Me doy la vuelta y desvío el ataque hacia el nuevo cuerpo de forma instintiva. Cierro el puño en torno a la piedra del tamaño de una manzana y la uso como peso adicional para dar impulso a mi golpe.

Si la otra persona hubiese sido un soldado cualquiera, habría sido un buen puñetazo, pero bloquea tanto mi golpe como el extraño giro que he hecho con el brazo izquierdo.

—Sigues favoreciendo el lado derecho —me dice Gavin con una sonrisa mientras desvía mis golpes.

Me aparto hacia atrás con el pecho agitado por el esfuerzo y sin aliento gracias a la sorpresa de verlo en este palacio. Suelto las piedras y me abalanzo entre sus brazos. Él me levanta del suelo y me hace girar entre risas.

—¿Cómo has llegado aquí? —le pregunto mientras bajo la voz con una mirada en dirección a las habitaciones. No ha entrado ninguno de los trabajadores de la casa, pero el sol cada vez está más alto y no pasará mucho tiempo antes de que comience de nuevo la tortura diaria de pruebas de vestidos y reuniones sobre asuntos políticos.

—Con mi don, por supuesto. La pregunta más importante es: ¿qué haces tú aquí?

—Bueno, ¿acaso no te has enterado de que soy el nuevo vástago de la Casa de la Esfinge? —digo con las manos en las caderas—. Deberías inclinarte ante mí, suplicar y buscar mi favor.

Gavin suelta un bufido.

—El día que eso ocurra, me crecerán alas y saldré volando del parapeto más cercano. Adelaide y yo oímos los rumores, pero no queríamos creer que fueses una chaquetera.

—No es que haya tenido muchas opciones —digo en voz baja, ya que detecto algo de movimiento en mi habitación. Agarro a Gavin del brazo y lo arrastro detrás de una suculenta especialmente grande con rosetones de espinas—. El Alto Príncipe Regente me dijo que sus espías saben dónde están todos y cada uno de los refugios de los Kraken. Insistió en que, si no le seguía el juego con esto, haría que arrasaran con ellos.

Gavin arquea las cejas de golpe, sorprendido.

—Eso es imposible.

—¿La sastrería de Reykia? ¿El antiguo establo de dracos a las afueras de Hiran? Incluso sabía lo de la taberna en Orso —digo mientras me tiro del pelo al recordar mi frustración. Yo también mostré la misma incredulidad que está evidenciando Gavin ahora mismo hasta que Caspian me recitó de un tirón todas las ubicaciones de nuestros refugios, una detrás de otra—. Pensé que lo mejor sería aceptar su oferta, reunir toda la información posible y reagruparme, en lugar de negarme y sentenciar a muerte a todos y cada uno de los Tentáculos. —Aunque tengo la boca seca, intento tragar saliva, desesperada por convencerlo de que sigo siendo leal a la Casa del Kraken—. Estoy intentando acceder a Leonetti, pero el Alto Príncipe Regente se niega. Sin embargo, me ha prometido que está a salvo, y yo le creo.

—Entonces, es cierto —dice Gavin mientras se relaja. Es en ese instante cuando me doy cuenta de que ha tenido en todo momento las manos cerca del punto de su chaleco en el que le gusta esconder sus cuchillos arrojadizos. ¿Ha venido a matarme? Pensar en ello me entristece, pero no demasiado. Si la situación fuera a la inversa, yo habría hecho lo mismo.

—Has dicho que habíais oído rumores. ¿Qué habéis oído? —le pregunto mientras miro detrás de él, en dirección a la puerta de mi habitación para asegurarme de que los sirvientes sigan dándome mi espacio.

—Que te habías vendido a los Dragones y que estabas prometida con el mismísimo Alto Príncipe Regente —contesta él.

Escupo ante esas palabras.

—No he hecho tal cosa. Los quiero tan muertos como tú; sobre todo, al Príncipe de la Guerra.

Al mencionar a Talon, me viene a la cabeza una imagen suya y siento un cosquilleo curioso en las entrañas. No soy capaz de escuchar su nombre sin pensar en la primera vez que nos vimos, en cómo igualó todos mis golpes uno a uno, sorprendiéndome con su velocidad a pesar de su tamaño. Fue un digno adversario y todavía tengo la intención de acabar lo que empezamos. Solo que, la próxima vez, lo haré con algo más mortífero que un simple cuchillo para la mantequilla.

—Tenía la esperanza de que dijeras eso —comenta Gavin mientras, al fin, se lleva la mano al bolsillo opuesto al que ha estado rondando todo este tiempo. En lugar de un cuchillo arrojadizo, saca un bote cosmético azul verdoso y decorado—. Estás en la posición que siempre habíamos soñado, Darling. Puedes acercarte no solo al Príncipe de la Guerra sino al mismísimo Alto Príncipe Regente. Por eso, Miranda ha preparado esto para ti.

—¿Qué es? —le pregunto mientras tomo el bote que me ofrece.

—Lo ha llamado «Beso de la Muerte» y es una nueva fórmula que creó después de que oyéramos los rumores. Teníamos la esperanza de que tus motivos no se redujeran a la avaricia por recuperar los títulos que habías perdido y, dado que sigues siendo leal a la Casa del Kraken, sé que no te importará matar a los líderes de la Casa del Dragón. Esto no parece más que un bálsamo labial y, si lo utilizara cualquier otra persona, sería tan solo eso. Sin embargo, si te lo pones en los labios, se convertirá en un veneno mortal para cualquier persona a la que beses.

A mi cerebro le cuesta comprender sus palabras y, cuando al fin lo consigo, suelto una corta carcajada.

—¿Quieres que vaya por ahí besando Dragones?

—No a cualquier Dragón: al Alto Príncipe Regente. Y al Príncipe de la Guerra, si puedes. Dicen que la guerra se ha acabado, pero ya nos hemos creído las mentiras de los Dragones en el pasado y no van a engañarnos de nuevo. —De pronto, me toma la mano y me la coloca en torno a la que está usando para sujetar el Beso de la Muerte—. Leonetti sigue desaparecido, Darling, y, a pesar de las afirmaciones de tu nuevo amigo, no hemos sabido nada de él. Nos tememos lo peor. Mientras los Dragones sigan dominando este continente, la guerra será inevitable. Son así. Tenemos que cortarles la cabeza y quemar el cuerpo, y tú eres una parte vital de ese plan.

El sonido de una puerta al cerrarse de golpe en algún lugar cercano interrumpe lo que sea que fuera a decir a continuación. Me asomo por detrás de la enorme suculenta y veo a una de las doncellas más nuevas (creo que se llama Beatrice) haciendo una reverencia en el borde del patio. En el delantal de color morado lleva bordado en un tono amarillo brillante lo que me han dicho que era el escudo de la Casa de la Esfinge: un pergamino y una pluma frente a un sol ardiente.

—Mi pluma —dice la joven—, lamento interrumpir vuestra rutina matutina, pero la modista ya está aquí para la última prueba del vestido antes de la gala de esta noche. ¿La recibiréis ahora o debería pedirle que se marchase?

—No, no; la veré ahora —digo.

Gavin ya no está. Quizá sea invisible de nuevo o quizá se haya marchado. Cierro la mano en torno al bote de labial para que Beatrice no lo vea. La Casa del Kraken me ha encomendado una misión que no es digna de mis habilidades. Habría sido mejor que me hubieran dado unas dagas envenenadas que pudiera esconderme entre las mangas o incluso un pasador para el pelo que pudiera clavar en la yugular. En su lugar, quieren que les plante los labios al Alto Príncipe Regente y al Príncipe de la Guerra para conseguir una victoria sobre la Casa del Dragón a base de besos cuando ninguno de ellos ha mostrado el más mínimo interés en mí como algo más que un peón en un tablero de ajedrez.

Aun así, cuando pienso en besar a Talon, siento un rubor que me enciende las mejillas y una curiosidad que no consigo evitar del todo. ¿Será el tipo de persona que besa con suavidad y cuidado? Tiene los labios lo bastante carnosos como para hacer algo así. ¿O acaso será uno de esos hombres voraces que te muerden y te tiran de los labios con la misma fiereza con la que luchó contra mí aquella primera noche?

—¿Mi pluma?

Me aclaro la garganta y me concentro en la doncella que me está esperando junto a la puerta de la salita.

—Sí, perdona. Haz que me traigan una tetera y una comida sustanciosa de las cocinas. Desayunaré mientras la modista hace su trabajo.

La joven vuelve a desaparecer en el interior de la habitación y yo suspiro con pesadumbre. Besar a Talon Goldhoard me parece una perspectiva demasiado atractiva y eso hace que lo odie todavía más.

8
TALON

Ha sido una semana dura. Apenas he dormido gracias a las reuniones constantes, las interrupciones y los fuegos que tengo que ir apagando mientras me esfuerzo por hacer cumplir las órdenes del Alto Príncipe Regente y poner fin a esta guerra que ha durado catorce años. El general Bloodscale se resiste de tal manera que me preocupa la posibilidad de tener que obligarlo a jubilarse antes de tiempo. Sin embargo, ha sido uno de mis mejores aliados y estoy decidido a mantenerlo a mi lado. El ministro de Trabajo es el único miembro del consejo que está de mi parte más allá de Aurora. Aunque en público muestra su cara más leal, puedo ver el miedo en los ojos de mi tía cuando estamos en privado. Todo esto es tan repentino, supone un cambio de política tan grande (por no hablar del nombramiento de un nuevo vástago de la Esfinge) y Caspian es tan impredecible que tanto ella como yo sabemos que, si damos un solo paso en falso, acabaremos todos muertos. El botín de un Dragón solo sirve si lo puede proteger.

Además, Caspian no quiere hablar conmigo. Me está evitando, tal como ha hecho durante años, y yo estoy evitando a Darling, que es la instigadora y la clave de este problema. Al menos, espero que esté sufriendo lo equivalente a un arresto domiciliario y casi tantas reuniones como yo, ya que Aurora y el ministro de Prosperidad se dedican a desmontar árboles genealógicos y desenmarañar diferentes títulos para poder trenzarlos de nuevo en torno al cuello de Darling. Me he asegurado de que la mitad de su servidumbre fueran soldados vestidas como nuevas doncellas. Las he sacado de los turnos de guardia del palacio y de los batallones orientales de modo que no conocieran a ninguno de los Dientes que Darling asesinó el mes pasado. Además, sigo denegando las peticiones para unirse a los entrenamientos de los soldados de a pie o los guardias. Da igual lo inocente que sea su petición (algo que, para empezar, ya me resulta dudoso), pues los Dientes todavía recuerdan a Eovan y Finn apenas acaba de recuperarse. Alguien se ofendería e intentaría vengarse. Entonces, esto se convertiría en un baño de sangre y no puedo perder a más personas por culpa de sus cuchillos.

Caspian me envió una nota pidiéndome que fuese indulgente con nuestro recuperado vástago de la Esfinge, y yo le respondí que podíamos discutir ese asunto en persona.

Cuando voy a buscarlo, mi hermano no está por ninguna parte o acaba de marcharse a pesar de que no se reúne con nadie que no sea su sanadore personal, Elias, o algún que otro cortesano.

Me veo obligado a usar mi don para atraparlo. Es un don de rastreo, más adecuado para cazadores y espías que para soldados, pero es lo que me permitió saber que Darling había entrado en el comedor a oscuras de Lastrium y, a veces, me permite rastrear con un poco de antelación y predecir patrones de lucha. Por lo tanto, sé con exactitud el momento en el que mi hermano se ha acomodado en su habitación principal para su sesión diaria con Elias, el momento en el que han terminado y el momento en el que le sanadore se marcha para que laven y vistan a Caspian para la gala de esta noche.

Los guardias acaban de abrir de par en par las puertas de Cumbre del Fénix para dar la bienvenida a los invitados a los pasillos cubiertos de joyas preciosas; los músicos tocan las primeras notas de las *Variaciones del lamento por el Primer Fénix* de Swiftwind; se ha servido el vino y las lámparas de dones resplandecen bajo el mosaico del techo del salón de baile. Yo llego a la puerta de la habitación de Caspian, impaciente y listo. No puede esconderse de su propia gala de intrigas.

Sus dos ayudas de cámara están dentro desde hace rato y, mientras me preparo para irrumpir en la estancia, aparecen dos doncellas. Una lleva una delicada jarra de cerámica con un tapón de cera y una copa pequeña para licor. La otra, un plato de galletas especiadas. Al verme, abren los ojos de par en par y hacen una reverencia.

—Dadme eso —digo mientras extiendo las manos. Me obedecen rápidamente y solo una de las muchachas hace una mueca—. Ahora, traed café para ambos.

La chica de la mueca se muerde los labios. Yo espero hasta que dice:

—Príncipe de la Guerra, ya no queda café. La fortaleza se quedó sin existencias hace meses y no se puede conseguir más.

Aprieto los dientes. Muchas de nuestras importaciones se vieron interrumpidas hace años gracias a los piratas Kraken y muchas naciones de ultramar se niegan a poner en peligro a su gente con el comercio de Pyrlanum.

—Bien —respondo—. Entonces, el té de Pyrlanum más negro que puedas encontrar.

Le hago un gesto con la cabeza al guardia que está estacionado frente a la puerta de Caspian y él la abre para mí.

Estas habitaciones son opulentas y apenas reciben uso; no suponen más que una farsa sin sentido de cara a los habitantes del palacio cuando todo el mundo sabe que mi hermano duerme en su estudio de la torre la mayoría de las veces. Paso por encima de alfombras gruesas y por delante de altas ventanas que dan a un jardín interno (el mismo al que se puede acceder desde los aposentos de Darling). Sin embargo, Caspian se encuentra dos pisos por encima en la ascendente Cumbre del Fénix, sin balcón o salida exterior. A través de la puerta arqueada, oigo la voz de mi hermano.

—¡El licor! Espera a pintarme los labios hasta que pueda beber un poco.

Con el ceño fruncido, abro la boca para hablar, pero Caspian me mira y el asombro se apodera momentáneamente de su gesto antes de que lo esconda tras una enorme sonrisa.

—¡Hermanito!

Se levanta del taburete en el que estaba sentado frente a un tocador dorado y abre los brazos de modo que el brocado rígido y la seda que lo envuelven ondean como si fueran alas. Va vestido con capas verdes y doradas y la chaqueta tiene un cuello alto que se une detrás de su cabeza y le cae por la espalda formando un espinazo.

—Mira —dice, emanando júbilo—, se suelta de aquí, de los hombros y de debajo del cuello, de modo que, cuando haya impresionado a todo el mundo, pueda dejar estas mangas y el faldón exterior colgando del trono y bailar sin tropezarme.

Debo admitir que es impresionante a la par que draconiano, así que asiento y dejo el licor y las galletas en la mesa alargada cubierta de montones de cartas sin abrir y pergaminos amarillentos. No abro el tapón de cera de la jarra de licor, pero digo:

—Tenemos que hablar antes de salir ahí.

Los dos ayudas de cámara tienen la cabeza agachada, fingiendo que se han desvanecido. El primero sujeta una caja plana llena de horquillas y pendientes expuestos; la segunda, tiene un pincel de maquillaje en la mano. Estoy a punto de decirles que se marchen, pero Caspian me está mirando con los ojos entornados.

—¿Vas a ir así vestido?

Es evidente que quiere que la respuesta sea «no». Sin embargo se trata del uniforme de gala de los Dientes: chaqueta de un tono rojo sangre, pantalones color marfil, botones confeccionados con auténticas escamas de dragón negro y una hombrera de escamas a juego que me cubre el lado izquierdo. La funda de mi bracamante tiene uno de los mosaicos de escamas de cristal negro más complejos que he visto en toda mi vida. No sé qué problema tiene Caspian con mi aspecto, así que me limito a apretar la mandíbula y fulminarlo con la mirada.

Le tiemblan los labios hasta dibujar una sonrisa de afecto y me hace un gesto con las manos para que me acerque a él.

—Ven a sentarte aquí mismo. Ninia, necesito que me devuelvas los polvos. Faelon, sírveme el licor y, después, busca en tu caja algo para Talon. O, no... ¿Tenemos tiempo de mandar a buscar las garras de la bisabuela? Puede que le valgan.

Mi hermano me conduce hasta el taburete y me obliga a sentarme con cuidado. Observo a Faelon, que me está mirando la mano izquierda y sacude la cabeza.

—No, Príncipe Regente, no le valdrán.

—¡Qué lástima! Bueno, las bebidas primero.

El sonido del roce de las capas pesadas que viste Caspian me envuelve y contemplo nuestros reflejos en el espejo mientras me digo a mí mismo que si he de permitir que me arregle un poco más para poder pasar tiempo juntos, que así sea. Me encuentro con sus ojos de un color verde claro y me descubro buscando similitudes: tal vez la forma de nuestra nariz o el corte cuadrado de las mandíbulas. Yo tengo la boca más grande y una cicatriz en lo alto del pómulo derecho causada por un puñetazo que Finn me dio con un guantelete cuando tenía catorce años y que yo tendría que haber esquivado. La melena larga de mi hermano suaviza todo su aspecto incluso cuando lo lleva apartado de la cara por capas y sujeto con joyas rojas. Parece una versión más osada pero igualmente hermosa de nuestra tía Aurora. O tal vez se parezca a nuestra madre. Solo que sus ojos parecen más cristalinos que de normal gracias a las líneas de pintura oscura que los rodean y se extienden hacia sus sienes. Me recuerdan a los agujeros negros que representan los ojos de Darling en algunos de sus cuadros. Sé que lo ha hecho a propósito y me pregunto qué aspecto tendrá ella esta noche. Espero que el de un vástago y me deshago de ese pensamiento.

—¿Mi filo? —pregunta Faelon en voz baja con la jarra de licor en la mano. Yo sacudo la cabeza y me giro hacia Caspian.

Él toma la copa y se la bebe de un solo trago. Después, me hace girar sobre el taburete, me toca la barbilla con dos dedos y me hace levantar la cabeza. Me mira. O, más bien, mira a través de mí.

Me he esforzado para poder estar en la misma habitación que él y, ahora, no soy capaz de recordar todas mis exigencias. Tan solo quiero que me diga qué es lo que ha planeado; cómo puedo ayudarlo; cómo puedo mantenerlo a salvo.

—Caspian…

—Faelon, Ninia, podéis marcharos —dice sin apartar la vista de mí. Mueve las manos y, entonces, vuelvo a notar sus dedos, con los que me frota algo frío y suave en la piel de las mejillas—. Es solo para que resplandezcas —me regaña en voz baja cuando me pongo rígido e intento apartarme—. ¿No me crees capaz de poder pintarte sin estropear nada?

Me obligo a quedarme quieto mientras escucho cómo se marchan sus ayudas de cámara.

—Quiero saber qué tienes planeado para esta noche —digo cuando se cierra la puerta exterior.

—Presentar a Darling ante el mundo, dragoncillo. Eso ya lo sabes.

—Pero ¿qué más?

Caspian suelta un bufido divertido y me mira directamente a los ojos.

—Bailar. Beber. Divertirme. Presumir del poder que todavía conservamos. La guerra ha terminado, pero somos fuertes; tenemos nuestro botín.

—Y hemos logrado que el vástago perdido de la Casa de la Esfinge volviera a casa.

—A nuestro lado —señala él con énfasis. Me pone más crema en el rostro y, después, frunce los labios mientras escoge un bote de pintura y recupera el pincel abandonado de Ninia—. Mira hacia arriba —me dice. Después, sonríe—. Solo con los ojos; no muevas la cabeza.

Le hago caso y alzo la vista hacia el techo en el que hay un mural que representa a los Dragones de cada estación pintado de forma exquisita de lado a lado de la estancia. No es obra de Caspian, sino mucho más antigua, de cuando quien gobernaba aquí era el Fénix, no la Casa del Dragón. El pincel de maquillaje me roza el lagrimal interior del ojo, frío y burlón, y yo pestañeo cuando me hace cosquillas. Si hablo, ¿lo estropearé todo? Por el momento, me tiene atrapado.

Parte de mí se deleita en ello, en que mi hermano cuide de mí. Nunca llevo maquillaje, pero tal vez lo haría si Caspian me maquillara todos los días. La única vez que intenté pintar con él, un año después de que muriera nuestra madre, yo era muy pequeño. Me dejó la esquina de un lienzo y escoger el color que quisiera. Me cubrí las manos y pinté manchas que dibujaban formas que pensaba que se parecían a las suyas (tristes y cálidas a la vez), hasta que, de pronto, Caspian ahogó un grito y me apartó de un empujón. Entonces, hizo jirones nuestro cuadro y empezó a gritar hasta que salí corriendo a esconderme tras las faldas de la tía Aurora cuando entró en la estancia a toda velocidad.

Después de eso, me entregaron a los Dientes de forma permanente y, en su lugar, pasé a tener un centenar de hermanos mayores en los barracones.

Caspian se centra en mi otro ojo. Cuando termina, se gira hacia las joyas y suelta un suspiro pensativo.

Me miro en el espejo: ha utilizado unas líneas oscuras para resaltarme los ojos y que parezcan de un auténtico color verde dragón. Es algo difícil de notar si no lo esperas, lo que no se parece en nada a su estilo llamativo. Y la verdad es que parezco más… brillante.

—Caspian, dime algo. Todo está en juego y me estoy esforzando mucho para acabar esta guerra y hacer lo que ordenas, pero me estás evitando como si fuese un niño. Socava nuestro apoyo mutuo; nos socava a ambos.

—Puedes soportarlo —me asegura.

No me siento halagado.

—¿Por qué has decidido esto de forma tan repentina?

—¿Quieres que continúe la guerra?

—No, pero quiero saber qué es lo que ha cambiado. ¿Por qué ahora? ¿Es solamente por Darling?

—Esto solo es el principio —dice mi hermano—. Ella es el principio.

—¿De qué?

—Del fin de la guerra.

—Caspian… —Respiro hondo—. ¿Qué es lo que sabes que yo no sepa? Dime por qué confías en ella. ¿Por qué le estás dando esto? ¿Por qué depositas el peso de nuestro futuro sobre sus hombros?

—Qué dramático… —murmura.

Yo le enseño los dientes y, después, aprieto la mandíbula para reprimir esa ira tan profunda.

—Dímelo.

—¿Por justicia?

—¿Me lo preguntas a mí?

Caspian se ríe y me dedica una sonrisa traviesa.

—Por justicia —replica con más firmeza.

No me río y su gesto se ensombrece. Deja de rebuscar entre los anillos, los pendientes y las cadenas de oro y se vuelve hacia mí por completo. Su rostro no muestra nada, lo que resulta un contraste escalofriante en comparación con el maquillaje, el vívido estallido del cuello de dragón y los granates que resplandecen entre su pelo como si fueran salpicaduras de sangre. Vuelve a mirar a través de mí.

—Vivió en la oscuridad durante años —dice. El aire parece congelárseme en los pulmones. No lo dice en un sentido metafórico. Hay cierta ligereza en su tono de voz, como si estuviera recordando una ensoñación—. Una oscuridad plena, Talon, que la forjó y que creó sus ojos. Esos ojos… —Mi hermano ladea la cabeza como si estuviera mirando algo que no está ahí. En momentos como este, si no supiera que su don no es más que uno artístico, pensaría que posee uno de esos dones antiguos y perdidos hace tiempo como andar entre sueños o leer mentes—. Es culpa nuestra —dice—. Estaba escondida, desesperada, sola y huérfana gracias a la guerra de nuestro padre.

—Mataron a nuestra madre —señalo. Aunque, incluso mientras lo digo, sé que no pienso que eso justifique asesinar a niños.

—Sí. —El tono de voz de mi hermano se vuelve más afilado—. No debemos olvidar que mataron a nuestra madre y, a cambio, nosotros matamos a la suya. Y Darling vivió en la oscuridad, pero eso no la dañó. No flaqueó ni se marchitó como una flor. En la oscuridad, el Caos la encontró y volvió a forjarla… —Hace una pausa como si fuera a divagar de nuevo pero, entonces, centra su atención otra vez en mí, en el momento presente—. Lo que quiero decir es que es obra nuestra, ¿no deberíamos seguir construyéndola?

—No me gusta —digo, refiriéndome a toda la conversación.

Caspian arquea las cejas.

—Pero ella sí te gusta.

Lo fulmino con la mirada.

—Es peligrosa; no podemos confiar en ella.

Él se encoge de hombros, sacudiendo la seda y el brocado.

—Ponte estos —dice—. ¡Ay! ¡Por los dientes del Caos! Tienes agujeros en las orejas, ¿verdad?

El horror hace que su voz suene como si se hubiera quedado sin aliento de un modo que no le ha ocurrido cuando me ha hablado de los auténticos horrores. No lo comprendo; llevamos separados demasiado tiempo. Yo me marché y él se convirtió en esto. Nunca quiso tenerme cerca.

Acepto las diminutas lágrimas negras y, mientras me las pongo en las orejas, él toma otro bote de pintura y se agrega color en los labios.

—¡Te toca! —Me vuelve a sujetar la barbilla y yo consigo no poner una mueca. Hace que sienta los labios pegajosos, pero él me gira el rostro hacia el espejo mientras me pellizca la piel con los dedos fuertes. Entonces, se dirige a nuestros reflejos—: ¡Vamos a juego!

No es más que un toque de color y yo me sacudo para librarme de él.

—Ya llegamos tarde.

—Eras tú el que quería que mantuviéramos una conversación seria ahora mismo, Talon.

Mientras intento no resoplar ante esa verdad, me pongo en pie.

—¿Esto ha sido una conversación seria? —Él me toma del brazo y prácticamente me arrastra hasta la puerta—. Caspian…

—digo mientras planto los pies en el suelo antes de salir de la habitación. Él me mira, curioso—. Esta noche, nada de sorpresas.

—No por mi parte, dragoncillo —me promete.

Salimos juntos, hombro con hombro, tal como debería ser, y eso calma algo en mi interior.

La gala se celebra por todo el segundo piso de la fortaleza y, aunque se centra en el Salón del Fénix, se esparce por uno de los patios más antiguos y por los estrechos pasillos que están excavados en el lateral de la montaña. Los guardias de palacio nos despejan el camino y, cuando se abren las enormes puertas del salón, doy un paso atrás para permitir que el Alto Príncipe Regente entre primero. Sin embargo, me mantengo a su lado, evitando el borde festonado de la capa de dragón que va arrastrando.

El interior es deslumbrante. Las lámparas de dones hacen resplandecer las joyas y las decoraciones doradas, se reflejan en las copas de champán e iluminan a las parejas que están bailando. La música se desvanece con un último trino cuando Caspian hace su entrada. Todo el mundo hace una reverencia, formando una gran ola que va de un lado a otro del Salón del Fénix mientras él se abre paso hasta la enorme estatua de un fénix que se alza sobre su trono. Yo agudizo la vista y me fijo en los guardias, en los Dientes con sus uniformes rojo sangre y en los colores de la Casa del Barghest y la Casa del Grifo que casi quedan apagados por el dorado y el verde de los Dragones.

Esperando a mi hermano junto al trono se encuentran la tía Aurora y todos los miembros del consejo, así como una copa de champán que toma con una floritura mientras se gira con una sonrisa hacia los invitados.

—Disfrutad de mi fiesta, amigos míos —dice de manera informal y descarada antes de beber la mayor parte del vino con un único gesto que deja su largo cuello expuesto al cuchillo de cualquiera.

Me topo con la mirada de Aurora, que alza su copa de champán hacia mí, le da un sorbito y, después, vuelve a meterse en su papel: agradable, coqueta y casi como si fuera la madre de un rey encantador, aunque un poco tonto.

Yo tomo un vaso de zumo de frutas recién exprimido. Está elaborado con las naranjas procedentes de la árida punta sur de nuestros territorios, donde antes reinaba la Casa de la Esfinge. El ministro de la Moneda me dice algo y yo le respondo de forma breve. Voy a quedarme aquí de pie y voy a demostrar que mi hermano tiene todo mi apoyo. Sin embargo, ese apoyo es marcial y peligroso, algo que nadie debe olvidar. Me bebo el zumo y poso la otra mano sobre el plomo de mi bracamante. Mientras la gala se desarrolla a mi alrededor, observo y asiento, pero no sonrío. Caspian está sentado en el trono y hace señas a los invitados para que se acerquen. Conoce todos sus nombres, rangos, familias y posesiones; los cautiva, coquetea y los aparta de forma experta de cualquier asunto importante; sobre todo, de la declaración que todos hemos venido a escuchar esta noche. Hace promesas con una sonrisa taimada, un guiño y un brindis por la paz y la prosperidad que las sorprendentes oportunidades del Caos y el benevolente recuerdo del Último Fénix nos ofrecen.

Es un despilfarro de dinero; un desperdicio de comida y vino y ni siquiera ha transcurrido un turno completo. Necesito que se acabe de una vez y estoy a punto de salir a toda prisa para descubrir qué es lo que está retrasando a Darling (aunque sospecho que la tardanza de su llegada es también cosa de Caspian) cuando mi hermano hace un gesto a alguien que no veo y todas las luces del Salón del Fénix se atenúan.

Las sombras repentinas arrancan jadeos y gritos de sorpresa. Los músicos pasan con facilidad a una marcha suave titulada *Canción de la Casa de la Esfinge*. En las alturas del techo, las lámparas de dones empiezan a centellear y giran como si fueran estrellas sobre un cielo brumoso.

Y, entonces, ahí está.

Enmarcada por la madera brillante y oscura de las puertas arqueadas, Darling Seabreak va ataviada con un vestido de intrincados paneles de color marfil y amarillo desierto y una capa de suaves plumas. Se trata del atuendo de gala de la Casa de la Esfinge. En los antebrazos lleva brazales de cuero blanco en los que ha enfundado unos cuchillos. No me puedo creer que Caspian le haya permitido llevar armas, pero es una gran muestra de su poder (del de ella y del del ambos). Está rara pero arrebatadora.

Entonces me doy cuenta del motivo por el que han convertido el salón en un oscuro paisaje estrellado y por el que me parece que ella está tan rara: no hay nada que le cubra los ojos. Los tiene abiertos de par en par, marrones oscuros y resplandecientes pero cubiertos por algo (una ilusión, una cicatriz del Caos) de un espeluznante y lustroso color azul, verde y morado. Es como un arcoíris de tonalidades cambiantes.

Y me está mirando directamente a mí.

9
DARLING

Odio esto.

Es lo primero que pienso mientras entro a la gala. El vestido se mueve conmigo pero también tira de mí hacia abajo de un modo que me resulta desconocido. Me he emocionado cuando he visto los brazales con los cuchillos arrojadizos (no sé si ha sido confianza o estupidez lo que ha llevado a Caspian a permitir algo así), pero el resto del atuendo me ha dejado helada. Es un vestido glorioso, si bien parecido hasta un punto inquietante a uno que llevo en uno de los cuadros que vi en la torre del Alto Príncipe Regente. ¿Ha hecho que la modista lo copiara o, de algún modo, me dibujó con un vestido que todavía no me había puesto? Los colores pálidos resaltan sobre mi piel oscura, pero es demasiado llamativo y muy poco razonable. ¿Cómo se supone que voy a patear a alguien cuando llevo dos enaguas y zapatos de satén? Me romperé los dedos de los pies. Por no mencionar las varillas que hacen que el corpiño del vestido mantenga su forma. La modista me aseguró que era más una cuestión de moda que de encorsetarme pero, aun así, las detesto. No es de extrañar que Gavin y Miranda quieran que bese a todo el mundo hasta matarlos. No duraría ni cinco segundos en una pelea en condiciones.

Aun así, aquí estoy, siguiéndole el juego a Caspian con lo que sea que haya planeado, porque la sed de sangre de Gavin no liberará a Leonetti. Tan solo lo salvará el jugar a ser un vástago. Y rescatar a mi padre es mi objetivo principal.

Permanezco en la entrada de la gala. La habitación tenue hace que mis gafas protectoras resulten innecesarias. Es un ejemplo frívolo del poder que ejerce Caspian. A pesar de todo, no soy la única infeliz que se ha visto envuelta en este evento. Al lado de su hermano y vestido con el maldito uniforme de esos cabrones de los Dientes, Talon frunce el ceño. Apenas he dado dos pasos hacia él cuando me doy cuenta de que el rojo de su chaqueta es más que suficiente para hacer que desee clavarle uno de mis cuchillos diminutos directo en el corazón.

Los viejos hábitos nunca mueren. Pero, lo que es más importante: ¿cómo se supone que debo besar a un hombre al que tengo tantas ganas de matar?

Caspian debe de sentir el aumento de mi sed de sangre porque acorta la distancia entre nosotros con sus largos pasos y me intercepta en medio de la sala.

—¡Amigos! Hemos sido bendecidos al fin con la aparición de la luna en nuestro cielo estrellado. Con vosotros, el vástago perdido de la Casa de la Esfinge, ¡Maribel Calamus!

Una ronda de aplausos educados inunda la sala junto con unos pocos vítores torpes procedentes de invitados que supongo que ya habrán bebido más de la cuenta. Caspian me toma de la mano y me deposita un beso en el dorso antes de inclinarse profundamente ante mí. Cuando se incorpora, yo hago la condenada reverencia que llevo practicando toda la semana solo para este momento.

—¿«Calamus»? Mi apellido es «Seabreak» —digo con los dientes apretados. Mi sonrisa más bien parece una mueca—. Además, «Maribel» es horrible.

—Ah —replica Caspian mientras tira de mí para acercarme a él. El movimiento me sorprende—. «Calamus» es un muy buen nombre para una Esfinge, mientras que «Seabreak» es un apellido Kraken; sería de mal gusto recordarles a nuestros amigos que te gusta frecuentar tales compañías. Además, «Darling» es un apelativo cariñoso que significa «cariño», no un nombre de verdad, pienses lo que pienses de «Maribel». Me temo que acabarás aprendiendo que la política es tediosa y, de todas las cosas que perderás cuanto más tiempo pases en el juego, tu nombre será la menos importante. Pero, si te hace sentir mejor, decirle a la gente que te llame «Darling» hará que sientan que se han ganado tu favor, así que, al final, todo es en beneficio tuyo.

—No me preocupa mi beneficio. Quiero ver a Leonetti —digo. He aprendido que, en el caso de Caspian, lo mejor es abordar las cosas en cuanto es posible, antes de que se pierda en alguna de sus fantasías.

—Pronto, pronto —dice con gesto distraído. Hace una señal por encima de mi hombro y los músicos empiezan a tocar una melodía briosa. Caspian me dedica lo que solo puedo describir como una sonrisa traviesa—. Sin duda, conocerás la *Jiga del molinero*, ¿verdad?

No espera a que responda antes de empezar a guiarme por la pista de baile en lo que solo se me ocurre interpretar como una humillación pública. Primero vamos dando saltitos en una dirección y, después, en la contraria. Otras parejas se unen a la locura mientras damos vueltas por la sala.

—¿Qué estás haciendo? —espeto cuando me aleja de él con un giro y, después, se da una palmada en el muslo antes de tenderme la mano.

—Bailar. Se supone que tienes que girar y hacer alguna pose —replica él con la confusión distorsionándole el rostro hermoso.

Miro a las parejas que nos rodean y veo que, en todos los casos, una de las personas está riendo y fingiendo ser una estatua de jardín o alguna otra tontería similar. Una mujer se ha colocado los dedos a cada lado de la cabeza como si fuera un conejito mientras que, en otra de las parejas, un hombre parece a punto de desmayarse. ¿Es esto a lo que se dedican en esta Casa mientras sus soldados mueren en el fango, luchando en una guerra sin sentido? No puedo más que fruncir el ceño.

—Yo no bailo —digo.

—Entonces, me pondré yo en el papel del soñador —dice Caspian mientras adopta una pose en mi lugar, lo que causa que los espectadores que están en los extremos del salón estallen en carcajadas estridentes. Incluso el resto de las parejas se detienen y comienzan a aplaudir la forma en la que se ha contorsionado para adoptar una pose melindrosa. Me mira pestañeando, como si estuviera intentando atraerme del mismo modo que la criatura seductora de alguna fábula antigua.

Pierdo la compostura. Me siento un pez fuera del agua. Acepté seguirle el juego con esta farsa para mantener a salvo a todas las personas a las que quiero y recuperar a mi padre, pero no pensé que eso requeriría que me convirtiera en el blanco de las burlas del Príncipe Regente.

Me doy la vuelta para marcharme, pero Talon está ahí, bloqueándome la salida. Abro la boca para gritarle. Sin embargo, él se limita a inclinarse ante mí.

—Tal vez podrías disfrutar si bailaras con una pareja más capaz —dice, alzando la voz por encima de los rumores que se han desatado. Vuelvo a abrir la boca para decirle exactamente lo que pienso de semejante idea, pero me agarra de la mano y me acerca hacia él—. Mi hermano no tiene ni idea de cómo es la vida de un soldado. Es más que probable que piense que celebramos un baile después de cada batalla. Deja que te ayude.

Estar entre los brazos del Príncipe de la Guerra no se parece en nada al tacto ligero de su hermano. Puede que Caspian sea más alto, pero así como él es esbelto y parecido a una sílfide, Talon es duro y musculoso. El rostro se me enciende al darme cuenta de que me está haciendo un favor, así que asiento con la cabeza rápidamente.

—Voy a ir diciéndote los pasos, pero será más fácil si me sigues a mí —me dice mientras nos embarcamos en otra vuelta en torno al salón—. Primero, va un paso que se parece un poco a una estampida. Giramos en torno a la pista en el sentido de las agujas del reloj. Después, vienen los saltos. ¿Te acuerdas?

—Sí —contesto mientras intento concentrarme en los pasos. Las dos primeras partes transcurren sin problema y, cuando alzo la vista hacia él, me está sonriendo—. Deja de reírte de mí —mascullo mientras regresamos al punto de la pista de baile en el que hemos comenzado.

—¡No me estoy riendo! Lo estás haciendo muy bien. Tendrías que haberme visto en mi primera gala. A continuación viene un paseo y, después, volvemos al contoneo y las poses.

—Eso no son palabras de verdad —protesto, pero ya me ha alejado de él con un giro para que pueda volver corriendo desde el otro extremo de la sala y colocarle la mano sobre la suya.

—No lo pienses demasiado —dice con una carcajada mientras paseamos en fila, con las manos apenas rozándose. Le miro los pies intentando memorizar los pasos—. Es como luchar: tienes que dejar que tu cuerpo sienta los movimientos porque, para cuando has pensado en el paso, ya es demasiado tarde.

—Preferiría luchar —digo.

—Entonces, hagamos eso.

La siguiente tanda de pasos requiere que nos alejemos el uno del otro dibujando un círculo. El resto de las parejas hacen lo mismo. Esta es la parte en la que me he equivocado antes pero, en esta ocasión, he aprendido la lección. Cuando llega el momento de posar, no dudo y, en su lugar, adopto la posición de disparo como si fuera a pelear. Talon sonríe. De algún modo, está disfrutando de esto.

—Bien hecho —comenta—. ¡Bueno, no te contengas!

Paso de la posición de disparo a una defensiva y me sorprendo un poco cuando él hace lo mismo. Antes de que pueda pensarlo demasiado, me acerco hacia él pisoteando el suelo que hay unos centímetros por delante de mí. Él suelta un grito de desafío y hace lo mismo.

La música cambia de pronto; hay menos violines y más flautas. Entonces, reconozco *Lanza al bastardo por la borda*, una canción Kraken muy conocida. Miro a Talon con las cejas arqueadas, pero él se encoge de hombros.

—¿Sabes bailar la «marejada»? —pregunto.

—Aprendo rápido.

Los Kraken no bailamos danzas de salón o, si lo hacen, yo nunca he presenciado algo semejante. En su lugar, damos pisotones, gritamos y luchamos. Todas las danzas Kraken son en realidad una manera de mantenerse en forma para la batalla que acabará llegando. La navegación es un asunto peligroso y todos y cada uno de los aspectos de nuestras vidas giran en torno a ella. Incluso la diversión.

Siento en mis entrañas algo doloroso y triste. Echo de menos a Adelaide, a Gavin, a Miranda e incluso al pequeño Alvin con esos ojos demasiado grandes que han visto demasiadas cosas. Odio estar bailando mientras Leonetti está el Caos sabe dónde. La culpabilidad me atraviesa, pero estoy aquí porque quiero mantenerlos a salvo.

Así pues, pienso ofrecerle a este salón lleno de pijos un espectáculo que nunca olvidarán. Recordarán quién soy incluso aunque Caspian preferiría que lo olvidasen.

Doy un par de saltos en torno a Talon, como si estuviera buscando un hueco. Un soldado se acerca y él le entrega su bracamante justo cuando las demás parejas abandonan la pista para dejarnos espacio. La música aumenta de volumen y yo doy dos palmadas para indicar el comienzo de la danza.

La marejada consiste en una serie de zapateos, pies arrastrados y golpes de pierna. Los bailarines van dando saltos para acercarse cada vez más el uno al otro hasta que, hacia el final de la canción, se juntan en un giro. Se pueden hacer volteretas y cosas por el estilo pero, con este vestido, eso sería un desastre, así que me conformo con los pasos básicos.

Talon se inclina hacia atrás de modo que la patada lenta que lanzo pasa justo por encima de su torso. Él responde dando unos pisotones y haciendo un barrido con la pierna en mi dirección que yo salto sin problemas. La sonrisa le ha desaparecido del rostro y su mirada, fija en mí, es intensa. Recuerdo demasiado tarde que la marejada es tanto una batalla como una danza de seducción, pues los movimientos imitan el tira y afloja de la atracción conforme los bailarines se van acercando cada vez más.

Al principio, pienso que he calculado terriblemente mal a pesar de que Talon parece estar disfrutando de la danza tanto como yo. Sin embargo, en ese momento capto un atisbo de un joven con el pelo de un tono rubio arenoso entre la multitud. ¿Gavin? Estoy dando la vuelta para evitar un golpe de mi acompañante, por lo que no puedo distinguirlo bien, pero es suficiente para recordarme que tengo una misión. Si voy a besar al Príncipe de la Guerra, voy a tener que seducirlo porque, si bien necesito el favor de Caspian para recuperar a mi padre, no puedo evitar pensar que, si mato a Talon, salvaré muchas vidas en el campo de batalla.

¿Y qué mejor manera hay de seducir a un enemigo que una danza?

El problema es que Talon sí aprende rápido. Está ahí con la maniobra adecuada para cada finta y cada golpe, lo que hace que nos estemos acercando cada vez más el uno al otro. Después de que se deslice bajo una patada giratoria (movimiento que, sorprendentemente, puedo ejecutar a pesar de la falda tan voluminosa que llevo puesta), me doy cuenta de que sabe más de lo que me ha dicho.

El sonido de las flautas aumenta para el último estribillo de la canción y yo me dirijo hacia él girando de un modo que parece descontrolado. Voy cada vez más rápido hasta que, al final, salto hacia él. Casi espero que me deje caer de bruces, pero no lo hace. Me atrapa en el aire justo cuando la música termina. Mi cuerpo se desliza contra el suyo mientras me baja al suelo. El pecho nos sube y nos baja y tenemos las caras lo bastante cerca como para que su aliento me caliente las mejillas.

Es ahora o nunca.

Me inclino hacia delante con los ojos ligeramente cerrados pero lo bastante abiertos como para comprobar que él esté haciendo lo mismo. Estamos tan cerca… Un solo roce de mis labios y su fin estará sellado.

Es entonces cuando la sala estalla en aplausos.

Pestañeo y abro los ojos. Talon parece tan aturdido como yo. Me había olvidado del resto de los presentes, de los espectadores que nos observaban pareciendo creer que esto era un espectáculo para ellos.

—¡Hermano! ¡Vástago! —Caspian es el que más está aplaudiendo y sus ojos dan la impresión de bailar bajo la luz tenue. Parece un niño a punto de hacer una travesura, lo que supone un jarro de agua fría. Disfruta demasiado de las intrigas, para mi gusto—. Qué demostración tan magnífica. No me extraña que te mostraras tan disgustada ante mis torpes intentos —añade con una carcajada. El resto de la sala se ríe con él.

—¿Qué? No...

Me interrumpe antes de que pueda decir nada más.

—¡No importa! Es un momento propicio, pues ha llegado la hora de hacer mi anuncio. No, no te vayas a ninguna parte, hermano, esto también te interesa.

Talon me ha dejado a unos pocos pasos de él y tiene un gesto de preocupación. ¿Estará recordando el calor y la emoción de nuestro baile? Me digo que el pulso me palpita y que siento un cosquilleo en la piel porque he estado a punto de matar al Príncipe de la Guerra, pero reconozco que es una mentira.

—Queridos amigos —dice Caspian, alzando la voz para que resuene por todo el salón—. En los tiempos anteriores a esta tediosa guerra, era costumbre que los regentes de las Casas hicieran una gira anual por todo el país, turnándose cada uno para ser el anfitrión del resto. Ahora que ha terminado la guerra y siguiendo mi propio decreto, por supuesto, anuncio que enviaré de inmediato a la encantadora Maribel Calamus, vástago de la Casa de la Esfinge, a realizar una gira semejante para que pueda familiarizarse con los regentes de las diferentes Casas.

Se oyen unos cuantos aplausos y algún murmullo educado de sorpresa, pero la mayor parte de los invitados permanecen sumidos en un silencio sepulcral. No me sorprende. No me emociona demasiado descubrir que voy a viajar por territorios que, hace menos de un mes, habrían matado a un Kraken nada más verlo.

—¡Y eso no es todo! —continúa el Alto Príncipe Regente mientras hace un gesto a un sirviente para que se acerque. Después, nos entrega a cada uno una copa de champán—. Dentro de tres semanas, en una fiesta organizada por la Casa del Barghest, ascenderé a Maribel al lugar que le corresponde por derecho como regente de su Casa y le devolveré su asiento en el consejo de gobierno.

Al oír eso, se escuchan varios jadeos y gritos ahogados. Supongo que todos pensaban que interpretaría el papel de vástago de la Casa de la Esfinge durante un tiempo antes de que me asesinaran o me escondieran en alguna parte. Para ser sinceros, yo esperaba lo mismo. Pero ¿esto? Esto suena como una auténtica compensación.

—¡Hurra! —grita Caspian.

El público se hace eco y, después, todos beben el vino espumoso sin demasiada gana. Tras el anuncio, el Príncipe Regente hace un gesto y los músicos dan comienzo a otra alegre jiga. Sin embargo, yo no estoy de humor para bailar.

Alguien me agarra del brazo y, cuando me doy la vuelta, me encuentro a Talon, cuya mirada relampaguea como una tormenta en el horizonte.

—Tú ya sabías todo esto —me dice. No es una pregunta.

Yo me suelto de su agarre con un tirón del brazo.

—No estoy más al tanto de las maquinaciones de tu hermano que tú. ¡Menuda ridiculez acabas de decir!

En el fondo, estoy emocionada. Recorrer el campo me ofrecerá la ocasión de escapar y podré encontrar el camino de regreso hasta mis amigos. Solo para que Caspian declare la guerra una vez más y los asesine mientras duermen.

Aparto ese pensamiento de mi mente y me doy cuenta de que esto es malo. Necesito recuperar a Leonetti antes de poder ver a Caspian y a Talon muertos. ¿Cómo voy a salvar a mi padre si estoy en medio de una estúpida gira por todo el país?

—Las caras largas acaban con la felicidad que cargas —canturrea Caspian mientras nos rodea los hombros con los brazos a su hermano y a mí en un gesto amistoso—. No te preocupes, hermano, tú también vas a venir. Vamos a vivir una gran aventura.

—¿«Vamos»? —pregunto, reponiéndome antes que el Príncipe de la Guerra.

—¡Claro! ¡Nosotros tres! Vamos a ver todo lo que este buen país puede ofrecernos. ¡Carruajes! ¡Turismo! ¡Incluso vestuarios nuevecitos! ¿No suena divertido?

Me obligo a sonreír y el rostro demasiado apuesto de Talon replica mi mueca.

Esto va a ser un desastre.

10
TALON

Tras el anuncio de Caspian, estoy demasiado nervioso como para hacer algo que no sea apretar la mandíbula y lanzar dardos venenosos con la mirada a cualquiera que se acerque. Cuando uno de mis Dientes me devuelve el bracamante, aprovecho la oportunidad para librarme de Caspian y me apoyo en el trono mientras él se pavonea con Darling, presentándosela a los ministros y a los Dragones de la nobleza. A ella, los dedos le tiemblan cada vez que alguien la toca o le tiende la mano. Después, mueve los hombros como si quisiera recolocarse la capa de plumas, claramente incómoda.

Pienso en el baile, en la facilidad con la que nos hemos adaptado juntos al ritmo, en lo bien que me he sentido al empujarla sabiendo que me seguiría y al jadear para poder seguirla cada vez que me devolvía el desafío. Tal vez debería deshacer mi propia orden en contra de que entrene con mis soldados y emparejarme con ella yo mismo.

Darling junta las manos tras la cintura mientras el ministro de la Moneda le dice algo y, si bien las mantiene casi ocultas, veo con toda claridad cómo acaricia la fina empuñadura de una de las dagas que lleva en los brazales. Sé lo que está pensando y siento cómo una sonrisa me tira de una de las comisuras de los labios.

El problema es que me gusta y Caspian la está usando. Nos está usando a ambos; a todos. Y apostaría todas las riquezas y la plata de mi botín personal a que ella le está devolviendo el favor usándolo a él y a todos nosotros.

—La luz es tan tenue que apenas veo nada —dice la tía Aurora justo a mi lado.

No me había dado cuenta de su presencia. Tan solo sentía la necesidad de mirar a Darling. Percatarme de ello hace que se me encienda la nuca y trago saliva mientras miro a mi tía, que tiene una ceja arqueada en gesto de silenciosa reprimenda.

Doy gracias al Caos de que Aurora no sepa que durante ese momento suspendido y prolongado después de que hayamos terminado de bailar, he pensado en besar a la chica.

—Me marcho —digo en voz baja para que solo lo oiga ella.

Definitivamente, es hora de una retirada estratégica. Darling va del brazo de mi hermano y están rodeados de Dientes y cortesanos. Es una situación bastante segura y, además, ella puede encargarse de cualquier cosa que se le ponga por delante; incluso de proteger a mi hermano si fuera necesario.

—Ajá… Sin duda ya has dado bastante espectáculo para toda la velada.

Aparto la vista de Darling y, en su lugar, miro a Aurora con incredulidad. ¿Un espectáculo? ¿En comparación con quién? ¿Con Caspian? Él es un espectáculo andante y parlante. Antes de la fiesta, durante un instante, he creído que habíamos conseguido conectar, pero mi hermano me ha prometido que no habría ninguna sorpresa para después anunciar esta gran gira en cuanto le he dado la espalda. No solo ha sido una promesa rota, sino una mentira rotunda. O una idea repentina inducida por la locura. No me gusta ninguna de las tres opciones.

El gesto de mi tía se suaviza y me toca el antebrazo con delicadeza con los dedos.

—Lo siento, Talon; tan solo estoy preocupada.

Asiento. Hablar de preocupación es quedarse corto en el caso de ambos. Doy un paso atrás y me inclino formalmente ante ella.

—Tía, perdóname por renunciar a un baile contigo. Si nuestra partida va a ser inminente, tengo que encargarme de inmediato de ciertos preparativos.

Tras ponerse de puntillas, me da un beso en la mejilla.

—Ten cuidado —murmura. Sin embargo, cuando vuelve a apoyar los talones en el suelo, no muestra ni rastro de seriedad.

Aurora se aleja y yo me dirijo hacia la salida con la decisión suficiente como para que nadie me pare.

Es un alivio escapar de la multitud, el ruido y los perfumes, aunque regresar a la plena luz de las lámparas de dones hace que tenga que pestañear. El cielo estrellado del Salón del Félix ha sido relajante, y las sombras pálidas y los destellos de la gente, casi como un sueño. ¿Le ha parecido así a Darling? En cierto modo, dudo que se haya sentido relajada.

Paso frente a Dragones que se están riendo y les hago un gesto con la cabeza a los guardias vestidos de verde que están situados en las enormes puertas dobles. Voy a ir a buscar a Finn a los barracones de los Dientes y lo llevaré conmigo a visitar al capitán de la guardia del palacio para descubrir si Caspian ha puesto ya algo en marcha con respecto a la seguridad de nuestra pequeña excursión por el país.

Sin embargo, veo a Elias Chronicum salir de una de las escalinatas abovedadas que conducen hacia los jardines construidos en terrazas, así que doy la vuelta de inmediato para interceptarlo.

Hace casi dos años, antes de que me sometiera a la orden de sustituir al general Bloodscale en el frente, insistí en que mi hermano tuviese un sanador personal o, de lo contrario, no me marcharía. Aquello ocurrió al final de un año en el que Caspian había sufrido demasiados episodios en público como para que me pareciera seguro dejarlo solo. Se interrumpía en medio de una frase y se quedaba mirando algo que nadie más podía ver, se reía de forma repentina o prohibía que nadie entrara a su torre hasta que estaba demasiado cansado y hambriento como para dar órdenes. Siempre tenía las manos cubiertas de pintura. Aurora y yo sabíamos que a menudo se despertaba tras tener una pesadilla y se negaba a que encendieran fuegos en sus chimeneas o incluso a tener velas normales, como si las llamas supusieran un tipo especial de horror para él. En aquel momento, los rumores de locura y de que caminaba entre sueños comenzaron a esparcirse de nuevo y no sabíamos cómo contrarrestarlos.

Solo que todo acabó de forma abrupta sin que, para nosotros, hubiese ningún motivo aparente. Entonces, Caspian tomó las riendas del liderazgo con más firmeza que nunca antes.

Me sentí aliviado hasta que metió a Bloodscale en el consejo y solicitó que yo me marchara. Hablé con Aurora y mandamos una carta a la Casa del Grifo, renombrada por sus bibliotecas y sus sanadores. Entonces, Elias vino a nosotros. Es le prime del Grifo regente y no solo es especialista en tratar enfermedades relacionadas con los dones sino que elle misme tiene un don de diagnóstico. Me dijo que, en la práctica, no era muy diferente a mi don de rastreo. Se sentía tan confiade de que podría ayudar a Caspian que empecé a vivir la vida con más calma.

Sin embargo, han pasado dos años y Caspian no ha mejorado. Si bien en el pasado confié en Elias, ahora estoy enfadado. Debe de percibirlo en mi mirada mientras me acerco a elle, así que parpadea rápidamente y me hace una pequeña reverencia.

—¿Mi filo? —murmura.

Le tomo del codo y le conduzco de nuevo escaleras abajo en dirección a los jardines. Esta confrontación lleva cerniéndose sobre nuestras cabezas desde que regresé con Darling y me encontré a Caspian tan desatado e impredecible como siempre. Cuando pasamos junto a un trío de cortesanos, relajo el agarre para que parezca que le estoy acompañando de un modo más amistoso que antes. Bordeamos una hilera de árboles en flor y nos dirigimos al fondo de la terraza de piedra, donde tendremos un mínimo de privacidad. Entonces, le suelto.

—Mi filo —vuelve a decir Elias, aunque no añade nada más. Está a la espera. En su mirada se oculta algo desafiante y yo estoy preparado para enojarme.

Como muchos de los miembros de la Casa del Grifo, Elias evita la mayoría de los marcadores de género explícitos tanto en su vestimenta como en sus accesorios. Viste una túnica a capas confeccionada con un material pálido exquisito que fluye en torno a su cuerpo y un sello de granate que indica que pertenece a la familia inmediata de la Grifo regente y que reposa con pesadez sobre su dedo índice marrón claro.

—¿Por qué no lo estás ayudando? —digo con un tono un poco más amenazador de lo que pretendía.

Elias mantiene el gesto tan calmado como siempre.

—Sí que lo ayudo.

—No está mejor.

—¿Mejor que qué? —replica elle, arrastrando las palabras y permitiendo que su fachada se resquebraje. Vuelvo a ver el desafío en su mirada, un desdén silencioso que implica que yo no conozco a mi hermano en absoluto pero elle sí.

Me yergo: soy más alto y más ancho que Elias, así que me resulta fácil cernirme sobre elle.

—Te traje aquí para que le curaras su enfermedad y…

—No está enfermo.

Entorno los ojos. Quiero preguntarle que, si mi hermano no está enfermo, ¿por qué no se ha ido elle a casa? Sin embargo, deseo más recibir respuestas.

—Actúa como si lo estuviera. Es salvaje y tiene tendencia a los cambios de ánimo y los comportamientos ridículos. Ya lo has visto ahí dentro, ¿no?

Elias me contempla y es probable que sus ojos marrones y cristalinos internalicen más cosas de las que me gustaría.

—¿Y vos?

—No quiero acertijos, Elias.

Me da la impresión de que pone los ojos en blanco sin hacerlo realmente. Me siento joven y estúpido a pesar de que solo soy un par de años más joven que elle y de que soy el Primer Vástago.

—El Príncipe Regente sabe lo que está haciendo, vástago —dice Elias—. ¿Alguna vez habéis pensado eso? Lo hace todo a propósito, jugando con vos y con todos los demás como un maestro estratega.

Cruzo los brazos sobre el pecho y sacudo la cabeza. Sigo hablando en voz baja, pues parece que estamos a solas, pero los jardines tienen fama entre los chismosos.

—A veces, pero no siempre. Lo he visto desmoronarse; sé que ha sido así. Espero que tengas razón y que esté haciendo todo esto a propósito pero, si no es así, el riesgo no merece la pena.

El cuerpo de Elias se relaja un poco.

—Estáis preocupado por él —comenta con la osadía de parecer sorprendide.

—Es mi hermano —digo de forma seca.

—Habéis estado lejos mucho tiempo.

—Todos tenemos que atender nuestras obligaciones.

Le sanadore se pasa la mano por los rizos negros y cortos. Para la ocasión, los lleva salpicados del rojo óxido de la Casa del Grifo. Cuando lo recuerda, hace una mueca, aparta la mano y frota el polvo entre los dedos. Me pregunto si ha sido cosa de Caspian del mismo modo que ha insistido en maquillarme los ojos. Me pregunto cuán cercana será la relación entre Elias y mi hermano.

—He visto los cuadros de la chica —dice elle antes de que pueda formular la pregunta sin hostilidad.

Tomo aire con rapidez. Al menos, eso es una respuesta a mi pregunta. De algún modo, voy a tener que hacer que Caspian confiese a cuánta gente se lo ha contado. El alcance de sus pinturas y de su obsesión por Darling... Se suponía que era un secreto muy bien guardado.

—Saber que representan a una persona real, una persona con quien Cas... Una persona con quien es evidente que el Príncipe Regente tiene una conexión del Caos sin precedentes... —dice Elias. Cuando aparta la mirada, hay una sombra en sus ojos; una sombra que refleja mis propios sentimientos de amargura ante el hecho de que Caspian y Darling tengan algún tipo de conexión. Pero elle prosigue—: Sugiere que su don adquiere la forma de algo que, hasta ahora, era desconocido. Es artístico, sí, pero centrado en una sola cosa, en una sola persona. Un único hilo del Caos. Es cierto que lo afecta de un modo extraño, eso lo admito. Pero el hecho de que no lo comprendamos —añade con un tono de voz más afilado— no significa que esté enfermo. O loco.

—¿Estás segure de que su don es de pintura?

—A menos que le esté mintiendo a todo el mundo que se preocupa por él...

—¿Y no crees que eso sea posible? —le espeto.

—Confío en él —responde Elias en voz baja pero con tono duro.

Por un largo instante, me quedo contemplándole. Parece sincere. Y aunque yo no sea capaz de confiar tanto en Caspian, me alegro de que tenga a alguien tan dedicado a él.

—Si no está enfermo, y te creo cuando dices que no lo está, entonces, ¿por qué crees que le resulta tan difícil procesar su don? ¿Tiene algo que ver con su conexión con Darling? ¿O, sencillamente, porque es demasiado fuerte? ¿El Caos tiene demasiado poder sobre él? Incluso aunque muchas de estas cosas las haga a propósito, he visto cómo toma control de él. Tú debes de haberlo visto también.

La expresión del rostro de Elias se encuentra a medio camino entre la molestia y la sorpresa. A pesar de sus buenos sentimientos, Caspian le ha clavado las garras en el mejor sentido posible.

—Llevo tiempo queriendo investigar en los archivos de los Grifos, donde hay muchos libros sobre cómo funcionaban los dones en los tiempos anteriores a la muerte del Último Fénix, cuando todos eran más fuertes que los que nos son concedidos ahora. Sin embargo… también temo abandonarlo.

Ya que eso lo entiendo por completo, me limito a sonreírle de forma sombría.

—En tal caso, tengo buenas noticias: vienes con nosotros a esa ridícula gira.

En lugar de seguir buscando a Finn cuando me despido de Elias, me dirijo a los aposentos de Darling. No habrá llegado todavía, pero esperaré. Cuando llego a la extravagante habitación, despacho a la guardia del palacio que está en la puerta y ocupo su lugar. Durante mi primer año en el ejército, ya que me asignaban la misma cantidad de trabajo sucio que al resto de reclutas, aprendí a apreciar la paz solitaria de las guardias nocturnas. Muchos se quejaban sobre los turnos de vigilancia, pero a mí me resultaban calmantes, sobre todo cuando estaba en las almenaras o las murallas de las ciudades en medio de la noche. Puedo sumirme en una concentración propulsada por mi don durante horas, consciente de los detalles que me rodean sin tener que pensar demasiado en ellos hasta que algo fuera de lugar me llama la atención. Es meditativo. Ahora, ya no tengo la oportunidad de hacerlo muy a menudo y lo echo de menos.

Dejo que mi don despierte y, de inmediato, soy consciente del espacio vacío que me rodea, del tapiz que hay al otro lado del pasillo y que tiene el bajo hecho jirones, de una mancha reciente de vino derramado en la alfombra que tengo a la izquierda y del zumbido de algo muy pequeño que se esconde entre las sombras cercanas al candelabro de pie que hay a mi derecha. En el interior de la habitación de Darling, una ayudante la está esperando, adormilada. Por lo demás, estoy solo. Respiro hondo y me acomodo en este estado de conciencia tranquila. Logra que me percate del dolor que todavía siento en el hombro y de la tensión desigual en la espalda debido al hecho de que he estado compensando. El dolor de las plantas de los pies, el peso de la pintura negra en torno a mis ojos y un cosquilleo en la nariz. Lo bloqueo todo y sigo respirando.

A mi lado pasan corriendo varios sirvientes y un par de cortesanos de la Casa del Barghest que se dirigen a sus propios aposentos. Ninguno de ellos se da cuenta de que no soy un simple guardia de palacio más a pesar de las elegantes escamas negras que llevo en la hombrera o del uniforme de gala. No pasa demasiado tiempo, tal vez una hora, antes de que sienta que se acercan tres personas: dos de ellas en formación y, la que está al frente, pisando con fuerza.

Miro en esa dirección sin mover la cabeza y me encuentro a Darling apartando de su camino las pesadas faldas prácticamente a patadas en lugar de levantándoselas con las manos. En mi pecho se enciende algo cálido. Vuelve a llevar unas gafas protectoras con cristales oscuros que están enmarcados por finas tiras de cuero color crema que se entrelazan con su pelo. Ojalá pudiera verle los ojos marcados por el Caos. Pienso en sus gafas originales, las que le quité en Lastrium y guardé en una caja laqueada que tengo en mi habitación junto con el resto de los artículos que más me gustan de mi botín personal. Es como si fueran un premio. O un tesoro especial.

Cuando llega hasta mí, giro la cabeza y ella se queda boquiabierta. No es que la haya sorprendido, pero no se había dado cuenta de que era yo.

—Talon —dice mientras convierte cualquier rastro de aturdimiento en algo más molesto.

La saludo con un gesto de la cabeza y, con una mirada, despacho a los dos Dientes que la escoltan.

—Deberíamos pelear —le digo cuando se han marchado.

Ella se ríe de mí. Es una risa maliciosa pero bonita.

—¿Ahora mismo?

Sacudo la cabeza mientras aprieto la mandíbula.

—Llevas tiempo queriendo entrenar con el ejército. Lo permitiré, pero solo si estoy presente. Mañana. O cualquier otro día que estés disponible. No sé qué agenda te ha preparado Caspian, pero nos marcharemos en un par de días.

Darling reposa todo el peso sobre una pierna y me observa.

—Bueno, supongo que ese es el mejor trato que voy a conseguir.

—Así es.

—Entonces —dice mientras muestra los dientes brillantes en una sonrisa—, lo esperaré con ansias, Príncipe de la Guerra.

Hay algo en su porte y en su expresión que me recuerda al momento en el que sus extraños ojos se posaron sobre mis labios en el Salón del Fénix. Antes de que ninguno de los dos pueda hacer algo ridículo, escojo hacer otra retirada estratégica.

11
DARLING

A pesar de la oferta de Talon para pelear (algo que estoy esperando con demasiadas ganas), tengo cosas más acuciantes de las que ocuparme, ya que tengo incluso más pruebas de vestuario que antes, lo cual supone una revelación que casi me sume en una espiral de desesperación.

Resulta que ninguno de los vestidos para los que ya me tomaron medidas y que ya confeccionaron son apropiados para la gran gira de Caspian. Así pues, una vez más, me veo sometida a las pruebas de la modista de la corte y su ejército de ayudantes. La mañana después de la gala, antes incluso de que haya practicado mis ejercicios o de que haya desayunado, lady Fringues y su equipo se presentan en mi puerta, listos para ponerse manos a la obra. La mujer les ladra las órdenes como si fuera un general y, cuando cometo el error de suspirar mientras vuelven a probarme otro vestido de gala (sinceramente, me parece que seis son más que suficientes), uno de sus ayudantes explota contra mí.

—Deberíais sentiros honrada. Lady Fringues es una de las pocas modistas de la Casa de la Cocatriz que quedan en el continente. Sus servicios son muy apreciados y admirados. Ha tenido que cancelar varias citas con vástagos muy respetados para incluiros a vos —dice mientras me ajusta el vestido con alfileres.

La miro largo y tendido. Todavía no me creo que sea el vástago de la Casa de la Esfinge, pero dudo que ningún otro noble fuera a permitirle hablar de ese modo. Además, las apariencias son importantes. Una vez que se calma un poco, le contesto al fin.

—Si me confeccionara un par de pantalones, me sentiría profundamente agradecida pero, con toda sinceridad, estos vestidos no son de mi agrado, por lo que toleraré todo este asunto como yo crea conveniente —digo.

La modista me oye y aparece a mi lado con las mejillas pálidas ruborizadas y la ira restallando en sus ojos oscuros. Lleva el cabello negro y liso recogido en un complicado moño en la parte trasera de la cabeza.

—¿No os gustan mis diseños? —dice con un tono de voz grave. La sala se sume en un silencio propio de una tumba antigua y yo no puedo evitar suspirar de nuevo.

—Los diseños son preciosos. Y los colores, también. Es solo que… soy soldado; una luchadora… Con esto, no puedo dar patadas —comento mientras les demuestro cómo la falda se enreda entorno a mi pierna cuando la levanto—. Apenas puedo moverme. No importa lo bonito que sea el vestido; si no puedo luchar con él, entonces, no me va a gustar.

Un murmullo recorre la habitación y la dama levanta la mano de forma brusca para pedir silencio, cosa que consigue.

—Eso es interesante. Hmmmmm. Sí, ya veo el problema.

Se aparta para tomar una tabla de dibujo enorme de una de las múltiples cajas y hace un gesto a unos pocos de sus ayudantes para que se acerquen. Empieza a garabatear y, conforme lo hace, todos ellos susurran en voz baja. Me lanzan un par de miradas y me doy cuenta de que, en realidad, me ha escuchado, cuando regresa hasta mí y me muestra una serie de bocetos que me dan cierta esperanza.

—Preferiría que me hubierais comentado este asunto antes —dice la mujer cuando sonrío ante los nuevos diseños—, pero podemos adaptarnos. Tomaremos las medidas que tenemos y regresaremos antes de que os marchéis con vestidos que cumplan con vuestras necesidades.

Se marchan y, entonces, doy por sentado que voy a tener el resto del día para mí misma. Sin embargo, no tengo tiempo libre a lo largo de los próximos días. En su lugar, tengo numerosas lecciones sobre decoro, la historia de las diferentes Casas y pruebas de zapatos. Incluso tengo que elegir los dracos que tirarán de mi carruaje porque, al parecer, tendré todo un carruaje para mí sola y es de vital importancia que escoja la paleta de colores.

Odio todos y cada uno de los insípidos momentos de esas tareas. Lo único que me impulsa a seguir manteniendo esta farsa es el recordatorio de que el destino de la Casa del Kraken reposa entre mis manos. Incluso aprender la historia de la Casa de la Esfinge hace que note una profunda sensación de inquietud. Soy una Kraken, pero hay algo ligeramente familiar en las historias sobre tormentas de arena y lluvias estacionales. ¿Se trata de recuerdos enterrados hace mucho tiempo o tan solo de un profundo anhelo por comprender cómo era mi familia?

Sin embargo, tan pronto como surge esa emoción, la aparto de mí y, en su lugar, me centro en mi objetivo: la libertad de Leonetti. Sin eso, nada de todo este asunto tiene sentido. A pesar de las promesas de Caspian, empieza a preocuparme que me estén tomando por una tonta. Y, aunque el Príncipe Regente rechaza mis peticiones de celebrar una audiencia, tengo que creer que las cosas que dice las dice en serio. De lo contrario, ¿qué es lo que gana él?

Para cuando llega la mañana del día anterior a nuestra supuesta partida, estoy harta de los viajes y de las políticas de las

Casas y ni siquiera hemos salido de Cumbre del Fénix. Me reúno una última vez con lady Fringues y su equipo. Los cambios que ha introducido en los diseños son maravillosos. Ahora, las faldas llevan aberturas ocultas de maneras ingeniosas que me permiten dar patadas y peso en los dobladillos que apartan la tela de mis piernas. Algunas de ellas incluso llevan lazos cosidos que las unen a los corpiños. Un par de mallas transparentes completan los diferentes conjuntos. Siguen sin ser las prendas negras de los Tentáculos, pero están mucho mejor que antes.

Están probándome lo que me dicen que será uno de los vestidos de viaje cuando las puertas se abren para dar paso a una oleada de guardias Dragón. Antes de que pueda protestar, una mujer vestida en tonos verdes y dorados, los colores de la Casa, entra en la estancia.

—¡Lady Fringues! ¡Ay, qué diseño tan espectacular! —dice mientras me rodea como si no fuese más que un maniquí en lugar de una persona—. Tendréis que diseñarme algo similar cuando el Príncipe Regente deje de exigir vuestro tiempo —dice mientras contempla el alto cuello transparente y el corpiño ajustado.

—¿Puedo ayudaros? —digo con un tono de voz educado y anodino.

Soy capaz de reconocer una encerrona cuando la veo y esta mujer es como una trampa para osos esperando a que dé un paso en falso. No sé quién es, pero hay algo en su rostro que me recuerda ligeramente a Talon y a Caspian.

—Oh, habéis conocido a tantas personas en los últimos días… —replica. Su risa, como un trino, es tan falsa como sus pestañas—. Sin duda, no puedo culparos por no acordaros.

Eso me recuerda que Caspian sí nos presentó en la gala. Con cierto desdén.

—Ah, sois la tía.

Hay un leve cambio en su expresión. Es poco más que un tic, pero me doy cuenta de que ese sencillo comentario le molesta de algún modo.

—Sí, aunque soy mucho más que eso. Soy lady Aurora, la Vidente del Dragón.

Ahhhh. Eso explica el collar que lleva puesto: una garra de dragón sujetando un diamante grande y transparente. Probablemente, se trate de algún sello perdido de la mano del Caos que se corresponde con su puesto.

Cuando no respondo, repite la frase con mayor lentitud y con la voz un poco más alta, como si yo fuese una simplona ignorante.

—¿La Vidente del Dragón?

La piel se me eriza al instante.

No soy idiota; aunque crecí en las alcantarillas de Nakumba, sé cómo funcionan las políticas de las Casas. No gracias a algún recuerdo enterrado durante mucho tiempo de la Casa de la Esfinge, sino porque he pasado mucho tiempo con Adelaide y la Casa del Kraken. Puede que nuestra Casa no celebre galas o tenga modistas de turno a las que recurrir, pero sí había nobles menores que, junto con sus parejas, buscaban arañar algún que otro favor o alguna concesión. He visto de primera mano cómo un acercamiento amistoso puede convertirse en un arma arrojadiza afilada, por lo que no estoy dispuesta a entrar en el juego de esta mujer. Pero sí voy a divertirme un poco.

—¿Y cómo funciona? —pregunto mientras le hago un gesto a la ayudante de la modista para que vuelva y termine con los ajustes. La joven le lanza a Aurora una mirada recelosa, lo que confirma mis sospechas. Jamás confíes en alguien a quien los sirvientes temen. Se puede aprender mucho de una persona por cómo trata a aquellos que consideran sus inferiores y el miedo que siente la costurera que está a mi lado es palpable.

La mujer me dedica una sonrisa ladina.

—Oh, es como cualquier otro don. Se manifiesta cuando lo desea y, después de cada visión, acabo cambiada.

—¿Habéis tenido una visión sobre mí? —pregunto con un tono de voz dulce. Uno de los beneficios de las lentes oscurecidas es que me ocultan los ojos, por lo que me resulta mucho más fácil mentir. Los ojos delatan muchas cosas y no tener que preocuparme por eso es un don en sí mismo.

Aurora parece sorprendida.

—¿Por qué pensaríais eso? —pregunta.

—Bueno, la forma en que habéis irrumpido en mis aposentos me ha hecho pensar que se trataba de algo importante. —Me giro hacia los soldados que permanecen en la puerta, incómodos—. ¿O acaso vuestras tropas tienen la costumbre de asaltar las habitaciones de los vástagos de las Casas mientras se están vistiendo?

La mujer hace un gesto con las manos y los guardias se marchan.

—Os pido disculpas. Caspian me pidió que os hiciera compañía estos últimos días durante las sesiones de prueba para que me asegurara de que os atendían en condiciones, pero he estado muy ocupada.

—Ah, bueno, por suerte me he vestido yo sola los últimos diecisiete años.

—¿Qué os parecen los ajustes, mi pluma? —pregunta la costurera.

—Magníficos —contesto. Después, nos retiramos detrás del biombo para que puedan probarme un conjunto diferente. Solo que ya no quedan más así que, mientras me pongo un par de pantalones y una camisa holgada, lady Fringues y su ejército se retiran para hacer los cambios necesarios. No me pasa por alto cómo la mujer y su equipo ponen tierra de por medio con Aurora—.

Bueno, parece que ya me han confeccionado un vestuario completo —digo con una sonrisa—. Por favor, no dejéis que os distraiga de vuestras ocupaciones habituales.

—¡Tonterías! Pronto, formaréis parte del consejo, así que deberíamos conocernos mejor.

Y ahí está, tras el más mínimo esfuerzo de búsqueda.

Le hago un gesto a una de las doncellas, una mujer de pelo castaño y piel morena que estoy bastante segura de que es una soldado que Talon ha escogido para que me espíe. Ella se acerca. Podría haber mandado a cualquiera de las otras, pero disfruto bastante enviando a la espía a hacer recados, algo que estoy segura de que ella misma ha notado por cómo frunce los labios en una línea delgada antes de hacer una reverencia.

—Por favor, tráenos una tetera de té fuerte y tal vez unos pocos sándwiches pequeñitos como los que comimos ayer, si es que quedan. —Cuando se ha marchado, me giro hacia Aurora—. No estoy segura de qué es lo que queréis de mí, pero no estoy en situación de poner en marcha ninguna maniobra política. No tenéis que preocuparos de que vaya a traicionar a Caspian pues, en realidad, me tiene bien controlada —digo con sinceridad y yendo directa al grano—. Si estáis intentando dar forma a algún tipo de conspiración o algo semejante, no os sirvo prácticamente de nada.

Ella se ríe mientras me dirijo a la salita de estar y me siento en la silla que más me gusta; la que me deja en una posición desde la que puedo vigilar todas las posibles entradas y salidas. Tras levantarse la falda y acomodársela, la mujer se sienta en la silla que está al otro lado de la mesita.

—Vuestra actuación de la otra noche durante la gala fue bastante impresionante. Sois la comidilla de Cumbre del Fénix —dice.

—Podría haber aparecido y haberme fundido con el papel pintado y la gente seguiría sin dejar de hablar del asunto —replico—. Eso no explica qué hacéis aquí.

La doncella espía regresa con el té y los sándwiches cortados con la forma de una pluma. Es muy probable que se trate de un guiño a la Casa de la Esfinge, pero es una tontería. No es como si fuese a mejorar el sabor de una comida que ya de por sí está deliciosa.

Sirvo una taza de la bebida y se la tiendo a Aurora. Antes de que extienda el brazo para tomarla, se produce un momento de sorpresa, como si no esperara que tuviera modales básicos o como si el tutor de protocolo que me asignó Caspian no llevara semanas taladrándome la cabeza.

—Supongo que tenía curiosidad —dice Aurora mientras contempla el té un instante antes de darle un sorbo tentativo. Al hacerlo, la columna pálida de su cuello queda expuesta y es entonces cuando las veo. Cualquier otra persona pensaría que es un lunar o, tal vez, una mancha de cosméticos. Pero las gotitas que hay en el hueco donde se unen el cuello y la oreja de la mujer son, sin duda, de sangre.

Nunca nadie me advirtió de lo caótico que es matar, pero hay un motivo por el que los Tentáculos visten de negro. Matar, incluso aunque sea con un corte rápido en la garganta de una víctima despreocupada, es un asunto sucio. La sangre lo mancha todo y ha habido muchas ocasiones en las que Leonetti nos ha regañado para que nos tomáramos el tiempo necesario para limpiarnos después de cada misión.

«¡No vengáis a cenar ensangrentados! Es una grosería. Puede que ahora seamos soldados, pero no siempre estaremos atados a esta vida y no podemos dejarnos llevar», solía decir. Cualquiera que fuera lo bastante idiota como para hacer caso omiso de sus advertencias se llevaba un corte en la oreja y un sermón sobre modales y cómo representar a la Casa del Kraken.

Ante ese recuerdo, unas lágrimas repentinas amenazan con derramarse, así que me mantengo ocupada sirviendo mi propia taza de té.

Durante un instante largo e incómodo no digo nada y finjo sorber el té tal como hace Aurora. Sin embargo, no bebo nada. Empiezo a tener un mal presentimiento sobre este encuentro y, si bien mi don puede sanarme, no sé si me mantendría a salvo del veneno. Miranda y yo nunca hemos sido lo bastante valientes como para arriesgarnos a intentarlo.

A pesar de que tengo los nervios a flor de piel, finjo que no soy más que un vástago aburrido y no muerdo el anzuelo que me ha lanzado ella. La política me da igual, pero una mujer que se autoproclama vidente y que, después, se las arregla para acabar manchada de sangre es muy peligrosa.

—¿No sentís curiosidad por mí? —me pregunta finalmente. Por un instante, me preocupa que me haya leído la mente.

—Tan solo me pregunto si nos acompañaréis durante la gran gira —digo tras tomar un sándwich y dejarlo de nuevo antes de morderlo como si me pareciera desagradable. ¿Cuántos venenos pueden absorberse a través de la piel? Demasiados. ¿Es esto un intento de asesinato o el tiempo que llevo en la corte me ha vuelto paranoica? A excepción de la sangre, no hay nada en la mujer que me haga pensar que va a intentar asesinarme pero, de todos modos, me llevo las manos a las varillas que me sujetan la masa de rizos en un peinado complicado. No tengo armas. Después de la gala, me quitaron enseguida los cuchillos arrojadizos. Sin embargo, conozco una docena de formas de desarmar a un atacante y, si se diera la situación, clavarle una varilla en el ojo sería una forma dolorosa de hacerlo.

Aunque, si me ha envenenado, dudo que vaya a tener la oportunidad.

—Oh, me temo que no puedo. Tengo que encargarme de mis obligaciones. Hablando de eso… —Deja la taza y me dedica una sonrisa anodina—. Debo volver a ello. Muchísimas gracias por consentirme. Os veré al final de la gira, cuando os hayan devuelto vuestro título.

—Gracias por vuestra compañía —respondo, a pesar de que ambas sabemos que no lo digo en serio.

Ella se marcha y, en cuanto desaparece, vuelvo a dejar mi taza en la bandeja del té y salgo disparada de la silla.

La doncella (ahora ya estoy segura de que es una soldado jugando a ser sirvienta) entra corriendo en la habitación.

—¿Va algo mal, mi pluma?

—¿Cómo te llamabas? Dime tu nombre real —digo.

Ella abre la boca y, después, suspira.

—Marjorie. ¿Tan obvia he sido?

—Aquí, la mayoría de los sirvientes caminan como si no quisieran que se fijaran en ellos. Tú caminas como un soldado. —Señalo la bandeja—. Haz que retiren eso. Y asegúrate de que nadie toque nada.

Ella mira la comida.

—Es seguro; lo he comprobado yo misma.

¿Qué clase de órdenes le ha dado Talon en realidad? La idea de que haya podido enviar a alguien para que me mantenga a salvo hace que me sienta extraña y dicha sensación me disgusta de inmediato.

—Eso ha sido antes de que la Vidente del Dragón haya venido de visita.

Puede que parezca una tontería mostrarme tan paranoica, pero tengo una hermana que puede envenenar a alguien con un simple roce. ¿Quién sabe si la Vidente del Dragón no tiene algún don traicionero propio?

Por suerte, Marjorie no pone ninguna excusa ni me dice que estoy siendo tonta. En su lugar, se calza unos guantes de cuero y se lleva la bandeja. Se detiene junto a la puerta.

—El tutor de protocolo vendrá a la hora en punto. ¿Queréis que os traiga algo antes de que llegue?

—No —contesto.

Estoy demasiado ansiosa como para comer. En su lugar, salgo al jardín privado y empiezo a dar vueltas de un lado a otro, intentando que las fuentes cantarinas y las flores fragantes de una tierra que apenas recuerdo me calmen los nervios. No me gusta la Vidente del Dragón, pero no soy capaz de adivinar por qué más allá de las pocas gotas de sangre. ¿Qué es lo que tiene la mujer que me resulta incluso más desagradable que el resto de nobles menores que se inclinan y se arrastran para trepar socialmente?

¿A qué clase de juego me ha atado Caspian?

12
TALON

No es que me esté escondiendo en el establo de los dracos. Limpiar los arreos de mi montura principal y peinarle las plumas de la cresta son una parte necesaria de mi trabajo. Tienen que ser mis manos las que le pongan aceite en las partes resecas y mi olor el que quede impregnado en su arnés para que nuestra unión sea más firme. Los dracos de combate son peligrosos incluso cuando confían en sus compañeros, pero si permito que otros se encarguen de este trabajo, puede que acabe siguiendo una orden equivocada o decidiendo que no le pertenezco en el peor momento posible.

Aun así, es muy conveniente que tenga que pasarme aquí varias horas al día antes de que nos marchemos para la gran gira de Caspian. Esta tarde, casi todos los miembros del consejo quieren disponer de un poco de mi tiempo para ejercer algún tipo de control sobre los procedimientos a pesar de que todo está ya planificado. No voy a hacer cambios de última hora para satisfacer la rivalidad entre el ministro de Prosperidad y el de la Moneda ni voy a añadir más tiempo a nuestra estancia en la Casa del Barghest porque Mia Brynsdottir me haga pucheros durante una hora. Por suerte, ninguno de ellos me va a seguir al nido de dracos de batalla. Tan solo el general Bloodscale sería capaz de hacerlo y ya ha mostrado interés en argumentar de nuevo que el hecho de que la Casa del Dragón haya declarado que la guerra se ha acabado no asegura que la Casa del Kraken vaya a dejar de luchar. Como si no lo supiera... Tenemos que continuar deponiendo las armas ya que, de lo contrario, ¿qué motivo tendrían para creer que es real? Hemos tenido la misma discusión varias veces a lo largo de esta semana y no pienso hacerlo de nuevo. Al menos, Bloodscale no me interrumpirá aquí porque sabe mejor que la mayoría que necesito encargarme de mi montura principal de este modo.

Tras un par de horas he repasado los arreos y la silla de montar, he revisado las hebillas y la nueva filigrana decorativa, y se lo he colocado todo a la montura para asegurarme de que esté lo bastante ajustado como para que no le haga rozaduras y de que no deteste ninguna de las partes. Después, vuelvo a quitárselo todo y lo guardo con pulcritud. Entonces, me concentro en frotarle las escamas y peinarle las plumas con una púa fina. Le limo y le saco lustre a las garras, sobre todo a las que tiene en forma de garfio en las patas traseras. Mientras estoy trabajando en esa zona, me apoya las caderas contra el hombro, juguetona, y curva el cuello fuerte para enterrarme el hocico en el pelo, como si ella también pudiera acicalarme a mí a cambio. El soplo de su aliento agrio y sanguinolento que me recorre la columna vertebral hace que parezca que hace más calor en el compartimento, así que me quito la chaqueta del uniforme y me subo las mangas de la camisa. La parte final de su rutina de cuidado consiste en pulirle y engrasarle las escamas. Me pongo un delantal corto y tomo un frasco de ungüento espeso. Aunque he usado el mismo aceite a lo largo de toda su vida, primero meto los dedos dentro y se los pongo frente al hocico.

Ella apoya la nariz en la palma de mi mano, olisqueando, y, después, inclina la cabeza para untarse la larga línea que dibuja su mandíbula en el aceite que tengo en los dedos. Aceptación.

—Buena chica —murmuro—. Si tengo tiempo cuando acabemos con esto, sacaré de mi botín algunas de esas viejas monedas planas de cobre que tanto te gustan y te las ataré al cuello mañana. También tengo pescado salado.

Aunque los dracos de combate no saben ningún idioma, son capaces de aprender algunas palabras de aquí y de allá. Sin duda, la mía reconoce la forma en que digo «buena chica» y «pescado salado». Patea el suelo de piedra con la pata trasera izquierda, removiendo los restos de serrín.

El aceite para las escamas huele terroso y frío, como las piedras cubiertas de musgo que había en las montañas de los antiguos territorios de la Casa del Dragón tras la lluvia. Me pongo manos a la obra y empiezo a frotarle por debajo de la barbilla y por los músculos del cuello fuerte. Tiene las escamas cálidas, suaves y ligeramente granuladas hasta que empiezan a hacerse más grandes cerca del pecho y por toda la espalda. Me tomo mi tiempo con los codos secos y entre los dedos rechonchos. Canturrea cuando encuentro puntos en los que siente cosquillas al final de la cola gruesa (más diseñada para mantener el equilibrio cuando corre de verdad que para otra cosa). Las plumas de esa zona no brillan tanto como las verdes y negras que tiene en la cresta y en el espinazo o como las diminutas que le rodean los ojos esmeralda. Estas son más suaves y las puntas curvadas son de un tono casi grisáceo. En la pata trasera derecha, justo por encima del punto en el que se une con la cadera, se le han caído algunas escamas. Debe de habérselo hecho ella misma mientras se rascaba. No dejo que el aceite le toque la piel expuesta. Tendré que ponerle un parche y comprobarlo de nuevo mañana por la mañana cuando le ponga los arreos para el viaje.

Mientras terminaba, el animal ha estado cambiando el peso de pie, inquieto. Regreso una vez más a la cabeza y, después, recojo el ungüento y me limpio las manos en el delantal.

—¿Pescado salado?

Se sacude un poco en el sitio y hace chascar la mandíbula con suavidad, lo que produce un sonido que casi suena como una risa.

Salgo del compartimento y tomo el cubo de metal que cuelga de un clavo entre este compartimento y el siguiente. Está lleno hasta la mitad con pececitos secos. Agarro un puñado y regreso con mi montura.

—Buena chica —digo mientras le tiendo las manos ahuecadas.

Se lanza a ello de inmediato y recoge los pececillos con la lengua fina. Aunque la mayoría de los dracos de todo tipo son omnívoros, los de combate son auténticos carnívoros y lo único que comen es carne: cruda en los establos y en conserva durante los viajes. De normal, no suelen comer pescado, así que estos tentempiés son un capricho excelente.

Cuando termina, sigue lamiéndome la palma de la mano. Me río y dejo que enrosque la lengua en torno a mi pulgar mientras, con la otra mano, le acaricio suavemente la zona justo debajo de los enormes ojos verdes. Agacha las pestañas emplumadas y suelta un suspiro.

—Ahora, puedes descansar, preciosa —digo—. Después de esta noche vas a estar en guardia durante semanas, así que asegúrate de relajarte.

—¡Por el Caos! No puedo…

Tanto mi montura como yo nos sobresaltamos al oír una voz. Uno de los colmillos del animal me araña el pulgar cuando cierra la mandíbula y mueve todo el cuerpo para encararse con la entrada del compartimento. Agita las plumas de la cresta y golpea los pies cubiertos de garras contra el suelo de piedra de forma agresiva.

—Tranquila, tranquila —digo con firmeza. Le coloco la mano en la base del cuello, justo donde se junta con el hombro derecho, y le doy tres palmadas firmes. Esa es una de las señales de entrenamiento que significan que todo va bien. Junto a la puerta abierta del compartimento, Darling está quieta y en silencio, lo que es bueno—. Dame un momento —le digo antes de volver a centrarme en el animal. Le miro fijamente el ojo más cercano y me yergo hasta parecer lo más alto posible.

—Puedo marcharme... —comienza a decir ella.

—No, no te vayas; podría querer perseguirte.

—Por el Caos... —dice ella de nuevo en voz baja.

Acaricio el cuello de mi montura con la mano, frotándoselo de arriba abajo.

—Darling, el cubo que tienes al lado tiene pescado salado. ¿Puedes tomar un poco y pasármelo con lentitud?

En lugar de una respuesta, oigo el crujido del metal y cómo remueve los pececillos. Entonces, oigo que dice:

—Toma.

Miro por encima del hombro y veo su mano extendida. Le tiendo la mía y ella me deposita unos cuantos peces en la palma. Los acerco de nuevo al hocico del animal y al fin relaja las plumas de la cresta. Se come el pescado con entusiasmo y yo continúo acariciándolo.

—Buena chica —murmuro. Entonces, vuelvo a rascarle por debajo del ojo—. Descansa. Déjame que te agarre del codo —le digo a Darling cuando llego a la puerta, junto a ella.

Ella hace un gesto con la barbilla pero no protesta. Le apoyo la mano en el codo y hago que se dé la vuelta para marcharnos juntos. Con suerte, mi montura aceptará esta sugerencia de que Darling también es mía y, por lo tanto, no tendrán que ser enemigas.

Recorremos el pasillo de piedra. Los otros dracos de combate se asoman desde los compartimentos para mirarnos.

Algunos de ellos están recibiendo cuidados de otros Dientes o de alguno de los domadores compartidos. Inhalo profundamente el aire con olor a quemado y a escamas antes de llegar a la salida soleada. Suelto a Darling de inmediato.

—Eso ha sido una estupidez —espeto, aunque me arrepiento incluso mientras lo estoy diciendo.

Sin embargo, ahora que estamos en el exterior, al fin puedo reaccionar y, bueno, siento muchas cosas diferentes: irritación, ira, alivio, sorpresa... Un aprecio complicado por cómo ha reaccionado a la agresión de mi montura y la calma con la que ha hecho lo que le he pedido. Sin embargo, cuando se trata de Darling, la ira es lo que me resulta más cómodo.

—¡Vosotros sois los que fingís que se puede domar y guardar en cajitas preciosas a esos monstruos! —Me fulmina con la mirada—. Además, tu delantal es ridículo.

Arqueo las cejas, incrédulo. Darling me devuelve el gesto, burlona.

Sus gafas son más sencillas que la mayoría de las que le ha proporcionado mi hermano. No son más que unas esferas de cristal oscuro que reflejan el sol que está a mi espalda como si fuera unas pupilas furiosas y blancas.

Nos miramos fijamente en silencio durante un instante. Unos cuantos Dragones nos observan desde diferentes puntos del patio. Usamos esta arena para entrenar y ejercitar a los dracos de combate. El suelo cubierto de tierra está despejado por completo y rodeado de postes metálicos. Al final, me llevo las manos a la parte trasera de la cintura, me desato el delantal y lo sostengo con una mano, hecho un ovillo.

—¿Has...? ¿Qué quieres?

Darling suelta un enorme suspiro. Tiene las manos apoyadas en la cadera. Va vestida como yo, con unos pantalones y una camisa holgada. Le quedan bien.

¡Por los dientes del Caos! Me he dejado la chaqueta en el compartimento de mi montura...

—Necesito golpear algo —dice ella.

—Y has pensado en mí.

—Como es natural. —Sonríe de medio lado. Sin embargo, después añade—: Me prometiste una pelea.

Tomo aire.

—Es cierto.

—¿Y bien?

Es una perspectiva mucho mejor que regresar al interior y tener que enfrentarme a reuniones, discusiones y a los ataques del consejo. He prometido cenar con la tía Aurora, pero todavía me quedan un par de horas libres. Además, quiero volver a ponerme a prueba contra ella, sobre todo desde que bailamos juntos. Asiento.

—Sí. Por aquí.

Alejo a Darling del patio de los dracos de combate y la conduzco hacia los barracones de los Dientes del Dragón. Se encuentran cerca de la base de los terrenos de la fortaleza. Los barracones y algunas oficinas están ubicados en unas cuevas y hay un campo de entrenamiento con varios niveles que incluye zonas de pelea de diferentes tipos. Nos dirigimos al que está más abajo pues, ahora mismo, está vacío. Varios Dientes me miran fijamente cuando pasamos, pero yo les hago un gesto con la mano. Al menos, tendrán que fingir que no han visto nada.

Darling lo observa todo como si estuviera planeando una invasión, lo que, bueno... Su desconfianza y su aversión por el equipamiento de los Dientes son sin duda merecidas. Al fondo de la zona más baja hay un cobertizo. Abro las puertas para dejar a la vista diferentes tipos de equipo de entrenamiento: espadas pesadas de madera, dagas sin filo, escudos, armaduras e incluso lanzas, aunque tan solo solemos usarlas con la caballería de dracos, que es una especialización distinta a la de los Dientes.

—El que reta escoge —le digo.

—Dagas —contesta ella de inmediato.

Me guiña un ojo mientras pasa a mi lado para tomar un par de dagas que ni siquiera son más largas que su antebrazo. Me las lanza y yo consigo atraparlas. Ella se hace con otras dos y, después, nos dirigimos al centro del terreno.

El sol se esconde tras una nube y yo alzo la vista. Las nubes se mueven con rapidez, así que la luz va a ser cambiante. Planto los pies y me quedo a la espera mientras Darling pasa las botas sobre la tierra batida. Tiene surcos causados por las peleas y, aquí, nos gusta dejarla irregular para que los entrenamientos sean óptimos. Pelear bajo la lluvia y en medio del barro es uno de los pasatiempos favoritos de mis Dientes. Después, disfrutamos del fuego, las cervezas y el espacio reducido mientras nos secamos y nos narramos los mejores momentos los unos a los otros.

—¿Qué reglas? —pregunta Darling—. Yo elijo las armas, tú pones los límites.

Le lanzo una sonrisa tensa.

—Nada de sangre.

Ella resopla.

—Caspian haría que nuestras vidas fueran una tortura si te dejara marcas en la cara antes de la gira.

—Oh, me temo que es tu cara la que corre peligro —contesta con una sonrisa relajada.

—Es una cara terriblemente hermosa —concuerdo.

Ella suelta un bufido, aunque suena más como si estuviera reprimiendo una carcajada.

Ay, canalizar las agresiones y la frustración en este tipo de discusiones y cháchara es divertido. Antes de que empiece a parecerse demasiado a un coqueteo, añado:

—Nada de sangre y volvemos a empezar tras un golpe. Gana quien consiga cuatro golpes. O quien desarme al contrario por completo. O si el otro se rinde.

—Qué más quisieras —dice ella mientras rebota sobre los talones.

—La última vez gané yo, acuérdate.

—Hiciste trampas.

—Utilicé todas las armas que tenía en mi arsenal, incluido Finn.

—Me apuesto algo a que puedo ganarte antes de que consigas darme dos golpes —dice ella.

—No podría ganarte nada que necesitase.

Darling entrecierra los ojos.

—¿Qué me dices de conseguir respuestas? —Me detengo y modifico el agarre de las dagas sin filo. Ella insiste—. En lugar de una apuesta, ¿qué te parece esto? Si yo te golpeo, me das una respuesta. Si tú me golpeas, te la doy yo.

Asiento con lentitud.

—Suena bien.

Sin aceptar siquiera, Darling se lanza contra mí. Es rápida, eso lo recuerdo, pero aquí no cuenta con la ventaja de la oscuridad. La esquivo, me giro, cambio una de las dagas a un agarre inverso y dibujo un corte hacia abajo. Darling da una vuelta y se agacha. Yo me retiro y ella me persigue. Se mueve casi demasiado rápido como para que pueda seguir con la vista sus dos armas. Me centro en su lenguaje corporal y en sus defensas. Necesito evitar que gane demasiado rápido y las dagas no son mi especialidad.

No se oye nada más que nuestras botas al rozar el suelo y nuestras respiraciones, que cada vez están más agitadas. El pelo me cae sobre la cara y pienso que ojalá tuviera mi casco o algo de aceite para peinármelo hacia atrás. Darling aprovecha y hace dos fintas idénticas. La tercera vez, creo estar listo para que cambie de truco, pero hace exactamente lo mismo y me golpea el antebrazo por muy poco.

Gruño y me retiro. Ella también. Espero. Darling me observa o, al menos, supongo que lo hace, ya que sus gafas protectoras están fijas en mí.

—¿Dónde está Leonetti?

—En un convoy de prisioneros.

—¡En movimiento! —replica. Parece consternada.

Resulta bastante taimado pero, en lugar de contestar en voz alta, ataco.

La hago retroceder, pero ella gira con rapidez y arremete varias veces con un patrón que apenas puedo seguir. Si no fuese por mi don, probablemente no podría. Veo cómo va a terminar y la bloqueo. Es evidente que la sorprendo y consigo clavarle la punta de mi daga derecha en la cadera.

Nos separamos.

—¿Te acuerdas de tu verdadero padre?

—Leonetti es…

—Tu padre biológico —replico con rapidez.

—Tal vez… —Darling abre la boca y, después, la cierra. Inclina la cabeza hacia el suelo. Quiero volver a ver sus ojos, abiertos y cubiertos por el brillo del Caos tal como lo estaban durante la gala—. Creo que sí, pero hay pocas maneras de estar segura a menos que alguna vez encuentre a alguien que también lo haya conocido, ¿no es así?

Nos movemos a la vez y casi no puedo resistir la ráfaga de sus ataques. Uso mi don para rastrear sus movimientos y noto un patrón. Puedo verlo como si fuera un baile del mismo modo que en la gala le dije que el baile era como la batalla. De pronto, me da otro golpe. Con un grito triunfal, se retira. Yo bajo las armas, a la espera.

—¿Qué motivos te dio tu padre para masacrar a la Casa de la Esfinge?

Lo dice casi con indiferencia. Por eso sé que mi respuesta importa. Ojalá tuviera una mejor.

—No me dijo nada.

—¿No lo sabías?

—Lo sabía, pero... —Me golpeo el muslo con la punta roma de la daga—. Me lo contaron otras personas y me lo presentaron como una simple venganza. La Esfinge mató a mi madre, así que mi padre mató a la Esfinge: una consecuencia natural.

—Dragones... —sisea ella. Después, vuelve a atacar.

Me defiendo. Sus ataques son más rápidos y agresivos. Evito por los pelos que me saque un ojo con una de sus dagas y acaba clavándome la otra en las costillas.

—¡Darling! —jadeo.

—¿Quién fue la primera persona a la que mataste? —pregunta en voz muy baja. Está tan cerca, con la daga clavada en mi costado...

Me quedo quieto. De pronto, me acuerdo de mi draco de combate, un arma preciosa pero muy peligrosa que tan a menudo está a mi lado. Miro fijamente las gafas de Darling. Los hombros le suben y bajan.

—Un desertor, cuando tenía catorce años —digo con cuidado—. Lo encontramos porque había llovido, se resbaló y se torció el tobillo. Lo ahorcamos en el mismo lugar en el que lo sorprendimos.

Ella tensa los músculos de la mandíbula y traga saliva.

—Ahorcado... No me refería a eso.

—Pero es mi respuesta. Yo era quien estaba al mando.

—¿A esa edad?

—¿Qué crees que es un Príncipe de la Guerra, Darling?

—¿Y tú quieres que acabe esta guerra? ¿De verdad? Caspian no lucha, es totalmente ridículo, así que comprendo por qué cree que quiere la paz, pero ¿tú? —Se aparta con un bufido—. Es todo lo que eres.

Pero no es todo lo que quiero ser, pienso. Sin embargo, me lo guardo para mí. No puedo decirle eso a nadie y mucho menos a Darling Seabreak. Maribel Calamus. Como se llame.

Tal vez vea algo en mis ojos. Después de todo, los tiene delante de ella, despejados. Su gesto hace algo que, en el caso de que se tratara de otra persona, describiría como «suavizarse».

—¿Qué edad tenías tú cuando mataste por primera vez? —pregunto antes de que la cosa empeore.

Darling gira la cabeza hacia el horizonte, donde el sol se está poniendo.

—Catorce —responde en voz muy baja.

Como yo.

—¿Tú quieres que acabe?

—Eso son dos preguntas, Príncipe de la Guerra, y, además, ¡ni siquiera me has golpeado una vez!

Vuelve a lanzarse a la pelea y me desarma casi de inmediato. Centro mi atención únicamente en la supervivencia, pues solo tengo una daga frente a las dos suyas. Mi don no puede hacer mucho más de lo que ya está haciendo al conectar sus pasos y acciones en un patrón que puedo seguir. Sin embargo, está rompiendo ese patrón incluso mientras lo teje. La bloqueo una y otra vez, pero nunca respondo con un ataque. Si soy sincero, apenas podría aunque quisiera.

—¿Por qué no te esfuerzas más? —me pregunta, jadeando.

Yo también respiro con dificultad, así que sacudo la cabeza.

—No quiero hacerte daño —digo con ligereza mientras intento que me brillen los ojos.

Darling suelta una sola carcajada.

—Ah, bueno, adelante, hazme daño, ¡atrévete!

Subraya ese «¡atrévete!» con un ataque.

Tengo toda la atención centrada en ella, en la pelea, en esta única daga y en cómo, gracias a mi don, percibo un atisbo del Caos en su rastro. Veo sus movimientos apenas un segundo antes de que los haga. Por eso sé que va a por mi garganta en el momento en el que se lanza a por ella. Suelto a tiempo la daga que me queda y le agarro las muñecas con las manos.

—¡Darling! —espeto. Sus brazos se tensan entre mis manos y la empujo hacia atrás.

—¡Te he desarmado! —exclama con deleite a pesar de que la tengo apresada. Podría retorcerse o darme una patada, pero sus manos son mías.

El sudor se me enfría en la frente cuando sopla una brisa y agradezco que no hayamos acabado teniendo audiencia. Le bajo las manos, con las que todavía está sujetando las dagas de entrenamiento. Ha estado bien. Me ha gustado. Difícil, intenso y… divertido.

—Tú ganas.

—¡Claro que sí!

La sonrisa que esboza me hace pensar que ella también se ha divertido a pesar de los aguijones que nos hemos lanzado y de los asuntos demasiado sensibles que hemos tratado.

La suelto.

Tenemos que regresar a la fortaleza propiamente dicha. Estoy seguro de que los ayudantes de los que se ha escapado (incluida Marjorie, que espero que tenga una buena excusa si no quiere pasarse toda la noche corriendo) estarán frenéticos a estas alturas. Además, necesito darme un baño y prepararme para la cena.

—Podríamos repetir en otra ocasión.

—Claro —contesta ella mientras volvemos a dejar el equipamiento en el cobertizo—. Deberías permitir que portara una daga de verdad. Por protección.

—Me parece que no.

La miro de reojo y está prácticamente riéndose. Me gusta lo rápido que recupera el humor. Tal vez sea la manera en que consiguió sobrevivir a todo lo que le ha tocado vivir. Se encoge de hombros y acelera el paso como si la peor forma de regresar a la Cumbre fuera a mi lado. No me importa. Pienso que hemos luchado a vida o muerte de verdad, que hemos bailado y que, ahora, hemos peleado el uno contra el otro. No puedo evitar preguntarme cómo sería si, en su lugar, luchara a su lado.

ALIADOS

13
DARLING

El día de nuestra partida amanece frío y lluvioso a pesar de la época del año en la que nos encontramos. Supongo que a estas alturas de la montaña nunca hace calor de verdad y la mañana gris me pone de un humor terrible. No he pegado ojo. Me he pasado la noche imaginando asesinos y conspiraciones por todas partes y recordando con demasiado cariño la sesión de entrenamiento con Talon. No estoy segura de qué es lo que más me inquieta: la posibilidad de que la Vidente del Dragón me quiera ver muerta o el placer que me produjo la compañía del Príncipe de la Guerra. Ambas cosas son como llevar arena en la ropa interior: son molestas y me mantienen preocupada.

Quiero mis dagas, mis viejas gafas oscurecidas y dos horas de ventaja. Entonces, esos malditos Dragones verían para lo que estoy hecha de verdad: no para la política o las mentiras, sino para el combate puro y duro. Detesto la vida en la corte y estoy más que preparada para abandonar Cumbre del Fénix y para lo que sea que hayan tramado mis anfitriones.

Entonces, veo los carruajes.

Son unas cosas ridículas, resplandecientes y frívolas. Parecen nuevos o, por lo menos, pintados muy recientemente. Hay joyas incrustadas en la madera, las ruedas brillan como si las hubieran bañado con oro y los dracos de tiro que patalean con nerviosismo, listos para ponerse en marcha, llevan bridas de cuero labrado y penachos de plumas.

El corazón se me encoge al verlos junto con el montón de baúles que están subiendo a cada uno de ellos. Hay seis carruajes, por no mencionar el puñado de carretas que nos seguirán, cargando con toda nuestra ropa, cajas de vino y cerveza y las muchas provisiones necesarias para alimentar a los soldados que nos van a acompañar. Y son muchos soldados. A pesar del anuncio de Caspian de que la guerra ha terminado, el país continúa agitado y viajar no es del todo seguro. No me sorprende. Sigue habiendo más motivos para odiar a los Dragones que para aceptarlos con los brazos abiertos y tengo que recordarme a mí misma constantemente que, a pesar de los lujos de los que disfruto, soy poco más que una prisionera mimada.

Veo a mi falsa doncella, Marjorie, vestida con el uniforme de soldado de los Dragones y ambas nos saludamos con la cabeza en un gesto de respeto. Puede que la próxima vez que nos veamos sea para matarnos la una a la otra, pero ahora no es el momento.

—¡Oh, mira cuánta magnificencia! —dice alguien. Cuando me doy la vuelta, me encuentro a Caspian a mi lado. Baja la vista hacia mí con el ceño fruncido—. ¿Has menguado desde la última vez que nos vimos?

—Tal vez por cargar con todos los excesos que he tenido que soportar —contesto. Mi temperamento saca lo peor de mí—. ¿Eres consciente de que la mitad de Pyrlanum se está muriendo de hambre?

—Solo aquellos que no quieren jurar lealtad a los Dragones —replica sin vacilar—. Somos muy amables con nuestros amigos.

—Estás hablando de personas que tenían sus propias vidas antes de que llegaran los Dragones y las quemaran hasta los cimientos —digo—. Además, la amistad con los Dragones no te protege de las hambrunas o las enfermedades. Este viaje es un derroche de recursos que deberían entregarse al pueblo.

Estoy enfadada. Tras semanas de bailarle el agua al Príncipe Regente, he llegado a mi límite. Ha pasado casi una semana desde que le dije a Gavin que Caspian sabe dónde se ubican nuestros refugios y descubrir que mantienen a Leonetti en movimiento me hace preguntarme si he sido una tonta por haber confiado en él para empezar.

Espero que los Tentáculos hayan sido capaces de esconderse desde que le di a Gavin la información, porque no puedo seguir fingiendo que participo gustosamente en este juego.

Caspian se detiene, como si me estuviera viendo por primera vez.

—Te preocupan los pobres, ¿no?

—Algunas de las familias con menos recursos son las más generosas del país —contesto. El recuerdo de la gente a la que he conocido y la ira me vuelven osada—. Cosa que sabrías si alguna vez salieras de tu torre. Esta corte se edifica sobre las espaldas de los pobres. Los soldados de tus ejércitos, los granjeros que siembran los campos, incluso los pobres sirvientes que llevan tu precioso vino de un lado a otro… Esas son las personas que sufrirán cuando llegue el invierno y no haya grano almacenado.

—¿Y qué harías tú en mi posición? —pregunta Caspian.

No es la pregunta que estaba esperando pero, de todos modos, la contesto a pesar de que sé que debería mantener la boca cerrada y guardarme mis opiniones. Después de todo, él es el Príncipe Regente.

—Le daría voz a todo el mundo —digo— Permitiría que los plebeyos escogieran a un consejo que pusiera sobre la mesa sus preocupaciones, tal como hacen en la Casa del Kraken.

Como regente de la Casa, Leonetti es el que tiene la última palabra, pero sus consejeros proceden de todas las clases sociales. Tenía un consejo de constructores navales, uno de marineros e incluso otro de los trabajadores de los almacenes con los que se reunía de manera regular para tratar sus preocupaciones. Y esos ni siquiera formaban parte de su consejo de guerra. Leonetti siempre decía que era importante escuchar a todo el mundo mientras que estuvieran siendo honestos y genuinos. «E incluso los mentirosos son útiles, porque con ellos puedes hacerte una idea de lo que consideran importante», solía decir entre risas.

—Un consejo de plebeyos… —dice Caspian—. Fascinante. Tienes que viajar conmigo durante el primer tramo del viaje y hablarme más de esa idea tuya.

—Preferiría no hacerlo —replico mientras señalo el carruaje que lleva una resplandeciente Esfinge en la parte delantera y que será mi hermosa jaula durante las próximas semanas.

—Tonterías —insiste él.

Estoy a punto de contestarle cuando vislumbro la cabeza rubia de alguien que va vestido con el uniforme de la Casa de la Esfinge y que está ocupado con el ajetreo de los carruajes. Hay demasiada luz como para que pueda distinguir si es Gavin o algún otro lacayo, pero siento un nudo de miedo repentino en las entrañas. Ahora mismo no me he pintado los labios con el Beso de la Muerte, muy justificadamente. No quiero que mis labios choquen por accidente con alguna víctima incauta, pero la verdadera razón es que el veneno me parece muy… cobarde. Todavía quiero que Talon y Caspian mueran, sabe el Caos que tengo abundantes motivos, pero preferiría hacerlo a mi manera.

Tras pelear contra Talon, sé que al menos le debo una muerte en condiciones, la muerte de un soldado. Cuando lo mate, lo haré con un filo, no con un labial.

Sin embargo, no tengo el valor de decirle eso a Gavin ahora mismo. No dejo de recordar cómo me miró como si me hubiera vuelto una traidora y cómo incluso llegó a decir que había tenido sospechas. La sangre se me congela. ¿Cómo reaccionará cuando sepa que tienen a Leonetti en continuo movimiento? No demasiado bien, y esa es una conversación que prefiero evitar todo lo posible.

—Oh, será mejor que nos pongamos en marcha antes de que la tormenta se nos eche encima —dice Caspian lo bastante alto como para que los sirvientes que nos rodean se pongan firmes.

Sin embargo, no los está mirando a ellos. Tiene la vista fija en Talon, que está cruzando el patio en nuestra dirección. Por primera vez, va vestido con algo diferente al uniforme rojo sangre de los Dientes del Dragón: una elegante chaqueta negra con pantalones a juego y botas de montar. Es probable que todo el conjunto sea más caro de lo que parece. Además, la ropa le sienta muy muy bien.

Caspian me toma del brazo y me arrastra a su carruaje. Parece que los dos preferimos evitar las conversaciones incómodas de buena mañana.

El lacayo, que sale corriendo para llegar antes que el Príncipe Regente y yo, abre de golpe la puerta del carruaje de Caspian y hace que un hombre de tez marrón y rizos alborotados que no parece mucho mayor que yo se sobresalte.

—¿Cas…? —comienza a decir.

Sin embargo, el Alto Príncipe Regente hace un gesto para mandarlo callar que interrumpe lo que iba a decir a continuación.

—Elias, tendrás que viajar en otra parte. Quiero estar a solas con Darling. —Caspian no parece darse cuenta de la expresión alicaída del hombre mientras se marcha y, en su lugar, se gira hacia el lacayo que tenemos al lado—. Vino espumoso, por favor. El bueno.

—¿Quién era él? —pregunto mientras observo cómo se aleja.

—Elle es Elias Chronicum, mi sanadore personal. Pero ahora no me sirve de nada, ya que vamos a debatir sobre política. Adelante. —El rostro se me enciende por haberme precipitado en mis conclusiones y empiezo a tartamudear una disculpa, pero Caspian vuelve a hacer el mismo gesto. Es sorprendentemente efectivo, así que me quedo callada—. Tantas disculpas resultan tediosas. Has hecho una suposición y, la próxima vez, lo harás mejor. Pongámonos en marcha antes de que Talon me repita que todo esto es una mala idea.

El Príncipe de la Guerra ha dejado de avanzar hacia nosotros y parece desconcertado cuando me subo al carruaje. Apenas acabo de acomodarme sobre los cojines mullidos que están frente a Caspian cuando me ponen una copa de vino burbujeante en la mano.

—Antes de que podamos discutir asuntos como la forma adecuada de gobernar, debemos beber —dice. Choca su copa contra la mía y se la bebe de un trago justo cuando el carruaje se pone en marcha con un tirón.

Observo cómo se mueve la larga columna que es su garganta mientras bebe y, entonces, se apodera de mí un sentimiento que está a medio camino entre la vergüenza y el miedo. Es un hombre bello, pero no se trata de eso. Es más una cuestión de que se reviste con su poder como si fuera un jersey viejo: de manera despreocupada y sin pensarlo. Leonetti se revestía del suyo como si fuera un collar de hierro: una responsabilidad que lo abrumaba. ¿Alguna vez habrá prestado Caspian más atención a su pueblo que a su ropa?

Hoy va vestido con una chaqueta de brocado que le llega hasta la rodilla sobre un chaleco a juego. Ambos llevan bordada una explosión de flores. Es la vestimenta de un vástago y la luce con la misma despreocupación que la bata con la que iba cubierto durante nuestro primer encuentro.

—¿Cuánto gastas al año en ropa? —le pregunto.

Él vuelve a llenarse la copa y me lanza una mirada traviesa.

—Más de lo que a ti te gustaría, pero me complace satisfacer tu curiosidad, gatita. Toma, bebe. ¡Te gustará!

Me bebo la copa de golpe y trago con rapidez, tal como ha hecho él. Empiezo a toser de inmediato conforme las burbujas se me suben directas al cerebro.

—Ay, madre mía —digo.

—¿Muy fuerte? —me pregunta mientras se ofrece a rellenármela.

—Dulce —contesto mientras le tiendo la copa en busca de más.

Nunca me ha gustado demasiado beber, pero tal vez tenga que reconsiderarlo. Los Kraken beben un licor de algas fermentadas conocido como «fuego marino» que es terrible y mucho más fuerte que esto. Sin embargo, el vino espumoso está delicioso. Disfruto de cómo las burbujas me hacen cosquillas en la nariz.

El tiempo en el carruaje de Caspian pasa demasiado rápido. Nos terminamos la botella y él abre otra. El cuerpo se me suelta por el alcohol y me doy cuenta de que me estoy relajando por primera vez en semanas. Debería estar poniéndome el Beso de la Muerte y buscando una oportunidad para besar a Caspian pero, si soy sincera, estoy disfrutando demasiado del tiempo que estoy pasando con él. Es inteligente y esquiva mis preguntas entrometidas con un encanto que resulta contagioso, por lo que nuestra conversación es como una pelea placentera. Me siento demasiado cómoda con él, como si de verdad fuésemos viejos amigos en lugar de cómplices intranquilos en cualquiera que sea el juego al que esté jugando.

Hacía mucho mucho tiempo que no me divertía tanto. Solo que… estoy segurísima de que también he bebido demasiado vino espumoso.

Para cuando llego a esa conclusión, el carruaje ha empezado a bajar la velocidad.

—Ay, ¿ya hemos llegado? —pregunto mientras estiro la mano hacia las cortinas. Me doy cuenta de que esa simple acción me resulta una tarea gigantesca—. Ahhh, Caspian, ¡me has emborrachado!

—Imposible —replica. Sin embargo, los ojos le brillan demasiado—. ¡Solo nos hemos bebido una botella!

—¡Mentiroso! —digo mientras señalo la botella vacía que se oculta en un rincón—. Ay, no, esto es malo. —Muy pocas veces me permito perder la compostura pero, aquí estoy, bebida del todo con el Príncipe Regente, al que debería estar intentando matar—. Gavin va a enfadarse mucho.

—¿Quién es Gavin? —pregunta Caspian antes de que yo me lleve la mano a la boca.

—¡No es asunto tuyo! —contesto. Sin embargo, él me está mirando fijamente y con una intensidad extraña.

—¿Es tu prometido?

Niego con la cabeza.

—Claro que no.

—Bien —replica él. Toda la alegría que desprendía se ha esfumado y se acerca más a mí—. No me gusta la competencia.

—¿Qué?

En ese momento, pasan varias cosas al mismo tiempo.

El carruaje se detiene de golpe y, al hacerlo, yo me escurro hasta el suelo justo cuando Caspian se inclina para besarme. No sé qué es lo que pretende. Hay algo calculador en su mirada que me hace pensar que había planeado esto: tenerme a solas y con varias copas de más para poder aprovechar la situación.

Es muy poco propio de él y mi admiración disminuye un tanto.

—¿Qué haces ahí abajo? —pregunta mientras mira el punto en el que me he caído.

—¡Estabas intentando besarme! —digo sin moverme.

—Sí, así es. ¿Acaso la idea te parece repulsiva? —comenta en un tono de voz apacible—. Porque, si es así, dejaré de intentarlo de inmediato.

—¡No! ¡Pero no deberías besarme! Te quiero ver muerto.

—Ah, bueno, no serías la primera amante que he tenido que se haya sentido así.

Hay cierta tristeza en su rostro, aunque lo estoy mirando desde tal ángulo que podrían ser imaginaciones mías. Suspiro.

—Muy bien.

Agarro su elegante chaleco y tiro de él hacia mí. No esperaba algo así, por lo que suelta un grito mientras cae sobre mí. Entonces, le planto un beso en los labios.

—Eso no es un beso de verdad —dice él, que se recupera rápidamente y se incorpora con los codos apoyados a ambos lados de mi cuerpo—. Así es como uno besa a su abuelita.

—Yo no tengo abuela —digo. Demasiado sincera. Culpo al tres veces maldito vino espumoso.

El gesto del Príncipe Regente se suaviza.

—Lo sé, y lo lamento. Estoy intentando arreglarlo.

Nuestras caras están a apenas unos centímetros y, cuando acerca sus labios a los míos, no se parece en nada a besar a un familiar. Es un beso agradable, pero nada más. Tiene los labios suaves y carnosos y enreda las manos entre mi pelo, soltándome las horquillas a propósito.

—¿Qué...? —comienzo a decir.

Sin embargo, la puerta se abre de golpe en ese momento y los rayos del sol atraviesan las lentes oscurecidas de mis gafas.

Hay demasiada luz y no consigo discernir del todo la figura que está ahí plantada. Tras los cristales, mis ojos se empiezan a acostumbrar poco a poco y oigo que Caspian dice:

—Concédenos un momento, ¿quieres?

La mirada acusadora de Talon es lo último que veo antes de que vuelva a cerrar de golpe la puerta del carruaje.

14
TALON

El comienzo de la gran gira de Caspian es incluso peor de lo que había esperado.

De normal, viajar es una de las pocas cosas buenas de mi trabajo porque, en esos momentos, puedo limitarme a ser un soldado: concentrado, responsable y acompañado de personas que comparten mis motivaciones y mis necesidades más básicas. Sin embargo, la tercera vez que abordé los planes de seguridad para el camino hasta la Casa del Grifo, Caspian sufrió un berrinche que empeoró hasta convertirse en una acalorada discusión y que acabó con él prohibiéndome rotundamente que participara en su gira como general y comandante de sus Dientes del Dragón. Insistió en que tenía que priorizar la parte de «príncipe» del «adorable título que te han otorgado los ciudadanos de a pie». Después, me lanzó varias de sus prendas de vestir. «Vístete como un Primer Vástago, hermanito».

Poseo exactamente dos chaquetas que no forman parte de un uniforme: una de terciopelo de un vívido color esmeralda y una negra muy sencilla de punto. Espero que a mi hermano le guste verme vestido de negro.

Cuando me doy cuenta de que las escamas luminosas de mi dragona de guerra son de un verde tan oscuro que parece negro incluso bajo la lluvia y de que he acabado haciendo una declaración de intenciones que es probable que Caspian apruebe, ya estoy subido en mi montura y es demasiado tarde para cambiar de opinión.

Conforme transcurre el primer día, la cosa no deja de empeorar: la lluvia y los cielos plomizos ralentizan los carruajes; los dracos de tiro echan humo por el hocico cuando tosen; en lugar de ondear con belleza, los banderines cuelgan flácidos y tristes; los sirvientes se agolpan en los carruajes para evitar el fango e incluso mis soldados están de mal humor. Si Finn nos hubiese acompañado, me estaría lanzando miradas sombrías pero les estaría tomando el pelo a los soldados de su alrededor con viejas historias y promesas. Al menos, mantendría alta la moral del ejército. Yo no puedo hacer eso; tan solo puedo predicar con el ejemplo: la cabeza alta y ni una sola queja. Sin embargo, mi falta de uniforme me separa del resto y cabalgo al frente del grupo en lugar de entre las filas, que es como a mí me gusta.

Entonces, cuando paramos para el descanso de mediodía, encuentro a Caspian y a Darling corrompiéndose el uno al otro.

Conmocionado en el caso de Darling y furioso en el de Caspian, cierro la boca con fuerza y me quedo mirándolos más tiempo del necesario. En cierto sentido, estoy decepcionado conmigo mismo. ¡Como si todo esto tuviera algo que ver conmigo! Me alejo para lanzar órdenes y asegurarme de que Elias cuide de ellos antes de ir a comer con los Dientes. También duermo con ellos en una tienda de campaña que a duras penas es adecuada para un capitán y mucho menos para un Primer Vástago.

Los dos días siguientes tan solo mejoran en lo que al tiempo se refiere. El sol y una brisa alegre hacen que el paisaje áspero resulte más bonito. Unas flores salvajes brotan en todos los tonos pastel del arcoíris junto al camino por el que transitamos a través de las colinas bajas que conducen hacia el noroeste desde

Cumbre del Fénix y su montaña solitaria. No tengo problemas para evitar a mi hermano o a Darling, pues parecen estar de acuerdo en que es mejor que pongamos tierra de por medio entre nosotros. Elias permanece al lado de Caspian. A menudo, ambos pasan el día en el carruaje del Alto Príncipe Regente. Darling se niega a viajar en su carruaje durante más de un par de horas, pero no tiene ni idea de cómo montar un draco. Si me sintiera caritativo, tal vez me ofrecería a enseñarle o le permitiría montar conmigo, pero no es el caso. La sargento que le asigné hace semanas, Marjorie, le hace la oferta, pero ella la rechaza y, en su lugar, elige subirse a la parte superior de su carruaje.

Estoy a punto de reírme, pero consigo convertirlo en un bufido y una mirada asesina. Ella me devuelve la mirada y, aunque los cristales que decoran la correa de sus gafas brillan bajo el sol, las lentes siguen estando negras como la noche. Alza la cabeza, desafiante, y en ese momento parece más un cuadro que una chica real.

Le doy la espalda y me digo a mí mismo que, si se cae, no pasa nada.

Por supuesto, cuando se da cuenta de lo que ha hecho Darling, Caspian monta un espectáculo y convierte todo el episodio en una broma hasta el punto de que él mismo se sube a lo alto de su carruaje y arrastra a le contrariade Elias con él.

Yo sigo ignorándolos a todos.

A altas horas de la noche del tercer día, alguien se cuela en mi tienda, pero agarro por la garganta al intruso al instante y lo derribo contra el suelo con la espada en la yugular. Los ojos se me acostumbran rápidamente a la tenue luz roja procedente de los fuegos casi apagados que hay en el exterior. El cuello que se encuentra debajo de mí se mueve y detecto el olor a carbón y a una flor dulce.

—Talon —dice mi hermano con la voz ronca.

Me inclino hacia atrás y me pongo en cuclillas. Aquí dentro, apenas hay espacio para el cuerpo desparramado de Caspian, mi ropa, mis armas y mi catre. El techo de lona se inclina en un ángulo brusco hacia la abertura de la entrada. Permanezco en silencio mientras me estiro para encender la carga de una lámpara de dones pequeña. Después, vuelvo a dejar mi daga en su lugar junto a la cabecera de mi camastro.

—¿Qué es lo que quieres, Caspian? —susurro.

Él se incorpora, se frota el cuello y se acerca para dejarse caer a mi lado. El resplandor azulado de la lámpara de dones se refleja en la maraña de sus largos rizos, en la línea de su clavícula allí donde se le ha bajado la bata, en un brillo de sudor que tiene en la frente y en la profundidad de sus pupilas dilatadas.

Lleva una mancha oscura bajo el ojo izquierdo.

Mientras lo observo, Caspian mira a través de mí. Impaciente, le froto la marca que tiene en la mejilla. Parece hollín.

—¿Has estado pintando?

—Haciendo bocetos —murmura mientras el rostro se le contrae con disgusto—. Pintar es mejor.

Me acomodo e intento relajarme y adoptar una postura menos amenazadora. Está borracho, o colocado o atrapado por la locura de su don. ¿Qué otro motivo lo induciría a venir a buscarme? Sin embargo, me dirijo a él con amabilidad.

—¿Por qué?

—¡Oh! —Caspian se ríe y se inclina hacia delante. Yo lo sujeto del hombro y él me mira, sorprendido, pero, después, me da una palmadita en la mano—. ¿Sabías que puedes pintar sobre pintura? Un cuadro completo. Solo tienes que dejar que se seque y, después, puedes pintar encima. Por supuesto, tienes que hacerlo con la pintura adecuada y, a veces, tienes que lijarlo o, de lo contrario, la textura de debajo resultará evidente. Pero, si lo haces todo bien, puedes pintar encima y ocultar el original, aunque sigue ahí, ¡como un fantasma! —Suelta una carcajada—. Tal vez alguien podría descubrirlo con mucho cuidado pero, de lo contrario, tan solo la persona que pintó encima recuerda lo que había allí y, con el tiempo, incluso esa persona se olvida de todo menos de lo que hay encima. Puede que incluso se olvide de que, al principio, había un cuadro original. ¿Sigue ahí incluso aunque nadie lo recuerde? ¿Y si nadie sabe que podría recuperarse? ¿No es un truco perfecto?

—Sí —digo mientras lo agarro del hombro.

—¿Recuerdas cuando murió nuestra madre?

La boca se me seca. Me quedo callado un buen rato y Caspian me da un golpe en la mano con el hombro.

—Eh… No —susurro—. Recuerdo el tiempo, pero no recuerdo… el día. Ni lo que ocurrió.

La vergüenza hace que se me cierre la garganta. Debería recordarlo: era mi madre.

—No pasa nada. Me… Me alegro de que no te acuerdes —dice mi hermano. Después, me vuelve a dar una palmadita en la mano—. Fue espantoso. Padre odió que… Bueno… Padre estaba furioso.

—Fue a la guerra por eso.

—Contra la Casa de la Esfinge por, supuestamente, haberla envenenado allí mismo, ¡en su propio jardín! —Lo dice como si fuera algo gracioso; el remate desenfadado de una broma muy alegre.

—¿Supuestamente? —pregunto.

—Bueno, ya sabes… Encontraron pruebas y todo se hizo de manera abierta. Ya ves, estaban enfadados porque padre se había casado con una dama de la Casa de la Cocatriz y no con la hija de la Esfinge a la que, al parecer, había estado cortejando antes que a madre.

—Ese no es un buen motivo para ir a la guerra.

—Ay, Talon… —Caspian se ríe tan alto que alguien que esté fuera acabará oyéndolo—. ¿Acaso hay alguna vez un buen motivo para ir a la guerra? —Aprieto los dientes, pero no digo nada—. En fin… ¿Tienes vino?

—No, Caspian, no tengo vino y, si lo tuviera, no te daría. Voy a llevarte de vuelta a tu carruaje.

—No, deja que me quede aquí.

—¿Quieres dormir aquí? —le pregunto, incrédulo.

—Solo… —Se reclina hacia atrás con medio cuerpo apoyado en el camastro—. Solo un momento.

Se le cierran los ojos. Yo me quedo mirándolo fijamente. Bajo los párpados, los globos oculares se le mueven a toda velocidad y los labios se le tuercen como si fuera a hablar de nuevo. Junta los dedos sobre su vientre.

—Caspian —digo de pronto con cierta urgencia—. ¿Qué estabas dibujando?

Él sonríe.

—A Darling.

Cómo no. Es lo único que pinta. Aun así, me duele por una serie de motivos que me dedico a ignorar.

—¿Vas a casarte con ella?

—¿Qué?

Mi hermano se incorpora de inmediato.

—Justo ahora me estabas recordando que esta guerra comenzó de nuevo hace catorce años porque nuestro padre no se casó con un vástago de la Casa de la Esfinge. Ahora… Ahora tienes uno. Además, la estabas besando.

Él me pone ambas manos en las mejillas con cuidado. Tiene la piel fría.

—Talon, dragoncillo, tienes que mejorar a la hora de esconder tus emociones y pensamientos mientras estemos visitando todas estas Casas.

Permito que me sostenga el rostro.

—No quiero que se me dé mejor, Caspian. ¿Por qué no debería saber la gente lo que pienso o lo que siento? Eso no cambia lo bueno que soy con la espada ni mi fuerza. Si la gente sabe cómo soy, no intentarán quitarme lo que es mío pensando que será fácil.

Mi hermano me pasa los pulgares por debajo de los ojos y después aparta las manos.

—Eres muy buen Dragón —susurra, casi como si fuera un lamento—. No sé si es increíblemente ingenuo o gloriosamente justo. —Vuelve a recostarse sobre mi camastro—. Sea como fuere, hará que te maten. Y yo preferiría que siguieras con vida.

Como muestra de afecto familiar no es gran cosa, pero es más de lo que he tenido en mucho tiempo y mi corazón arde con ello.

Mi hermano tararea para sí mismo mientras se hace un ovillo sobre mi cama y se cubre el pecho con la fina manta de lana. Suspiro, dejo la lámpara de dones encendida y salgo con mis armas. Me siento junto al fuego más cercano con el bracamante sobre las rodillas. El amanecer se acerca poco a poco y yo pienso en el Primer Dragón, una mujer que se hizo una capa de hierro puro y escamas de dragón para proteger a su familia de los hombres avariciosos que pretendían arrebatarles todo lo que era suyo, incluidas sus vidas. Le rogó al Caos que la ayudara a ser lo bastante fuerte y acabó transformada en un dragón enorme con escamas de hierro. Nuestra primera empírea.

Si Caspian cree que soy un buen Dragón, no permitiré que eso sea una debilidad.

Llegamos a Furial, la sede de la Casa del Grifo, tras cinco días completos de viaje. Unas gruesas murallas de granito rodean la ciudad enorme y animada. La gente bordea el camino mientras recorremos la calle principal. Algunos saludan con las manos y otros se limitan a observar con mucha atención, como si estuvieran memorizándolo todo para escribirlo o para contárselo a sus nietos en el futuro. Al inicio del desfile, yo permanezco solemne. Hago un gesto con la cabeza a aquellos que saludan, pero no dejo de mover los ojos en busca de peligros. Los numerosos soldados que van detrás de mí en la caravana estarán haciendo lo mismo. Está abarrotado pero nada más. Aquí no hay demasiados signos de la guerra que ha devastado la mitad sur de nuestra isla.

Detrás de mí se produce un estallido de carcajadas y gritos de sorpresa, así que supongo que Caspian ha hecho algo extravagante, pero no me doy la vuelta. Debajo de mí, mi montura se sacude un poco mientras sus garras repiquetean sobre la calle empedrada. También despliega la cresta emplumada y le doy una palmadita en el cuello. Tiene las escamas lisas y calientes por el sol del mediodía.

La calle serpentea en una ligera pendiente que asciende hacia el cuadrante norte de la ciudad, donde el complejo de mansiones de la Grifo regente se alza con pisos antiguos y desparejados que están apilados como si fueran un montón de libros y pergaminos viejos. Algunos son de granito como los muros de la ciudad, otros de madera oscura y unos pocos, encalados, tienen pintadas líneas de preciosa caligrafía roja. Todos los tejados son planos y en la fachada hay varios balcones amplios, como si fueran a recibir a grandes criaturas aladas. Me pregunto si siempre habrán sido simbólicos o si el Primer Grifo y su descendencia habrán visitado el lugar cientos de años atrás. Frente a la entrada principal, hay un jardín de plantas de hoja perenne y piedras pálidas que se extiende formando hileras que parecen los rayos de una estrella. Cabalgamos por el rayo central en dirección a un grupo de gente vestida en un tono rojo resplandeciente que está esperando para darnos la bienvenida.

Dirijo a mi draco hacia la izquierda y los soldados se despliegan en una formación de descanso para permitir que avancen los carruajes. Los conductores colocan el de Caspian en el centro y a la derecha el de Darling. Los ujieres se apresuran a abrir las puertas y a ayudarlos a bajar.

Caspian echa hacia atrás su larga y bordada chaqueta verde y le tiende la mano a Darling, que va vestida con un traje de pantalones anchos a capas y un corpiño ajustado con encaje que le recorre los brazos y la espalda. Todo ello en el color marfil propio de la Casa de la Esfinge. Está preciosa con ese color, que contrasta con su piel oscura y sus rizos negros adornados con cintas. Lo único que desvía la atención son las gafas protectoras, que conforman una máscara de cuero blanco con aspecto cremoso que se despliega en torno a sus ojos y sus sienes como si fueran alas. Eso también forma parte de su peinado.

Debe de odiarlo.

Sin embargo, toma la mano de Caspian y permite que la acompañe hasta los miembros de la Casa del Grifo que están a la espera. Yo me bajo de mi montura y los sigo justo por detrás, consciente de que estropeo su exhibición de riquezas y poder.

La Grifo regente, Vivian Chronicum, sonríe cuando llegamos hasta ella. Tiene exactamente el mismo aspecto que la última vez que la vi: una mujer pequeña y delgada como un látigo, de unos veinte años, y que tiene la piel marrón más oscura incluso que Darling y unos rizos tan cortos que parecen pegados a su cráneo. Una túnica escarlata le cuelga con elegancia de los hombros estrechos y en la cadera lleva un cinturón torcido del que penden unas llaves y una daga pequeña.

—Bienvenido, Príncipe —dice con una expresión abierta y cálida. Casi como si le gustara Caspian. Tal vez sea así. Hace dos años, no fue tan efusiva conmigo.

—Un placer, como siempre, oh, sabia y bella Grifo. Déjame que te presente a la igualmente sabia y hermosa vástago de vuestra Casa hermana, la Casa de la Esfinge.

Arrastra a Darling frente a él y Vivian le tiende ambas manos.

—Mi Casa y yo os damos la bienvenida, Maribel Calamus —dice la mujer.

—Por favor, llámame Darling —murmura ella mientras se le tensa un músculo de la mandíbula.

A mi lado, Elias da un paso al frente. Al parecer, es incapaz de esperar más tiempo.

—Regente… —dice.

La sonrisa de Vivian se ensancha.

—¡Elias! Me alegro mucho de verte en casa.

Elias abraza a su prima y le envuelve el cuerpo diminuto con el suyo, que es más grande.

—¿«Casa hermana»? —murmura Darling mientras se abrazan.

Caspian se inclina hacia ella para contestarle.

—¿No has oído la historia de los orígenes del Primer Grifo y la Primera Esfinge?

—Ah, desde luego —contesta ella con dureza.

Definitivamente, está mintiendo o, al menos, no conoce la misma historia que nosotros.

Antes de que nadie pueda proseguir, Vivian le da una palmadita en la mejilla a su prime y se gira hacia nosotros.

—Debéis tener ganas de descansar. Haré que os muestren vuestros aposentos y, después, podemos reunirnos para cenar en unas dos horas.

Doy un paso al frente.

—Revisaré las habitaciones antes de que el Príncipe Regente o el vástago de la Esfinge se acomoden.

Vivian frunce el ceño.

—Sin duda, supongo que confiarás en nuestros preparativos, Príncipe de la Guerra. Somos algo más que aliados de los Dragones.

Me inclino en una reverencia formal.

—La confianza no es la cuestión, mi sabia. Es mi deber. Además, haber mantenido los rituales de cortesía no me ayudaría a dormir en caso de que algo les ocurriera a los cabezas de la Casa del Dragón y la Casa de la Esfinge. —Sin esperar una respuesta, me giro hacia Arran Lightscale, que es el comandante directo del escuadrón de Dientes que nos acompaña—. ¿El ala de la biblioteca? —le pregunto a Vivian Chronicum.

Ella asiente, un poco divertida y un poco ofendida. Vuelvo a inclinarme ante todos los regentes reunidos y los rodeo para entrar en la mansión con Arran y los Dientes pisándome los talones.

El interior de la mansión del Grifo es tan ecléctico como el exterior. Hay pasillos oscuros que conducen a habitaciones de forma extraña, algún que otro callejón sin salida y escaleras en las que debes subir un tramo antes de que puedas bajar a un piso inferior. Gracias a la práctica y a mi don, no corro peligro de perderme, así que conduzco a los Dientes hasta la biblioteca, que es el centro de la mansión. Tiene varios pisos, escaleras de mano, balcones y un laberinto de estanterías y sillones de lectura escondidos. En las dos ocasiones que he visitado la Casa del Grifo, mi grupo se ha alojado en el ala de habitaciones de invitados que se agolpan en el lado sur de la biblioteca.

Nos dividimos y les recuerdo a los Dientes que hagan su trabajo, pero que sean respetuosos. Yo empiezo por las *suites* de invitados más grandes y me encargo primero de la que supongo que será la de Caspian. Paso del estrecho balcón al balcón compartido con la habitación contigua, revisándolo todo. Apenas acabo de comenzar con la segunda *suite* cuando la puerta se abre de golpe y Darling entra a grandes zancadas, seguida por Marjorie y un ayudante que le ha asignado la gente de Caspian y que va vestido con la librea de la Esfinge.

Cuando se percata de mi presencia, Darling se detiene de inmediato.

—No he terminado todavía —digo.

—Me da igual. Estoy cansada y esto es ridículo.

—¿Lo es? —Me coloco frente a ella como un obstáculo.

Hace una mueca. Ella también es una guerrera pero, en lugar de permitirse darme la razón, dice:

—Puedo revisar la maldita habitación yo misma, Talon.

—Adelante.

Cuando se pone en marcha, voy con ella. La sigo al dormitorio y a cada rincón, no solo en busca de peligros sino fijándome en todo lo que hace ella misma. No puedo confiar en Darling. Al principio, se limita a resoplar suavemente pero, después, me mira por encima del hombro con el lenguaje corporal evidente de una mirada asesina. Al final, se da la vuelta y me da un golpe en el pecho.

—Déjalo ya.

—No.

—¡Talon!

Aprieto la mandíbula.

—No voy a permitir que te aproveches de mi hermano.

—¿Qué? —No contesto, pero me quedo mirando fijamente esas gafas de cristales oscurecidos—. En esta situación, no soy yo la que se está aprovechando de alguien.

—Lo besaste.

—¿Estás celoso? —me pregunta ella casi sin aliento y con incredulidad, aunque se acerca a mí todavía más.

Me cuesta no agarrarla y apartarla de un empujón, pero mantengo un control absoluto sobre mí mismo.

—No —le digo en tono calmado y duro—. Te estoy advirtiendo, Darling. No voy a bajar la guardia. Ni siquiera aunque él sí lo haga.

—Estás actuando como un niño pequeño.

Darling da un paso atrás y se da la vuelta. Observo cómo se acerca hasta las ventanas dando pisotones y abre de golpe una cortina. La luz inunda la estancia a su alrededor. Ella ni siquiera se inmuta. Nos quedamos ahí de pie durante un largo momento, ella dándome la espalda y ambos en silencio. En la salita de estar, Marjorie y el ayudante de la Esfinge se mueven de un lado a otro, organizando las cosas. Debería marcharme sin más y dejar que termine o no el registro de su *suite*. Que haga lo que quiera.

Los hombros se le mueven cuando suspira.

—Las historias que se contaban en la Casa del Kraken sobre los primeros empíreos de la Esfinge y el Grifo no mencionaban que hubiera una relación entre ellos.

—El Primer Grifo y la Primera Esfinge eran gemelos. Viajaban juntos en busca de la respuesta a una antigua pregunta o de un libro de dones perdido tiempo atrás cuando una horrible tormenta los separó. Cuando se calmó el temporal, ambos estaban solos. Aterrorizados, le rogaron al Caos que volviera a reunirlos y el Caos los convirtió en un espejo el uno del otro: uno era una esfinge, parte león y parte humano, y el otro era un grifo, parte león y parte águila.

—¿Volvieron a encontrarse? —Darling no se da la vuelta.

—Creo que ambas Casas tenían finales diferentes para esa historia. Deberías preguntarle a Vivian.

Ahora, sí que se vuelve hacia mí.

—Ya no quedan Esfinges a las que preguntar.

Tengo en la punta de la lengua decirle que cree su propio final como vástago de su Casa, pero eso es algo demasiado imaginativo para mí. En su lugar, hago una reverencia y me marcho.

15
DARLING

Hay algo en la Casa del Grifo que hace que me sienta muy melancólica. No se trata de la lluvia de los últimos días o de cómo la casa se cierne sobre nosotros. Ni siquiera se trata de Vivian, que me resulta vagamente familiar, como si fuera alguien a quien me presentaron alguna vez pero que no llegué a conocer de verdad. Al principio pienso que es una especie de tristeza al contemplar una Casa próspera cuando tanto mi Casa de nacimiento como la que me adoptó yacen en ruinas. O, tal vez, un poco de claustrofobia tras haber pasado tantas horas atrapada en el dichoso carruaje. Entonces, me doy cuenta de que es por Talon y por cómo me ha acusado de intentar seducir a su hermano como si fuese una noble intrigante procurando asegurar su posición en lugar de una rehén.

¿De verdad tiene tan mala opinión de mí?

Me reprendo a mí misma por pensar eso. ¿Por qué me importa lo que piense de mí el arrogante Príncipe de la Guerra cuando va por ahí dando el espectáculo con esa bestia casi salvaje suya? Si hubiese hecho planes en condiciones, ese beso habría supuesto la ruina de Caspian. Mis únicas preocupaciones deberían ser averiguar la ubicación actual del convoy de Leonetti y ver muertos tanto a Talon como a Caspian. Todavía tengo el Beso de la Muerte guardado en una caja de cosméticos y, aunque sigo esperando ver a Gavin cada vez que doblo una esquina (estaba segura de que me estaría esperando aquí, en mis aposentos), no ha aparecido en ningún momento.

Me preocupa que Adelaide y él se hayan dado por vencidos conmigo. Hace más de un mes desde que me atraparon en Lastrium y, en teoría, la guerra ha terminado. ¿Qué estarán haciendo ahora mismo? ¿Seguirán luchando o estarán escondidos a la espera del inevitable próximo ataque?

—Mi pluma…

Marjorie está en el umbral de la puerta. Una vez más, ha vuelto a cambiar el uniforme de Dragón por la librea de la Casa de la Esfinge. Le dedico una sonrisa de amargura.

—¿Ya has acabado de jugar a los soldaditos o es que Talon quiere estar seguro de poder seguir todos mis movimientos? —le pregunto.

Ella inclina la cabeza con respeto y no muerde el anzuelo.

—Andra y yo estamos aquí para ayudaros a quitaros la ropa para que podáis descansar —contesta.

Sus palabras son modestas, pero hay un resplandor en sus ojos que me hace pensar que ha regresado junto a mí siguiendo las órdenes del Príncipe de la Guerra.

—Está bien —contesto.

Todavía estoy de mal humor. El viaje y toda esta tontería de planear un asesinato doble conspiran contra mi naturaleza bondadosa, pero quiero deshacerme de la ropa tan ridícula que llevo puesta más de lo que quiero discutir.

Marjorie y Andra me ayudan a desvestirme y guardan con cuidado todas y cada una de las prendas emplumadas y color marfil. En cuanto me quedo en ropa interior, las despacho.

—Estoy cansada. Dejadme dormir un par de turnos y, después, me vestiré para la cena.

—Os prepararemos un baño mientras descansáis —dice Marjorie con una reverencia profunda. Después, ella y Andra se marchan.

Cuando me quedo sola, cierro todas las cortinas para que la estancia se suma en sombras profundas. Me arranco las gafas protectoras y me froto los ojos. La oscuridad me resulta calmante. La puerta de mi habitación se abre y se cierra a mis espaldas, pero no me giro hacia el sonido. Lo he estado esperando.

—Pensaba que no se iban a marchar nunca —dice Gavin arrastrando las palabras cuando aparece a mi lado. No me sorprende su presencia. He pasado con él y con su don el tiempo suficiente como para poder sentirlo aunque mis ojos no puedan verlo.

—¿Dónde has estado? —le pregunto mientras me giro hacia él.

Quiero abrazarlo, aliviada al ver un rostro amigo, pero su expresión dista mucho de ser cordial. Esta es la versión de Gavin que va directa al grano y me siento incómoda al darme cuenta de que no se alegra tanto de verme como yo de verlo a él.

—Por aquí, por allá… Por todas partes. Supongo que no habrás oído los rumores que dicen que la regente de la Casa de la Esfinge estaba deshonrando al Alto Príncipe Regente, ¿no?

—¿«Deshonrando»? Hablas como la mujer de un granjero cotilleando en el mercado. No fue más que un simple beso.

—Y, aun así, sigue vivo —dice él con un suspiro—. Ni siquiera llevas puesto el Beso de la Muerte.

—El veneno es de cobardes, Gav —digo. Sin embargo, no hay ira en mis palabras. Incluso en mis propios oídos, tan solo sueno asustada. Entonces, me doy cuenta de que no quiero matar a Caspian. En cierto sentido, me gusta, tanto él como la forma en la que juega con las expectativas que la gente tiene de él—. Consígueme una espada de algún tipo y acabaré con ambos, pero no me pidas que me convierta en algo que no soy.

Al menos, con un arma puedo fingir que es una lucha justa. Además, es una forma tan buena de retrasar el asunto como cualquier otra.

—Adelaide dijo que no lo harías —comenta él mientras me acerco a la cama y me dejo caer sobre el colchón mullido. A pesar de que las cortinas están cerradas y no hay velas encendidas, puedo ver la decepción de Gavin con toda claridad.

—Matar a los Dragones tan solo los convertiría en mártires —digo—. Caspian ni siquiera es popular entre los miembros de su propia Casa y Talon es un auténtico paranoico; si su hermano cayera muerto después de haberme mirado siquiera, adivinaría que soy la culpable. Entonces, me matarían y la guerra continuaría. ¿De verdad puede la Casa del Kraken soportar un asalto de los Dragones a los refugios?

Gavin se sienta a mi lado sobre la cama.

—No. Además, la mayoría de las familias que hemos conseguido esconder no tienen ningún otro sitio al que ir.

—Entonces, ¿qué quieres que haga, Gavin? Aquí no sirvo de nada. Ayúdame a escapar y podremos planificar el siguiente ataque.

Quiero contarle lo de Leonetti y el convoy de prisioneros, pero no lo hago. No estoy segura de por qué y sé que, más adelante, me arrepentiré. Sin embargo, hay algo en cómo tiene Gavin apretada la mandíbula que me hace pensar que detrás de todo esto hay algo más que un asesinato político. Es personal para él y no quiero saber qué sería capaz de hacer si me negara a bailar al son de sus palmas.

—No. Eres más útil aquí —contesta él—. Incluso aunque no asesines a los príncipes.

El tono de decepción que hay en su voz es tan fuerte que siento remordimiento en las entrañas.

—Consígueme una espada, Gavin.

—No; tienes razón. Si sospechan que los has matado, te ejecutarán de inmediato. Creo que… Creo que es mucho más útil que interpretes el papel de regente de la Casa de la Esfinge.

Lo miro con los ojos entornados.

—¿Por qué?

—Las guerras son caras, querida Darling. Y gracias a tus cofres repletos y a tus nuevas amistades, puedes ayudarnos más de lo que eres consciente. —Me da un beso en la mejilla y me quita la peineta enjoyada que sujetaba mi maraña de rizos—. Además, puede que tú no te des cuenta, pero esa cara tan bonita puede ser un arma. No, tienes que quedarte aquí y deslumbrar a los príncipes.

—¿Deslumbrarlos? ¿Y cómo se supone que tengo que hacer eso? ¿Tejiendo amuletos con algas y margaritas?

Gavin se ríe.

—No seas tonta. No puedes encontrar algas tan tierra adentro. No, vas a tener que usar esos labios para algo más que no sea un asesinato. —Me tira de uno de los rizos—. Y déjate el pelo suelo. Estás más guapa cuando desatas tus rizos salvajes. —Cuando le lanzo una mirada de incredulidad, me levanta la barbilla hacia él. Sus ojos encuentran los míos y en su mirada veo algo que no termino de comprender. ¿Arrepentimiento? ¿O algo diferente?—. Puedes lograr que te deseen, Darling.

Me aparto y dejo espacio entre nosotros. No tengo nada con lo que responder a sus dulces palabras. Odio que esté hablando de mí como si solo fuera un arma más del arsenal de la Casa del Kraken pero, ¿acaso no he sido eso los últimos años? He matado por la Casa del Kraken, he participado en ataques que los soldados del Dragón describirían como «despiadados y repugnantes» y jamás he sentido ni el más mínimo remordimiento. Sin embargo, aquí estoy ahora, mimada y consentida, pero resistiéndome como un draco malhumorado.

El hechizo se rompe entre nosotros y Gavin se encamina hacia la puerta.

—Volveré en cuanto contacte con Adelaide y podamos idear un plan nuevo, pero, si no te importa perder unas cuantas baratijas, esto podría ayudarnos a comprar grano para la guerra —dice mientras examina con más detenimiento la peineta.

Yo hago un gesto desdeñoso con la mano.

—Toma lo que quieras, pero… llévame contigo, por favor.

De pronto, siento un peso terrible en las entrañas al pensar que, de algún modo, si me quedo aquí, acabaré convirtiéndome en algo que no quiero ser. No puedo explicar lo que siento, pero sí tengo la sensación de estar perdiéndome a mí misma muy poco a poco.

—Darling, aunque no mates a esos Dragones cabrones, sigues siendo más útil aquí que con los Tentáculos. Y lo sabes.

Desaparece de mi vista y la única señal de su partida es que la puerta vuelve a abrirse y cerrarse frente a mí. Me pregunto cuántas joyas se llevará de camino a la salida. En una ocasión, Gavin me contó que, cuando los Dragones ejecutaron a su padre, él se dedicó a robarles a los nobles para alimentar a sus hermanitos y hermanitas mientras su madre se sumía en una profunda depresión. Estoy segura de que sabe por qué piezas de mi alijo le ofrecerán un mejor precio.

Tan solo desearía que se preocupara del mismo modo por mí y por el precio que me toca pagar por seguirles el juego a los Dragones.

A pesar de que la tristeza me sobrepasa y me asfixia, siento una profunda vergüenza por haber defraudado a la Casa del Kraken y por haber guardado en secreto cualquier información sobre

Leonetti. La decepción de Gavin se cuela en mi interior incluso en su ausencia, tan empalagosa como cualquier perfume y tan tóxica como los venenos de Miranda.

Entonces, antes de que pueda pensármelo dos veces, saco el Beso de la Muerte de mi bolsa de cosméticos y lo coloco junto a las gafas protectoras en el tocador. El pequeño bote es tanto una promesa como una amenaza.

Para cuando me dirijo a la cena, mi humor ha mejorado un poco, aunque no demasiado. Tras un baño y un cambio de vestuario (juro que hay un vestido diferente para cada hora del día), bajo las escaleras para ir a cenar. El guardia de la Casa del Grifo que me acompaña tiene cuidado de mantener la lámpara de dones apartada de mis ojos a pesar de que llevo las gafas protectoras y, cuando llego al gran comedor, que es lo bastante amplio como para celebrar un festival de la cosecha, descubro que las lámparas están colocadas de forma estratégica para iluminar el espacio de modo que siga estando en penumbra y pueda quitarme las gafas.

—Espero que no te importe mi osadía, prima —dice Vivian mientras da un paso al frente para tomarme las manos. Va ataviada con un vestido sencillo y ajustado de color verde esmeralda y su piel de un tono negro azabache resplandece bajo la luz tenue.

—De hecho, es de agradecer. Sé que mis gafas protectoras ponen nerviosas a algunas personas, así que me complace poder dejarlas a un lado para nuestra primera comida juntas.

Me quito las gafas y el pelo suelto hace que el movimiento resulte más fácil. He hecho caso del consejo de Gavin y no me he recogido la melena, lo cual sigue resultándome raro. Aun así,

Andra se ha sentido consternada al descubrir que varias de mis peinetas habían desaparecido y, para calmar su ansiedad, he tenido que decirle que, probablemente, se habrían caído de la carreta durante el viaje. Además, disto mucho de parecer una mendiga. Llevo un vestido amarillo mantequilla con paneles color magenta ocultos entre la falda abierta, cuyo dobladillo lleva cierto peso para que, cuando camino, se puedan atisbar destellos de color y de mi pierna desnuda. No estaba muy segura de que el vestido fuese a quedar bien, pero me gusta cómo se mueve a mi alrededor.

Soy la primera en llegar a la cena así que, mientras los criados nos sirven agua con gas (he rechazado educadamente el vino espumoso; ya he aprendido la lección), Vivian y yo entablamos una conversación amistosa. Tenía intención de preguntarle sobre el Primer Grifo pero, en su lugar, acabamos hablando de Caspian.

—Parece que os lleváis bastante bien —le digo después de que me cuente una historia sobre un funesto juego en el laberinto de la Casa del Grifo cuando eran pequeños.

—Bueno, es como el primo revoltoso que nunca quise tener —contesta ella con una carcajada—. Mi madre era muy amiga de la consorte del Dragón y, cuando falleció, nos sentimos igual de devastados.

—Ah… —digo. De pronto, siento que me he metido en un terreno pantanoso—. Lo siento muchísimo. Sé que algunos creen que la Casa de la Esfinge fue la responsable de su muerte. —Es un comentario tan vago que mi tutor de etiqueta se sentiría orgulloso.

—Sí, bueno, me temo que la Casa del Grifo nunca ha creído tal cosa. Las pruebas en posesión de la Casa del Dragón no eran demasiado convincentes —contesta Vivian de forma afable, como si no estuviera cometiendo varios tipos de traición con una afirmación tan sencilla—. Incluso hicimos que algunos de nuestros miembros con el don de la clarividencia interrogaran a los habitantes de la Casa. Además, la Casa de la Esfinge no tenía antecedentes con el uso de la magia de sangre, así que no es muy probable que hubieran podido orquestar la muerte de la consorte.

Un escalofrío me recorre los brazos desnudos a pesar de que la habitación está caldeada.

—¿«Magia de sangre»?

—Sí —contesta Vivian—. La magia de sangre es la única manera de socavar un don de clarividencia, y estaba claro que alguien en la Casa del Dragón sabía algo, pero nunca pudimos adivinar quién.

—Por favor, perdona mi ignorancia, pero ¿qué es exactamente la magia de sangre? —pregunto con un tono de exasperación en la voz—. Si soy sincera, pensaba que era un cuento infantil.

Siento que todavía me quedan demasiadas cosas por comprender, pero todo el mundo sigue suponiendo que sé más de lo que sé.

—¡Ah! —contesta Vivian mientras asiente con suavidad con la cabeza—. Mis disculpas. A veces se me olvida que no todo el mundo pasa sus días sumergido en los conocimientos ancestrales, tal como hacemos en la Casa del Grifo. La magia de sangre era algo real, una serie de ritos arcaicos y bárbaros anteriores a que el Caos llegara a nuestras tierras. En estos días en los que los dones se debilitan, algunos están regresando a las viejas costumbres para intentar recuperar un poco de poder. La magia de sangre es destructiva, y no solo porque requiera algún tipo de sacrificio para funcionar. Las viejas historias nos cuentan que aquellos que la usan también han de pagar un precio.

—No olvides mencionar que la magia de sangre se usa más a menudo para cosas como las profecías o el robo de piel —dice Caspian mientras entra en la sala con Elias a su lado—. Ambos son dones destructivos que, según se rumorea, vuelven locos a quienes los usan.

—¿«Robo de piel»? —pregunto.

—Adoptar la forma de otra persona —me explica Vivian con una sonrisa educada—. Caspian, veo que todavía entras en una habitación como si fueras una tormenta de verano.

—Todo el mundo disfruta de un chubasco repentino; hace que la vida sea interesante —contesta él mientras le indica a un sirviente que le sirva vino. Elias lo observa, exasperade, pero no dice nada—. Darling, ¿tú tienes un don? —pregunta de pronto.

Parpadeo.

—¿Disculpa?

—Caspian —dice Vivian en tono de censura—, sabes que esa pregunta es de mala educación.

—Solo porque los dones fuertes son una rareza hoy en día —contesta él—. Hace cien años, los niños que nacían sin don eran vistos como una rareza. Se los enviaba a que les hicieran pruebas y fueran analizados con la esperanza de que hubiese algún tipo de cura para semejante dolencia. Ahora, de algún modo, preguntarse si el talento de alguien es un don enviado por el Caos es un burdo paso en falso.

—¿Tenemos que volver a discutir esto? —murmura Elias.

Yo no digo nada porque tengo la sensación de que esta es una discusión habitual de la que no quiero formar parte.

—Sí —replica Caspian—. Debemos abordar este asunto de frente; identificar la causa de que los dones se debiliten y mitigar los daños. Los regalos del Caos hicieron de este país lo que era. Llevamos en guerra tanto tiempo que muchos han olvidado que tenemos numerosos enemigos más allá de nuestras fronteras.

Como Avrendia, por ejemplo. ¿Qué haremos cuando al fin decidan zarpar hacia nuestras costas para intentar reclamar para sí mismos nuestras tierras?

—En la Casa del Grifo hemos estado teniendo problemas para llevar a cabo la investigación, ya que nos vemos arrastrados de continuo a arreglar tus juguetes rotos, mi filo —dice Vivian con los ojos resplandecientes bajo la luz tenue—. Por eso me sentí bastante complacida cuando declaraste la paz. En cuanto las cosas hayan recuperado el ritmo habitual de la vida, retomaremos nuestra investigación.

Caspian se ríe y le da un trago a su vino.

—Viv, eres una mocosa.

—He aprendido del mejor —contesta ella. Después, ambos empiezan a reírse de un modo que me hace preguntarme si, tal vez, en el pasado, fueron algo más que solo amigos.

A juzgar por la expresión tempestuosa de Elias, elle también se está preguntando exactamente lo mismo.

—¿Qué hay de esa teoría que me enviaste? —pregunta Caspian. Toda la alegría se ha desvanecido y está mirando fijamente a la regente—. Aquella según la cual la pérdida de los empíreos fue el catalizador del debilitamiento de los dones…

—¿Los empíreos? —pregunto. Una vez más, ese es un término que pensaba que no era más que un mito—. ¿Me estáis diciendo que son reales?

—Las leyendas sobre las Primeras Bestias no son solo historias, ¿sabes? En el pasado, los regentes de las Casas eran algo más que simples humanos mezquinos —contesta Caspian mientras hace un gesto dramático con su copa de vino—. Eran los líderes de su gente y podían transformarse en bestias peligrosas para proteger a los suyos. El regente de la Casa de la Esfinge podía ser una auténtica esfinge, el regente de la Casa del Dragón podía convertirse en dragón, etcétera.

—Sí. Y tengo una teoría al respecto —dice Vivian.

—¿Está contenida de algún modo en ese ensayo tan gracioso titulado *La muerte del Fénix*? —dice Caspian mientras remueve su copa medio vacía en una muestra fingida de aburrimiento.

Antes, habría creído que su hastío era real, pero ahora veo la tensión que hay en sus hombros y que da veracidad a la mentira. Caspian está muy muy interesado en la respuesta de Vivian.

La regente de la Casa del Grifo le dedica una sonrisa enigmática.

—¡Así es! Me alegro de que me lo hayas preguntado. Temía que no hubieras recibido mi carta.

—Me disculpo por no haberte enviado una respuesta, pero estaba bastante ocupado con una nueva empresa —contesta. En esta ocasión, señala en mi dirección.

—¿Y a dónde fueron los empíreos? —pregunto—. Quiero decir… Si es que de verdad existieron alguna vez.

Todavía no estoy convencida pero, por otro lado, nunca me han servido de nada las cosas que no tenía justo enfrente. Es difícil ponerse a filosofar cuando estás luchando por sobrevivir en una alcantarilla o intentando abrirte paso por un campo de batalla.

—Sí que existieron —dice Elias—. He leído los textos.

—Sí, yo también —añade Caspian—, por eso me intriga tu teoría, Viv.

La mujer se pone en pie.

—Bueno, ya que parece que el Príncipe de la Guerra se está tomando su tiempo, ¿por qué no pasamos a la biblioteca? Mientras esperamos, puedo mostraros el pergamino que he encontrado. Eso debería explicároslo todo.

Nos ponemos en pie y yo intento volver a colocarme las gafas. Caspian toma a Vivian del brazo, lo que hace que Elias y yo tengamos que ir detrás de ellos.

—Bueno —digo mientras le dedico lo que espero que sea una sonrisa amistosa—, ¿eres familia de Vivian?

—Es mi tía. Solía vivir aquí, en Asiento del Grifo, hasta que me mandaron a asistir a Caspian.

—¿Llevas mucho tiempo siendo le sanadore del príncipe?

Elias me lanza una mirada fría.

—El tiempo suficiente para saber que se cansa enseguida de sus juguetes nuevos.

Hago una mueca y no añado nada. Tengo la sensación de que Elías y yo no vamos a forjar una alianza.

Subimos por una escalinata, bajamos por otra y, después, atravesamos un pasillo serpenteante hasta llegar a una sala de varios pisos muy bien iluminada y llena de hileras y más hileras de libros. Libros de verdad, encuadernados con cuero y con letras doradas en los lomos. Hay miles de ellos y se me escapa un grito ahogado al ver semejante cantidad. Esto es una fortuna en papel y tinta, y los objetos expuestos por toda la habitación no son nada en comparación con los tomos apilados en las estanterías.

—Darling —dice Caspian en tono irónico—, ¿nunca antes habías visto una biblioteca?

Sacudo la cabeza.

—Creo… que no. —La Casa del Kraken no tiene biblioteca. Al menos, ya no. A los libros no suele irles muy bien en el mar. Además, los barcos están abarrotados y no hay demasiado espacio para algo así. Si había una biblioteca de la Esfinge, lo más probable es que la quemaran hasta los cimientos—. Los libros no nos servían de mucho en las alcantarillas de Nakumba —digo, intentando ser graciosa para distender la situación.

Sin embargo, logro el efecto contrario. El gesto de Vivian pasa de divertido a horrorizado y Elias aparta la mirada, avergonzade.

Tan solo Caspian permanece imperturbable y asiente con la cabeza como si lo entendiera a la perfección.

La regente se recupera y se aclara la garganta antes de dirigirse a un pergamino extendido y con cristales decorativos sobre las puntas.

—He hecho que lo sacaran de los archivos específicamente para vuestra visita —dice. Hace un gesto y los sirvientes mueven las lámparas de dones de modo que pueda volver a quitarme las gafas protectoras. Me inclino sobre el pergamino con Elias y Caspian. Sin las lentes oscurecidas, los colores son más brillantes y los dibujos más vívidos—. Se titula *La caída de los empíreos*. Está datado hace más de cien años, cuando desapareció el Último Fénix. Según los textos que he estudiado, esa fue la última vez que alguien vio a un auténtico Regente, a un humano capaz de transformarse en algo diferente.

—Se cree que la Casa del Dragón mató al Fénix en un ataque de ira —dice Caspian en tono seco—. Y, conociendo el temperamento de mis antepasados, es probable que sea cierto.

—¿Tan solo han pasado cien años? ¿Cómo es que nadie sabe la verdad? —pregunto.

—Tras la caída de los empíreos perdimos una serie de registros —dice Vivian—. Inmediatamente después, se produjo una plaga muy virulenta que arrasó con el territorio. Por no mencionar el resto de los desafíos que hemos enfrentado a la hora de encontrar registros históricos. Esta biblioteca se quemó hasta los cimientos, como si el Último Grifo hubiera deseado llevarse todo el conocimiento consigo. Todo lo que veis aquí ha sido recuperado de diferentes lugares. Mi Casa ha trabajado de manera incansable para recobrar hasta el último rastro de información de todo el continente.

—Ahora es cuando deberíamos preguntarnos cuántos de estos volúmenes se tomaron durante la caída de la Casa de la Esfinge

—dice Caspian en un susurro lo bastante fuerte como para que lo oigamos.

—Bastantes —contesta Vivian—, pero la Casa del Grifo estará encantada de hacer copias y devolver los originales.

Tan solo estoy prestando atención a la conversación de Caspian y Vivian a medias. En su lugar, estoy concentrada en los dibujos que hay frente a mí. En ellos, hombres y mujeres parecen estar gimiendo de dolor mientras cada uno de los regentes de las Casas (Cocatriz, Grifo, Esfinge, Dragón, Barghest y Kraken) caen del cielo, contorsionados con la agonía de la muerte. Sobre todos ellos se yergue el contorno de un pájaro ardiente: la sombra de un fénix.

—En varios relatos se dice que las Casas resolvían sus diferencias en batalla usando sus formas verdaderas —comenta Vivian en voz baja mientras todos observamos el dibujo—. Por eso llamamos «regentes» a los líderes de nuestras Casas. Los auténticos líderes, los verdaderos príncipes, eran los empíreos que protegían a aquellos que habían jurado lealtad a su Casa.

Talon escoge ese momento para abrir de par en par las puertas de la biblioteca y entrar. Hace una reverencia y, cuando se incorpora, su mirada arrepentida se posa en mí. Entreabre los labios, asombrado, y yo me acaloro por cómo me está mirando fijamente solo a mí, como si fuera la cosa más importante que hubiera visto en toda su vida.

Es terrible darme cuenta de que, en realidad, había echado en falta su presencia.

Como si no tuviera suficientes cosas en las que pensar.

16

TALON

Voy de camino a la cena cuando lo siento.

Un rastro que no debería estar ahí.

Es difícil estar seguro cuando estoy tan lejos de mi territorio, tan lejos de los lugares que he cartografiado y del tráfico de pies que me sé tanto de memoria como gracias a mi don. Sin embargo, alguien o algo que no termina de encajar se ha movido por el pasillo de los aposentos de los invitados.

Estoy solo en el pasillo tranquilo. Bajo mis botas, una alfombra tejida suaviza el duro suelo de madera. Las lámparas de dones emiten un zumbido. Me detengo y cierro los ojos mientras extiendo mi don. Hace solo un instante, dos personas, la una al lado de la otra, se han movido con decisión. Son desconocidos para mí, por lo que es probable que se trate de ayudantes de los Grifos. Antes de eso, el rastro que se desvanece de un puñado de Dientes de servicio. Alguien ha salido corriendo en la dirección contraria. Justo en los límites de lo que puedo rastrear con el extraño Caos de mi don resplandece el rastro de Darling, que es al mismo tiempo luminoso y oscuro, mientras salía de su *suite* junto con su sirviente y Marjorie.

Y entre todo ello se entrelaza alguien cuyos movimientos eran raros; lentos. Se ha detenido y se ha vuelto a poner en marcha. Después, ha caminado con decisión y se ha vuelto a detener.

Hay un pequeño remolino del rastro en el lugar donde la persona ha dudado antes de ponerse en marcha de nuevo como si no pasara nada.

Tal vez no pase nada de verdad, pero mi instinto me dice lo contrario.

Tras abrir los ojos, sigo el rastro en la dirección en la que es más fuerte. Me gustaría saber de dónde procedía; si se detenía frente a los aposentos de Caspian, que están detrás de mí. Sin embargo, ya está demasiado borroso.

Dejo que el resto de rastros se desvanezcan también de mi conciencia y me centro únicamente en este tan extraño. El dueño de esa huella es un desconocido para mí, eso es lo máximo que sé.

Cuando paso frente al Dragón que está vigilando la entrada del ala de la biblioteca, el soldado me saluda con un gesto de la cabeza y sin dar señales de que haya habido ningún incidente. Eso quiere decir que la persona que estoy rastreando encaja lo suficiente como para que uno de mis soldados no lo señalara, o bien que el Dragón no ha podido verla en absoluto. Nunca he oído hablar de la existencia de un don de invisibilidad y no creo que siga habiendo gente que nazca con un don camaleónico, pero nunca está de más ser precavido.

Sigo el rastro por un giro abrupto a la izquierda y, cuando subo unas estrechas escaleras de piedra, ralentizo el paso. Este es un mal lugar para una pelea. Debería avisar a alguien, pero la traza se desvanece más y más con cada retraso.

Mi bracamante, a pesar de ser una espada corta y esbelta, es demasiado larga para las escaleras. Llevo la garra guardada tras la espalda, así que meto la mano bajo la chaqueta de terciopelo verde para tomarla. Me la coloco sobre los nudillos, me la pego al cuerpo y subo por las escaleras siguiendo el rastro.

En un rellano, la traza parece detenerse e iluminarse un poco. Miro por una pequeña ventana que se abre al jardín lateral y a parte de la ajetreada ciudad que se extiende más allá. Los tejados parecen sangrar con la luz del sol poniente. En el siguiente rellano, las huellas que sigo salen a uno de los balcones de madera que hay en el tercer piso del ala trasera. Continúo siguiéndolas. A cada paso que doy, el rastro desaparece más y más, así que acelero el ritmo mientras me conduce hasta una venta alta y estrecha que comunica con una especie de estudio y un pasillo en penumbras iluminado por una única lámpara de dones. Bajo un tramo de escaleras que llevan a una hilera de habitaciones estrechas y vacías para el servicio. A continuación, vuelvo a bajar por una escalera de madera y salgo por una puerta medio escondida por una cortina. Al hacerlo, sorprendo a un sirviente del Grifo que ahoga un grito, hace una reverencia y prosigue con sus asuntos mientras me mira por encima del hombro con el ceño un poco fruncido. Estoy en una gran escalinata, al borde de un descansillo de mármol decorado con antiguos cascos con el estilo de las Casas del Grifo, el Dragón y el Barghest, nuestros aliados oficiales. Sigo el rastro por las amplias escaleras hasta el mismísimo recibidor delantero de la mansión, por donde hemos entrado esta tarde.

Me detengo ahí a pesar de que las huellas no lo hacen. Se dirigen directamente hacia el ala de la familia del Grifo, así que no las sigo. Ese camino no tiene sentido.

Vuelvo a guardar la garra bajo la chaqueta y poso la mano sobre la empuñadura de mi bracamante. El rastro no parecía tener un objetivo. Era lento, rápido, se mezclaba con el entorno casi a la perfección y después, dudaba como si estuviera confundido. Como si estuviera memorizando la casa.

Suspiro y resoplo para apartarme unos rizos largos que me han caído sobre la frente.

Tal vez sea alguien peligroso. Tal vez un nuevo sirviente de los Grifos. O alguien como Elias, volviendo a familiarizarse con la ciertamente entreverada arquitectura de la Casa del Grifo.

Atravieso la mansión con rapidez en dirección al patio oeste, que es donde se encuentran los carruajes y los establos de los dracos de combate. Los soldados han establecido allí su cuartelillo a pesar de que todos han sido acomodados junto a la guardia de la Casa del Grifo. Arran Lightscale está allí y llamo su atención mientras me dirijo hacia los animales. Se reúne conmigo a medio camino y le digo que quiero que se aumenten las rotaciones de las guardias.

—¿No es territorio amigo? —murmura mientras yo frunzo los labios.

—Más vale prevenir —contesto tras un instante—. Diles a todos que estén alerta y que hagan los cambios antes de tiempo si lo necesitan. Quiero que se me informe de cualquier cosa extraña.

Arran asiente justo cuando las lámparas de dones nocturnas del patio cobran vida. El sol se ha puesto y llego demasiado tarde a la cena.

Giro sobre mis propios talones y regreso al comedor a toda prisa. Casi he llegado allí cuando una doncella vestida con el rojo de los Grifos se detiene de forma abrupta.

—¡Ahí estáis, mi filo! —Hace una reverencia con un leve rubor en las mejillas.

—Lo lamento —replico—. Por favor, te sigo.

La chica se pone en marcha, pero nos paran en el comedor porque el grupo se ha dirigido a la biblioteca. De vuelta casi al mismo lugar en el que estaba antes de percibir el rastro extraño.

Abro de golpe las puertas de la gran biblioteca, voy hacia dentro y hago una reverencia mientras preparo las disculpas necesarias.

Sin embargo, cuando alzo la vista, me fijo en Darling, que está junto a una chimenea enorme con unas suaves llamas danzarinas y rodeada de libros dorados.

Es la viva imagen de uno de los cuadros de Caspian.

Es idéntica: desde el vestido amarillo y rosa chillón, hasta los extravagantes rizos sueltos que le caen en torno a la cara y los hombros, el fuego pequeño y el enorme libro rojo que veo detrás de su hombro. Salvo que, en el cuadro, los ojos de la chica son una vorágine horrible de negro y violeta Caos llena de agujeros. Darling tiene los ojos muy abiertos, destapados bajo la tenue luz de las lámparas de dones, redondos, humanos y resplandecientes como arcoíris embadurnados de aceite.

Me trago todas las palabras y aparto los ojos de ella solo para encontrarme con los de mi hermano, que me devuelve la mirada. Durante un breve instante, parece devastado. Entonces, se deshace de esa sensación como si hubiera abierto de golpe un abanico de seda para esconderse tras él.

—Hermano, ¡llegas tarde!

Vuelvo a hacer una reverencia. Ahora, soy yo el que se está escondiendo.

—Lo siento —digo en un tono de voz mucho más suave de lo que había pretendido.

Me siento raro. A la deriva. Primero ese rastro extraño y, ahora, el cuadro.

Oigo unos pasos que se dirigen hacia mí.

—Estábamos discutiendo cómo la pérdida del Último Fénix podría haber causado el debilitamiento de los dones de nuestro país.

Me cuesta contenerme para no preguntarle de inmediato sobre su don que, sea el que fuere, parece bastante fuerte. Sin embargo, es evidente que espera una respuesta y me está mirando fijamente.

Demasiado tarde, recuerdo que la Grifo regente y su prime están con nosotros. No es así con Darling: jamás podría olvidarme de su presencia. Lo más fácil sería decir que estoy de acuerdo con la teoría de Caspian, pero yo también he leído la historia de nuestras Casas y lo que se supone que ocurrió, así que, en su lugar, digo:

—El hecho de que el Último Fénix muriera importa menos de lo que creéis.

—¿Cómo? —pregunta Vivian, interesada.

—Sorpresa, sorpresa, Príncipe de la Guerra —dice Darling.

Caspian espera, atento, así que prosigo.

—Antes de que muriera el Último Fénix, los diferentes Fénix morían de forma regular y uno nuevo nacía en cada generación. Así pues, lo que quiero saber es por qué no ha nacido ningún nuevo Fénix en cien años.

Mi hermano aplaude, deleitado.

—Después de todo, no eres un mero soldadito, dragoncillo.

—Es una buena pregunta —concuerda Vivian. Después, sonríe de modo indulgente—, aunque no estoy segura de que haya ninguna manera de descubrir la respuesta. No sin más detalles sobre cómo murió exactamente el Último Fénix.

Miro a Caspian, que hace una mueca y se encoge de hombros.

—Debes de saber que creemos que lo mató nuestra bisabuela —digo.

Vivian asiente.

—Pero no sabéis por qué ni cómo.

—¿Acaso los Dragones necesitan un motivo? —pregunta Darling con dulzura.

—Si no fuera así, lo sabrías —replico.

Caspian se ríe.

—Niños, niños… —nos regaña. Sin embargo, ya se ha dado la vuelta, distraído por un antiguo conjunto de caligrafía que está expuesto en un hueco entre dos estanterías. Hace un gesto perezoso para que Elias se una a él y le joven se levanta del sillón en el que se había acomodado para esperar a que acabáramos con la discusión.

Vivian se acerca a Darling y le dice:

—Me gustaría mostrarte los libros que recuperamos de la Casa de la Esfinge.

Ella se muerde el labio inferior y asiente.

Miro a mi hermano, que está indicándole a Elias que mueva una de las escaleras de mano mientras recorren la parte más alejada de la biblioteca principal. Yo sigo a Darling y a la Grifo regente en dirección contraria.

—Este lugar es increíble a pesar de que aún estéis intentando recuperarlo —le dice Darling a Vivien, que vuelve a sonreírle y le toma suavemente el codo para conducirla. Doblan una esquina y entran en una alcoba que parece una capilla con estanterías en forma de arco en tres lados y una mesa de exposición en el centro como si fuese un altar.

—Valoramos el conocimiento por encima de todas las cosas —dice Vivian como si eso fuese la explicación del mundo—. Mira, Darling. Creemos que esto perteneció al último Esfinge regente.

Le está señalando un tomo encuadernado en cuero que está colocado sobre la mesa y que tiene unas letras en color marfil talladas con suma delicadeza. *Los principios*.

Darling se inclina hacia delante con una mano sobre el libro, como si no estuviera muy segura de si puede tocarlo o no. Sin embargo, se aparta y me mira antes de dirigirse a Vivian sin rodeos.

—Esto no debería pertenecerme. Aunque ahora sea el Primer Vástago de la Casa de la Esfinge, con todos los privilegios que eso pueda otorgarme, esto es una reliquia familiar. Ni siquiera sé si yo era alguien importante. Tal vez fuese la hija de una lavandera. O de una cocinera.

—Es tuyo —digo.

No entiendo sus dudas. Si yo fuera el último Dragón vivo, si en algún momento pensara que podría serlo, querría todo lo que hubiera pertenecido a la Casa del Dragón. Lo que tenemos, lo que construimos, lo que nuestra familia y nuestros ancestros han edificado es lo que nos convierte en lo que somos. Eso es lo que tenemos que proteger.

—Porque Caspian dice que es así —contesta ella con amargura.

—Te lo has ganado —replico. Al fin, Darling me mira con los ojos llenos de incredulidad—. Has luchado —continúo—. Es tuyo.

No puedo reprimir el gesto de dureza que se me escapa. Ella vuelve a bajar la vista. Vivian contempla el rostro agachado de Darling durante un instante y, después, extiende la mano para tomarle la barbilla. Ella no la detiene, así que la regente le alza la cabeza para que la mire a los ojos.

—Sobreviviste, Darling. Eso fue lo que hiciste para merecértelo. A veces, la supervivencia significa ser la persona que tienes que ser.

Darling tensa la mandíbula y Vivian la suelta antes de mirarme a mí. La otra chica no lo hace. En su lugar, vuelve a centrarse en el libro y extiende el brazo hacia él con más seguridad. Justo antes de que roce la última letra del título, nos llega la voz de Caspian.

—¡Ah! ¡Aquí está! —Darling se sobresalta, pero mi hermano no deja de llamarnos—. Venid todos. Vivian, Darling… Queridas, os necesito.

Hago una reverencia y dejo que ambas mujeres pasen antes de volver a seguirlas. En esta ocasión, nos dirigimos al extremo de la biblioteca en el que Caspian está subido a media altura sobre una de las escaleras de mano y posa con un puño apoyado en la cadera. Desde el suelo de mármol, Elias mantiene la escalera estable.

—¡Ahí estáis! —dice mi hermano con una sonrisa deslumbrante—. Mira esto, Darling.

Hace un gesto extravagante para señalar una esfera de cristal que está colocada en una estantería entre hileras de unos tomos finos que parecen libros de contabilidad. La esfera reposa sobre una plataforma dorada y, en su interior, apenas visible bajo el destello de las lámparas de dones, hay una daga curvada tan larga como mi mano.

Alzo la vista. La hoja no es de metal. Es más oscura que el acero, de un tono marrón grisáceo oscuro que casi se parece al de la garra de un dragón, aunque es opaca en la parte inferior curvada. Tan solo la punta está afilada. El mango también es oscuro, pero tiene gemas de un rojo vívido incrustadas en el plomo.

—Cuéntanos lo que es, Vivian —dice Caspian mientras acaricia el cristal con las yemas de los dedos.

—Es la Daga de la Erudición —contesta ella con suavidad—. Es la reliquia más antigua de la Casa del Grifo y se confeccionó hace al menos seiscientos años con una de las garras delanteras del mismísimo Primer Grifo.

—Increíble —comenta mi hermano en un tono bastante soñador. La mira fijamente durante un instante y ninguno de nosotros rompe el silencio.

Todo esto no me gusta en absoluto. Caspian contemplando la daga de un modo tan extraño, la imagen residual en mis pensamientos del cuadro de Darling frente a la Darling de la realidad...

—Parece de una elaboración perfecta —digo por decir algo—. Y muy delicada. Nosotros tenemos algunas armas antiguas creadas con garras de dragón. En concreto, lanzas y alabardas a causa del tamaño de las garras. Tienen surcos; marcas de crecimiento. Las que están confeccionadas con dragones más antiguos tienen…

—Sí, Talon —dice Caspian para acallarme—. Lo importante, amigos míos, es que, hace semanas, Darling y yo hablamos sobre las compensaciones a la Casa de la Esfinge y Vivian… —Mi hermano mira a la mujer. De pronto, parece imponente, mucho más alto que todos los demás—. Grifo regente, por las ofensas de vuestra Casa contra la Casa de la Esfinge, entregaréis la Daga de la Erudición a Darling Calamus, Primer Vástago de dicha Casa. Honrad su ascenso a vuestra igual como regente.

Aturdidos, todos nos quedamos mirándolo. Vivian toma aire pero contiene el aliento con los labios un poco entreabiertos. Mientras lo contemplo, soy consciente de que, a pesar de toda su locura y todas sus correrías, pretende hacer algo con este elaborado juego.

—Príncipe Regente —dice Elias, que se encuentra a la altura de sus rodillas—, tal vez la Casa del Grifo debería recibir el honor de poder negociar dicha compensación. —Su tono de voz es cuidadoso y persuasivo. Nunca antes le había oído hablarle así a Caspian, como si apenas lo conociera.

—Por supuesto, deseamos honrar a nuestra Casa hermana —añade Vivian con el mismo cuidado, aunque sin mostrarse persuasiva. Ella es firme.

—Caspian —comienza Darling, exasperada—, no quiero esta ridícula daga.

El Príncipe Regente se gira y la mira con frialdad. Yo doy un paso hacia ella de manera automática. Entonces, mirando exclusivamente a Darling, mi hermano comienza a decir:

—Vivian, ¿acaso no es cierto que la Casa del Grifo entregó mapas robados de la Casa de la Esfinge y su ciudad que permitieron que la Casa del Dragón se infiltrara en su fortaleza y asesinara a toda la familia?

Darling se presiona el estómago con una mano y yo desearía tocarle la espalda en muestra de apoyo. A veces, resulta muy fácil odiar a mi hermano.

—Es cierto —contesta Vivian. Elias jadea y su mano se tensa en torno al peldaño de la escalera. Caspian al fin mira a la Grifo regente y sus labios dibujan una sonrisa sombría. Sin embargo, Vivian prosigue—: No era consciente de que alguien supiera que estuvimos involucrados. —Mi hermano se encoge de hombros y ella se gira hacia Darling—. Fue mi hermano mayor, que era el regente hace catorce años. Puedo prometerte que yo no lo habría hecho. No sé qué habría hecho cuando la Casa del Dragón apareció con sus exigencias pero, desde luego, eso no.

Darling asiente. Está temblando levemente y la mano que tiene sobre el estómago se ha cerrado en un puño.

Soy el único que se da cuenta de que Caspian ha extendido la mano hacia la esfera de cristal, pero soy demasiado lento como para pararlo cuando la empuja con un gesto perezoso y la tira del estante.

Mientras la esfera cae, destellando bajo la luz de las lámparas de dones, todo se detiene.

Cambio de postura para colocarme frente a Darling y la agarro de los brazos justo cuando la esfera se hace añicos sobre el suelo de mármol. Ella da un respingo ante el ruido de la colisión y, durante un brevísimo momento, me devuelve el agarre. Su pelo me hace cosquillas en la mejilla y…

En ese momento, Vivian grita el nombre de Caspian y Darling se aparta de mí. La Daga de la Erudición yace sobre un manto de cristales rotos. Hay fragmentos esparcidos en todas las direcciones.

—¡Podrías haberla roto! —espeta Vivian.

Algunos sirvientes y un puñado de soldados entran en la biblioteca y ahogan gritos, sorprendidos. Yo me doy la vuelta e indico a mis hombres que se marchen con un gesto.

—Tómala, Darling —le ordena Caspian.

Ella da un paso al frente con cuidado, pero yo la detengo ya que Vivian, que lleva unas zapatillas, ha retrocedido. Hago crujir el cristal con mis botas y la recojo del suelo. El mango está extrañamente caliente y la daga está bien equilibrada aunque resulta demasiado ligera para su tamaño.

—Talon… —me advierte mi hermano.

No lo miro a él, sino a Darling, que me da un golpecito con la punta de su propia bota.

—No la quieres —digo. En realidad, es una pregunta.

—Por supuesto que quiero un arma. —El atisbo de una sonrisa adorna la comisura de sus labios. Después, se desvanece—. No creo que tenga elección.

—Así es —dice Caspian mientras baja de la escalera con pasos pesados. Elias se aparta antes de volver a ofrecerle la mano.

—Eres una amenaza —dice Vivian con lo que sería un gruñido en una mujer menos refinada. Hace un gesto en dirección a varios sirvientes para que se encarguen de los cristales—. Ya no deseo cenar con el Príncipe Regente.

Mi hermano apoya un pie en el suelo y hace crujir con cuidado un fragmento de cristal.

—Este Príncipe Regente ya no tiene hambre —contesta él mientras suelta a Elias y se aleja a paso ligero.

—Yo sigo estando hambrienta —murmura Darling.

—Bien. Déjame alimentarte, vástago de la Esfinge.

Vivian le hace un gesto a su prima y me lanza una mirada asesina. No soy más bienvenido que mi hermano.

Le tiendo la daga a Darling tras haberle dado la vuelta en la mano para que pueda tomarla por el mango. La garra me resulta suave al roce con la piel de la palma de la mano. Ella la toma y, durante un instante, ambos nos quedamos sujetándola.

El momento se desvanece y ella toma el arma mientras se da la vuelta. Yo hago una reverencia ante sus tres espaldas.

—Ven —dice Caspian cuando me incorporo. Ha aparecido a mi lado como si fuera un espectro—. Necesitas un trago.

17
DARLING

La cena es, cuando menos, un asunto incómodo. Cuando llegamos al comedor, intento devolverle el arma a Vivian, pero ella se niega.

—Puede que Caspian sea un viejo amigo, pero sigue siendo el Príncipe Regente, así que su palabra es la ley. Además, cuando se pone así, no se puede hacer nada —dice mientras despedaza un pajarillo asado—. Quédatela pero, tal vez, la próxima vez que nos veamos, la Casa de la Esfinge considere adecuado devolverla como un gesto de buena voluntad.

Lo que quiere decir es evidente, así que inclino la cabeza con gratitud ante el hecho de que hable con tanta claridad que no tenga que preocuparme por las diferentes capas que podrían ocultar sus palabras. No toda la realeza es tan directa.

Tras terminar de comer, me escapo a mi habitación. La Daga de la Erudición me resulta cálida en la mano, como si tuviera vida propia, y hay algo en la hoja que me hace anhelar surcar los cielos. Es una tontería y, cuando la dejo en el estuche que me trae Marjorie, lamento separarme de ella.

—¿Podrías encontrarme una vaina para la daga? —le pregunto mientras acaricio el mango una última vez.

Entiendo por qué Vivian se ha enfadado tanto. Sin embargo, también ha sido una ocasión para demostrar que la Casa de la

Esfinge no va a avergonzarse y que exigiremos retribución por todas las injusticias que se han cometido contra nosotros. La ira que he sentido al descubrir que la Casa del Grifo participó en el asesinato de mi familia y de todas las personas que conocía me ha tomado por sorpresa. Sin embargo, también está justificada.

Además, puede que no sepa muchas cosas, pero sé cómo tratar con abusones.

Después de que Leonetti me rescatara de las alcantarillas de Nakumba, me mudé con el resto de sus huérfanos de guerra: niños adoptados por la Casa del Kraken ya fuera porque no tenían padres o porque sus familias habían huido de la violencia y no tenían los medios necesarios para criarlos. La transición desde mi vida anterior había sido extraña y mis ojos dañados habían sido motivo de muchas burlas. Al menos hasta que dejé claro que cualquiera que intentara pelearse conmigo acabaría llevándose la peor parte.

Estoy empezando a pensar que la política es prácticamente lo mismo.

En cuanto la daga queda guardada, Andra regresa para ayudarme a cambiarme de ropa para irme a dormir. Acabo de quitarme el vestido cuando Marjorie entra en la habitación con el ceño fruncido y una hoja de papel en la mano.

—Alguien lo ha colado por debajo de la puerta —dice mientras me lo tiende.

No reconozco el sello de cera que lleva la carta, pero la abro de todos modos.

Reúnete conmigo en el centro del laberinto.
Tenemos que hablar de muchas cosas. Ø, 1, Ø, Ø, 1, Ø.

Tampoco reconozco la letra, así que miro a Marjorie con el ceño fruncido.

—¿Has visto quién la ha dejado?

—No, mi pluma —contesta ella—. ¿Queréis que llame a la guardia?

—No —contesto. Podría ser de Gavin. No me gusta cómo acabamos nuestra conversación y, tal vez, Adelaide y él se hayan dado cuenta de que puedo ser más útil lejos de los Dragones y de vuelta con los Tentáculos. Es una esperanza muy débil, pero tras la escenita de esta noche, estoy ansiosa por alejarme de Caspian y su humor volátil—. Pero esto requiere un vestuario diferente.

Me visto rápidamente con algo más adecuado para merodear por ahí en medio de la noche: pantalones negros y una camisa negra ajustada que se supone que va debajo de un vestido de viaje confeccionado con un tejido transparente. Vuelvo a ponerme las botas y encuentro un pañuelo oscuro con el que retirarme de la cara los rizos.

No tengo armas y, aunque tampoco creo que la vaya a necesitar, la Daga de la Erudición está guardada. Sin embargo, en el último momento, me aplico una capa del Beso de la Muerte. No estoy muy segura de por qué. Tal vez porque la opinión de Gavin me importa demasiado.

Andra y Marjorie observan cómo me marcho con el mismo gesto de reprobación, pero yo no les hago caso. Estoy mucho más cómoda entre las sombras que en una elegante mesa de comedor y me complace descubrir que han bajado la luz de las lámparas de dones del pasillo por respeto a las altas horas de la noche. Me meto las gafas protectoras en un bolsillo lateral de los pantalones y disfruto de la libertad de no tener que llevar lentes oscurecidas ni correas de cuero. A pesar de la ira que he sentido antes, Vivian ha sido más que amable conmigo y creo con toda sinceridad que, si ella hubiera sido la regente en aquel momento, la Casa de la Esfinge seguiría existiendo.

Tampoco es que importe demasiado en la estampa global de las cosas.

Paso frente a unos pocos guardias, tanto Dragones como Grifos, pero se limitan a saludarme con un gesto de la cabeza y, después, regresan a sus obligaciones. Es extraño y me pregunto si esto es lo que significa pertenecer a la nobleza: aunque es evidente que debería estar durmiendo, los guardias prefieren mirar a otro lado antes que arriesgarse a invocar mi ira por accidente.

Me entristece pensar que, ahora, tengo un poco más en común con los nobles que con los soldados de a pie. Sobre todo si tenemos en cuenta que es muy probable que un día muy cercano volvamos a enfrentarnos en el campo de batalla.

Llevo demasiado tiempo viviendo una guerra como para creer en la débil paz de Caspian. Incluso aunque quiera hacerlo.

A pesar de los pasillos serpenteantes, encuentro los jardines con bastante facilidad y, cuando piso la hierba, el aire nocturno me resulta frío en el rostro. La fragancia de las floreternas, embriagadora y empalagosa, perfuma el aire y la luz de la luna cubre de plata el paisaje, esculpiendo entre sombras y destellos los arbustos de floreterna y las enredaderas de aliento de dragón. Algo en mi interior se desata y me relajo con la belleza de la noche. Este es mi dominio: la penumbra y la luz de la luna, no las galas o las cenas elegantes.

Es fácil moverse por el laberinto, sobre todo porque la carta que me ha enviado Gavin incluía las indicaciones. Eso hace que me pregunte cuánto tiempo ha estado merodeando por estos terrenos. Por algún motivo, tenía la sensación de que había ido de polizón en la caravana entre el equipaje y los sirvientes con librea de nuestro séquito, pero ahora lo dudo. Seguramente, Adelaide le ha pedido que hiciera algo más que vigilarme. Si fuera cosa mía, yo habría hecho que matara a Caspian y a Talon. Me pregunto por qué mi hermana no lo ha hecho. Gavin tiene tantos motivos como cualquiera de nosotros para querer ver a los Dragones muertos. Después de todo, mataron a su padre. Entonces, ¿por qué no ha dejado Adelaide que Gavin concretara su venganza? Es una pregunta que tendría que haberme hecho antes, pero me he sentido tan desequilibrada tras haberme visto empujada a esta nueva vida que no me he permitido pensar demasiado en lo extraño que es todo. Podría colarse en los aposentos de Caspian con la misma facilidad con la que se coló en los míos. ¿Es porque quiere poder negar los hechos de forma plausible si muere uno de los Dragones? ¿O es que teme que los Dragones maten a Leonetti como represalia? Lo que hace que me resulte todavía más extraño que Gavin y Miranda me hayan pedido que envenenase a los príncipes.

De pronto me detengo en medio de un patio con una serie de fuentes, a medio camino de mi destino. El ruido del agua derramándose es un contrapunto agradable al caos de mis pensamientos. ¿Puede ser que Gavin me esté usando para sus propios planes? Eso suena mucho mejor que Adelaide estando involucrada en una conspiración venenosa. No había pensado demasiado en el hecho de que me hubieran pedido matar a los príncipes Dragón. Después de todo, los Tentáculos solíamos pasar muchas noches en torno a las hogueras hablando de qué haríamos si tuviéramos la posibilidad de matar a uno de ellos y acabar con la guerra de una vez por todas. Sin embargo, nunca habíamos mencionado el envenenamiento.

Entonces, ¿quién me está pidiendo exactamente que los mate? ¿Adelaide Seabreak, vástago y futura regente de la Casa del Kraken, o Gavin Swiftblade, Dragón caído en desgracia y actual asesino de los Kraken?

Cuando lo vea a él, pienso descubrirlo.

El enfado (por ser demasiado confiada, por estar atrapada interpretando un papel que no deseo y por mi falta de opciones) acelera mis pasos, así que recorro el resto del camino en una fracción del tiempo necesario y llego al centro del laberinto indignada. Este patio es más grande que los otros por los que he pasado. El pavimento está construido con una piedra ancha y pálida que parece reflejar la luz de la luna. Los arbustos de floreterna bordean el exterior y el centro está ocupado por un estanque profundo en cuyas aguas, bajo los nenúfares y otras plantas acuáticas, nadan unos peces luminiscentes. Es un espacio espléndido y me recuerda al patio en el que pasé el último momento de mi infancia.

Un estanque con peces dorados, el sonido de un instrumento de cuerda y la risa suave de hombres y mujeres disfrutando de una cena tardía. Después, los gritos de los soldados interrumpiéndolo todo.

—¿Estoy soñando?

Me doy la vuelta y el hombre que está a mi espalda hace que me quede sin aliento. No es Gavin, sino Talon, con un aspecto desaliñado y, al mismo tiempo, demasiado atractivo. Lleva el pelo revuelto y los botones de la túnica abiertos. No lleva zapatos y, desde luego, le cuesta mantenerse en pie.

Es evidente que el Príncipe de la Guerra está muy borracho.

Todo el enfado y las preguntas que tenía para Gavin desaparecen y me dejan ahí de pie, un poco estupefacta. El gesto del príncipe es del todo despreocupado y la sonrisa de medio lado que me dedica me arrebata el aliento.

—Darling —dice mientras sale de entre las sombras y se acerca a mí—, el Caos se burla de mí.

—El Caos se burla de todos nosotros pero creo que, en este caso, la responsabilidad de tu estado recae en Caspian —respondo.

Ambos desaparecieron juntos tras el incidente de la librería, así que no es una suposición descabellada.

—Ah, creo que tenéis razón, mi pluma —replica él mientras hace una elegante reverencia—. Mi hermano me ha emborrachado y ha conseguido que acabase perdiéndome en el laberinto del Grifo.

—Bueno, supongo que, en tal caso, es una suerte que tenga las indicaciones para salir.

Él me mira con una ceja arqueada.

—¿Estás segura de que no preferirías batirte en duelo hasta la muerte?

Me río. Parece sorprendentemente estable, pero el vino hace que le brillen los ojos y tampoco lleva armas. No deja de sonreírme y lo cierto es que me gusta esta versión de Talon.

Ese pensamiento es como un jarro de agua fría sobre mi buen humor. No puedo permitirme que me guste el príncipe. He jurado matarlos tanto a él como a su hermano y, si bien no estoy segura con respecto a la Casa de la Esfinge, la Casa del Kraken cumple con su palabra.

—Tal vez en otro momento. Ahora, vamos a llevarte a la cama, Príncipe de la Guerra.

Talon me tiende una mano y hace una profunda reverencia.

—Entonces, debemos bailar.

Pestañeo.

—¿Qué?

—Caspian me ha dicho que veníamos al laberinto a bailar. Y yo quiero bailar. —Se inclina hacia delante y su aliento cálido me roza la oreja—. En la guerra no se baila, pero sí se baila mucho en la corte. Si soy sincero, es lo único bueno de estar en la corte.

Me sorprende descubrir que le guste bailar aunque, al mismo tiempo, no me sorprende: se le da bien de forma natural. Le devuelvo la reverencia.

—Muy bien. Un baile y, después, nos vamos los dos a la cama. —En cuanto las palabras salen de mi boca, me doy cuenta de que podrían malinterpretarse fácilmente y la leve sonrisa de Talon significa que está pensando en la opción más pervertida—. A dormir —clarifico.

—Si tú lo dices...

Su respuesta es indiferente, pero la mirada ardiente que me lanza hace que se me derritan las entrañas.

Le tomo la mano extendida y él empieza a hacerme girar en torno al jardín en una sencilla danza de la cosecha, un paso-giro-paso-giro que no se parece en nada a las danzas de la corte que he aprendido o a las que bailamos en la gala. En esta ocasión, tan solo se trata de nuestros cuerpos apretados el uno contra el otro mientras giramos en torno al estanque. Nada de saltos o maniobras extravagantes, tan solo dos personas disfrutando de la noche.

Parece algo mucho más lascivo de lo que es y una sensación empieza a apoderarse de mis entrañas, aunque no estoy muy segura de si es emoción o pánico. Lo que sí sé es que no tengo deseos de irme a dormir.

Mientras nos movemos, Talon empieza a cantar con voz grave y firme una antigua balada sobre una mujer que se marchó a la guerra dejando atrás a su esposo y sus hijos. Lo miro fijamente.

—Conoces *La balada de Jessamyn*. —La emoción me atenúa la voz.

—Por supuesto —contesta él, murmurando junto a mi oreja. La sensación es enloquecedora en el mejor de los sentidos—. Me sorprende que tú también la conozcas.

Conozco la melodía porque Leonetti solía cantármela cuando acababa de llegar a su casa siendo una niña salvaje demasiado habituada a pelear y poco acostumbrada a la amabilidad. La canción trata de una mujer que abandona su hogar para luchar en una guerra que nunca se especifica. La balada no desvela la tragedia hasta la última estrofa, cuando se descubre que los hijos y el marido a los que Jessamyn tanto echa de menos no yacen en sus camas, sino en sus tumbas.

—«Escondida, escondida, el corazón perdía» —canta Talon con la voz más profunda y más lenta conforme se acerca a la última estrofa—. Eres preciosa —dice al fin—. Fiera y orgullosa a pesar de todo lo que te hemos hecho.

Me detengo y me aparto de él.

—Talon… —comienzo a decir.

Él me arrastra de nuevo hacia sus brazos y me aferra demasiado cerca.

—Ha pasado muy poco tiempo desde que nos conocimos, pero llevo toda mi vida contemplándote en esos cuadros. Te conozco desde que tengo memoria. Solo que nunca tuviste ojos y yo no sabía lo que significaba eso. Y ahora que eres real y estás aquí… —Estrecha aún más su agarre y su mirada verde y brillante se me clava mientras murmura—. Tus ojos siguen siendo un misterio. Los miro y siento como si el Caos me devolviera la mirada. No puedo apartarme de ti, Darling. Dime que ese es tu don; que puedes cautivar a la gente con esos ojos tuyos tan oscuros.

—No lo es —contesto, aunque el aliento se me atasca en el pecho—. Y tú estás borracho.

—Los borrachos siempre dicen la verdad —replica él mientras me contempla el rostro—. No sé qué hacer contigo ni lo que Caspian quiere de ti. O de nosotros. Pero quiero saberlo y quiero conocerte. No es Caspian el que tiene una conexión contigo. Soy yo el que lleva toda la vida buscándote.

Trago saliva con fuerza porque sé lo que quiere decir. Demasiado bien. He llegado a apreciar e incluso a disfrutar de su compañía. Con sus palabras afiladas y todo lo demás. Hay algo embriagador en luchar contra él y en estar entre sus brazos. Me ve. A mí.

Talon se inclina hacia delante. Va a besarme y yo lo deseo muchísimo. No estoy interpretando el papel de seductora y, aun así, después de todo, he acabado en un jardín iluminado por la luna con un chico apuesto.

Es entonces cuando me acuerdo del Beso de la Muerte que me he puesto en los labios.

Me muevo con rapidez y doy un paso atrás. Solo que estamos junto al borde del estanque y el baile nos ha acercado más de lo que esperaba a las piedras que lo rodean, por lo que mi talón tropieza con ellas. Tenemos los brazos entrelazados, así que Talon abre los ojos de par en par, sorprendido, mientras caemos al agua.

Emerjo a la superficie, escupiendo. Talon también está de pie y saliendo del estanque. Lleva un nenúfar en la cabeza, así que se lo quita y lo vuelve a arrojar al agua. Me tiende una mano, pero yo la ignoro y salgo por mis propios medios. Tiemblo un poco por la impresión tanto del agua fría como del casi beso.

—Supongo que eso ha sido cosa del Caos recordándonos que mañana tenemos que madrugar. —Se muestra educado y frío. Al parecer, el chapuzón ha despejado las brumas del vino. Yo asiento—. ¿Sabes cómo salir del laberinto? —pregunta.

—Sí.

Me hace un gesto para que vaya por delante. Aprieto los dientes y sigo las instrucciones de la carta misteriosa a la inversa. Nos abrimos paso entre los setos con rapidez, aunque es un paseo silencioso e incómodo.

—Te deseo buenas noches. Que duermas bien, vástago —dice Talon mientras se inclina ante mí con educación.

No me da la opción de responderle antes de marcharse y sus largas zancadas son más rápidas de lo necesario. Observo cómo se aleja mientras me pregunto qué demonios me pasa, en nombre del Caos. Desearía no haberme puesto el dichoso Beso de la

Muerte. Aun así, podría haber besado a Talon y haber puesto fin a todo el asunto. Entonces, ¿por qué no lo he hecho?

Mientras regreso a mi cama, seca y cálida, mis pensamientos no giran en torno al hecho de que he fracasado a la hora de matar a Talon. Más bien me pregunto cómo sería besarlo de verdad.

Ese pensamiento resulta demasiado atractivo y me maldigo a mí misma por ser una idiota. No puedo albergar sentimientos románticos por el Príncipe de la Guerra. Es mucho más que una mera locura.

Sería una sentencia de muerte.

18
TALON

Ahora entiendo por qué Caspian bebe tanto. Su mundo siempre se está tambaleando gracias a su conexión con el Caos y el alcohol hace que parezca que todos los demás también se tambalean. Anoche me dijo: «Cada trago que tomas te acerca un poco más a mí, hermanito», así que no dejé de beber cuando lo habría hecho de normal. Después, me arrastró al jardín y me robó los zapatos.

Recuerdo todo con una claridad perfecta: la sensación de la hierba entre los dedos de los pies, la vertiginosa espiral de estrellas, mis hombros caídos y relajados, la ensoñación de que Darling estaba allí, lo fácil que me resultó estar con ella entre las sombras y con los pies descalzos, el baile, la canción y mis confesiones. Pero, sobre todo, recuerdo lo mucho que me equivoqué al pensar que recibiría de buen grado un beso mío. Fui un idiota.

Al despertar hemos hecho las maletas y estábamos listos para partir a media mañana. Me he dedicado a ignorar al Alto Príncipe Regente mientras llevaba a cabo sus elaboradas despedidas y flirteaba con la Grifo regente como si anoche no la hubiera hecho enfadar de un modo tan absoluto.

Monto sobre mi draco de combate y recorro al trote la hilera de tropas arriba y abajo. El aire fresco del norte resulta agradable.

Cabalgo a la cabeza de la caravana toda la mañana mientras intento no estar melancólico y disfrutar del viaje en su lugar. Tardaremos dos días en llegar a lo que queda de la Casa de la Cocatriz: las ruinas de una antigua mansión construida junto a un acantilado. La mayoría de los miembros de la Casa huyeron a Avrendia cuando fueron exiliados en la anterior ronda de la Guerra de las Casas y, después de la muerte de mi madre y de que mi padre diera comienzo a su venganza, los demás los siguieron también. Tan solo se quedaron unos pocos miembros de menor rango y, ahora, las ruinas están custodiadas por un grupo de gente mayor que casi parece un sacerdocio devoto al recuerdo de su Casa y que rezan, según he oído, en memoria del Último Fénix. Estoy seguro de que va a ser horrible. Sin embargo, la mayor parte del viaje va a consistir en atravesar la zona inferior del territorio de los Dragones. Esa es la parte que me emociona. Desde que nos hicimos con Cumbre del Fénix, apenas he tenido ocasión de explorar las tierras de mi familia y, desde la muerte de mi padre, solo he visitado la antigua fortaleza de la Casa del Dragón en dos ocasiones. Caspian no me quiere explicar por qué esta estúpida gira no incluye la Casa del Dragón, pero sí murmuró algo así como que Cumbre del Fénix es ahora la verdadera sede de nuestra familia. Odio esa idea.

Para la hora de la comida, el terreno es rocoso y los restos de los árboles del valle fluvial han dado paso a las agujas de los árboles espinosos de hoja perenne y a los enebros con bayas de color azul brumoso. Nos paramos junto a una cascada estrecha y como algo rápido antes de conducir a mis Dientes con nuestros dracos de combate por una cuesta empinada. Desmontamos para estirar las piernas y dejar sueltos durante unos minutos a los animales, que husmearán por ahí, escarbarán la tierra áspera con sus garras traseras y nos advertirán si hay dracos salvajes en los alrededores.

Desde aquí arriba, las vistas son espectaculares: la cinta plateada que dibuja el río Sangre del Fénix serpentea desde las lejanas montañas azules rodeada de franjas de bosque oscuro que se extienden hasta donde la vista alcanza. Seguiremos el camino del sudeste hasta las estribaciones de las Montañas de las Cien Garras, donde el bosque es espeso y frío. Acamparemos en el extremo más lejano de la espesura y partiremos hacia el sur mañana alrededor del mediodía. No puedo evitar mirar hacia el cielo azul pálido del norte en busca de un dragón aleteando. El único buen recuerdo que tengo de mi padre es de él contándome historias de toda una manada de dragones girando contra el viento y con el sol resplandeciendo sobre sus escamas. Hoy en día no son más que leyendas, pero todos miramos de todos modos.

Cuando regreso a la caravana, Caspian me hace un gesto con la mano para que me acerque al lugar en el que está compartiendo la comida con Elias y Darling. Vuelvo a ignorarlo, pero me doy cuenta de que Darling me está mirando a través de las gafas oscurecidas antes de que apriete la mandíbula y agache la mirada.

No lamento ignorar a mi hermano, pero ella no se merece ninguna venganza mezquina por mi parte. Cuando todo el mundo ha vuelto a montar, le doy un toque a mi montura para dirigirla hacia el carruaje de Darling y llamo dando un golpe en la parte cercana al techo, allí donde alcanzo con la mano. Ella abre la puerta dorada y ladea la cabeza, expectante.

—Lo lamento —digo. El resto de las palabras se me atascan en la garganta.

—¿El qué? —pregunta ella.

Agarro las riendas de cuero con más fuerza. Esto no puede ser más difícil que liderar la carga en una batalla.

—Lo que ocurrió anoche. Mi comportamiento fue inapropiado. Siento mucho haberte hecho insinuaciones indeseadas.

Tras decir eso, inclino la cabeza desde las alturas de mi silla de montar y cambio el peso de mi cuerpo para indicarle al draco que tiene que moverse.

—¡Talon! —Darling no grita del todo, pero se muestra insistente. Vuelvo la vista hacia ella—. No… No lo fueron.

En esta ocasión soy yo el que no la comprende.

—¿El qué?

—Inde… Eh… —A veces, las gafas protectoras hacen que resulte difícil interpretar sus gestos más sutiles pero, ahora mismo, Darling está frunciendo el ceño—. Inapropiadas. —Alza la barbilla como si me estuviera retando a decir algo más.

«No fueron indeseadas». Eso es lo que ha empezado a decir. Me obligo a relajar la mano que tengo apoyada en el muslo y tomo aire. Podemos arreglar este asunto y encontrar la manera de convertirlo en algo que se parezca a una relación cordial o, al menos, a una alianza.

—¿Cabalgas conmigo?

Alza las cejas con incredulidad.

—¿Sobre esa terrible bestia?

Muevo el pie para incitar al animal a removerse un poco en el sitio. El draco ladea la cabeza y agita las plumas de la frente mientras da un paso lateral con las enormes patas traseras. Las delanteras son más cortas y en ellas tiene unas garras que parecen manos. Las flexiona de modo que resplandezcan claramente bajo la luz del sol. Sonrío y vuelvo a mirar a Darling.

—Creo que podrás soportarlo.

Ella frunce los labios hasta dibujar una mueca de diversión.

—He visto de lo que es capaz, así que, no, gracias.

No puedo culparla. Los dracos de batalla no comen carne humana, pero no tienen problemas en hacerla jirones y romper huesos. A algunos de ellos les gusta gritar durante la batalla y suenan tan humanos que resulta espantoso. Sin embargo, antes de que pueda sentirme demasiado decepcionado, ella me dedica una sonrisa.

—Tengo una idea mejor. —Tras decir eso, sale por la puerta del carruaje, se agarra a algunos de los ostentosos adornos dorados y trepa hasta el techo. Se levanta las faldas torpemente mientras se acomoda y señala con un gesto todo lo que la rodea.

—Las vistas desde aquí son mejores.

Suelto una carcajada y mi montura curva el cuello para alzar la vista hacia Darling y mirarla con un único ojo verde. Es como una esmeralda facetada rodeada por plumas cortas y suaves. Los dracos de combate son los más mortíferos de su especie, pero también los más hermosos. Sobre todo, comparados con los torpes dracos de tiro como los que usamos para los carros y los carruajes. Esos animales caminan sobre cuatro patas más robustas en lugar de dos y llevan armaduras en los cuellos cortos y en los vientres, aunque sus escamas pueden ser de todos los colores del arcoíris.

—Caos, eres una preciosidad —le dice Darling en voz baja a mi montura—. Pero no me dejaré cautivar solo por una cara bonita.

Parece una advertencia también para mí, así que me permito apreciar el cumplido.

Un poco más adelante, Arran Lightscale me hace una seña y, entonces, el convoy emprende el camino de nuevo. El conductor de Darling le da un toque a los dracos de tiro con la vara que usa para dirigirlos y los animales se ponen en marcha con pesadez. Yo retengo a mi draco para evitar que dé las largas zancadas que prefiere y que, así, podamos mantenernos junto al carruaje.

Durante casi una hora, cabalgamos en silencio. Darling lo contempla todo desde su altura, especialmente cuando pasamos por un saliente que le permite ver el valle por el que transcurre el río más abajo. Después, nos encontramos entre los árboles espinosos de hoja perenne con su corteza rojiza y escamosa y su altura imponente. Bajo la sombra hace fresco y todo está en silencio. Cuando montas dracos de combate, los pájaros tienden a esconderse en sus nidos. Tan solo se oye el tintineo de los aperos, el crujido de las ruedas sobre las agujas caídas, las pezuñas de los dracos sobre el camino y sus ocasionales rugidos o suspiros.

—¿Tiene nombre? —me pregunta Darling de pronto.

—Yo no le he dado ninguno. —Ella suelta un bufido—. Adelante, hazlo tú.

—Eh… «Despiadada». «Ataque Sombrío». —Sacudo la cabeza y paso los nudillos por el surco nudoso que tiene el animal en el hombro—. ¿«Minina»? —bromea.

El draco sacude las espinas del cuello y emite un pequeño chasquido. Alzo la mirada hacia Darling. Tal como estamos viajando, mi cabeza le llega a las costillas.

—Parece que va a ser «Minina».

Nada cambia en el terreno que nos rodea, pero soy consciente del momento en el que entramos en territorio de los Dragones. Mi hogar. Mío. La sangre de mi familia ha regado estas raíces y las cimas de las montañas durante generaciones. Es duro y escarpado y la belleza tan solo se encuentra entre majestuosos trozos de piedra, lagos fríos como el hielo sobre los que se refleja la luz invernal y ristras de cardos morados en miniatura. Es difícil vivir aquí. Pero es mi hogar. Nuestro. Parte del gran botín. No, los cimientos de este. Aquí llegan las sombras de las plantas espinosas de hoja perenne y las suaves hojas caídas y en descomposición. Tomo aire.

—¿Qué ocurre? —pregunta Darling mientras se asoma por el borde del carruaje para mirarme.

No tengo ni idea de cómo ha sabido que algo me ha cambiado. Observo cómo la luz juega en las puntas de sus rizos y se refleja en las lentes oscuras de sus gafas de manera extraña y hermosa. Entonces, aparto la vista hacia el bosque. Ella no va a corresponder mis sentimientos.

—Estamos en territorio de los Dragones. Justo en la punta del sur.

—¿Acaso no es ahora todo territorio de los Dragones? —dice con un tono de voz tenso.

—No del mismo modo —contesto en voz baja.

Volvemos a cabalgar y oigo la risa alegre de Caspian apenas amortiguada por las paredes de su carruaje. Es evidente que Darling también la oye.

—No entiendo a tu hermano —dice tras suspirar con frustración. Reprimo una carcajada terrible. Después, señalo con la cabeza a su conductor, que podría oírnos por encima del estruendo del carruaje y los pisotones pesados de los dracos de tiro. Ella hace una mueca pero continúa de todos modos—. Es que… A mí también me envió anoche al laberinto. ¿Qué es lo que quiere de… nosotros? ¿Por qué haría algo así? He estado dándole vueltas una y otra vez y… —Se encoge de hombros—. No entiendo cuál es su estrategia.

—Pero tiene una —contesto, sorprendido al descubrir que Caspian nos está manipulando a ambos—. O cree que la tiene.

Inclino la cabeza.

—Al menos debería contártelo a ti —espeta ella—. ¿Por qué aleja a la gente que se preocupa por él? Además, es tan maleducado con la gente que intenta ser su amiga…

No puedo añadir nada a eso. Casi suena como si a Darling le importara mi hermano. Tengo sentimientos desastrosamente encontrados al respecto. Por un lado, es algo bueno. Quiero que Caspian tenga aliados. Amigos. O algo más… si eso es lo que quieren. Pero también quiero que Darling me quiera a mí.

—¿Sabes cuál es su auténtico don, Talon? —Que use mi nombre en lugar de mi título hace que me sorprenda y vuelva a mirarla—. No es un simple don para la pintura —añade—. La manera en la que, de algún modo, el Caos está… a su alrededor por todas partes no puede explicarse con un simple don artístico.

Le doy un golpecito a Minina para que se acerque más al carruaje y el animal se mueve con cuidado. Extiendo la mano para sujetar uno de los agarraderos disfrazados de serpientes doradas.

—Pero sí es la pintura —insisto en voz baja—. De algún modo, el Caos se derrama sobre él y sus pinturas o a través de ellas. Yo lo he visto pintar mientras estaba poseído por el Caos.

Darling hace un mohín adorable. La piel de las sienes se le arruga allí donde tiene apoyada la correa de las gafas protectoras.

—¿Podría tener dos?

—¿Dos dones? Nunca he oído nada similar.

De pronto, recuerdo que le pedí a Elias que encontrara información sobre el Caos derramándose o dones cambiantes en la biblioteca de su familia. Me pregunto si habrá conseguido hacerlo o si habrá tenido demasiadas distracciones. No puedo creer que se me hubiera olvidado… He dejado que Caspian me distrajera; primero con sus excentricidades y, después, con el vino. Y con Darling.

—Puede que seas tú, sin más —digo, aunque siento como si me estuvieran arrancando las palabras con unas tenazas ardiendo.

—¿Yo?

—Has visto los cuadros. En todos los que de verdad le importan apareces tú. Tienes que admitir que el Caos le ayudó a crearlos. ¿De qué otro modo podría haberte conocido? No me creo la historia de que sea porque os conocisteis de pequeños o de que recuerde que eras el vástago de la Casa de la Esfinge. Si ese fuera el caso, todos los cuadros serían de ti de niña. No; te pintó gracias a su don. Te conocía gracias al Caos.

—Eh... —Alza las piernas y apoya los brazos sobre ellas mientras da vueltas a mis palabras—. ¿Crees que es posible que su don no sea la pintura sino... algo que le permite pintar cosas reales?

—O algo que os conecta a ambos; que conecta su don y el tuyo como si fuera una especie de puente entre los dos.

Darling pone los ojos en blanco.

—Bueno, yo al menos no sueño con él.

—Tal vez el puente no sea de doble sentido —insisto—. Puede que el don de Caspian sea más fuerte que el tuyo y que, por lo tanto, todo el Caos se derrame hacia él.

Darling frunce mucho el ceño.

—Los cuadros, el hecho de que sean reales... Es casi como si fuera un don para la profecía, solo que nunca he oído hablar de uno de ese tipo tan centrado en una sola persona. Se supone que son caóticos, ¿no? Aunque nunca he oído demasiado sobre este tipo de magia o esta historia... —añade con amargura.

—Aurora no cree que sea un profeta, y ella debería saberlo.

—Yo creo que es peligrosa. —La barbilla de Darling dibuja un ángulo obstinado.

—Es mi tía; la única persona que ha cuidado de Caspian y de mí desde que murió nuestra madre. Jamás nos haría daño.

—No he dicho que fuera a haceros daño —replica ella con el ceño fruncido—. Pero eso es lo único que os preocupa a los Dragones, ¿no? Vuestra gente; lo que es vuestro.

Mi draco de combate, Minina, se mueve un poco hacia un lado, recelosa ante mi cambio de postura.

—Darling...

Minina alza la cabeza, mostrando los dientes para saborear el aire. Su cuerpo sinuoso está tenso bajo mis muslos, así que me interrumpo y me pongo igual de alerta que ella.

—¿Qué? —susurra Darling.

Alzo una mano para hacer una seña a los soldados que van detrás de mí, pero es demasiado tarde. Una docena de mortíferos dracos menores sale en manada del bosque. Son feroces, del tamaño de perros grandes, viajan en grupo y son todo garras, dientes y espinas.

En primer lugar, atacan a los dracos de tiro de los carros que van en la parte trasera del convoy.

—¡Dientes! —grito mientras agarro las riendas con ambas manos y hago que Minina se dé la vuelta. El animal suelta su grito de batalla, que es imitado por los demás dracos de combate. Llevamos cuatro con nosotros, incluida la mía.

Los carromatos se detienen y tanto los asistentes como los conductores entran en pánico e intentan subirse a los techos. Mientras tanto, Darling empieza a bajar del suyo. Uno de los conductores corta las riendas y dos dracos de tiro salen corriendo, pesados pero rápidos, y atraen tras ellos a un puñado de los dracos menores. Los Dientes se han dirigido al carruaje de Caspian y los soldados de a pie y la caballería regular intentan defenderse como pueden.

—Necesito una maldita espada —dice Darling, que todavía está agarrada al centro de su carruaje.

Desenvaino la garra que llevo a la espalda y se la ofrezco.

—Esto es demasiado cuerpo a cuerpo.

—Me las apañaré —contesta ella y da un salto hasta el suelo.

Yo me agacho y le agarro el brazo.

—Darling…

—Talon —replica. Incluso con las gafas protectoras sé que me está mirando fijamente.

La suelto. Ella se rasga la falda y se lanza a la refriega. Con el bracamante en mano y las garras de mi montura a la vista, la sigo.

Hay muchísimos dracos menores. Temerarios, arremeten contra cualquier cosa. Nunca van solos, así que los ataques llegan desde diferentes direcciones y, a menudo, desde abajo. Mi draco los hace trizas con sus poderosas patas traseras pero, montado en la silla, a mí me resulta difícil, ya que no puedo alcanzar a los animales más pequeños. Sin embargo, mi montura está bien entrenada así que, cuando salto al suelo, se queda a mi lado.

Los Dientes han rodeado el carruaje de Caspian, por lo que me limito a empezar a matar. Los dracos menores me lanzan dentelladas a las piernas y yo me dedico a dar patadas y tajos con el bracamante. Uno de los animales me muerde el antebrazo que tengo libre, atraviesa el terciopelo y me clava los colmillos en la piel, pero lo lanzo lejos y me doy la vuelta para cortarle el cuello al siguiente de modo que su cabeza salga volando. Oigo a los dracos de combate gritar, pero también los chillidos de los humanos y paso por encima del cuerpo de uno de mis soldados. Tan solo los Dientes van ataviados con cuero de los pies a la cabeza. Si acaso, esperábamos ataques humanos y nunca en territorio de los Dragones.

Los dracos menores siguen atacando en manada, pero su número ha disminuido. Los que quedan son los peores: los más inteligentes, rápidos y escurridizos. Al menos dos de nuestros dracos de combate han caído. Aparto a Minina a un lado con el hombro y me doy la vuelta para enfrentarme a los dos animales que la habían acorralado contra dos árboles enormes, pero un tercer draco menor me salta a la espalda. Me clava las garras en el hombro del brazo con el que cargo la espada, así que me preparo para sentir el dolor y, a la vez, me giro para estrellarlo contra el tronco del árbol. Me clava los colmillos en el cuello.

Entonces, me hacen un placaje y el animal suelta un grito cuando sale volando. Darling está frente a mí y le clava al draco un filo en las entrañas. Giro para ponerme en pie y le corto la cabeza.

Darling me sonríe. La sangre brillante del draco le mancha el rostro y lleva una espada en cada mano.

—Quedan al menos nueve. Han matado a dos Dragones, a dos dracos de tiro y a ninguno de los Dientes. Ninguno de los animales ha entrado en los carruajes.

—Bien.

Me duele el hombro y siento escozor en el cuello. Ha faltado poco, pero Darling me ha salvado la vida.

Aquí viene otra de las bestias, cargando hacia nosotros desde detrás de Darling. La estrecho contra mí y me doy la vuelta para bloquear el ataque.

Entonces, empezamos a luchar espalda contra espalda. Es como una danza ardiente y embriagadora, solo que la música son los gritos de los dracos y el choque del acero contra las escamas. Mi bracamante está cubierto de vísceras y las espadas de Darling, también. Nos abrimos paso hasta el carruaje de Caspian, pero uno de los dracos menores salta por encima del cadáver de uno de los animales de tiro en dirección a Darling.

Suelto un grito y lo apuñalo para salvarla. Ahora, estamos en paz.

Se acabó.

Respiramos con dificultad y tenemos los hombros unidos, subiendo y bajando al unísono. El pulso me va a toda velocidad. Es como si pudiera sentir el fuego de la batalla, ardiente y perfecto, pasando entre Darling y yo. Un resplandor procedente del estómago me abrasa y se convierte en una sonrisa llena de dientes.

Me giro hacia ella, que también me está sonriendo. Su rostro es una máscara de sangre brillante con dos agujeros negros por ojos. La deseo con desesperación. Deseo que esté a mi lado; conmigo. Lo mucho que la deseo es abrumador. Las manos me duelen de pensarlo y casi las extiendo hacia ella para sentir sus brazos y sus manos bajo mi agarre. Quiero reírme con ella y compartir esto.

Me has salvado la vida, pienso mientras la miro fijamente. Ella separa los labios y asiente como si pudiera oírme y estuviera de acuerdo. *Tú también has salvado la mía.*

Hace muy poco intentamos matarnos el uno al otro y, sin embargo, aquí estamos: inundados por la furia de la batalla, aliviados, camaradas. Ahora, sé cómo es luchar con ella.

Entonces, recuerdo el mensaje de Caspian: «Sálvala. Tienes que salvarla».

Le apoyo la mano libre sobre el hombro, lo cual me resulta tranquilizador. Mi respiración agitada se ralentiza y vuelvo a sentir el dolor del brazo y el hombro, pero esas son mis peores heridas. Darling parece intacta y toda la sangre que la cubre es de ese color anaranjado y llameante de la sangre de los dracos. Rápidamente, miro en torno al campo de batalla y veo a sirvientes bajando de los techos de los carruajes, a Arran Lightscale organizando a los soldados que quedan, a unos cuantos heridos sentados en el suelo y tan solo a dos muertos. Elias sale del carruaje de mi hermano y, con un gesto de urgencia, se dirige al más cercano de los heridos. Habrá que reunir a los dracos de tiro que quedan vivos, ocuparse de los muertos y seguir adelante para encontrar un terreno más alto donde pasar la noche. Pero, por el momento, todo está en calma.

Estrecho el hombro de Darling y, entonces, saco el trapo doblado que llevo en la funda plana del cinturón de mi espada. Es para limpiar las hojas, pero me acerco a la chica.

—Cierra los ojos —le digo mientras alzo el trapo y llevo la otra mano al botón que le sujeta las elaboradas gafas en torno a la cabeza.

Ella me agarra la muñeca y, mientras me observa, sus labios se separan. Yo espero. Al fin, me suelta y se desabrocha las gafas ella misma. La correa se le enmaraña un poco entre el cabello despeinado por la batalla. Cuando las gafas desaparecen, veo que tiene los ojos cerrados y dos parches de piel perfectamente limpios que los rodean. Acepto las lentes con cuidado, les limpio los cristales y, después, vuelvo a colocárselas sobre los ojos con delicadeza. Ella vuelve a atar la correa y, de repente, me da un puñetazo en el brazo herido.

Suelto un gruñido ante el dolor que siento.

—Te toca —dice ella.

Nos dirigimos hacia el espacio de trabajo improvisado de Elias. A su lado tiene una bolsa abierta de suministros y tres soldados esperando para que los cure.

—Talon está herido —dice Darling mientras aparta a Marjorie, que se ha acercado a nosotros a toda prisa, claramente angustiada al ver el rostro ensangrentado de la joven.

—Puedo esperar mi turno —digo—. No me sangra tanto; el corte no es demasiado profundo.

Cuando ella hace una mueca, levanto el brazo. Me duele, pero tengo la movilidad intacta. Elias asiente.

—Bien. Darling, si estás sana y salva, ve a ayudar a Jerem a contener su hemorragia.

Ella hace lo que le piden y yo me doy la vuelta para buscar a Arran Lightscale pero, en su lugar, me encuentro a mi hermano ahí de pie.

Caspian está pálido. Incluso tiene los labios blancos cuando, de normal, son de un tono rosa brillante. Sin embargo, no hay ningún otro signo de angustia. No tiene ni una sola mancha de sangre ni un cabello fuera de lugar. Me mira fijamente con los ojos muy abiertos.

—¿Estás bien? —le pregunto con la voz ronca.

Caspian me rodea con los brazos. Yo lo atrapo y cambio el peso de pie ante la brusquedad de su agarre. Él me estrecha con la mejilla pegada a la mía.

—A veces es demasiado duro —susurra.

—Caspian… —comienzo a decir.

—Lo que tengo que hacer es muy duro, Talon. Tener que dejar que las cosas ocurran…

Lo aparto de mí con el ceño fruncido. ¡Lo que tiene que hacer él…! Se ha quedado escondido en su carruaje. Sin embargo, me mete algo que cruje en la chaqueta.

El Alto Príncipe Regente da un paso atrás con una sonrisa torcida. Es tan voluble como un niño pequeño.

—Me alegro de que estés bien, hermano. Voy a ir a ver cómo están esos malditos dracos de tiro, ¿qué te parece?

Entonces, suelta una carcajada y rodea con paso ligero un charco de barro que hay en el camino.

Le hago un gesto a Arran para que acompañe a mi hermano. Entonces, me saco el papel de la chaqueta. Es un boceto hecho con carboncillo como el que le manchaba las manos cuando se coló en mi tienda la semana pasada. En él, Darling y yo estamos luchando espalda contra espalda bajo la sombra de los árboles de hoja perenne y rodeados de dracos salvajes. Ambos estamos sonriendo. Es un boceto elaborado y completo. Está sombreado con todo detalle. Y, desde luego, fue dibujado antes de que nos atacaran.

Un escalofrío me recorre la columna vertebral y se me seca la boca. Esto no es como un cuadro de Darling junto a una chimenea que acaba siendo real. Esto ha sido una emboscada.

Él lo sabía. Y no lo ha impedido.

Dos de mis soldados, sus Dragones, están muertos.

Todos nos hemos equivocado con él. No sé si esto cuenta como una profecía, pero que lo supiera es más que suficiente para condenarlo.

Me vuelvo a meter el boceto en la chaqueta y, lleno de furia, me uno a las labores de limpieza.

19
DARLING

Tras el ataque de los dracos salvajes, el resto del viaje hasta la Casa de la Cocatriz transcurre en una calma relativa. Los días parecen hacerse eternos mientras atravesamos las montañas y paso la mayor parte del tiempo subida de nuevo en el techo de mi carruaje, observando a Talon cabalgar de arriba abajo de la hilera del convoy. No vuelve a detenerse para hablar conmigo, pero creo que no tiene tanto que ver conmigo como con la nueva tensión que ha aflorado entre él y Caspian.

El Alto Príncipe Regente se muestra más reservado tras el ataque. No sé si la muerte de dos de sus soldados, cuyas cenizas reposan en una de las carretas de aprovisionamiento para ser devueltas a sus familiares, le ha recordado la idea tan tonta que ha sido este viaje o si no es más que otro de sus estados de ánimo cambiantes, pero ha empezado a pasar menos tiempo con Elias y conmigo y, en su lugar, ha decidido pasar la mayor parte del tiempo a solas en su tienda de campaña. El cambio en su comportamiento es tal que incluso Elias me ha preguntado si sé qué es lo que le ocurre y, cuando le he dicho que no, me ha puesto una excusa y ha ido a ver cómo se encontraban los soldados heridos durante el ataque de los dracos salvajes. Acabo pasando la velada yo sola, practicando con las dos espadas cortas.

Tras la batalla, nadie ha querido quitármelas y ni siquiera Talon parece seguir alarmado ante la idea de que vaya armada. Supongo que todos han llegado a la conclusión de que no voy a matar a los príncipes Dragones a la primera de cambio.

No dejo de repetirme a mí misma que tengo motivos para no haber atacado a Talon y a Caspian de inmediato. Para empezar, la suerte no está de mi parte. Un ataque directo habilitaría el accionar de un grupo de Dientes y soldados de a pie de los Dragones liquidándome en el sitio. Sin embargo, eso no me impide despertarme en mitad de la noche para abrirles las gargantas de un tajo. Durante las horas interminables de viaje intento pensar en la docena de formas diferentes en las que podría matarlos ahora que tengo dos preciosas espadas y un cuchillo arrojadizo guardado en uno de los bolsillos ocultos de mi capa de viaje. Pero la verdad es que no quiero matar a ninguno de los dos.

He hablado con Talon y con Caspian lo suficiente como para saber que no están más encantados con esta guerra que yo. Y, tras las últimas semanas, hay algo en ellos que me lleva a pensar que me están contando la verdad, que la guerra se ha acabado de verdad y debemos mirar hacia el futuro.

Por eso, decido que voy a pedirle a Caspian que libere a Leonetti.

Tras la escena en la Casa del Grifo, me parece que es una buena idea. Para ser sincera del todo, creo que es el único plan lógico. He acabado sintiendo aprecio por los príncipes del Dragón y soy consciente de que podría haber Dragones muchísimo peores al mando. Como, por ejemplo, ese bruto de Finn con sus gritos y sus vestidos de abuela. O esa horrible tía suya con sus extrañas manchas de sangre y sus ojos mentirosos. Tras darme cuenta de cuáles podrían ser las alternativas, no puedo imaginarme haciéndole daño a Caspian. O a Talon. Sobre todo a Talon.

Debería estar molesta por cómo me siento cuando lo veo, por cómo me descubro buscando sus largas pisadas cada vez que acampamos tras un día interminable de viaje o por cómo siento un resplandor en mi interior cada vez que veo que me está mirando. Debería estar escandalizada por cómo él también me busca, ya sea para pelear o para mostrarme alguno de los trucos tontos que puede hacer su draco de batalla. Sé que los soldados nos observan con miradas sombrías y toman nota de nuestras conversaciones. Si no fuera por nuestras responsabilidades, pasaríamos más tiempo juntos todavía, pero está bien que no sea así. Los rumores serían insoportables.

Sé lo que diría Gavin: que una cara bonita me persuade con demasiada facilidad y que la guerra nunca llegará de verdad a su fin. Se cubre con su ira como si fuera una armadura cómoda y confeccionada a medida. Sin embargo, yo ya me había prometido a mí misma que dejaría de luchar mucho antes siquiera de haber conocido a los príncipes. Además, estoy muy cansada de la batalla, de la sangre, de la muerte y de la agonía. Tal vez las últimas semanas como vástago me hayan ablandado, pero la idea de matar a Talon me parece, sencillamente, imposible. Incluso he llegado a sentir debilidad por Caspian y su hábito enloquecedor de hablar con acertijos.

Una paz verdadera, en la que todos aprendiéramos a trabajar juntos hacia un futuro que beneficie a toda Pyrlanum me resulta una idea embriagadora, y me he dado cuenta de que deseo eso mucho más que cualquier tipo de venganza. Sobre todo si tenemos en cuenta que no sé qué es lo que hizo o dejó de hacer la Casa de la Esfinge. ¿Y si es cierto que mataron a la consorte del Dragón? ¿Cómo puedo hacer responsables a los príncipes si ni siquiera yo sé la verdad? En algún momento tendremos que pasar página, y ¿cómo va a ocurrir eso si nunca lo intentamos siquiera?

Son muchas cosas sobre las que reflexionar pero, para cuando llegamos al hogar ancestral de la Casa de la Cocatriz, ya me he decidido. Ya que parece tan entusiasmado con la idea de arreglar las cosas, voy a pedirle a Caspian que libere a Leonetti como parte de mis compensaciones. Dado que he aprendido que, cuando se trata del Príncipe Regente, lo mejor es estar bien preparado, estoy elaborando un discurso mental sobre la indulgencia y sobre pasar página cuando la puerta de mi carruaje se abre y se cierra. Parpadeo sorprendida cuando Gavin se materializa frente a mí. En esta ocasión, va vestido con la librea de alguna otra de las Casas.

—¿Llevas un pollo ardiente en el pecho? —le pregunto, atónita tanto por su aparición repentina como por su aspecto.

—Es una cocatriz. Mira, no tengo mucho tiempo, pero quería advertirte de que debes tener cuidado. Este lugar no es lo que parece.

—¿Qué quieres decir? —le pregunto mientras un escalofrío me recorre la columna.

—Básicamente, es un museo —dice Gavin—. Ni siquiera sé por qué han decidido traerte aquí. No hay ni un solo vástago por ninguna parte. Todos han huido a Avrendia.

Mi temor se disipa y me encojo de hombros.

—Eso ya lo sabía. Caspian me dijo hace tiempo que algunas de las paradas del viaje tenían más que ver con mantener las apariencias que otra cosa. Eso no quiere decir que sea una trampa, Gavin. Si los Dragones me quisieran ver muerta, jamás habría salido de Cumbre del Fénix.

Gavin me mira fijamente, con los ojos muy abiertos.

—¿«Caspian»? ¿Tanta confianza has adquirido en apenas unas semanas con nuestros enemigos mortales?

—Gav, se ha acabado —le digo mientras me recuesto sobre el asiento mullido del carruaje—. La guerra ha llegado a su fin.

Es hora de dejarla a un lado y empezar a reconstruir. ¿O acaso las batallas continúan?

Gavin sacude la cabeza.

—Es tal como dijo el Alto Príncipe Regente. Caspian —añade con un tono de voz que hace que parezca como si el nombre le quemase en la lengua—. Se han rendido. Enviaron un mensajero en draco volador para Adelaide con los términos. Incluso ella dijo que eran más favorables de lo esperado.

Me incorporo y no puedo evitar ocultar la sonrisa que se me dibuja en el rostro.

—¿Y Leonetti? ¿Ha regresado?

—Todavía no —contesta él, haciendo añicos mis esperanzas—. Quieren celebrar una reunión en la Casa del Barghest con todos los vástagos y Príncipes Regentes presentes. Es evidente que es una trampa.

—¿De verdad? —digo—. Si le enviaron un mensajero a Adelaide, también podrían haberla matado fácilmente. Debería enviar a un representante. Yo estaré allí y podría hablar en su nombre.

Gavin suelta un bufido.

—Ay, qué rápido te has olvidado de dónde procedes y de tus juramentos.

—¿Qué juramentos? —digo mientras me cruzo de brazos—. ¿De mi promesa de hacer siempre lo que sea mejor para la Casa del Kraken? ¿De verdad quería Adelaide que matara a los príncipes del Dragón? ¿O ha sido cosa tuya todo el tiempo, Gav?

Alguien llama a la puerta de mi carruaje y Marjorie la abre justo cuando el don de mi amigo lo vuelve invisible.

—¿Va todo bien, mi pluma? —pregunta con gesto de preocupación.

Me aclaro la garganta.

—Sí, va todo bien. Tan solo estaba practicando un soliloquio para entretener al Alto Príncipe Regente. Es de la famosa obra de la Casa de la Cocatriz titulada *El vástago rechazado*. ¿La conoces?

—No, mi pluma. Deberíamos llegar en unos instantes. Después, nos permitirán la entrada a Monte Klevon. Parece ser que hemos llegado antes de lo que esperaban.

—Gracias, Marjorie —digo. Ella me dedica una sonrisa afligida.

—¿Estáis segura de que todo va bien?

Hay verdadera preocupación en su tono de voz. Asiento.

—Todo va bien; tal como debe ser.

La joven cierra la puerta y Gavin vuelve a aparecer. Su gesto ceñudo se ha convertido ahora en algo siniestro.

—Te estás volviendo muy buena con las mentiras. La nobleza te sienta bien.

—Gavin, piénsalo bien…

—Ya lo he hecho, y no puedo creer que los hayas elegido a ellos antes que a mí —replica con voz grave.

—No estoy eligiendo a nadie. Estoy eligiendo la paz y, tal vez, tú deberías pararte a pensar que en la vida hay algo más que luchar y matar. Mira, voy a hablar con Caspian y le voy a pedir que perdone a Leonetti como parte de mis compensaciones…

—¿Tus qué? —pregunta él con los labios torcidos en una mueca de desdén—. Mírate… ¿Compensaciones? Qué rápido te has olvidado de cuál es tu lugar. La política es para los nobles a los que no les gusta ensuciarse las manos, Darling. Tú formas parte de los Tentáculos; escogiste un camino diferente.

—Baja la voz —le digo mientras señalo la puerta del carruaje—. Elegí el único camino que había ante mí en aquel momento. ¿Se supone que tengo que seguir matando porque es lo fácil? —Respiro hondo y suelto el aire—. Ya es suficiente, Gavin. No quiero más matanzas ni más luchas. La guerra se ha acabado y hay otras maneras de salir victoriosos. Voy a hablar con Caspian y a asegurarme de que esa reunión sea legítima. Hay tiempo suficiente durante el viaje hasta la Casa del Barghest para descubrir si esto es una trampa o no y actuar de forma prudente en lugar de lanzar cuchillos a todas y cada una de las sombras.

Gavin sacude la cabeza con gesto de amargura.

—No; ya has hecho tu elección. Ahora, yo haré la mía.

Antes de que pueda decir nada, se hace invisible una vez más y desaparece. Sale del carruaje con un portazo tan fuerte que estoy segura de que el sonido de la madera al crujir se ha podido oír a lo largo de todo el convoy.

Marjorie vuelve a aparecer con gesto preocupado.

—¿Mi pluma? —comienza a decir. Me obligo a dedicarle una carcajada demasiado alegre.

—Ay, creo que no estaba cerrada del todo y el aire ha debido de golpearla.

Ella asiente y vuelve a cerrar la puerta, aceptando la mentira a pesar de que el viento está en calma.

Al parecer, el poder de verdad te otorga ciertos privilegios.

La ciudad que rodea Monte Klevon es mucho más pequeña que la que rodeaba la Casa del Grifo y la mayoría de las tiendas están cerradas y tapiadas con maderos. Tras la marcha de Gavin, decido que ya he esperado suficiente en mi carruaje, así que me bajo para explorar las calles empedradas, que están desiertas. Los miembros de nuestra caravana parecen ser las únicas personas en toda la ciudad. En el pasado, este era un lugar en el que los artistas creaban y vendían sus productos. Al parecer, el hecho de que se tratara de un lugar tan remoto provocaba explosiones artísticas que llevaban a los artistas de todo el mundo a viajar hasta aquí. La Casa de la Cocatriz era conocida por las pequeñas colonias de artistas que había repartidas por todo Pyrlanum, pero Monte Klevon era la joya de la corona.

Durante el último siglo de estallidos ocasionales de la Guerra de las Casas, la Casa de la Cocatriz intentó abstenerse de la violencia. Por lo que he leído, parecían creer que estaban por encima de la guerra, ya que el arte era una vocación superior. La mayoría habían sido expulsados décadas atrás pero, cuando murió la consorte del Dragón, aquellos que quedaban deberían haber tomado partido, ya que había sido hija de su Casa. Los Dragones los presionaron para que escogieran y los últimos miembros que quedaban de la Casa huyeron. Así pues, los Dragones reclamaron Monte Klevon como propio.

Cuando el portón principal se abre para dejar pasar a nuestra caravana hacia el hogar ancestral de la Casa de la Cocatriz, Marjorie me aparta del marco de puerta intrincadamente tallado que estaba admirando y me lleva de vuelta a mi carruaje. Para entonces, mi mente no está centrada en saludar a los cuidadores de Monte Klevon ni en las miradas ardientes que Talon me dedica cuando cree que nadie lo ve. Es culpa de Gavin y de la pelea que hemos tenido. ¿De verdad he olvidado de dónde vengo? ¿Qué querría Leonetti que hiciera: matar a los Dragones o encontrar una solución diferente para un problema complicado?

No puedo creer que mi padre adoptivo fuese a desear que asesinara a mis enemigos a sangre fría. Ni siquiera le ha gustado nunca demasiado la Picadura que les ponemos a nuestros filos. Siempre que nos veía embadurnando el acero del Kraken, sacudía la cabeza.

«La Picadura siempre estuvo destinada a los piratas y los extranjeros, no a nuestros propios primos. Ah… Esta guerra nos ha convertido a todos en monstruos».

Ese recuerdo hace que sienta más confianza en mi decisión y mientras atravesamos las puertas ornamentadas del patio, decido que voy a ir a buscar a Caspian de inmediato para pedirle que libere a Leonetti. Bajo de mi carruaje, dispuesta a exponerle el caso al Alto Príncipe Regente. Sin embargo, por desgracia, un hombre de piel pálida y ojos inquietantes me detiene y se inclina ante mí.

—Bienvenida a Monte Klevon, mi pluma. Soy Josiah Aesthetos, el cuidador jefe del lugar. Os doy la bienvenida a nuestro remoto hogar.

—Muchas gracias. Estoy encantada de estar aquí. —Miro a su espalda para ver si puedo divisar a Caspian, pero él y Elias ya se dirigen hacia la mansión, muy por delante de mí.

—Os invito a que exploréis la mansión por vuestra cuenta —continua Josiah, que ha confundido mi distracción con fascinación por las estatuas que pueblan el patio.

Sin duda, la mujer envuelta en llamas que ocupa un lugar de honor con un estanque reflectante a sus pies es interesante, pero no es donde tengo depositada mi atención.

—Oh, muchas gracias —digo antes de que él vuelva a hacerme una reverencia.

—Vuestros aposentos están listos y puedo hacer que uno de los miembros de mi equipo os lleve allí directamente si así lo deseáis. Sin embargo, Monte Klevon es un lugar que incita a ser explorado, y espero que nos hagáis el honor de disfrutar de nuestra colección de arte y esculturas.

—De acuerdo —contesto.

Nunca me ha gustado demasiado el arte. Disfruto con los cuadros como cualquier otra persona, pero nunca he tenido motivos para detenerme ante algo semejante. Sin embargo, Caspian ha desaparecido por ahora y, entonces, me doy cuenta de que me emociona poder explorar un poco, así que le doy las gracias al hombre y me dirijo al interior de la mansión.

Este lugar no se parece en nada a la Casa del Grifo. Allí todo era madera oscura, pasillos retorcidos y el olor de los libros y los pergaminos que permeaba toda la casa. Monte Klevon es una casa repleta de cristal y arcos. La luz inunda los espacios de un modo que hace que la habitación parezca más grande. El suelo muestra un intrincado mosaico que representa a una mujer cayendo desde lo alto de un acantilado. Está envuelta en llamas como la de la fuente del patio, así que le hago un gesto a una chica de piel marrón que va ataviada con la librea de la Casa de la Cocatriz y que lleva la larga melena trenzada hasta la mitad de la espalda.

—¿Sí, mi pluma? —me dice con gesto amable.

—Tengo una pregunta sobre el suelo; sobre la mujer en llamas. ¿Es algún tipo de sello de la Casa de la Cocatriz?

—El Primer Fénix nació de esta Casa —dice Caspian, que acaba de entrar en la habitación, procedente de una alcoba. Elias va detrás de él, aunque parece moleste. Es fácil darse cuenta de por qué. El príncipe está pálido y tiene una mirada salvaje. Tiene unas sombras bajo los ojos tan marcadas que casi parecen moraduras y lleva la ropa tan desaliñada como si acabara de despertarse de una siesta. Le sanadore le susurra en voz baja, incitándole a que descanse un poco antes de la cena—. Deja de regañarme —espeta Caspian en un tono de voz más propio de un niño petulante que del soberano de una nación—. Se está haciendo tarde y mi obra todavía no está completada.

—Caspian… —comienzo a decir.

Sin embargo, él me interrumpe con una mano levantada.

—Ahora no, Darling, creo que estábamos a punto de oír la historia de la mujer en llamas.

La cuidadora pasa el peso de un pie a otro.

—Ah, sí, mi filo. Estáis en lo cierto al señalar que la mujer es el Primer Fénix. Sin embargo, es mejor que esa historia os la cuente mi esposo, Josiah.

—Oda tiene razón —apunta el hombre mientras entra en la habitación seguido por Talon y un puñado de Dientes—. Había planificado una visita a la capilla y al resto de los terrenos tras la cena, que debería estar lista enseguida.

—Deberíamos hacer esa visita ahora —dice Caspian.

—No hasta que mis Dientes hayan revisado las habitaciones —replica Talon tras aclararse la garganta.

—Tú y tu dichosa seguridad —se burla el Alto Príncipe Regente.

—También me gustaría disfrutar de una comida bien preparada en esta parada del camino en lugar de volver a agotar la paciencia de nuestros anfitriones antes de que se haya servido el primer plato —espeta su hermano.

Yo me aclaro la garganta mientras todo el mundo mira a cualquier otra parte que no sean los príncipes del Dragón.

—Yo estoy absolutamente famélica —digo—, así que, si puedo opinar, preferiría comer antes de la visita porque, sin duda, quiero visitar la capilla.

—Cuando más se disfruta es durante la puesta del sol —dice Josiah mientras me dedica lo que parece una sonrisa de gratitud—, pero me complacerá adaptarme a lo que desee el Alto Príncipe Regente.

—Uff —replica Caspian con un suspiro—. Supongo que hay cosas que no pueden hacerse con prisas. Bien, comamos ese pescado de río helado y acabemos con el asunto.

Josiah hace una reverencia y su esposa, Oda, nos indica que la sigamos con un gesto. Mientras nos dirigimos hacia el comedor, hago un intento de hablar con Caspian, pero Elias llega antes de que pueda decidirme, así que tengo que conformarme con caminar detrás de ellos.

—Gracias —me dice Talon cuando me alcanza y se coloca a mi lado.

—No ha sido nada. Pero ¿se encuentra Caspian bien? Parece más errático que de costumbre.

Cuando el Príncipe de la Guerra aprieta la mandíbula, un músculo se le tensa en la mejilla.

—Mi hermano sigue sus propios consejos, así que no sabría decirte.

—Parece como si estuviera teniendo problemas para dormir —comento.

—Desde que murió nuestra madre, siempre ha sido así. Recuerdo despertarme en medio de la noche con sus gritos resonando por toda la mansión del Dragón —contesta él—. Los sanadores los llamaban «terrores nocturnos». Decían que era el despertar de un don poderoso.

Esto parece terreno pantanoso, así que cambio un poco el tema de conversación.

—Vuestra madre era miembro de la Casa de la Cocatriz. ¿Tenía afinidad por el arte?

—Sí, pero prefería embellecer su mundo con flores. Las cultivaba, las arreglaba y las preservaba. Recuerdo que siempre olía a floreterna y a gotas de sol, sus dos flores favoritas. —Talon se ríe y sacude la cabeza.

—¿Qué es tan gracioso? —pregunta.

—Tú. Es demasiado fácil hablar contigo. Haces que quiera...

Se interrumpe y no pone fin a ese pensamiento pero, antes de que pueda insistir, llegamos al comedor, una gran sala abierta con un balcón desde el que se puede ver el desfiladero que linda con Monte Klevon.

Caspian se muestra taciturno y Talon se esfuerza por entablar con nuestros anfitriones el tipo de conversación insustancial necesaria durante una comida tan incómoda. Sin embargo, mientras me siento, me doy cuenta de que no es necesario que Talon termine esa frase. Porque sé exactamente lo que ha querido decir.

20
TALON

La cena es notablemente placentera.

Tomamos una comida deliciosa y delicada que no se parece en nada a lo que estoy acostumbrado a comer en Cumbre del Fénix y, mucho menos, a lo que comemos en el ejército. Los ruiditos de admiración que emite Darling muestran que está de acuerdo y compartimos una sonrisa. El comportamiento de locura provocada por el Caos de Caspian desaparece. Se muestra relajado y coqueto con todo el mundo, arrastrándonos a todos (incluidos sir Josiah y su esposa, Oda) a una conversación como si fuéramos familiares que hace tiempo que se sienten cómodos los unos con los otros. El estado de ánimo del Alto Príncipe Regente hace que Elias también se relaje y empiece a hablar con Oda sobre las plantas medicinales que solo crecen en las tierras de la Cocatriz. La conversación da un giro hacia un intercambio de palabras ingeniosas cuando Josiah recita un poema que pretende enseñarle a un aprendiz de sanador cuáles son las plantas curativas y cuáles son las venenosas. Caspian responde con un poema propio y, en un instante, ambos empiezan a intercambiar citas y letras de canciones.

Aunque eso nos deja de lado a Darling y a mí, no me importa, pues me alegro de ver a Caspian comportándose como un príncipe por una vez. Entonces, Darling se inclina hacia mí y, en un tono lo bastante suave como para que solo lo oiga yo, me murmura un verso de *La balada de Jessamyn* que iría bien con el juego. Esa es la canción que le canté en el laberinto del Grifo mientras estaba borracho. No sé cómo contestarle, así que me limito a mirarla fijamente un instante más de lo necesario. Sus labios se curvan en una sonrisa torcida y, por primera vez en mi vida, desearía ser una persona más poética.

La única anécdota sombría de la noche ocurre cuando Caspian nos arrastra de nuevo a la historia del Primer Fénix.

Es una historia trágica y siempre la he odiado. Todas las versiones incluyen un amor prohibido ya sea por la clase social o por la Casa, besos secretos, padres furiosos, juramentos y una chica preciosa lanzándose desde un acantilado para después estallar en llamas y volar alto. Siempre incluye la promesa de que no se puede acabar con la justicia, que volverá a alzarse una y otra vez, renacida de entre las llamas del corazón del Fénix. En un sentido literal. Se supone que todos los Fénix tenían siempre una temperatura muy alta, afectados por una fiebre constante de justicia.

Es ridículo. Además, de todos modos, hace más de cien años que no hay ningún Fénix, así que, fuera lo que fuere lo que el último de ellos tuviera en el corazón, no era algo eterno o más fuerte que sus enemigos. No presto atención mientras sir Josiah y su esposa Oda se turnan para contar la historia. Me limito a comer. Caspian hace sus aportaciones a la narración y, después, se ríe escandalosamente de la muerte del Fénix. Lleva sopa de pescado en el cuello.

—Siento haber preguntado —dice Darling.

Eso hace que mi hermano se levante de golpe de su silla con las manos en alto.

—¡Ya basta de comer! Llevadnos a hacer esa visita. ¡A estas alturas, el sol debe de estar a punto de ponerse!

Josiah y su esposa se apresuran a obedecer. Caspian rodea la mesa a toda prisa, toma a Darling de la mano, se la coloca en el codo y sonríe antes de conducirla hasta el amplio balcón por el que ha salido el cuidador.

Yo suspiro y me como a toda velocidad las dos últimas cucharadas de puré de nabos antes de seguirlos. Se suponía que íbamos a tomar postre y el no poder probarlo hace que me sienta muy irritable.

Elias y yo caminamos a la par sin necesidad de hablar. Ayer conseguí reunirme con elle a solas y preguntarle si había encontrado algo sobre los dones en la biblioteca de su Casa que nos ayudara a comprender a Caspian. La respuesta fue que no. Los dones eran muy diferentes antes de la caída del Último Fénix y, en los años transcurridos desde entonces, su Casa ha soportado tantos trastornos como las demás, por lo que no han sido capaces de emprender una auténtica investigación para descubrir el motivo. Elias admitió a regañadientes que, básicamente, no había registros de dones que hubieran causado la locura a sus portadores hasta los últimos cien años. «Es posible que no sea el don de Caspian lo que le da problemas, sino su fuerza. A día de hoy, cualquier don lo bastante poderoso podría empeorar las grietas de cualquiera».

Acepté su respuesta y le di las gracias por hacer todo lo que está en sus manos por Caspian. Por supuesto, elle se ofendió ante la sugerencia de que pudiera ser de otro modo.

Sir Josiah nos conduce hasta la balaustrada de mármol. El balcón tiene vistas a unos jardines en diferentes niveles que crecen de modo bastante salvaje debido a la falta de personal. Sin embargo, mantienen un principio obvio de organización, y ese principio es el color. En esta época del año, el jardín está exuberante y lleno de flores, incluyendo las que crecen en tonos rosa brillante y fucsia en unos árboles pequeños. El sol, que ya está bajo, hace que todo parezca estar en llamas, incluido el valle que hay más allá de los jardines y la ciudad casi desierta. Sus líneas elegantes y sus tejados pálidos y empinados resultan fantasmales, como si no fueran más que un rastro o un sueño. Pienso en mi madre, que creció aquí. Tal vez aquí mismo. Quizás estuvo de pie en el mismo sitio en el que estoy yo ahora.

Sir Josiah está señalando los nombres de los diferentes niveles del jardín, la verja pequeña que da al bosque privado y el camino que hemos recorrido a través de la ciudad. Después, nos giramos hacia el arco de mármol que está justo enfrente del acantilado y en el que comienzan unas escaleras estrechas y desgastadas que conducen al resto de la magnífica Casa de la Cocatriz.

Subimos por el lado escarpado del acantilado que es, a su vez, la fachada de la casa, y nos detenemos en varios balcones. Algunos forman parte de habitaciones de invitados en las que ya he estado, pero la mayoría de los que nos muestran pertenecen a diferentes estudios que los vástagos de la Casa utilizaban en el pasado para dedicarse a su arte. Los interiores son espacios delicados y bien ventilados que están iluminados por los restos de toda una serie de faroles.

Centro más mi atención en Darling, a la que parece gustarle lo abierto que es este lugar (o, tal vez, la sensibilidad paternal de Josiah), y en mi hermano, que sigue comportándose de la mejor manera posible.

No le he preguntado a Caspian por el boceto. No quiero volver a escuchar cómo me miente una vez más. Quiero que venga a mí de manera voluntaria y me invite a formar parte de su mundo; que confíe en mí. Tal vez ese fuera el propósito del boceto, pero ¿qué espera que piense solo con ese diminuto fragmento de información? Tal vez no se acuerde de que me abrazó y me entregó el dibujo.

Tampoco se lo he enseñado a Darling, aunque me lo planteé. ¿De qué serviría? Tan solo conseguiría molestarla y hacer que volviera a desconfiar de nosotros. O, al menos, de Caspian. No estoy seguro de que confíe en mí, aunque debe hacerlo. Hemos luchado codo con codo y nos hemos salvado la vida mutuamente. Ese es un lazo que no se puede romper. Y, tras la batalla con los dracos salvajes, es casi como si fuéramos amigos. Ni siquiera intenté arrebatarle las espadas y, a pesar de mis heridas, fui a buscarla dos mañanas diferentes para pelear. Fue algo bueno y divertido; una manera mejor de estar junto a ella bajo la atenta supervisión de mis soldados que cabalgando junto a su carruaje tal como estaba haciendo aquel día. Hay demasiados Dragones y Dientes que recuerdan lo que significa que formase parte de los Tentáculos. Tenemos que avanzar poco a poco para permitir que los desconfiados vean cómo construimos una relación; una amistad.

La paz real es demasiado complicada como para que pueda imaginarla, pero empiezo a tener la esperanza de que podremos acabar con esta guerra. No porque lo diga Caspian, sino porque, si Darling y yo podemos encontrar la manera de acortar la distancia entre los Tentáculos y los Dientes, tal vez el resto del país también pueda hacerlo.

Estoy tan distraído por mis propios pensamientos que apenas me doy cuenta cuando entramos en la capilla.

Es oscura y pequeña. Muy antigua. Dado que es una cueva excavada bajo un saliente del acantilado, está casi sumida en las sombras. Unas tallas antiguas muy difíciles de ver de cada uno de los seis empíreos decoran el techo de piedra y la balaustrada de esta zona no es más que un grupo de piedras deformes unidas por un mortero que se está desmoronando. Caspian señala las tallas.

—Mirad. —Apunta al Dragón, que en el pecho tiene engastado un topacio del tamaño de un puño—. Existe un escudo que recibe el nombre de «Armadura Corazón» de la Casa del Dragón y que, según se dice, está fabricado a partir de la parte frontal de la armadura pectoral del Primer Dragón.

Mi padre me lo enseñó en una ocasión. Era de un tono amarillo opaco y dibujaba una forma a medio camino entre un triángulo y un corazón. Detrás, tenía unas correas de cuero para poder sujetarlo.

«Golpéame con tu daga», me dijo él.

Incluso de pequeño, ya sabía que era mejor no dudar cuando te daba una orden, así que lo hice. El filo chirrió contra el escudo, pero no le hizo ni el más mínimo rasguño.

Sir Josiah señala la Cocatriz del techo. Es un pájaro de cuello largo, aspecto feroz y alas extendidas cuyo único ojo visible es una amatista del tamaño de mi puño. Cada uno de los empíreos tiene joyas engastadas en la talla: las garras del Grifo son de granates rojos; unas perlas en forma de medialuna resplandecen en las puntas del primer tentáculo del Kraken; los colmillos del Barghest son de zafiros de un azul como el cielo y unos fragmentos de marfil conforman la melena de la Esfinge.

—Este lugar es muy antiguo —dice Caspian—. Cuando éramos pequeños, nuestra madre plantó un jardín en forma de estrella de siete puntas. Cada uno de los rayos tenía flores de estos colores y, en el centro, había violetas. Nada más que violetas. ¿Te acuerdas?

Me está hablando a mí a pesar de que tiene la mirada fija en los empíreos del techo de piedra.

—Siempre cuidaba de las violetas a pesar de que eran… hierbajos —digo con la garganta cerrada.

Caspian suelta una única carcajada.

—Unos hierbajos preciosos. Se habrían apoderado de todo lo demás si ella lo hubiera permitido y habrían invadido el espacio de las flores más delicadas como las sombrarrosas, la hierba sanguina o... aquellas que eran blancas.

—Gotas de sol —digo yo.

Mi hermano asiente sin prestar atención. Elias se coloca a su lado.

—¿Hay algo que represente al Fénix?

Esa pregunta consigue sacar a Caspian de su extraño estado de humor.

—¡Ah!

Con una sonrisa, mi hermano se gira hacia sir Josiah, que se hace a un lado para apartarse del lugar que estaba ocupando en el borde del balcón de la capilla. Señala la pared del acantilado justo donde se encuentra con la balaustrada. Hay una sombra en ese punto y todos nos acercamos más.

Sobre la piedra gris se ve lo que parece una huella de mano manchada de negro, causada por el fuego.

Darling se acerca todavía más y extiende el brazo como si quisiera colocar la mano encima. Entiendo su impulso. La huella, si eso es lo que es, es mucho más pequeña que mi mano. Pero podría ser exactamente del tamaño de la de ella.

—Se dice que el Primer Fénix dejó esta marca tras caer —dice Josiah. No lo hace con el tono susurrante propio de los cuentos, sino de manera directa; como si fuera algo demasiado importante como para exagerarlo—. Tras estallar en llamas, voló hasta aquí y se agarró ahí para arrastrarse de nuevo hasta el balcón.

—Quiero ver la parte de arriba —dice Caspian mientras se aparta y se dirige a la parte más oscura de la capilla.

—La... —Josiah sale corriendo detrás de mi hermano para llegar antes que él al lugar en el que una puerta pequeña conduce al propio acantilado—. Permitidme, Príncipe Regente...

La puerta se abre con un crujido y Caspian la atraviesa. Todos los demás se unen a él excepto Darling, que permanece junto a la huella de fuego.

Yo la espero. Sin embargo, cuando se mueve, no es para seguir a Caspian. En su lugar, se sube de un salto a la balaustrada y casi me deja sin aliento. Se aferra al borde del acantilado mientras, con cuidado, mantiene el equilibrio sobre la vieja pared de piedra. El viento le agita las faldas y los rizos que se le han escapado de la trenza.

Noto el corazón palpitándome en la garganta. Doy un paso hacia ella con lentitud. No puedo hacer que se sobresalte o, de lo contrario, caerá centenares de metros hacia el valle. El sol se ha escondido y ella no es más que una silueta oscura recortada contra el cielo azul esponjoso.

—Darling… —digo con cautela, como si fuera un lobo salvaje.

Su única respuesta es llevarse una mano a la cabeza. Con un único movimiento violento, se arranca las gafas protectoras y baja la mano. Las lentes le cuelgan junto al muslo y yo quiero añadirlas al par que tengo y que le quité la noche que nos conocimos. Un par es solo eso: un par. Sin embargo, dos pares son el comienzo de un botín. Siento una necesidad muy propia de los dragones de acaparar todo lo que pueda de Darling Seabreak.

Hay mucha luz frente a ella: nubes plateadas y doradas que se apartan de las montañas bajas al oeste. Sin embargo, el mundo a sus pies está sumido en el crepúsculo y la suavidad de las sombras. Darling alza los hombros en un suspiro.

—¿Qué haces? —digo mientras doy un paso más hacia ella. Si no se baja de ahí, voy a ahogarme con mi propio pulso. Si doy dos pasos más, estaré lo bastante cerca como para agarrarla en caso de que el muy antiguo y absolutamente poco confiable muro se derrumbe bajo sus pies.

—Preguntarme cómo sería arder mientras caes hasta el fondo.

—¿Y qué tal si no descubrimos cómo es caer hasta el fondo?

Un paso más. Darling cambia el peso de pie para hablarme por encima del hombro.

—¿Qué pasa, Talon? Pareces nervioso.

—Y tú pareces Caspian —digo con los dientes apretados mientras doy un último paso.

Con la luz que hay a sus espaldas, parece rodeada por un fuego azul pálido y sus ojos enormes tienen ese resplandor afilado propio del Caos.

Darling arruga la nariz ante mi comentario. Yo alzo la mano y se la tiendo.

En primer lugar, se guarda las gafas en un bolsillo que lleva escondido en uno de los pliegues de la falda. Entonces, se queda mirándome como si estuviera planteándose algo. Resulta que, aunque no lleve las gafas, sigo sin poder interpretar su expresión mucho mejor. Tiene los ojos demasiado vivarachos, demasiado grandes. Separa los labios, pero no dice nada. Entonces, posa su mano sobre la mía. Yo no me muevo y dejo que ella emprenda toda la acción. Es más seguro de ese modo.

Darling empieza a bajar, apoyando todo su peso en nada más que nuestras manos unidas. Cuando vuelve a tener ambos pies sobre el suelo sólido de la capilla, espero que se aparte, pero no lo hace. En su lugar, alza la vista hacia mí. El pulso vuelve a acelerárseme por motivos muy diferentes. Siento como si los dedos y la palma de la mano me estuvieran ardiendo. Ese pensamiento se me escapa de entre los labios.

—Es como si tuvieras la mano en llamas de verdad. —Ella jadea y sus dedos se cierran con más fuerza sobre los míos—. Darling…

Asiente una vez. Dos. Con lentitud.

Yo la beso.

Tenemos las manos unidas atrapadas entre nosotros y, de pronto, mis labios se posan sobre los suyos con demasiada fuerza. Sin embargo, ella me rodea la cintura por debajo de la chaqueta con la otra mano y se aferra a mi camisa, uniéndonos todavía más.

Le toco la barbilla para ladearle la cabeza y, entonces, me obligo a que todo sea más suave: mis labios, mis ojos cerrados, mis hombros tensos... Darling une nuestros labios una y otra vez en besos pequeños y secos. Inhalo su aroma. Tiene la piel muy cálida y huele a aceite para el cabello, al vino de la cena y a algo ligero y ahumado.

Apoya todo su cuerpo contra el mío y yo murmuro con impaciencia mientras profundizo el beso antes de apartarme para poder mirarla. Ella bate las pestañas mientras abre los ojos, que son todo lo que puedo ver y que tengo tan cerca que parecen borrosos. Trago saliva y le paso el pulgar por la mejilla.

El sonido inconfundible de unos aplausos, lentos y sarcásticos, nos interrumpe.

Se me estremece todo el cuerpo, pero no me aparto. Darling tampoco lo hace. Juntos, nos damos la vuelta para mirar a Caspian, que nos hace un gesto con la mano.

—Los demás vienen justo detrás de mí —canturrea.

Eso acaba con mi reticencia a separarnos pero, antes, miro a Darling. Ella parece reluctante mientras baja la mirada y desenreda sus dedos de los míos. Entonces, se dirige de nuevo a la balaustrada. Yo estiro el brazo y la sujeto por la cintura.

—No tan cerca —le digo en voz baja.

Puedo sentir cómo pone los ojos en blanco, pero no vuelve a subirse.

—Bueno, bueno, hermanito —dice Caspian en una de sus voces de actuación más agudas—, nada de empujar a las chicas guapas por los balcones. Ahora, ya no tenemos ningún Fénix, ¿no es así?

—¿Gracias a quién? —le recuerda Darling.

Él se ríe y da un brinco como si estuviera bailando. Frunzo el ceño. Estaba bien apenas un momento atrás, pero vuelve a estar de mal humor. La sonrisa que muestra no es una buena sonrisa y tiene la mirada desenfocada. Cuando se da cuenta de que lo estoy mirando, arruga la nariz, imitando la forma en la que lo hace Darling. En lugar de adorable, resulta horrible. Al ver mi expresión, mi hermano suelta una carcajada aguda y salvaje.

Elias aparece detrás de él y le coloca una mano bajo el codo. Sin embargo, Caspian se aparta de golpe.

—No hay sitio para más tortolitos en esta capilla poco iluminada —dice con una crueldad innecesaria. Elias frunce los labios.

Tras ellos, sir Josiah intenta fundirse con la pared.

Mi hermano se inclina hacia mí y dice en voz muy alta, pero como si estuviera susurrando:

—Todavía no ha llegado la hora de hacer esto, dragoncillo.

—¿La hora de hacer qué?

De reojo, me lanza una mirada de incredulidad y, en lugar de contestarme, se dirige a Darling.

—¿Sabías que, en una ocasión, te pinté aquí? Bueno, aquí no... —Caspian la agarra del hombro, le da la vuelta y, después, le toma la cara con una mano. Cuando le pone la palma sobre la boca, sus dedos son como una araña pálida estirando las piernas sobre el rostro marrón de ella. Extiendo el brazo para arrastrarlo hacia atrás, pero Darling sabe cuidar de sí misma y le aparta la muñeca de un manotazo para revelar que está enseñando los dientes—. ¿No quieres verlo? —Mi hermano hace un mohín dramático—. Talon, ven a colocarla en posición, ya que es evidente que no le importa que tú la toques. Estoy seguro de que te acuerdas de ese cuadro.

—No —contesto con voz firme.

Aunque, ahora que lo menciona, sí que lo recuerdo. Representaba el anochecer, justo en este punto, y los ojos de Darling resplandecían con un brillo azul inquietante que imitaba el color del cielo, como si pudieras verlo directamente a través de su cráneo. Todos los cuadros solían perturbarme, pero aquel era especialmente inquietante.

Me encuentro con la mirada iracunda de la chica y asiento una vez, prometiéndole que voy a encargarme de esto.

—Vamos, Caspian.

Él se lleva una mano a la frente y parece languidecer un poco. Me acerco a él lo suficiente como para poder sostenerlo si acaba por desmayarse del todo.

—Puedo acompañarlo —dice Elias—. Tal vez necesite una de las infusiones que he…

—¡No estoy enfermo! —le espeta mi hermano a su sanadore de malos modos.

Elias abre mucho las fosas nasales y parece preparade para replicar del mismo modo a su Alto Príncipe Regente. Ofendido, me sitúo entre ellos.

—En marcha, Príncipe Regente. Muchas gracias, sir Josiah —le digo al anciano, que parece desesperado por desvanecerse. Después, hace una reverencia forzada.

—Príncipe de la Guerra… —dice Darling.

Sobresaltado, me giro hacia ella y la miro sin disimulo. Quizá demasiado. Tiene el ceño fruncido, pero parece preocupada. Intento sonreírle de manera reconfortante mientras deseo poder estrecharle la mano. O poder besarla de nuevo ahora mismo y poder recordarle que, para ella, sigo siendo (sobre todo ahora) solo «Talon». Ella suspira y se relaja un poco antes de añadir:

—Intenta dormir un poco, Caspian. Mañana por la mañana, necesito hablar contigo.

Mi hermano suelta una risita como si acabara de decir algo adorable. Yo le paso el brazo por la espalda y lo sujeto de la cintura para poder alejarlo con firmeza. Él se pone en marcha sin protestar, pero empieza a cantar con voz suave una nana un poco tonta que solía cantar nuestra madre sobre un par de polluelos orgullosos. Recorremos la mitad del largo laberinto de balcones y escaleras antes de que la canción llegue a su fin y él diga:

—¿Por qué no seguimos en la capilla?

Lo agarro con más fuerza.

—Porque estabas siendo mezquino.

—¿Cómo? —Se ríe—. No soy mezquino con ninguna de las personas con las que estábamos. Elias me gusta mucho, ¿sabes?

—Pues no lo parece.

Recuerdo lo que Darling dijo el otro día sobre que Caspian es cruel incluso con aquellos que es evidente que se preocupan por él. Me duele el estómago. Ojalá no hubiera probado ni un bocado de toda esa maravillosa comida.

—Pero me porto muy bien con Elias —murmura mi hermano—. Y elle se porta muy muy bien conmigo.

Hay un tono en su voz que me hace temer que Caspian se esté aprovechando de los sentimientos de Elias. Aprieto los dientes. Volvemos a entrar en la mansión a través del comedor, donde ya no quedan platos y las velas están apagadas. Cerca de cada una de las dos puertas brillan dos lámparas de dones. En el pasillo nos cruzamos con varios guardias y sirvientes del Dragón y tan solo con dos de los mayordomos de la Casa de la Cocatriz. Me pregunto si la Casa regresará de verdad a su sede si Caspian pone fin a la guerra con éxito. ¿Invitará a la otra parte de nuestra familia a regresar a su hogar?

Busco la habitación de mi hermano mientras él, en actitud lánguida, se apoya en mí al caminar. La cabeza le cuelga un poco hacia un lado y está mirando el techo espacioso, que es más alto y tiene más arcos que cualquier sala de Cumbre del Fénix.

En la puerta de Caspian, le digo a uno de los Dragones que vaya a buscar té y agua pero, una vez en el interior, despacho a sus ayudantes y les comunico que cuidaré de él, pero que los llamaré si es necesario.

El dormitorio es grande y luminoso, está cubierto de un mármol pálido y toda la ropa de cama y las cortinas son de un color amarillo diáfano con salpicaduras gris oscuro. Es elegante y majestuoso.

Caspian se acerca al tocador y se derrumba sobre la silla ornamentada como si no tuviera huesos. Se mira fijamente en el espejo de cobre. El reflejo hace que parezca resplandeciente como el sol. Sin embargo, se inclina hacia delante con los codos apoyados sobre la madera barnizada y aparta a un lado varios botes de polvos y accesorios para el cabello.

—Siempre tendré este mismo aspecto —dice para sí mismo.

—¿Cansado?

Me dirijo a su baúl y al armario en el que han guardado sus cosas a pesar de que nos marcharemos de inmediato en cuanto se haga de día. Abro la puerta de golpe.

—Joven. Hermoso. Encantado.

Suelto un bufido mientras rebusco entre su ropa algo que pueda ponerse para dormir.

—Te aseguro que te saldrán arrugas y canas. De hecho, ya estás consiguiendo que me salgan a mí.

—No; nunca seré viejo.

—No eres inmortal.

—Oh, vivir eternamente no es la única manera de ser joven para siempre.

Un escalofrío me recorre la columna vertebral. Me giro hacia él.

—Caspian…

Él se limita a posar uno de sus largos dedos sobre el reflejo de su frente en el espejo.

—Podría morir ahora mismo. Esta noche. —Siento como si no estuviera hablando conmigo—. ¿Crees que Aurora deseará regresar aquí y liderar la Casa de la Cocatriz para mí? —pregunta de pronto con voz normal, como si no acabara de sugerir que está a punto de morir. Se recuesta en la silla y echa la cabeza hacia atrás. Cuando traga saliva, veo cómo se le mueve la nuez.

No le hago caso. Siento la necesidad de desenvainar mi bracamante pero, en su lugar, me abro a mi don.

Alguien está de pie justo detrás de Caspian, invisible.

En el mismo instante en que me lanzo hacia adelante, la persona aparece con una daga en la mano, apuntando al cuello expuesto de mi hermano. Le doy un golpe en el brazo, lo arrastro y lo hago girar para lanzarlo lejos de Caspian.

Se trata de un hombre joven, más o menos de mi edad, ataviado con la librea de la Casa de la Cocatriz. Gruñe cuando golpea el suelo, me fulmina con la mirada y desaparece. Saco el bracamante.

—Talon, ¿dónde ha ido? —pregunta Caspian.

—Quédate aquí mismo —le ordeno a mi hermano mientras busco el rastro del asesino.

Sabiendo que existe, es fácil de encontrar. Además, lo reconozco: es el mismo que rastreé por toda la Casa del Grifo; nos ha acompañado todo este tiempo.

—No puedes esconderte de mí —le digo mientras miro el punto en el que es probable que esté su cabeza—. Sé exactamente dónde estás.

El rastro se mueve y yo también lo hago con el arma en la mano para proteger a Caspian.

—Déjame que... —dice mi hermano al mismo tiempo que toma la silla ornamentada como si fuera a lanzarla.

—No me distraigas —contesto mientras me mantengo entre él y el asesino.

Entonces, el intruso se lanza hacia delante y yo apenas lo sigo. Me doy la vuelta para golpearlo con el hombro y recibir el corte si es necesario, aunque preferiría no hacerlo, ya que es probable que sea uno de los asesinos de Leonetti, que usan veneno.

Dibujo un arco con mi espada y el asesino vuelve a apartarse a toda velocidad. Siento un soplo de aire y lo esquivo mientras doy una patada en dirección al punto donde debería tener la pierna. Sin embargo, no golpeo nada.

Me cuesta respirar, ya que rastrear a alguien invisible y que está en movimiento de forma activa con nada más que mi don es un gran esfuerzo. ¡No es un don fuerte!

Grito llamando a los guardias. El intruso suelta un bufido y sale corriendo.

—¡Detenedlo! —exclamo cuando se abren las puertas. Sin embargo, los guardias no ven a nadie más que a mí y a mi hermano, que se encuentra detrás de mí. Me permito un segundo para fulminar a Caspian con la mirada y darle una orden—. ¡Quédate aquí! —Entonces, me pongo en marcha—. Proteged al príncipe —les digo a los guardias del Dragón por encima del hombro.

Tanteo en busca del rastro y salgo corriendo. Se dirige al exterior, hacia la salida principal. No está intentando confundirme, tan solo escapar. Si consigue llegar a los jardines y a la ciudad, jamás lo encontraré. Sin embargo, me estoy acercando: la traza es cada vez más fuerte. Me concentro con todas mis fuerzas. Recorremos el pasillo y atravesamos puertas. Veo a un sirviente intentando recuperar el equilibrio como si la nada lo hubiera empujado. Doblo la esquina a toda velocidad y salto un tramo de escaleras hasta la entrada. Golpeo el suelo con fuerza, me pongo de puntillas y muevo el arma como si estuviera apuñalando el aire.

El bracamante se topa con un cuerpo. Cuando retiro la hoja, la sangre aparece dibujando un arco y mancha el suelo. Yo sigo adelante, buscando el rastro.

De pronto, sujetándose el costado, aparece el asesino. La sangre se le derrama entre los dedos. En la otra mano tiene una daga. Me sonríe, feroz y ansioso.

Creo que lo conozco, pero dejo a un lado la familiaridad y ataco.

Su arma es corta, pero es probable que esté envenenada. No puedo dejar que me roce, y eso hace que estemos bastante igualados. Chocamos, yo me aparto y, entonces, él hace una finta hacia la izquierda y vuelve a desvanecerse.

Debe de ser su mejor truco, así que intenta usarlo para confundirme. Gira a mi alrededor, moviéndose primero a la derecha y luego a la izquierda. Yo me mantengo quieto. Sé exactamente dónde está, pero finjo estar más agotado de lo que estoy.

Él salta hacia mí y yo me giro. Le acierto en las entrañas. Entonces, vuelve a aparecer, ensartado en mi bracamante. Tiene los ojos y la boca muy abiertos. Me hace una mueca con los dientes llenos de sangre y, en lugar de intentar liberarse, se acerca todavía más y alza su daga. Suelto el arma y le agarro la muñeca con ambas manos para mantener la punta alejada de mí.

La bota me resbala y caemos hacia atrás.

Es doloroso y me sacude los huesos. Me muerdo la lengua y de ella brota sangre. Sin embargo, no lo suelto. Está encima de mí, haciendo fuerza con todo su peso para poder clavarme la daga. Yo aguanto y lo empujo hacia atrás, temblando por el esfuerzo e intentando no ahogarme con mi propia sangre.

—¿Qué demonios…? —grita una voz muy bienvenida. Sin embargo, no puedo responderle, pues tengo los dientes apretados.

El asesino se inclina hacia mí mientras su sangre se derrama por mi espada, que está atrapada entre nosotros. Mueve los labios sobre los dientes ensangrentados, como si estuviera diciendo algo.

—Al menos, tú —creo que dice.

Su daga está a muy poca distancia de mi mejilla. Ese es el único motivo por el que los Dragones y los Dientes que nos rodean no lo apartan de un golpe. Ese, y que soy su Príncipe de la Guerra. Si no puedo sobrevivir a esto, no merezco serlo.

—Gavin… —consigo decir.

Eso lo sorprende. Su cuerpo se sacude y sus ojos vuelan hacia los míos. La fuerza que está haciendo con los brazos cede lo suficiente como para que, en lugar de apartarlo, pueda estrecharle las muñecas con todas mis fuerzas. Él jadea y suelta la daga. Aparto la cara y nos hago rodar por el suelo mientras grita de dolor. Una vez que estoy sentado a horcajadas sobre él, tomo la daga envenenada y, con gesto sombrío, se la clavo en el cuello.

Gavin Swiftblade muere.

Respiro con dificultad y me duele todo el cuerpo. Estoy cubierto de sangre, aunque la mayoría es suya.

En el pasado, fue un Dragón. Parpadeo. Lo conocí cuando éramos pequeños. Su familia… Mi padre los traicionó. O su padre nos traicionó primero. No lo sé y, ahora mismo, tampoco me importa.

—Caos… —gruñe Finn mientras se arrodilla a mi lado—. ¿Estás bien, mi filo?

Asiento sin apartar la vista de Gavin. Tengo la visión borrosa.

—Asegurad todo el lugar —digo en voz baja.

—¿Hay más?

—No; no lo creo.

—Seabreak...

Tomo aire y lo mantengo en los pulmones. Tengo un sabor fuerte y ácido en la boca por culpa de la sangre.

—No.

—Pero...

—Finn, no.

Al fin alzo la vista hacia él. Su gesto es ante todo de preocupación. Sus Dientes están justo detrás, agotados tras un largo viaje. Se suponía que debían reunirse con nosotros aquí tras dejar a Leonetti en la Casa del Barghest.

La cabeza me duele y todavía no puedo enfocar bien la mirada. Veo puntitos morados y plateados, un arcoíris que se agita en mi campo de visión. Es bonito; me gusta. Sé que no es una buena reacción, pero no puedo evitarlo.

—Talon, ¿estás seguro? Porque venimos de la Casa del Barghest y estamos seguros de que los Kraken están planificando una ofensiva allí. Están reuniendo su flota lejos de la costa y el Barghest regente está muerto.

Me tambaleo. Finn me atrapa con uno de sus fuertes brazos.

—Talon —dice con la voz tensa, como si estuviera intentando no entrar en pánico—, ¿te han envenenado?

—No; es que... Mi don. Lo he usado demasiado. Limitaos a precintar este sitio.

Alzo la voz al final de la frase para asegurarme de que los Dientes que nos rodean se pongan en marcha.

—Darling Seabreak...

—Yo me encargaré de ella —insisto—. Haz lo que te he pedido.

—Primero voy a traerte algo de agua y de comida —contesta Finn mientras me fulmina con la mirada.

Permito que me ayude a levantarme.

Ambos bajamos la vista hacia Gavin Swiftblade y es entonces cuando Finn suelta un suspiro. Le da un golpe a la pierna del chico con la bota.

—Deberíamos deshacernos del cadáver. No queremos que nadie sepa que un antiguo Dragón ha hecho algo semejante. O que, al menos, lo ha intentado.

Mientras contemplo el rostro ensangrentado de Gavin y su cuerpo flácido y sin vida, no siento más que una tristeza distante y vacía.

21
DARLING

Tras el beso, ese beso placentero y a destiempo, tengo los nervios en llamas y vibrando ante el recuerdo de la aspereza de los labios de Talon sobre los míos. Así que, cuando el Príncipe de la Guerra lleva a Caspian de vuelta a sus aposentos (lo que es una buena idea, dado que lo último que queremos es que se repita el incidente de la Casa del Grifo), me dirijo a uno de los jardines interiores que hemos pasado durante la visita por Monte Klevon. No confío en mí misma para volver a mi habitación. Estoy segura de que Marjorie deduciría que ha pasado algo antes de que pudiera pensar siquiera en una mentira creíble. Encuentro un parterre de flores nocturnas (no son floreternas, pero sí igual de fragrantes y empalagosas) y me derrumbo junto a ellas sobre la hierba. Cuando llegué por primera vez a la casa isleña de Leonetti, me quedé embelesada por los jardines: hectáreas y más hectáreas de plantas frescas y vivas bañadas por la luz del sol. No había nada parecido en las alcantarillas de Nakumba y siempre he pensado que, sin importar dónde estuviera, un jardín es un lugar bendecido por el Caos.

Además, en cierto sentido, albergo la esperanza de poder bailar de nuevo con Talon bajo la luz de la luna. Y, en esta ocasión, mientras esté sobrio.

Tengo un millón de vocecillas en la cabeza que me gritan que besar al príncipe Dragón ha sido una mala idea, pero no le hago caso a ninguna de ellas. Esos pequeños momentos robados son lo mejor que me ha pasado en mucho tiempo y todavía no estoy preparada para escuchar a mi sentido común.

Sin embargo, pensar en el beso me hace pensar en el Primer Fénix y en la huella ardiente que había en el balcón de la capilla, muy por encima del barranco. Antes de ser consciente de lo que estoy haciendo, me pongo en pie y empiezo a recorrer los pasillos en dirección a la capilla. Regreso para poder ver el lugar por mi cuenta.

No puedo explicar del todo lo que sea que se ha apoderado de mí cuando la he visto. Me ha resultado familiar y, a la vez, algo nuevo y emocionante. No le he dicho nada a Talon, ya que, con su seriedad y su ceño fruncido, me sentía demasiado tonta como para permitirme dar rienda suelta a las fantasías. La decisión repentina de caminar por encima de la balaustrada en ruinas ha sido básicamente para atormentarlo. Me gusta sacarlo de quicio y, además, el simple hecho de que ya no estemos enfrentados no significa que hacer que se desvanezca su gesto estoico sea menos disfrutable.

Pero, sobre todo, me he subido a la barandilla porque había algo en mi interior que quería volar. He tenido la ligera sensación de que, si saltaba hacia la muerte, estallaría en llamas y me elevaría, gritando de alegría y miedo durante todo el trayecto. Por supuesto, no tengo intención de saltar. No siento la tentación de poner a prueba los límites de mi don de sanación y la muerte está lejos de ser uno de mis muchos deseos. Pero, aun así…

¿Cómo sería arder mientras caes hasta el fondo?

Cuando llego a la capilla con sus diferentes empíreos resplandeciendo bajo la luz tenue de las lámparas de dones, resulta que no estoy sola. Caspian está también en la estancia, murmurando y soltando palabrotas mientras contempla una pared.

—No veo un pimiento, pero otra lámpara de dones llamaría la atención y no queremos eso. Claro que no.

—Alto Príncipe —digo en voz baja para evitar sorprenderlo—, pensaba que habías regresado a tus aposentos.

—Ah, sí, así ha sido, pero había un asesino y, entonces, me he dado cuenta de que la línea temporal se está comprimiendo. Cada vez es más corta y más rápida. Que el Caos me ayude, pero me ha sido encomendada una tarea ingrata —murmura. Pestañeo y él se vuelve hacia mí—. ¿Eres real o una visión?

—Caspian... —digo en el mismo tono de voz que uno usaría para hablarle a un cachorro de draco asustadizo. Estoy un poco sorprendida por la palabra «asesino». ¿Podría...? ¿Podría Gavin...? Aprieto la mandíbula y me obligo a continuar con calma—. Soy Darling. Y soy real. No hay ningún asesino. Tal vez deberíamos volver a tu habitación.

—Tonterías. Claro que hay un asesino. —Se muestra desdeñoso y extraño, pero también tiene razón. Que no se esté imaginando al asesino no quiere decir que sea Gavin. Estoy segura de que hay muchas personas que quieren verlo muerto—. Ven a ayudarme, Darling.

Me hace un gesto para que me acerque, así que avanzo hacia él con indecisión. Tiene los ojos desorbitados y ahora sé a qué se refieren cuando dicen que una persona ha sido tocada por el Caos: la energía de la creación fluye a través de ella con tanta fuerza que pierde el contacto con la realidad. Sin embargo, cuando me acerco, parece totalmente lúcido y se limita a señalar un saliente que está más o menos a medio metro de distancia sobre su cabeza. Forma parte de la piedra de la cúpula y se extiende por toda la capilla.

—Si te impulso hacia el saliente, ¿crees que podrías subir?

Pestañeo.

—Eh… Sí. Caspian, ¿de qué va esto?

—El comienzo de lo que se supone que tenía que ocurrir y el fin de todas las cosas. —Al ver mi gesto, hace uso de todo su encanto y me dedica una sonrisa que derretiría cualquier corazón—. No te preocupes. Puede que te caigas pero, desde luego, no vas a morir.

Eso suena amenazante y demasiado parecido a mis pensamientos anteriores, pero no sé qué hacer.

—Tal vez deberías volver a tu dormitorio. ¿No acabas de decirme que hay un asesino en Monte Klevon?

Desestima mis palabras con un gesto.

—Ya se están encargando de ese asunto. Y no me vengas con esas tonterías de volver a mi habitación. Voy a quedarme aquí hasta que uno de los dos suba a ese saliente. Además, ya conoces a mi hermano: en lo que a testarudez se refiere, no tiene nada que envidiarme.

Alzo la vista hacia el saliente que, en total, no tiene ni medio metro de anchura. Va a ser imposible trepar hasta allí y la pared que está por debajo es como la de la cueva pero sumamente tallada. Suspiro. No sé por qué estoy consintiendo a Caspian. Tal vez porque ya ha sido una noche extraña.

—¿Alguna vez has hecho un «lanzamiento del Kraken»?

El rostro se le ilumina como si fuera un niño al que acaban de darle un caramelo.

—¡Ah, sí! Se me olvidaba que a los marineros os encantan los lanzamientos y las acrobacias. He leído cosas al respecto y creo que puedo hacerlo.

A veces, cuando vas en un barco (sobre todo, si estás en medio de una tormenta repentina como las que suelen formarse en los mares del sur), cuesta demasiado subir a lo alto del mástil para cortar las velas. En esos casos, tenemos una manera de lanzar a los miembros más menudos de la tripulación hacia las redes del mástil. Ese movimiento se conoce como «lanzamiento del Kraken». Es poco más que poner las manos ahuecadas y dar impulso hacia arriba, pero el lanzador tiene que saber cómo funciona tan bien como la persona a la que lanza.

Sin embargo, antes de que Caspian empiece a arrojarme por toda la estancia, tengo que preguntarle por Leonetti. Al fin estoy a solas con él. ¿Cuándo volveré a tener el mismo lujo?

—Antes de que me juegue el pellejo por... lo que quiera que sea, quiero preguntarte algo...

—Sí, sí, perdonaré a Leonetti y volveré a instaurar su posición —dice él con un gesto de irritación—. Para ser sincero, va a dejar de ser un problema en breve.

Me relajo y me río un poco.

—Sabías que iba a preguntarte lo mismo.

—Ya puse los procedimientos necesarios en marcha antes de partir. Bueno, Darling, no quiero ser pesado, pero... —Entrelaza los dedos antes de subir y bajar las manos imitando el lanzamiento del Kraken—. ¡Arriba, arriba!

Suspiro, levanto el pie y lo coloco sobre sus palmas.

—A la de tres: ¡una, dos y tres!

Cuando digo «tres», Caspian me impulsa en el aire, pero da un paso en falso y ambos perdemos el equilibrio. De todos modos, estiro el brazo hacia el saliente y rozo la roca con la mano. Por un instante, creo que voy a alcanzarlo pero, entonces, se me resbalan los dedos y caigo con fuerza sobre las piedras del suelo.

—Oh, vaya, no ha funcionado —dice el príncipe mientras yo ahogo un grito de dolor.

Estoy bastante segura de que no me he roto nada y, aunque ese fuera el caso, estaría bien en un momento. Sin embargo, él no lo sabe y su extravagancia despreocupada me irrita.

—Para empezar, ¿puedes decirme por qué tengo que subirme al saliente? —pregunto cuando me hace un gesto para que me ponga en pie. El dolor se ha disuelto en la vergüenza. En el pasado, habría sido capaz de subir con facilidad, pero las últimas semanas de vida acomodada me han vuelto débil.

—Primero, vamos a subirte ahí arriba y, después, te lo diré. Venga, ¡arriba, arriba!

Aprieto los dientes.

—Tienes que plantar los pies en el suelo y ser como un pilar inamovible.

Caspian se ríe como si hubiera contado el mejor de los chistes, pero adopta una postura más amplia y fuerte mientras apoya la espalda contra la pared. Asiento y vuelvo a colocar el pie sobre el cestillo que ha formado con los dedos entrelazados. Espero que sea lo bastante fuerte para esto.

A la de tres, me alza hacia arriba en línea recta. Consigo aferrarme a la piedra de inmediato y el dolor me recorre las puntas de los dedos cuando me parto un par de uñas. Sin embargo, dejo la agonía a un lado y me centro en subirme al saliente. Es más difícil de lo que había pensado. El hueco es demasiado estrecho y para cuando consigo tumbarme en él, respiro con dificultad y siento los músculos agotados.

—Ya está —jadeo. Me quedo tumbada sobre la barriga y bajo la vista hacia Caspian—. He llegado.

—Excelente. Ahora, solo necesito que le arranques el ojo a la Cocatriz que está ahí mismo. Pero, date prisa… Tengo la sensación de que tendremos compañía en cualquier momento.

Me pongo en pie con mucho cuidado antes de girarme hacia donde está señalando Caspian. Por encima de mi cabeza, un poco más allá, está el empíreo que parece un gallo ardiente. La Cocatriz.

—Caspian, ¡quieres que robe la joya!

—Ya lo sé, ya lo sé. ¡Robar está mal! Pero piénsalo de este modo: soy el Alto Príncipe Regente y todas las cosas de esta tierra son parte de mi botín. Por lo tanto, ¡no estamos robando! Ahora, saca esa daga que llevas en la bota y... —Hace un gesto de apuñalamiento.

Me quedo mirándolo boquiabierta un instante antes de moverme poco a poco hasta el lugar donde está la Cocatriz. No entiendo por qué el príncipe se muestra tan errático pero, incluso cuando está en medio de uno de sus ataques, lo que dice tiene sentido de un modo curioso. Me pregunto si, tal vez, el Caos lo moverá más de lo que nadie se ha planteado jamás.

Vuelvo a pensar una vez más en los rumores sobre su don y cuál podría ser. Nunca me he creído esa mentira de que me pintaba porque era consciente de mi situación o porque nos habíamos conocido de pequeños. Eso son cosas del mundo de las fábulas, no de la vida real. Sin embargo, el don de la profecía también es algo procedente de antiguos cuentos, así que no estoy segura. Lo que sí sé es que, cuando lo contemplo bajo la luz tenue y con la cabeza ladeada hacia mí, no me parece afectado por la locura. Parece desesperado y preocupado.

Eso hace que me apure en completar la tarea que me ha encomendado.

Tras sacar la daga de la bota, que supongo que él ha palpado al lanzarme al aire, me pongo manos a la obra con el ojo de la Cocatriz. Se trata de una amatista más o menos del tamaño de mi puño y la piedra de la cueva se deshace fácilmente bajo la punta de mi arma.

No tardo mucho en conseguirlo y, entonces, tengo en mis manos la amatista de Caspian.

Se la lanzo pero, cuando la atrapa, pierdo el equilibrio y me resbalo. Siento un momento de ingravidez y, entonces, me caigo. El contacto con el suelo es violento. Aterrizo sobre el lado derecho y no puedo evitar gritar cuando lo hago. Oigo un crujido enfermizo y, tras un instante de sorpresa, el dolor me golpea.

Me pierdo en la bruma del suplicio. Caspian me está hablando y diciendo algo sobre ir a buscar a Talon y a los Dientes, pero yo levanto la mano que no tengo herida para decirle que se aparte. Ni siquiera creo que haya intentado atraparme.

—No, espera —digo.

Toso y, entonces, siento sangre en la boca, lo cual no es una buena señal. Eso significa que tengo daños internos. Cuando ruedo para apoyarme sobre el lado sano, me palpo las costillas. Definitivamente, rotas. Me cuesta más sanar las heridas internas pero, siempre y cuando pueda convencer a Caspian para que espere, podré volver cojeando hasta mi habitación y dormir durante todo el proceso de sanación de mi don.

—Darling —dice él mientras se pone en cuclillas a mi lado—, necesitas un sanador. Iré a buscar a Elias.

—No; no quiero que... —Se oye un crujido repentino cuando mi brazo se recoloca solo y suelto un gruñido de dolor. Solo porque mi don me sane, no quiere decir que la sensación sea agradable. El dolor es una parte integral del proceso—. Mi don... Dame un momento y podré caminar.

Caspian se recuesta sobre los talones.

—Ah... Ahora lo entiendo.

En cuanto el brazo ha terminado de recolocarse, las costillas hacen lo mismo y, tras respirar hondo varias veces, soy capaz de incorporarme. Todavía me siento amoratada e indispuesta, pero voy a ser capaz de volver a mi habitación.

—¿Qué es lo que entiendes?

—Cómo sobreviviste a Nakumba. Pensaba que el Caos os había guiado a ti y a tus ojos destrozados, pero ahora veo que te reconstruyó hasta convertirte en lo que tenías que ser. —Me sonríe—. Mi madre siempre me aseguraba que el Caos provee.

«Puede que el camino no sea rápido o directo pero, al final, el Caos acaba triunfando». Nunca terminé de comprender lo que quería decir, pero cuanto más tiempo vivo, más sabias me parecen sus palabras.

—Sí. Maravilloso —digo mientras, al fin, me pongo en pie. Estoy mareada y necesitaré comer algo después de una sanación tan grande pero, al menos, puedo volver a mis aposentos—. Ahora, ya sabes mi secreto.

—Y tú sabes el mío. Por suerte, ambos somos adultos que saben cómo guardarse las cosas para sí mismos. Ven, te acompañaré de vuelta a tu habitación.

Abandonamos la capilla y Caspian esconde la amatista a toda velocidad. Sin embargo, apenas hemos avanzado cuando nos encontramos con el bruto de Cumbre del Fénix; el hombre alto, rubio y de piel pálida que Talon llamó «Finn».

—Mi filo —dice mientras le hace al príncipe una profunda reverencia—. No es seguro que estéis por ahí, de un lado para otro. Deberíais regresar a vuestros aposentos y permanecer allí hasta que hayamos asegurado Monte Klevon de nuevo. El asesino está muerto, pero podría haber compatriotas suyos.

Finn me fulmina con la mirada.

—¿Muerto? —pregunto.

El estómago me da un vuelco ante sus palabras. Sin duda, Gavin no habrá sido tan idiota como para intentar atacar a Caspian dentro de la fortaleza de Monte Klevon, ¿no? Es imposible que Adelaide haya ordenado algo tan arriesgado, así que ¿era esto lo que Gavin me quería decir al hablar de hacer su elección? El corazón me palpita con fuerza, lo cual no es de mucha ayuda, ya que estoy bastante segura de que sigo estando herida.

—Nos hemos encargado de él —replica el hombre. Sus palabras son casi un gruñido. Por cómo me mira, sé que quiere que sepa que Gavin está muerto.

Me tambaleo y Caspian me sostiene.

—¡Cielo santo! Es terrible —dice Caspian—. Es demasiado tarde para tantas emociones. Regresaremos a nuestras habitaciones a toda prisa, tal como nos has sugerido.

Mientras nos alejamos, Finn me observa con los ojos entornados. Él y el resto de los Dientes sospecharán que, de algún modo, yo estaba detrás de todo esto. Y justo cuando acabo de conseguir una promesa de liberar a Leonetti.

Mi dolor por Gavin explota y se convierte en ira. ¿Por qué no me ha hecho caso? ¿Por qué tenía que ser tan testarudo? Ahora, está muerto. Y es todo culpa mía.

—Caspian —digo cuando nos acercamos al pasillo que conduce a mis aposentos—. Tienes que creerme cuando te digo que no he tenido nada que ver con esto. Y la Casa del Kraken tampoco. Adelaide jamás haría algo así.

—No vamos a discutir este asunto ahora mismo —contesta él en tono brusco—. Es evidente que necesitas descansar. Nos encargaremos de los asuntos políticos por la mañana. Buenas noches, Darling.

Me suelta y, cuando me tambaleo pero permanezco de pie, me hace una breve reverencia antes de desaparecer para regresar a su dormitorio.

El corazón me da un vuelco. Lo he hecho todo bien. He intentado alejarme de los asesinatos y el derramamiento de sangre y, aun así, han vuelto a buscarme. Gavin está muerto, Leonetti sigue cautivo y yo soy una tonta que no puede escapar de que mi vida repita estos patrones tortuosos.

Regreso a mi habitación y, cuando Marjorie y Andra se despiertan para ayudarme a ponerme la ropa de cama, las despacho con un gesto de la mano. Uso la daga que llevo en la bota para rasgar el vestido, saco las gafas del bolsillo y las lanzo contra la pared. Golpean el enlucido con la fuerza suficiente como para dejar una marca, pero eso no me ayuda a aliviar el dolor que siento en el pecho.

Me dejo caer sobre la cama y me rindo a la aflicción y la pena que me atenazan el corazón. Entonces, lloro lastimeramente hasta quedarme dormida.

LLAMAS

22
TALON

Me duele la cabeza. Tengo la mayor parte del cuerpo dolorido por la pelea con Gavin Swiftblade y, desde entonces, apenas he dormido. No es una buena situación para un viaje duro, pero no puedo hacer nada al respecto. Caspian insiste en continuar hasta altas horas de la noche para llegar a la Casa del Barghest mañana a mediodía. Su regente está muerto y la vigilia en su honor se celebrará mañana por la noche.

Según Finn, el regente murió en un accidente. Ni siquiera en un accidente sospechoso, aunque él sí tiene muchas sospechas. Esa es una de sus mejores cualidades. Me ha hablado de la muerte del hombre a primera hora de la mañana, mientras nos aseábamos en las cubas que hay detrás de los barracones temporales de los Dientes. Ambos estábamos cubiertos de sangre y del olor del humo por la pira improvisada que preparamos para Gavin Swiftblade. Al final, Finn casi tuvo que levantarme y me empujó a uno de los camastros para que durmiera un poco. Me he despertado tras una hora escasa de resplandecientes pesadillas del Caos para llevarme algo de comida a la boca y buscar a mi hermano. Caspian estaba centrado en conseguir que toda la comitiva se pusiera en marcha. Tan solo he tenido la oportunidad de comprobar que se encontraba bien antes de que me contagiara sus prisas.

Llevamos horas descendiendo hacia la costa y me dirijo a la parte delantera del convoy con Finn a mi lado. La primera vez que me ha oído llamar «Minina» a mi montura se ha reído a carcajadas, encantado. No le he contado que el nombre se lo puso Darling. Quiero contárselo. Quiero que ella cabalgue a mi lado. Necesito hablar con ella sobre el beso, sobre Gavin Swiftblade… Sobre cualquier cosa.

Finn bromea y dice que su draco de batalla también necesita un nombre. El suyo es una bestia incluso más grande que Minina. Es de un verde llamativo, le falta un pedazo de la cresta del hombro y tiene unos colmillos tan largos y viejos que le han atravesado el labio inferior y le han dejado unas cicatrices que forman una funda perfecta. Es extremadamente feo, pero a Minina le gusta y, para demostrarlo, se acicala un poco.

—«Azulejo» —sugiero, intentando buscar algo incongruente; algo que sea menos peligroso todavía que «Minina».

Finn da su aprobación y empieza a silbarle a su animal mientras se pregunta si puede enseñarle a responder a semejantes órdenes en trinos.

Durante la breve pausa para comer, le he pedido a Elias algo para la cabeza y me ha dado un trago de una infusión verdaderamente atroz que todavía no ha hecho que desapareciera el dolor.

Desde el otro lado del campamento temporal, Darling me ha mirado con el ceño fruncido mientras me bebía la medicina, pero no me ha dicho nada. Parecía cansada. Llevaba el pelo suelto y se movía con lentitud. Iba ataviada con uno de sus vestidos más sencillos: una capa superior transparente confeccionada con lino y encaje que caía sobre el corpiño ajustado y los pantalones que llevaba debajo. La capa inferior (el corpiño y los pantalones) era la misma de aquella noche en los jardines de la Casa del Grifo. Ahora, porta a la espalda una funda para las dos espadas que, según el quejido distraído de Caspian cuando la ha visto esta mañana, arruina las líneas del vestido.

Cuando mi mente vuela a la deriva hacia los acontecimientos de anoche o regresa a toda prisa con la urgencia de la persecución, no son el olor de la sangre o las últimas palabras de Gavin los que me abruman. Es el beso. Es imposible que nada eclipse ese recuerdo. Desearía poder montar con Darling o encontrar una excusa para caminar a su lado. Quiero tocarle la muñeca y contarle lo que hice. Quiero preguntarle si lo conocía y si sabía que estaba aquí. No le voy a preguntar si ha formado parte de este complot porque no lo necesito: no estaba involucrada. Confío en ello. Darling no sabía que Gavin intentaría matar a Caspian. Me dan igual todas las sospechas que pueda albergar Finn y todas las miradas que le lance; no me importa.

Cuando ha vuelto a subirse a su carruaje, tan solo he sido capaz de dedicarle una sonrisa tensa.

Mi capitán nos está agasajando a los Dientes cercanos y a mí con una historia que ya he oído antes sobre nuestras aventuras durante los primeros años en el ejército. En este caso, aparecen un árbol atravesado por un rayo, unos calcetines viejos y una cabra. Teníamos trece años y fue un buen verano. Tal vez el único buen verano del que he disfrutado.

Antes de que pueda hacer mención de meterle a Finn un calcetín en la boca para que no nos enrede con sus historias, un enorme crujido atraviesa el aire.

Saco el bracamante de inmediato y Finn se mueve con el resto de los Dientes para flanquearme mientras nos damos la vuelta.

No hay ningún ataque, pero la comitiva está sorprendida. Las exclamaciones de los humanos se mezclan con los gritos agudos de los dracos de combate y los gemidos de molestia de los animales de tiro.

—Manteneos alerta —digo a pesar de que no es necesario.

Le doy un toque a Minina para que se dirija hacia los carruajes. El de Caspian acaba de detenerse y mi hermano asoma la cabeza por la puerta. Sin embargo, toda mi atención está en el de Darling, que se ha detenido de forma brusca y se inclina de forma extraña hacia la derecha. El conductor se baja de un salto y, tras entregarle las riendas al soldado más cercano, se agacha junto con Marjorie para inspeccionar algo en la parte inferior del vehículo.

—Darling —digo cuando llego a su altura—, ¿estás bien?

—Está bien —espeta Caspian desde su carruaje.

La puerta se abre y la chica hace un mohín cuando me mira, pero asiente. Siento un gran alivio y vuelvo a mirar a Marjorie.

—¿Está roto?

—¡Ni hablar! —exclama mi hermano—. No tenemos tiempo para esto.

El conductor se incorpora con una mueca.

—Es el eje.

Marjorie asiente.

—¡Cómo no! —replica Caspian con un bufido—. ¡Darling! —Ella lo mira con el ceño fruncido—. Viaja conmigo. Seguiremos adelante. —Le hace un gesto al conductor—. Mueve el equipaje que sea más necesario a una de las carretas y, después, quédate con todos los soldados que necesites para arreglarlo antes de seguirnos hasta la Casa del Barghest. —Escojo rápidamente a cinco soldados y les digo que ayuden—. Darling —espeta mi hermano de nuevo—. Vamos.

Ante su tono de voz, todo el lenguaje corporal de la chica cambia para transmitir hostilidad.

—Me temo que no, Príncipe Regente.

Mi hermano entrecierra los ojos en un gesto peligroso.

—Puedes subir a mi carruaje o correr al lado como las bestias de carga si es lo que prefieres.

—¿Cómo podría negarme cuando me hablas con palabras tan dulces? —replica ella en tono sarcástico.

Le doy un toque a Minina para que se coloque entre ellos y le ofrezco la mano a Darling. Ella se queda con la boca abierta, pero vuelve a cerrarla de golpe y tensa la mandíbula. Mira de nuevo a Caspian y me hace un gesto con la cabeza, decidida.

El Príncipe Regente grita para que, a excepción de los que se quedan atrás, nos pongamos en marcha. Cierra la puerta de su carruaje con un golpe seco.

Yo me mantengo a la espera. Solo tengo ojos para Darling.

Lentamente, ella me toma la mano. Acerco a Minina dos pasos más de modo que esté pegada al carruaje.

—Pon el pie izquierdo sobre el mío. Después, da un paso adelante y pasa la pierna derecha por encima.

—¿Delante?

—Sí.

Darling asiente mientras monta sin un atisbo de duda. La falda transparente se le amontona de un modo extraño, pero se la recoloca lo mejor que puede para apoyarse sobre el borrén suave y curvo de la silla de montar. Yo me alejo de las espadas que lleva a la espalda y le ayudo a colocar el pie derecho junto al mío. Sin embargo, no termina de alcanzarlo, ya que es demasiado bajita y la silla no está hecha para dos personas.

—¿Así estoy bien? —pregunta ella.

—Deberías acomodarte un poco —contesto.

Lo hace mientras me mira por encima del hombro y, de pronto, tengo sus rizos perfumados pegados a la cara y casi todo su peso sobre mi regazo. Me alegra mucho tener las espadas formando una barrera rígida entre nosotros. De todos modos, se me tensa todo el cuerpo, pero intento relajarme con una carcajada temblorosa. Anoche estábamos más cerca. Darling también se ríe.

—Está muy alto.

Mi draco de combate curva el cuello para mirar a la chica con un único ojo verde. Pestañea y las plumas curvadas de las pestañas se agitan.

—Hola, Minina —murmura Darling.

Habla de un modo tan gentil que casi me deja sin aliento. Me dijo que no quería montar a una bestia como un draco de combate, pero no tiene miedo. Está relajada sobre la espalda de Minina. Sin embargo, si respiro demasiado fuerte, lo notará. Sacudo la cabeza, disgustado conmigo mismo. Con una mano sigo sujetando las riendas y el acicate por si la dragona se pone demasiado testaruda y tengo ese brazo presionado contra las costillas de Darling. Con la otra mano, le aparto el cabello con cuidado hacia un lado. Es una nube de rizos con apenas unas pocas trenzas despejándole las sienes. El resto le cae por el cuello y me roza la barbilla y las mejillas. Huele a floreterna. Esa es la esencia que lleva el aceite.

—¿Lista para ponernos en marcha? —Consigo sonar solo un poco ronco.

Ella asiente y yo alzo la vista para indicar al comienzo del convoy que podemos continuar. Darling se despide del conductor y yo presiono a mi montura con las piernas. El animal da un par de zancadas largas y lentas.

—Puedes sujetarte a la silla aquí —le muestro a Darling—. O a esta cresta huesuda del hombro. Pero no la agarres de las plumas.

Ella toca la cresta de la dragona con ambas manos y, después, las pasa por las escamas calentadas por el sol hasta posarlas en el cuello.

—Es muy suave.

—Si le rascas el espinazo, te querrá para siempre.

Darling lo hace y Minina arquea el cuello en un gesto de auténtico placer.

Cuando empujo al animal para que se ponga al trote, Darling jadea y me apoya la mano en una de las rodillas. Me clava los dedos. Sin embargo, mantiene bien la postura y se inclina con un equilibrio natural.

Adelantamos al trote a todo el mundo y ninguno de los dos mira el carruaje de Caspian. Aunque es probable que Darling tan solo se esté concentrando. Cuando llegamos al frente, me reclino hacia atrás y el draco vuelve a ralentizar el paso.

—Qué íntimo —comenta Finn.

Yo lo miro con una ceja arqueada. Sea como fuere, sigo siendo su Príncipe de la Guerra. Él baja la vista, contrito, pero mantiene los labios fruncidos en una línea recta. El gesto hace que su cicatriz palidezca.

Sin dejar de mirarlo, Darling mantiene la mano sobre mi rodilla. No pasa nada. Bien.

—¿Habéis pensado que estos dracos de combate se parecen más a una cocatriz que a un dragón? —comenta ella.

—¿Cómo te atreves? —dice Finn con un gruñido.

Sin embargo, ella se encoge de hombros.

—Caminan sobre las patas traseras como los pollos, tienen todas estas plumas y ese ojo… es como una esmeralda; una joya como…

—Como la de la capilla —concluyo.

—Mi filo… —dice Finn, que no aprueba que me ponga de su parte.

Permanezco en silencio. Entiendo lo que Darling quiere decir, pero también sé que está provocándolo. Al final, mi capitán sonríe.

—Supongo que tuviste una buena oportunidad de estudiarla con el Alto Príncipe Regente a altas horas de la noche y en la oscuridad.

La sorpresa hace que me quede rígido de un modo que Darling debe de estar sintiendo. Sin embargo, alza la barbilla sin hacer caso a Finn. La sonrisa de mi segundo al mano se ensancha hasta convertirse en un gesto malicioso. Hace una reverencia sobre su silla y aparta a un lado a su draco de combate.

—Voy a comprobar qué tal van en la cola —dice mientras se marcha.

Tras un instante de tensión, Darling sacude la cabeza y sus rizos me rozan la barbilla. Es casi calmante.

—Ese draco suyo tiene un aspecto verdaderamente horrible.

Oigo el resto de la frase con toda claridad: «igual que él». Sin embargo, hago caso omiso y frunzo el ceño ante la acusación de mi capitán.

—¿Regresaste a la capilla? ¿Y Caspian estaba allí?

Mi pregunta suena como una exigencia.

—¿Y?

«¿Y?», desde luego. Hago una pausa. La tengo entre mis brazos, atrapada, a menos que quiera hacer lo que le ha sugerido mi hermano y ponerse a correr junto al convoy. Sin embargo, no estoy enfadado con ella.

—Le dije a Caspian que se quedara en sus aposentos, vigilado.

—Por el… asesino.

Veo el rostro sereno de Gavin y sus miembros flácidos. Saboreo la sangre en la garganta. No es como si nunca antes hubiera matado. He matado a gente más joven que Gavin y con menos motivos.

—Sí —contesto en voz baja.

El silencio nos asfixia mientras cabalgamos. Los rayos de sol atraviesan los árboles. En esta zona, el camino es de tierra dura y apelmazada pero con surcos, lo que hace que el avance sea irregular, pero Minina mantiene un paso fluido. No tengo ni idea de cómo decir lo que quiero decir. Preferiría estrechar a Darling entre mis brazos e intentar pasar mis pensamientos y sentimientos desde mi cuero al suyo sin tener que usar las palabras. Quiero darle un beso en la sien y enterrar la nariz en su pelo. Es lo que deseo, pero no lo hago.

Parece darse cuenta de que estoy intentando decir algo, así que mueve la mano que tiene sobre mi rodilla y me da una palmadita. Después, me pasa los dedos por el dorso de la mano, que tengo apoyada en su cadera, y se agarra al borrén de la silla con ambas manos. El único punto de contacto entre nosotros son sus muslos y su trasero, que apenas me rozan el regazo, y el cosquilleo de su pelo en mi mandíbula.

—Talon —dice en voz muy baja. Espero—. No lo sabía.

—No pensaba que lo supieras —replico de inmediato. Ella asiente—. Soy yo el que tendría que haber estado preparado. Llevaba mucho tiempo siguiéndonos.

—¿Cómo lo sabes? —Darling se gira un poco para lanzarme una mirada.

Tomo aire con calma. Esto no debería resultarme difícil, ya que no es un secreto.

—Mi don. Es un don de rastreo.

—Eres un cazador. —Sin querer, aprieto los brazos en torno a ella con más fuerza y me obligo a relajarlos—. No necesitaste las luces —añade en un tono que casi suena a alivio. Entonces, se recuesta y de verdad se acomoda contra mí.

Tras un instante, me doy cuenta de que está hablando de hace semanas, cuando nos conocimos; cuando luchamos en Lastrium y los Tentáculos apagaron las luces. Ella me apuñaló con un cuchillo de mesa y yo le robé las gafas protectoras.

Seguimos cabalgando unos instantes. Debería hacer más preguntas, pero no quiero. No quiero arruinar este momento ni que se vuelva tenso. Tan solo quiero estar con ella. Y besarla; besarla hasta que solo pueda pensar en eso: nada de sangre, ni de asesinos, ni de complots, ni de guerra. Nada de hermanos impredecibles y tocados por el Caos con planes imposibles. Le aparto otra vez el pelo a pesar de que volverá a ponérseme en la cara de inmediato.

—Me gustaría besarte de nuevo —le digo al oído en voz baja.

Darling se estremece.

—¿Delante de todos? —me regaña—. No creo que fuese a gustarle al feo de tu novio.

Resoplo y me aparto. Por supuesto, no puedo sobrepasarme.

—Tendrá que acostumbrarse.

—Es un poco presuntuoso por tu parte pensar que voy a permitírtelo —me contesta con un tono de coqueteo.

Mi montura se desvía un poco hacia un lado, recelosa de nuestro cambio de postura. Darling se aferra a mí y, después, me suelta como si estuviera en llamas. Se ríe y se agarra a Minina.

Cabalgamos en un silencio más cómodo. Creo que las preguntas que penden entre nosotros, todo lo que no estamos diciendo, pueden esperar un poco. Esto es suficiente.

Excepto por que hay una cosa que tan apenas tiene que ver con nosotros dos.

—¿Sabes por qué Caspian regresó a la capilla?

Ella suspira.

—Robó la amatista del techo.

—¿Qué? ¿Por qué?

—No tengo ni idea, pero estaba desesperado por conseguirla.

—Le preguntaré.

—¿Crees que te lo va a contar? —dice Darling para provocarme.

No lo creo. Siento el rostro pesado gracias al ceño fruncido. Darling me da un golpe suave en las costillas con el codo.

—Tiene un plan. El ojo de amatista, la daga del Grifo... Va tras algo.

Pienso en el dibujo que me entregó mi hermano, aquel en el que aparecíamos Darling y yo luchando contra los dracos salvajes. Debería enseñárselo. Lo llevo en la chaqueta. Lo llevo siempre encima porque no quiero que nadie lo vea sin mi permiso. Ahora, es mío. La locura, la promesa que representa. Darling y yo juntos. Esa profecía es mía del mismo modo que quiero que Darling lo sea.

—Eso creo —susurro.

Ella asiente y sus rizos me hacen cosquillas en los labios.

—Es solo que no sé qué podría ser o si es algo bueno o terrible. —Antes de que pueda pensar qué decir, se da la vuelta para mirarme de verdad. Tengo que apartarme del arco que dibuja el pomo de su espada—. Si lo descubres, dímelo.

Dirijo la mirada a sus gafas. Bajo esta luz, casi puedo ver la forma de sus ojos a través de las lentes oscurecidas.

—Si lo descubres —repito con suavidad—, dímelo.

Darling promete que así será y yo hago lo mismo.

Si este fuera un mundo diferente, la besaría ahora mismo, con suavidad y sin prisas. Eso sellaría las promesas que hemos hecho frente a mis soldados, mi hermano, el largo camino y el cielo abierto. Pero estamos en este mundo, así que no lo hago.

23
DARLING

El beso lo ha cambiado todo y es en lo único en lo que puedo pensar.

Mientras cabalgo con Talon, que me transmite la calidez de su cuerpo a través de las manos que tiene apoyadas en mi cadera como si me estuviera dejando una marca, no pienso en Gavin. No pienso en sus últimos momentos o en por qué tuvo que aventurarse a una situación que no había considerado adecuadamente. Debería estar haciéndolo. ¡Debería estar llorando su muerte! En su lugar, estoy intentando encontrar la manera de hacer que todo funcione: liberar a Leonetti, convencer a la Casa del Kraken para que colabore con los Dragones en busca de la paz, y Talon.

Lo quiero todo. Y quiero tener a Talon a mi lado hasta que me haya saciado de él. No es el primer chico (o chica) por el que he sentido algo así pero, de normal, la fascinación arde con una fuerza feroz y se apaga con un chisporroteo en unos pocos días o semanas. Así que quiero que lo que hay entre nosotros siga su curso hasta el final. Sé que, hasta que no acabe, nada más me ocupará la mente y tengo demasiadas cosas que hacer. En algún momento, seré la regente de la Casa de la Esfinge y tendré que reconstruirla y descubrir qué significa tener mi propia Casa.

Sin embargo, antes de hacerlo, deseo a Talon. Unos pocos días, una semana como mucho, y cada uno podrá seguir su propio camino. Después de todo, ¿qué más podría haber entre nosotros que un pequeño esfuerzo físico? Sus Dientes llevan toda la mañana lanzándome miradas asesinas y, además, es un Dragón. Y el Príncipe de la Guerra. Jamás duraría.

Así es como me convenzo a mí misma de que las cosas que siento por Talon no son una falta de respeto al recuerdo de Gavin. Él comprendía los cuerpos y sus necesidades. Era el que siempre me animaba a ir a por quien quisiera y yo hacía lo mismo por él. Me duele pensar que no vamos a volver a pasarnos una taza de latón mientras compartimos las historias de nuestras conquistas románticas. Cada vez que pienso en él, me enfado mucho, así que me resulta más fácil centrarme en otra cosa en su lugar.

Tener a Talon apretado contra la espalda con su montura recorriendo el camino con suavidad es una distracción excelente. Espero que el fantasma de Gavin, que el Caos lo proteja, lo entienda.

Cuando llegamos a la Casa del Barghest tras un viaje duro que nos ha dejado a todos con un humor sombrío, no hay ninguna celebración para recibirnos. En su lugar, unos pendones de luto del violeta más oscuro caen de las torretas y las murallas. El día brumoso y gris hace que la tela morada cuelgue de modo taciturno. Los sirvientes y los mozos de los establos salen para arrear a los animales y sus conversaciones transcurren en voz baja. No hay aristócratas para inclinarse y hacer reverencias ante la llegada del Alto Príncipe Regente. La vigilia está planificada para esta noche y, tal como es costumbre, los vástagos permanecerán recluidos hasta que llegue la hora de celebrar la vida de su regente.

En su lugar, en el momento en el que Talon me ayuda a bajar al suelo con cuidado, un sirviente vestido con la librea de la Casa del Barghest se ofrece a mostrarme mis aposentos mientras Marjorie supervisa la descarga del único baúl que he podido traerme. Antes de partir, le lanzo una última mirada intensa a Talon y la expresión de sus ojos es ardiente.

—Iré a buscarte más tarde —dice antes de hacer girar a Minina para ir a encargarse de sus propios asuntos.

Observo cómo se marcha durante un instante más de lo necesario y, cuando me doy la vuelta hacia el sirviente (Talon al fin confía en mí lo suficiente como para dejar que revise mi propia habitación), Finn me mira con desdén antes de seguir a su príncipe. Con la cabeza bien alta, decido no hacerle caso y sigo al sirviente al interior de la fortaleza.

Mientras que las sedes de las otras Casas eran edificios bonitos en los que las defensas no eran más que una ocurrencia tardía, la Casa del Barghest solo es una estructura defensiva imponente. Los muros están construidos con bloques gruesos de piedra y el enorme edificio se extiende hasta un acantilado escarpado. Navegando, he pasado por delante del lado que da al mar y sé que hay cañones dispuestos por toda la muralla preparados para cualquiera que se atreva a acercarse demasiado. En la entrada hay un rastrillo y troneras, y la única decoración que suaviza semejante fachada sombría es una ventana con una vidriera en los tonos más oscuros del gris. En ella aparece representada una bestia oscura y descomunal con cuatro patas y una cabeza con un hocico corto y colmillos en medio de un gruñido. Un barghest.

El sirviente que me acompaña no me ha mirado a los ojos ni una sola vez. Empiezo a pensar que, en esta Casa, hacen las cosas de un modo diferente, ya que parece como si a todos los sirvientes a los que he visto les hubiesen arrancado la alegría. El lugar me genera una sensación que no me gusta, como si me hubiera adentrado entre las sombras durante un día frío y no fuera capaz de encontrar el camino de vuelta hacia los rayos del sol.

Llego a mis aposentos con el mínimo alboroto, aunque el rato que he pasado con el sirviente me deja intranquila. Rechazo la oferta de té o una bebida espirituosa y me dedico a caminar de un lado a otro hasta que llega Marjorie, acompañada por dos jóvenes de rostro sombrío que cargan con el baúl entre ambos. Cuando se marchan, me giro hacia la muchacha.

—¿Qué pasa con este sitio? —pregunto—. Ya sé que acaba de morir su regente, pero los sirvientes... Parece como si alguien les hubiera arrebatado todo lo que aman. ¿Tan querido era el regente?

En la Casa del Kraken, todos parecen amar a Leonetti pero, aun así, no puedo imaginarme a todo el mundo tan desconsolado por su muerte.

Ella arruga la nariz en señal de desagrado.

—¿Nadie os lo ha contado?

—¿El qué?

—Los sirvientes de la Casa del Barghest son personas que le deben dinero a la Casa. Trabajan a cambio de sus deudas y firman contratos que pueden durar hasta diez años.

—¿Qué? ¿Cómo es posible? —pregunto—. ¿Por qué permitiría Caspian algo semejante?

Marjorie me lanza una mirada extraña, como si no pudiera comprender mi consternación.

—El Alto Príncipe Regente no se inmiscuye en los asuntos del resto de las Casas, mi pluma. ¿Deseáis que pida que os preparen un baño antes de la vigilia de esta noche?

Asiento y, cuando se marcha para encargarse de que traigan el agua, empiezo a caminar de nuevo de un lado a otro. Si el Alto Príncipe Regente no se inmiscuye en los asuntos de las otras Casas, ¿por qué iba a llevarse los artefactos de la Casa del

Grifo y la Casa de la Cocatriz? ¿Por qué se metería en el lío de las «compensaciones» y la restauración de la Casa de la Esfinge? Hay algo en todo este asunto que no me cuadra, así que voy a ver a la única persona que puede responder mis preguntas.

Las habitaciones de Caspian se encuentran en el mismo pasillo que las mías y el soldado que está de guardia no es Finn, sino otro de los Dientes del Dragón. Cuando me ve, hace una pequeña reverencia y abre la puerta para dejarme entrar sin llamar antes.

—¡Ah, ahí estás! —dice el príncipe cuando entro. Como siempre, está desaliñado, con los pantalones desabrochados y una bata sobre el pecho desnudo. En el centro de la habitación hay una bañera de latón y unos niños que parecen demasiado pequeños para cargar con cubos la están llenando. Caspian no parece percatarse de su presencia en absoluto.

—¿Cómo sabías que iba a venir a verte? —le pregunto mientras mis sospechas de que tiene un don profético se disparan de nuevo. Él se encoge de hombros.

—Supuse que querrías ver a Leonetti lo antes posible y no creo que los vástagos de la Casa vayan a ayudarte demasiado.

Me quedo petrificada cuando oigo sus palabras y a mi cerebro le cuesta dilucidar lo que significan.

—¿Leonetti está aquí?

—Sí, por supuesto. ¿No te lo dije? Pensaba que lo sabías. Eh… Siempre está cambiando, tengo que tener más cuidado… Si no estás aquí por Leonetti, ¿a qué has venido?

—Para preguntarte por qué permites que esta Casa esclavice a su propio pueblo.

—El trabajo no remunerado no es esclavitud.

—Se parece bastante —contesto—. Tienes que hacer algo al respecto. Pero, antes, quiero ver a Leonetti.

—Rotundamente no. A ninguna de las dos cosas. No pienso inmiscuirme en los asuntos de las Casas. Y, por ahora, las visitas a Leonetti están vedadas. No puedes verlo hasta que no seas instaurada como regente de la Casa de la Esfinge. Entonces, podrás exigir compensaciones a la Casa del Barghest que, en teoría, es la que lo tiene retenido ahora mismo, y exigir su liberación.

—Esto es ridículo —digo con la voz alzada—. Te he seguido la corriente con toda esta absoluta locura y he jugado a un juego en el que solo el Caos conoce las reglas y, aun así, no me dejas ver a Leonetti.

Mi ira es ardiente y repentina. Hacía muchísimo tiempo que no estaba tan enfadada.

—Cuando seas proclamada —contesta Caspian con tranquilidad. Es como si estuviera hablando de las probabilidades de que llueva y no del destino de mi padre adoptivo. Nunca he sentido tantas ganas de golpear al Alto Príncipe Regente.

Por un instante, me pregunto si Gavin estaría en lo cierto. ¿Y si todo esto ha sido una trampa, una estratagema para reunir en el mismo lugar a todos los que odian a los Dragones?

Cierro las manos en puños y los ojos de Caspian se desvían a mi hombro, por donde asoman las fundas de las espadas que llevo.

—También deberías considerar ir desarmada mientras estemos en la Casa del Barghest. No se toman a bien semejantes indignidades.

—No me gusta demasiado ver cómo venden a familias enteras como mano de obra —digo mientras señalo a una niñita de ojos hundidos y melena alocada que está vertiendo un cubo de agua en la bañera de Caspian—, pero tendremos que arreglárnoslas.

Él suelta un suspiro apesadumbrado.

—Hablaré con el nuevo regente cuando sea proclamado. No es más que un niño y se dejará influenciar con facilidad. Hay una manera de hace estas cosas… —Pierde el hilo mientras observa cómo otro niño vierte el agua y se marcha—. A mí tampoco me gusta esta costumbre. Instaré al nuevo regente a que se deshaga de ella por completo.

—¿Y Leonetti? —le pregunto. Odio la esperanza que se apodera de mi voz.

—Más tarde —contesta Caspian—. Te prometo que tu padre pronto quedará libre de todo esto.

La bañera ya está llena y el príncipe empieza a desvestirse con la asistencia de su ayuda de cámara. Me lo tomo como una despedida y hago la reverencia rápida que se espera de mí antes de marcharme.

—Darling… —Cuando me doy la vuelta, el príncipe me está mirando con el ceño fruncido—. Ten cuidado con las serpientes enjoyadas.

Pestañeo.

—¿Qué? —pregunto.

Sin embargo, él ya se ha girado de nuevo hacia la bañera como si no hubiera hablado siquiera, así que me marcho.

Una vez que salgo al pasillo, me siento demasiado nerviosa como para regresar a mis aposentos, así que le pregunto a un sirviente que pasa por allí cómo encontrar los jardines. Sin embargo, cuando llego a la entrada, me informan de que no se puede acceder debido a las preparaciones para la vigilia y el soldado que está vigilando las puertas me sugiere que, en su lugar, dé un paseo por las murallas.

—Es un buen lugar para quemar un poco de energía —me dice con un brillo de esperanza en los ojos—. Si así lo deseáis, podría acompañaros, mi pluma.

Durante un instante, antes de darle las gracias por su generosa oferta y asegurarle que puedo encontrar el camino yo sola, deseo que se tratara de Talon.

Hay que subir varias escaleras para llegar a las murallas y, extrañamente, la última de ellas me recuerda a la escalera de caracol que lleva a la torre de Caspian. Solo que, cuando llego arriba, la puerta no da a una estancia repleta de cuadros de mi vida, sino a una vista bastante deslumbrante del océano. La mar está picada y hace mucha espuma, como si el agua compartiera mi agitación.

—Parece que no soy la única que necesitaba tomar el aire.

Aurora, la tía de Talon y Caspian, está paseando con un séquito de damas. No reconozco a ninguna de ellas pero, cuando me ven, sueltan una risita nerviosa. No sabía que la mujer iba a estar presente pero, cómo no… En lugar de la ropa de gala de los Dragones, va ataviada con un vestido morado oscuro. No lleva el medallón llamativo que lucía la última vez que nos vimos, sino un collar decorativo que hace que parezca que tiene un dragón esmeralda enroscado en torno al cuello.

—Ay, ¿os gusta? —me pregunta cuando me ve observándolo—. Fue un regalo del anterior regente de la Casa antes de su muerte.

—Desde luego, es llamativo —contesto. Todavía tengo las palabras de Caspian frescas en la mente. Así que su don es la profecía. Tengo que contárselo a Talon.

—¿Os unís a nosotras? —dice Aurora mientras las demás mujeres me miran en silencio. Me recuerdan a la manada de dracos salvajes que, gruñendo y mordiendo, atacaron nuestra caravana.

—Me temo que no soy muy buena compañía tras haber pasado todo el día viajando —replico en tono de disculpa.

—Ah, claro —contesta ella con una sonrisa. Le susurra algo a la mujer que tiene más cerca y todas las demás se dan la vuelta y se alejan en dirección contraria. Un par me miran por encima del hombro—. Bueno, ahora ya estamos solas —añade en un tono demasiado alegre—. ¿Paseáis conmigo? Sin duda, después de todo el tiempo que habéis pasado con mis sobrinos, es casi como si fuéramos familia.

Hay un tono de amenaza en su voz y lo que está insinuando resulta evidente.

—Me temo que he pasado más tiempo con mis doncellas, pero gracias por vuestro interés.

No me muevo de donde estoy, pues me niego a dejar que me intimide.

—Qué triste que ya hayáis olvidado las lecciones de vuestro tutor de etiqueta —dice ella con una carcajada mientras yo me cruzo de brazos.

—Cierto, pero, por otro lado, era soldado mucho antes de ser vástago. Así que hablemos tal como lo hacen los soldados: con sencillez y de forma directa. No confío en ti y no tengo ni idea de lo que quieres de mí, pero no tengo ningún deseo de verme envuelta en tus maniobras políticas.

Aurora se ríe y el sonido es agudo y claro.

—Vaya, eres un soplo de aire fresco. Ahora entiendo por qué mi sobrino está tan fascinado contigo.

Da un paso hacia mí. Tal vez pretenda intimidarme, pero yo me mantengo firme en mi sitio. Su pintalabios es demasiado rojo para la palidez de su piel y recuerdo la sangre que llevaba detrás de la oreja la última vez que nos vimos. Hay algo inquietante en esta mujer y no puedo evitar preguntarme cómo llegó a convertirse en la Vidente del Dragón. ¿Tergiversó las habilidades de Caspian para sus propios fines o acaso el don de la profecía corre en la familia?

—Te he visto —dice en un tono de voz plano. Su ademán amistoso se ha evaporado—. No voy a dejar que destruyas mi Casa o a mis sobrinos.

—Tu Casa es la de la Cocatriz, ¿me equivoco? —replico, lo que hace que se sobresalte un poco—. Puedo asegurarte que sigue en pie, pero parece que sufre de una clara falta de valentía. Aunque hay obras artísticas muy bellas. —Antes de que pueda responderme, me giro para contemplar las olas haciendo evidente que la conversación se ha acabado—. La próxima vez que me amenaces, hazlo también con acero porque te garantizo que, si vuelve a ocurrir, no dudaré en desenvainar mi espada.

No veo su reacción, pero siento cómo se aparta. Lo bueno de las gafas protectoras es que me ocultan los ojos y sé que está intentando analizar si de verdad la atacaría o no. Ese es el beneficio de haber formado parte de los Tentáculos: mi reputación me precede.

—No te queda mucho tiempo en este mundo. El Caos te devolverá a las alcantarillas a las que perteneces —dice con veneno en la voz antes de marcharse con un frufrú de la falda.

Me quedo de pie y contemplo el mar durante un buen rato más, inhalando el aire salado que me resulta tan familiar y, a la vez, tan diferente en esta costa.

Quiero la paz y reconstruir la Casa de la Esfinge. En cuanto sea regente, podré usar mis recursos para ayudar a Leonetti a recomponer la Casa del Kraken y, sin una guerra, el país al fin podrá pasar página y encontrar una manera de hacer que las cosas funcionen para todos y no solo para las élites. Es un buen objetivo.

Pero ¿cómo se supone que voy a sobrevivir al agravante que supone la política?

24
TALON

En público, tengo que fingir que la Casa del Kraken es la peor de las grandes Casas porque son nuestro enemigo pero, sin duda, la peor es la Casa del Barghest. No se trata solo de la servidumbre no remunerada, lo que ya es bastante malo y, en cierto sentido, es como hacer trampas. Su fortaleza costera es aburrida y fea. Además, parece construida por alguien con mucho dinero para gastar en lo que otro le ha dicho que son unas buenas defensas y no por alguien que de verdad haya defendido una ciudad en algún momento. Los muros son anchos y hay abundantes troneras, pero la mayoría de los pasillos son demasiado estrechos y serpentean y dan giros inesperados en lugar de conectar esta torre directamente con las murallas. No hay manera de llegar a ninguna parte de modo eficiente, sobre todo si llevas una dotación de soldados o si empuñas un arma más larga que una daga. Supongo que, una vez que se abra una brecha en las murallas, la arquitectura del lugar confundirá a los enemigos lo suficiente como para tener tiempo de sobra para evacuar. Sin embargo, a mis soldados y a mí nos cuesta demasiado tiempo despejar las habitaciones de los invitados.

Los edificios interiores son igual de feos, pero están revestidos de terciopelo y molduras doradas y decorados con el estilismo de todas las otras Casas. Lo que predomina es el verde y el dorado de los Dragones para que nadie pueda malinterpretar sus alianzas, pero también veo el tipo de vidrieras por las que era conocida la Casa de la Esfinge (aunque en colores oscuros), diseños de plumas como los de la Casa del Grifo en algunas cortinas e incluso en los uniformes de la servidumbre, delicados mosaicos de la Casa de la Cocatriz y perros por todas partes.

No solo representaciones de perros, sino perros de verdad en los patios y en los jardines. Hemos tenido que desplazar una perrera entera para poder resguardar a nuestros dracos de combate.

Tras acomodarlos, me doy un baño rápido y me visto de nuevo con el uniforme de gala dado que esta noche hay una vigilia. Recibo los informes de Finn y Arran Lightscale mientras nos dirigimos al salón del consejo interno para una reunión. Arran me pone al día sobre el estado de la seguridad en la fortaleza y acerca de los soldados del Dragón adicionales que se han unido aquí a nosotros. Estamos redoblando la seguridad gracias al asesino de la Casa de la Cocatriz, aunque hemos mantenido el asunto lo más secreto posible. Finn me entrega los informes de sus lugartenientes con respecto a los movimientos recientes de los Kraken en la costa, los refugios que han despejado en territorio Barghest, los aposentos de Leonetti y las lamentables tropas de la Casa del Barghest. La mayoría de los soldados son no remunerados y no han recibido entrenamiento. «Carne de cañón», dice mi capitán con desagrado.

Recuerdo la discusión que tuvimos sobre el ejército del Dragón durante la última reunión del consejo a la que asistí, ya que teníamos que liberar a un tercio de los soldados para que pudieran regresar a sus casas durante la época de la cosecha. La decisión quedó postergada a causa de la declaración de mi hermano sobre Darling. El general Bloodscale no los ha liberado en absoluto, alegando que es necesario realizar una disolución organizada dado el supuesto fin de la guerra. Una vez que acabe esta gira y regresemos a Cumbre del Fénix, pienso asegurarme de que no se castigue a ninguno de los granjeros que haya desertado mientras tanto.

Una preocupación repentina sobre el paradero de Darling cuando eso ocurra me distrae de las siguientes palabras de Finn. Quiero que ella esté conmigo, a mi lado, entre mis brazos. Pero, sin duda, tendrá que estar en el sur, en los dominios de la Casa de la Esfinge.

Es extraño que Caspian no incluyera dicha Casa en esta gira. Tal vez porque acabará siendo el destino final de Darling. Recuerdo que ella me contó que mi hermano parecía estar recolectando cosas, así que, tal vez, no necesitase nada de la Casa de la Esfinge que no tuviera ya entre sus garras.

Darling debería asistir a esta reunión. Me freno en seco y Finn me golpea con el hombro. Estos pasillos son tremendamente estrechos.

—¿Mi filo? —me pregunta.

Me doy la vuelta y le doy una palmadita tranquilizadora. Después, me dirijo a Arran.

—Ve a buscar al vástago de la Esfinge. Si es posible, tráela a la reunión.

Arran ni se inmuta y, después, se aleja. Finn, por el contrario, me mira de reojo con gesto sombrío. Yo le mantengo la mirada, expectante y con las cejas arqueadas. Sin embargo, mi amigo no dice nada. Se limita a hacer una mueca y a continuar comentándome sus ideas sobre dónde colocar a los guardias durante la vigilia.

El salón del consejo de los Barghest es una estancia demasiado cálida con una chimenea descomunal en la que arde el fuego a cada extremo, una mesa alargada de madera con un tapete de lo que parece pan de plata y copas con joyas incrustadas. De las paredes cuelgan tapices que muestran la caza del zorro y a las hijas e hijos de diferentes Casas bañándose con ropa muy ligera que pretende representar su procedencia.

De inmediato, me dirijo a la cabecera de la mesa y doy la vuelta a la copa que hay frente a la silla. Sé que Caspian no va a aparecer y no quiero darle a nadie la oportunidad de ocupar su asiento. Finn me sonríe. Siempre se le ha dado bien interpretar mi estado de humor y mis intenciones. Ojalá fuera capaz de deshacerse del odio que siente hacia Darling o, al menos, de hacer que no pareciera algo personal. Aunque ambos lo negarían, creo que se llevarían bien si sus familias no hubieran estado enfrentadas durante toda su vida. Ninguno de los dos endulza sus palabras o pasa por alto cuando yo hago lo mismo. Ambos creen en la justicia con todo su ser. Es solo que el significado que le dan a esa palabra es diferente.

Mia Brynsdottir, sobrina del recién fallecido regente de la Casa del Barghest, me hace una leve reverencia e indica a uno de los sirvientes que están junto a la chimenea que nos sirva vino a Finn y a mí. En la mesa, la joven se sienta frente a mí. Está en todo su derecho, ya que esta es su Casa. A pesar de que tiene la piel, que ya de por sí es pálida, tensa y de que lleva un velo de luto color morado sobre el pelo, no está recluida hasta la vigilia de esta noche como el resto de los vástagos. No me importa por qué. Habríamos tenido que arrastrar a uno de ellos a la reunión de todos modos. Al menos Mia está acostumbrada a la falta de decoro de Caspian y conozco su nombre. Sin embargo, sí me pregunto si seguirá teniendo la vista puesta en casarse con mi hermano.

Justo antes de que diga nada, las puertas vuelven a abrirse y la tía Aurora entra en la sala. Aliviado, me pongo en pie y me acerco a ella.

—Tía... —digo mientras le tomo las manos.

—Príncipe de la Guerra… —replica a la vez que me las estrecha.

Posa los brillantes ojos azules sobre mi rostro y me observa detenidamente. Yo me inclino y le doy un beso en la mejilla. No lleva su imperdible de Vidente, sino un collar con forma de dragón y esmeraldas incrustadas que perteneció a mi madre. No sé si a ella le gustaba. Me pregunto (no por primera vez aunque, sin duda, con más decisión que en otras ocasiones) por qué el don para la profecía de Aurora no le advirtió del asesinato de mi madre.

Dejando a un lado los pensamientos mórbidos, coloco la mano de mi tía sobre mi codo y la acompaño hasta un asiento que está junto al mío.

—¿Cómo estás? —me pregunta en voz baja—. Me he enterado de lo que ocurrió en la Casa de la Cocatriz. Qué vergüenza que algo así haya sucedido en mi antiguo hogar.

—Estoy bien, tía —contesto. Es lo que espera que diga en un lugar público como este—. No tengo remordimientos con respecto al asesino.

—Supongo que era un enviado de los Kraken.

Asiento.

—Teníamos cierta información que apuntaba a que los últimos miembros de la familia Swiftblade habían desertado y se habían unido a Leonetti.

—Acabo de hablar con la joven vástago de la Casa de la Esfinge. —Aurora da las gracias con la cabeza a un sirviente que le acaba de servir vino—. Estaba tomando el aire en las murallas. Tal vez tendría que haberla invitado a que me acompañara.

Dejo que mi gesto se relaje, contento de que Aurora esté de mi parte en esto a pesar de las sospechas que Darling alberga con respecto a ella. Mi tía me apoya. Y a Caspian también.

—He pedido que fueran a buscarla —digo—. Tenemos que empezar a incluirla en estas cosas.

—Es mejor mantenerla vigilada —comenta Finn.

—Sobre todo con las naves de esos calamares acechando en nuestro horizonte —añade Mia mientras se estremece con delicadeza.

—Es el vástago de la Casa de la Esfinge y tiene tanto derecho a estar aquí como tú —digo.

Mia baja la vista, pero la mano con la que aferra su copa se tensa.

—Me temo que preferiría ser algo más que eso —dice Aurora.

—¿Qué quieres decir? —pregunto. La ira me recorre la columna vertebral.

Mi tía me posa los dedos sobre la muñeca con delicadeza.

—Te pido disculpas, mi filo. Es solo… una visión que me ha transmitido el Caos.

Mia Brynsdottir jadea con suavidad. Me obligo a mostrarme menos agresivo. Al otro lado de mi tía, Finn muestra su «cara de guerra»: un gesto duro que oculta todos y cada uno de sus pensamientos y emociones.

—Cuéntanosla, Vidente.

Aurora parpadea y cierra los ojos mientras se recuesta en su asiento.

—Era Darling. Tenía los ojos ocultos tras unas gafas extrañas confeccionadas con cristal verde y estaba sentada… —Abre los ojos de par en par para mirarme. El miedo le frunce los labios pero, aun así, añade—: Estaba sentada en el Trono del Dragón, mi filo.

Yo también lo veo. Cuando miro los ojos muy abiertos de mi tía puedo ver a Darling entronada y convertida en Dragón. El lado posesivo de mi corazón se emociona ante semejante idea.

—¡Oh, no! —exclama Mia mientras se lleva las manos al corazón—. Caspian no puede plantearse la idea de casarse con esa… huérfana.

—No podría apoderarse del trono a la fuerza —le recuerda Finn.

—¿Qué más? —le pregunto a Aurora con los dientes apretados—. ¿Viste algo más?

—Una cicatriz —susurra ella—. Como creada por el fuego. Le lamía las sienes y le dañaba la zona donde le crece el cabello.

Tengo el pulso acelerado. Respiro hondo y no hago caso de lo que está diciendo Mia Brynsdottir. En su lugar, miro a Finn, que me está devolviendo la mirada, acalorado y con conocimiento de causa.

—Caspian tendrá que enfrentarse a todo su consejo si quiere convertirla en su consorte —insiste mi tía—. ¡Y al pueblo! Por no mencionar que los Kraken se negarán a aceptar semejante unión.

—El Alto Príncipe Regente no está en posición de hacer algo semejante —insiste Mia mientras apoya la mano con la palma plana sobre la mesa. Sus anillos resplandecen—. Por muchos motivos. Empezando por las cosas que él mismo ha proclamado. El último vástago que queda de la Casa de la Esfinge, si eso es lo que es, no puede casarse y convertirse en miembro de la Casa del Dragón. Sus herederos tendrán que ser vástagos de la Esfinge y Su Majestad no puede proporcionárselos.

La boca se me seca porque puede que Caspian no pueda proporcionárselos, pero yo sí podría. Trago saliva para humedecerme la lengua. Oigo un pitido en los oídos.

—Aurora, ¿cuándo tuviste esa visión?

—¿Qué importa eso? —pregunta Mia.

—A menudo, mis profecías son causadas por un cambio en el destino que el Caos desea que sea revelado —le explica mi tía. Después, extiende el brazo para tomarme de la mano—. Hace dos noches. Ya me había puesto en marcha para venir aquí.

Asiento una vez más. Estábamos en la Casa de la Cocatriz. Fue el día que besé a Darling y maté a Gavin Swiftblade. Respiro hondo de nuevo.

—Bien. Hablaré de este asunto con el Alto Príncipe Regente. —Mia intenta decir algo, pero la interrumpo—. Mi hermano no se casará con Maribel Calamus, eso os lo prometo. Acabemos rápido con esta reunión para que podamos prepararnos para la vigilia de vuestro regente.

Miro a los ojos a Mia Brynsdottir y, después, a Aurora y a Finn para que sean conscientes de que estoy seguro.

No pasa mucho tiempo antes de que terminemos de discutir el resto de los asuntos inmediatos de los que podemos encargarnos sin Caspian que, por supuesto, no hace acto de presencia en ningún momento. Darling tampoco. Si estaba en las murallas, tal vez Arran no haya podido encontrarla. Les indico a los demás que pueden retirarse. Todos tenemos cuestiones de las que encargarnos antes de la vigilia; tenemos que preparar la fortaleza para esta noche y para lo que pueda ocurrir tanto durante la ceremonia del Nombramiento de mañana como con la flota del Kraken que está frente a la costa.

Una vez que nos ponemos de pie, Aurora me toca la mejilla.

—Ten cuidado, Talon —me dice mientras me acaricia la piel con el pulgar.

Asiento a modo de promesa. La idea de casarme con Darling me resulta ardiente y espesa en la garganta. Es una muy buena idea. Nadie podría pasar por alto ese tipo de alianza. Además, no interferiría con la Casa del Dragón y representaría un respaldo aún mayor a la Casa de la Esfinge, más compensaciones, el final de la guerra y el perdón. No me puedo creer que no se me haya ocurrido antes. Caspian me ha distraído demasiado bien al ponerme celoso. Me pregunto qué es lo que sabrá.

Abandono la estancia y me dirijo directamente a buscar a mi hermano. Finn me sigue. Cuando estamos a solas, me llama por mi nombre casi con un rugido. Le permito que me alcance pero, si quiere que los hombros no le rocen las paredes, se ve obligado a caminar detrás de mí.

—Talon —dice de nuevo con urgencia.

—Todo va bien, Finn —replico—. Más que bien.

Finn me agarra del codo y tira de mí hasta que me detengo. Ni siquiera se para a comprobar que nadie nos esté mirando. Con cierto énfasis, yo sí lo hago, pero no hay nadie.

—Talon, sé en lo que estás pensando —dice—. Tú tampoco puedes casarte con ella.

—Sí que puedo. —La sonrisa no se desvanece—. Tienes que darte cuenta de que sí que puedo.

Él aprieta la mandíbula.

—Caspian quiere algo de ella. O la quiere a ella para sí mismo por el motivo que sea. —Finn se acerca más a mí. La piel que le rodea la cicatriz está más rosada que de costumbre—. Han pasado mucho tiempo juntos y a solas. No soy el único que se ha dado cuenta de que se han hecho muy amigos con mucha rapidez.

—No es así. —Le apoyo la palma de la mano en el pecho. Finn me saca media cabeza y, estando tan cerca, apretados en este estúpido pasillo estrecho, tengo que levantar la barbilla para mirarlo—. Darling y mi hermano no… —Los labios me traicionan cuando pienso en besarla y se tuercen de nuevo en una sonrisa. Una sonrisa de enamorado. Finn se da cuenta y se queda boquiabierto, mirándome fijamente—. Podría ser feliz si me casara con ella, Finn —añado en voz baja.

—Nunca te he visto así —sisea él. No estoy seguro de si está frustrado o sorprendido—. Nunca te has comportado así con nadie. De hecho, siempre me ha parecido que te mostrabas ciego del todo ante los intentos de seducción o incluso de coqueteo.

Frunzo el ceño.

—No he...

Finn suelta una carcajada tan fuerte como un ladrido, pero no es una risa divertida.

—Sí. De verdad que sí. Algunos de nosotros pensábamos que, sencillamente, no estabas interesado en esas cosas.

—He tenido cosas más importantes en las que pensar que en el sexo —rezongo mientras aparto la mano.

—¡Y sigue siendo así! —estallo—. ¡Ahora, incluso más! ¿Qué tiene Darling Seabreak que hace que te comportes así? ¿Qué tiene para hacer que mi Príncipe de la Guerra, que nunca ha tenido un pensamiento sucio en toda su vida, actúe como si esta chica, esta enemiga, fuese su alma gemela? ¿Qué tiene para que parezca que vas a prenderte fuego si no la tocas?

—¿Te preocupa la virtud de Darling?

—¡Me preocupa la tuya!

Parpadeo, aturdido.

Finn me sigue mirando y, poco a poco, su expresión se convierte en una mueca. Se está sonrojando. Él es el primero en apartar la mirada y dirigir la vista a la pared, por encima de mi hombro. Suspira entre dientes.

—No confío en ella —dice en voz baja—. Y tú tampoco deberías.

—Pero confío en ella, Finn. —Espero a que vuelva a arrastrar sus ojos hasta los míos—. Y tú deberías confiar en mí. —De inmediato, parece disgustado—. Confía en mí. Ten fe en que Darling no tiene por qué ser nuestra enemiga. Mantén la guardia alta, pero piensa en que podemos acabar con esta guerra de una vez por todas.

—Sí, mi filo —contesta.

—Voy a hablar con mi hermano. Tú tienes órdenes que transmitir. Nos vemos en la vigilia. Tal vez intente convencerte para que tomes una copa conmigo y con Darling… como aliados.

Resulta evidente que ha apretado los dientes pero, aun así, contesta de nuevo:

—Sí, mi filo.

Estoy un poco agitado por las cosas que Finn me ha revelado, entre las que está el hecho de que mis soldados hablan entre ellos de mi falta de experiencia. Claro que lo hacen, pero no debería tener que pensar en ese tema.

Por si acaso, me abro a la sensación de mi don y me apresuro a subir un tramo innecesario de escaleras para atravesar un pasillo y volver a bajar para encontrarme en el mismo piso en el que se halla la *suite* de Caspian.

Llamo a la puerta y, cuando oigo voces en el interior, la abro. Apenas noto la alarma en el rostro del Dragón que está de guardia cuando entro a grandes zancadas, pero he captado los rastros de Elias y de Caspian, no de ningún desconocido. Oigo movimientos y alguien maldiciendo desde el dormitorio.

—¿Caspian? —digo mientras atravieso la salita en dirección a la habitación.

Mi hermano está arrodillado en el suelo con las manos cruzadas sobre el regazo en un gesto recatado. Tiene el cabello alborotado, el rostro sonrojado y está medio desvestido. Me dedica una bonita sonrisa.

—¿Hermanito?

Elias está junto a la ventana, dándome la espalda y con las manos apoyadas en el alféizar mientras se inclina para que le golpee la brisa. Debería darse la vuelta para saludarme, pero no lo hace.

Con el ceño fruncido, aparto la mano de la vaina de mi bracamante y miro a mi hermano.

—¿Qué... haces... en el... suelo?

Cuando aún estoy haciendo la pregunta, la respuesta me resulta evidente y, para cuando llego a la última palabra, ya estoy lamentando haber nacido. Caspian me sonríe casi con pena.

—¿De verdad quieres que te responda a eso?

—No quiero, no. Yo... —La ira me inunda con rapidez—. No me lo puedo creer, Caspian. Nos has hostigado y agotado hasta llegar aquí y, ahora, te sorprendo perdiendo el tiempo en tus aposentos cuando deberías haberte unido a nuestro consejo de guerra.

—No me sentía bien, Talon, así que he hecho llamar a mi sanadore. —El tono de su voz es exquisitamente inocente.

Al oír eso, Elias se da la vuelta y hace una reverencia.

—Como os encontráis mucho mejor, me marcho ya, mi filo.

Le ofrezco la cortesía de no mirar en su dirección. Ya noto el cuello lo bastante ardiente. No necesito que se me ruboricen las mejillas también. Permanezco con la mirada fija en mi hermano, que le dedica una sonrisa dulce a su amante.

—Gracias, Elias —ronronea Caspian. No tengo ni idea de si está intentando provocarme a mí o a le sanadore—. Nos vemos más tarde. —Elias no se ha incorporado de la reverencia, así que la profundiza más y, después, sale corriendo—. Bueno, Talon, ¿qué puedo hacer por ti? —Mi hermano permanece en el suelo, pero cambia de postura para apoyar la espalda en la cama con una rodilla doblada. Es como si la alfombra fuese un trono.

—¿Por qué nos has hecho venir hasta aquí con tanta prisa si no es para hacer cosas?

—Sí estaba haciendo algo, hermano.

Cierro la boca con tanta fuerza que me chasquean los dientes. Lo fulmino con la mirada y él me la devuelve con una sonrisa perezosa. Me acerco un poco para poder mirarlo desde arriba. Quiero preguntarle en qué consiste de verdad su don para el arte.

¿Es un simple don profético o, de algún modo, las cosas que pinta se vuelven realidad? ¿Puede dirigir el Caos? Debería exigir que me explicase qué otros dibujos o cuadros tienen que cumplirse todavía. Sin embargo, siempre rechaza las preguntas directas, así que, en su lugar, digo:

—Aurora ha tenido una visión.

—¿Ah, sí? —contesta él, arrastrando las palabras.

—Darling como consorte del Dragón.

Caspian arquea las cejas de golpe.

—¿De verdad? —se ríe—. Bueno, es obvio que no la mía.

Toda la emoción que he sentido antes me cae en el estómago como pedazos de oro defectuoso.

—Caspian…

—¿Talon?

—¿Has pintado eso?

—¿Que si he pintado qué?

—Alguna visión similar…

—¡Ah! ¡Ja, ja! ¿En qué crees que consiste mi don, querido hermano? —Cruzo los brazos sobre el pecho y espero. Desde el suelo, Caspian imita mi gesto y une los brazos de un modo extraño, como si no estuviera seguro de cómo debe hacerlo un humano—. ¿Las visiones de Aurora ya no son suficientes para ti a día de hoy? ¿No te… fías de ellas? —Aprieto la mandíbula y me sigo negando a contestar—. Ya veo. —De pronto, se pone en pie de un salto. Invade mi espacio y me apoya una mano en el cuello de modo que me roza la mandíbula con el pulgar—. No deberías fiarte de ellas.

—Caspian —digo, sorprendido—. Tú también tienes visiones.

Él pestañea con lentitud.

—Ninguna de ellas es real. Me refiero a las visiones. Son inherentemente poco fiables, incluso cuando son ciertas. —Se está confesando ante mí, hablando desde la experiencia—. A veces, tienes que estar en algún lugar muy pronto y muy rápido y, entonces... nada —dice con tono soñador—. O, al menos, nada que reconozcas —añade mientras tuerce los labios con amargura—. En otras ocasiones, lo reconoces todo y, aun así, no importa.

—Caspian... —Apoyo una mano sobre la suya, manteniéndola contra mi cuello—. La visión de Aurora sobre Darling... Quiero...

Mi hermano sacude la cabeza.

—Shhhh, no es el momento. No es tu momento. Sigue siendo el mío, al menos durante un poco más.

Me trago la primera respuesta que se me ocurre: que puedo casarme con ella, que puede ser la consorte de un Dragón en concreto. Sin embargo, hay algo en sus palabras que hace que un escalofrío me recorra la columna vertebral.

—¿Qué quieres decir con «tu momento»?

Él vuelve a sacudir la cabeza.

—Talon, esta es la última noche antes del Nombramiento. Después, se acabará la gira. ¿Quién sabe qué otras cosas llegarán a su fin? Ve a divertirte. Aunque no haya llegado el momento de todas estas visiones, deberías estar con ella. —Sigo dudando, así que él pone los ojos en blanco y me da una palmadita en la mejilla—. Ve. La vigilia va a ser tumultuosa y alegre, algo que todos necesitamos. Te prometo que seguiré aquí por la mañana.

—Entonces... ¿te parece bien? —Creo que, por primera vez, los dos estamos hablando de lo mismo, pero no puedo estar seguro.

Caspian sonríe, mostrándome todos los dientes.

—Oh, sí, dragoncillo. Ve y deja que te conquisten. —La inesperada bendición me sienta tan bien y me resulta tan definitiva que lo rodeo con los brazos—. Oh —dice, sorprendido—, eso no lo había visto venir —bromea mientras me devuelve el abrazo.

Yo también me río un poco mientras lo estrecho con más fuerza. Siento un destello de emoción en el pecho, una promesa de que hay un futuro para nosotros. Sobre todo si Caspian puede verlo. Estoy ansioso por descubrir si Darling también lo siente.

25
DARLING

Llego a la vigilia por el difunto regente de la Casa del Barghest más tarde de lo que se considera elegante.

El regente, Eagen Brynson, yace en el salón principal con el cuerpo cubierto de riquezas, flores y abundantes frutas, tal como es costumbre. Mañana, justo antes del Nombramiento, incinerarán el cuerpo y la familia recibirá una parte de las cenizas para esparcirlas. Después, Eagen Brynson no será más que un recuerdo. Unos soldados custodian el cadáver. Al parecer, lo hacen más que nada para evitar que los sirvientes de ojos hundidos lo saqueen. Presento mis respetos a toda velocidad. No quiero que se diga que he infringido algún tipo de norma de etiqueta por haberme saltado la ceremonia por completo. En cuanto he cumplido con mis reverencias ante el hombre muerto y sus soldados, sigo el sonido de la celebración hasta los jardines.

En la Casa del Barghest no han hecho ningún esfuerzo por atenuar las lámparas de dones, así que, cuando salgo a los jardines, que están tan iluminados como si fuera de día, llevo las gafas protectoras puestas. Se han gastado una fortuna en colocar lámparas entre los árboles y parece como si la humanidad al completo estuviera sentada en una de las muchas mesas que se han preparado para la vigilia. Los sirvientes dan vueltas por el lugar con jarras de vino y, a juzgar por los rostros sonrojados y las voces alzadas, algunos de los miembros de la Casa del Barghest ya han tomado ventaja. Veo a Aurora y a sus damas de compañía en una de las mesas y finjo no ver a la Vidente del Dragón cuando me hace un gesto para que me acerque. Lo más probable es que quiera volver a intentar clavarme las garras. La conversación que hemos mantenido en las murallas ha sido suficiente para toda una vida, así que sigo caminando. Caspian es el centro de atención en otra mesa repleta de jóvenes bellos y un músico está interpretando una entusiasta canción de beber que todos ellos están gritando al unísono. El príncipe está cantando pero tiene un gesto turbado en el rostro. Me pregunto qué es lo que habrá visto y si me lo contaría si se lo preguntara. Evito también esa mesa.

Resulta que, en realidad, no estoy de humor para estar en compañía.

La fiesta se ha esparcido por la hierba bien cuidada y detrás de los árboles. Los jardines son más grandes de lo que deberían ser a juzgar por el tamaño de la fortaleza. Busco a Talon con la esperanza de encontrarlo con un grupo de Dientes, pero no los veo ni a él ni a los soldados de élite de los Dragones. Me trago la decepción. Quería disculparme por no haber asistido a su consejo de guerra pero, mientras sigo buscándolo entre todos los reunidos, parece que, tal vez, no vaya a tener la ocasión de hacerlo. Quizá haya encontrado algo mejor que hacer.

De pie en medio del jolgorio, pienso en Gavin.

Es difícil no hacerlo y, además, mi enfado se ha desvanecido lo suficiente como para permitir que un dolor hueco me aflore en el pecho. Debería haber estado aquí, a mi lado. Mañana, liberarán a Leonetti y me nombrarán regente de la Casa de la Esfinge. La guerra ha llegado a su fin y vamos a empezar a reconstruirlo todo pero, en lugar de estar disfrutando de su vida, Gavin se ha marchado, anónimo y olvidado. Es un triste final para alguien a quien llamaba «amigo». Ojalá pudiera volver atrás en el tiempo y cambiar las cosas. Ojalá pudiera hacer que Gavin cambiara de opinión. ¿Podría hacerlo si tuviera la oportunidad?

El aroma de las floreternas me cosquillea en la nariz y me aparta de los pensamientos sombríos, así que abandono la fiesta y recorro los jardines en busca de las flores. Hay un camino que pasa junto a una serie de estanques que se derraman los unos sobre los otros, unos setos perfectamente podados y unas flores de luna pequeñas que bordean las piedras a cada lado, pero no hay ni rastro de las floreternas. Sigo el sendero por una pasarela hasta una verja de hierro y, conforme camino, el aroma se hace cada vez más fuerte. La verja está abierta una rendija y, cuando la empujo, se abre del todo sin hacer ningún ruido. Al otro lado hay un campo. Aquí, está más oscuro, ya que hay menos lámparas de dones, así que, mientras atravieso la verja, me quito las gafas para disfrutar del aire fresco de la noche.

Este lugar parece haber sido olvidado por el tiempo. El jardín está cubierto de maleza y hay abundantes floreternas trepadoras invadiendo sin mesura unos cimientos que se desmoronan. Me doy cuenta de que debe ser una parte más antigua de la fortaleza que ha quedado abandonada. Aquí, los muros se han derrumbado y todo a mi alrededor tiene un aire descuidado. Una tapia baja de piedra conduce al borde de un precipicio escarpado y la hiedra de fuego recorre las piedras hasta caer por un lateral. Es entonces cuando oigo un grito de alegría seguido por un coro de carcajadas.

Sigo el sonido hasta encontrar una pequeña hoguera. En torno al fuego se encuentran los Dientes de Talon. No veo al Príncipe de la Guerra, pero el resto de los soldados parecen estar cantando una canción y jugando a un juego que consiste en saltar por encima de las llamas bajas. Me mantengo alejada del círculo, no solo porque he visto a Finn riéndose y dando un largo trago de una botella de vino, sino porque, incluso en la distancia, el fuego me deslumbra la vista.

—¿Quieres unirte a nosotros? —dice una voz.

Cuando me doy la vuelta, me encuentro a Talon sonriéndome. No puedo evitar devolverle la sonrisa.

—Ay —respondo con una carcajada—, me temo que sería una compañía horrible.

No tengo ningún deseo de enfrentarme en una pelea con los amigos de Talon. No ahora mismo. Tengo la sensación de que están muy unidos y el vino tiene la costumbre de hacer que incluso los tímidos se vuelvan atrevidos. No quiero comprobar qué es lo que despierta en Finn.

—Vaya —dice Talon.

Empieza a apartarse, pero estiro el brazo para agarrarle la parte delantera de la chaqueta y mantenerlo quieto en el sitio. Va vestido con el uniforme, cubierto por el rojo sangre de los Dientes del Dragón. La imagen debería alarmarme y hacer que lo dejara a un lado, pero no lo hago.

—¿Paseas conmigo? Creo que podré soportar un poco de conversación.

Su rostro se ilumina y me hace una reverencia. Me recuerda a la noche de la gala, semanas atrás, cuando me salvó de sufrir una humillación en brazos de su hermano. Se incorpora y la mirada de deleite que hay en sus ojos me deja sin aire.

—Será un honor.

Damos la espalda a los soldados y regresamos por el camino por el que he venido hasta aquí.

—¿Qué es este sitio? He entrado por una verja, pero parece como si tuviera que formar parte de los jardines.

—En el pasado, cuando los miembros de la Casa del Barghest eran granjeros, eran los jardines del palacio. Solían cultivar comida suficiente en estos campos como para dar de comer a toda su Casa —dice Talon mientras señala con un gesto el espacio que se extiende hasta el punto en el que la tierra desaparece—. Eso fue antes de que decidieran que era mucho más rentable ser propietarios y arrendar la tierra a precios exorbitados a otros granjeros. Por cierto, espero que puedas ver algo, porque estoy prácticamente ciego.

—Veo a la perfección —digo mientras lo tomo del brazo—. Vas a tener que seguirme.

—Mientras no me conduzcas directamente al precipicio de ahí atrás, me parece maravilloso.

Me río y algo en mi interior se deshace.

—Siento no haber asistido a tu consejo de guerra.

—Dime que estabas haciendo algo de vital importancia y mucho más divertido. Como que te estaban trenzando el pelo o algo así.

Sonrío.

—Estaba ayudando a mi doncella a cargar cubos de agua caliente para poder bañarme. Creo que los he escandalizado tanto a ella como a la mitad de los presentes en la cocina.

—Ah… Has visto a los niños.

—Talon —digo mientras me detengo sobre un charco de luz de luna que hay junto a una vid demasiado crecida—, venden a su propia gente para la servidumbre. Niños que apenas cuentan con edad suficiente para caminar trabajan en las cocinas con los cuchillos y manteniendo encendidos los fuegos.

Él hace una mueca.

—Lo sé. Le escribí al respecto a Caspian el año pasado. No me contestó. Aurora dice que se muestra dubitativo a la hora de provocar a la Casa del Barghest, ya que financian una buena parte de la guerra.

—¡Claro que la financian! ¿Qué mejor manera hay de adquirir nuevos terrenos que comprárselos a granjeros que ya no pueden alimentar a sus familias porque un ejército se ha apoderado de sus provisiones o, lo que es peor, les ha quemado los campos?

—No quemamos los… —comienza a decir antes de que le coloque un dedo sobre los labios.

—No te estoy culpando —digo—. El Caos sabe que la Casa del Kraken ha hecho cosas en nombre de la estrategia de las que no me siento orgullosa. Solo digo que… es bueno que esta guerra haya llegado a su fin. Es la oportunidad de enmendar algunos errores. He estado pensando en lo que significará tener mi propia Casa y creo que me va a brindar la ocasión de hacer algún bien por Pyrlanum.

Talon me toma las manos entre las suyas de modo que quede frente a él.

—Estoy de acuerdo y, por eso, quería preguntarte algo.

La luz de la luna resalta los rasgos del rostro del príncipe de modo que parece estar pintado de sombras y plata. ¿Es uno de los cuadros de Caspian? Si no lo es, ojalá lo fuera para poder contemplar esta versión de Talon una y otra vez; no como el Príncipe de la Guerra de la Casa del Dragón, sino como el chico que me mira con emoción, esperanza y decisión.

—Después de mañana, cuando ya seas de la Casa de la Esfinge, ¿qué dirías a una asociación?

Pestañeo.

—¿Como una relación comercial?

Él frunce el ceño.

—No; me refiero a una… alianza. Entre tú y yo. Durante todo el tiempo que tú quieras o necesites.

Ladeo la cabeza y lo miro fijamente. No puede estar sugiriendo lo que creo que está sugiriendo, ¿no?

—¿Me estás pidiendo ser mi consorte?

Traga saliva, más nervioso de lo que lo he visto jamás.

—Y tal vez, con el tiempo, tu esposo, si es que el acuerdo funciona —dice en voz baja.

Sonrío ampliamente mientras una felicidad efervescente me burbujea en las entrañas. Ahí van mis planes para sacármelo de la cabeza.

—¡Talon!

Las pestañas le tiemblan un poco y aparta la mirada, avergonzado. Resulta muy atractivo.

—Soy un idiota.

—Bueno —digo mientras me acerco a él de modo que apenas nos separen unos centímetros—, ¿crees que podrías soportar ser «mi» idiota?

Responde tomándome el rostro entre las manos y plantando sus labios sobre los míos. Es más suave que nuestro último beso. Con él, explora y plantea la pregunta que yo ya respondí en la Casa de la Cocatriz. Deseo a este Dragón y, ahora que es mío, no permitiré que lo olvide. Profundizo el beso y le muerdo los labios antes de volver a besárselos. Entierra los dedos entre mi pelo y aprieta todo su cuerpo contra el mío. Le rodeo la cintura con los brazos y sus labios se desvían de los míos para recorrer toda mí mandíbula hasta la mejilla. Al fin, me da un beso en la sien.

—En esta zona, tienes unas pequeñas marcas —dice. Siento la calidez de su aliento sobre la piel—. Por las gafas.

Vuelve a darme un beso en ese punto y yo ladeo la cabeza para él. Cierro los ojos y me besa los párpados con suavidad, como si me acariciara con una pluma. Son besos que casi parecen una carcajada. Siento cómo regresa mi sonrisa y Talon vuelve a besarme en los labios.

Ya basta de ir lentos. Busco el cinturón en el que lleva la espada y se lo desabrocho. Cae al suelo con un estruendo, pero estamos lo bastante lejos de los demás fiesteros como para que nos hayan oído. Él se aparta un poco, jadeando.

—Darling, antes de que vayamos más lejos: ¿estás segura?

—Talon, nunca antes había deseado algo tanto. Estoy segura.

Le dedico una amplia sonrisa y lo arrastro hacia las sombras más profundas de la vid. Las floreternas cercanas perfuman el aire. Lo insto a arrodillarse y él se tumba sobre la hierba espesa. Entonces, me subo a horcajadas sobre su cintura y la falda que llevo puesta se derrama a nuestro alrededor.

El calor que desprende se me pega al cuerpo y, poco a poco, le desabrocho los botones de la chaqueta para revelar el blanco delicado de su camisa, que resplandece bajo la luz de la luna. Le apoyo las manos sobre el pecho y las arrastro con lentitud por debajo de la chaqueta roja. Él me contempla a través de la oscuridad con una mirada ardiente. Está a la espera y es lo bastante paciente como para permitirme tomar la iniciativa.

—Yo nunca he… —susurra.

Me inclino hacia delante hasta que nuestras narices se rozan y su rostro ocupa todo mi campo de visión.

—Permíteme…

—Por favor —contesta él mientras alza la barbilla para besarme.

Entonces, lo único que queda son nuestros cuerpos unidos y la excitación de un momento robado.

26
TALON

A la mañana siguiente, acompaño a la tía Aurora a la ceremonia del Nombramiento. Ambos vamos vestidos con los atuendos de gala del Dragón en tonos verde intenso y dorado. Aurora lleva el broche resplandeciente de Vidente y me sonríe con suavidad cuando me toma del brazo y me lo estrecha.

—Mi Talon… —dice—. Estoy orgullosa de ti, ¿sabes? Tu madre también lo estaría.

—Eso espero —consigo decir, porque los recuerdos de mi madre están desdibujados y arrollados por lo que vino tras su muerte: guerra e ira, pasar apuros bajo la presión de mi padre, así como temer a y por Caspian.

—Sé que sería así. —Extiende el brazo para apartarme el pelo de la frente—. Estás muy guapo. Hoy va a ser un gran día para nosotros.

—Para todo Pyrlanum —contesto.

Nuevos regentes para la Casa del Barghest y la Casa de la Esfinge, la liberación de Leonetti Seabreak y, con suerte, un tratado formal señalando el fin de la guerra firmado por todos nosotros. Al menos, tengo la esperanza de que la flota de los Kraken que espera fuera deponga las armas cuando Caspian reconozca los derechos de Leonetti y de Darling. Incluso han invitado a la regente del Grifo a la ceremonia. Pronto, se invitará a alguien de la Casa de la Cocatriz a regresar a su hogar. Y Darling y yo estamos prometidos. Le gusto y me respeta lo suficiente como para convertirme en su consorte. Tal vez incluso me ame. Desde luego, eso es lo que me pareció cuando me tocó anoche.

No soy capaz de evitar que la alegría que me provoca ese pensamiento se refleje un poco en mi rostro.

—¿Es eso una sonrisa? —bromea mi tía. La miro y, después, aparto la vista un poco avergonzado—. Apenas has sonreído así desde que eras un niño.

—Sí que sonrío —protesto.

—Cuéntame qué ocurre, sobrino —dice mientras se apoya en mi brazo.

Darling y yo decidimos que no diríamos nada públicamente. No todavía. Antes, hay muchas personas con las que tenemos que hablar. Sin embargo, Aurora es una de esas personas, además de formar parte de mi familia. Me detengo y me acerco más a ella.

—La visión que tuviste de Darling como consorte del Dragón era bastante aproximada, tía. —Ella empieza a fruncir el ceño, así que me apresuro y permito que se me ensanche la sonrisa—. No tienes que preocuparte por que Caspian vaya a convertirla en su consorte. Voy a hacerlo yo.

Me río un poco al final al recordar cómo Darling dijo «mi idiota».

Mi tía se queda boquiabierta por la conmoción.

—¡Talon! —exclama.

Doy un paso atrás mientras le sostengo la muñeca y me inclino sobre su mano.

—Será una alianza fuerte y, además, lo… Lo deseo.

—Caspian…

—Da su aprobación —digo sin mirarla, todavía inclinado—. Por favor, dame tu bendición también. Sé que tú y Darling no os habéis llevado demasiado bien, pero…

Aurora gira el brazo y toma mi mano entre las dos suyas.

—Por supuesto —susurra. Los dedos se le ponen blancos cuando estrecha su agarre y sus uñas tienen un resplandor dorado. Alzo la vista con rapidez, ansioso por recibir su bendición pero sorprendido ante su reacción. Tiene un gesto tenso e infeliz—. Talon, las cosas que he visto… Quiero que seas feliz, pero me preocupo. Caspian es…

—Sé que su don es extraño, tía. Debes saber que, como el tuyo, incluye algún tipo de profecía: visiones que le llegan a través del arte. Sin embargo, él mismo me dijo que las visiones no son siempre del todo acertadas; que no cuentan siempre toda la historia. Tenemos que actuar con lo que sabemos y con aquellos en quienes podemos confiar. Yo puedo confiar en Darling.

—Ay, sobrino… —Aurora se anima a sí misma visiblemente para dedicarme una sonrisa valiente—. Si eso es lo que quieres, encontraremos… la manera de hacerlo. Hoy van a cambiar muchas cosas.

Lo dice como si los cambios no fueran a ser buenos y yo asiento con brusquedad.

—Cambios necesarios.

Aurora me observa durante un largo rato. Sus ojos verdes y redondos se parecen mucho a los míos, pues son firmes y brillantes. No tienen nada que ver con los ojos soñadores y tocados por el Caos de Caspian. O con los de Darling, que anhelo contemplar durante horas. Al final, asiente también.

—Cambios necesarios, desde luego.

Juntos, entramos al salón de baile de la Casa del Barghest. Se trata de una habitación alargada recubierta de madera oscura y con ventanas pequeñas. La luz del sol se filtra en el interior en haces estrechos y las lámparas de dones inundan el resto con una luz brillante. En el rincón más apartado hay una chimenea tallada en piedra negra que tiene la forma de una cabeza enorme de perro con la boca muy abierta y mostrando los colmillos. El fuego parece salirle de la garganta. La sala está llena de Dragones y Barghest colocados en fila para presenciar la ceremonia. Junto a la chimenea, Caspian ya está sentado sobre un asiento cubierto de verde. Aurora y yo nos abrimos paso hasta él. Hay otros cuatro asientos, cada una cubierto del color correspondiente a cada Casa: rojo para el Grifo, azul pálido y plata para el Barghest, crema para la Esfinge y negro y azul marino para el Kraken.

Leonetti Seabreak está frente a su asiento. Han lavado al anciano y lo han vestido con ropa elegante propia de su importancia y su estatus: terciopelo negro y una capa cosida para que simule las escamas de un pez. Las mangas largas le caen sobre las muñecas y ocultan las esposas que sé que lleva puestas. Posicionados justo detrás de su asiento, cuatro Dragones lo custodian con las manos posadas en las empuñaduras de sus armas.

Aparto la vista de él y la desvío hacia Darling, que está sentada en su propio asiento, esperando con Marjorie y ataviada con su uniforme de la Casa de la Esfinge. Está espléndida. Siento cómo mi gesto se suaviza cuando poso los ojos en ella, en el encaje color crema que cubre esos hombros que besé anoche y en los topacios que lleva en las orejas tras las que enterré la nariz para inhalar su aroma. Se me acelera la respiración y no puedo evitarlo: le sonrío. Me da igual quién lo vea.

Ella me devuelve una sonrisa afilada. Sus gafas, de confección muy delicada, son las de flores doradas y cuero blanco que llevó en aquella primera gala en la que bailamos juntos. Ladea la cabeza con gesto cómplice en dirección a Leonetti. Intento separarme de Aurora para dirigirme a ella, pero mi tía me mantiene agarrado con firmeza.

—Talon, tenemos que comenzar —me dice casi sin mover los labios sonrientes.

—Sí —contesto. En su lugar, hago una reverencia formal ante Darling sin apartar nunca la vista de su rostro. Ella se humedece el labio inferior y oculta las manos tras la espalda como si se viera obligada a hacerlo o, de lo contrario, fuera a extender los brazos hacia mí.

Dejo que Aurora me arrastre hasta mi hermano. Estoy ligeramente distraído cuando me doy cuenta de que la Grifo regente no ocupa el asiento cubierto de rojo a pesar de que Elias permanece de pie a su lado, ataviade con sus propias vestimentas de color rubí.

—No va a venir —me dice Caspian cuando llegamos hasta él. Se encoge de hombros y da un trago a su vino. Todavía es por la mañana, pero no tengo que decir nada, ya que Aurora le arrebata la copa y la aparta a un lado como si no pasara nada.

—Príncipe Regente —dice mientras le hace una reverencia.

Caspian le hace un gesto para que se incorpore. Por una vez, está vestido por completo de manera formal e incluso lleva algunos toques de armadura pulida cubriéndole el brazo izquierdo. Por encima de todo viste un tabardo dorado y bordado con un dragón verde brillante y un fénix naranja como el fuego entrelazados en medio del vuelo. Es el dibujo que hay en la puerta de acceso a su torre en Cumbre del Fénix. Al verlo, arqueo las cejas y él me dedica una sonrisa perezosa. Tiene el aspecto de un Alto Príncipe Regente.

Una vez que yo ocupo mi lugar a su derecha y Aurora a su izquierda, la comitiva de vástagos de la Casa del Barghest hace su entrada. Abren las puertas de golpe al son de una trompeta y recorren todo el salón de baile en un torbellino de azul pálido y plata. Están Mia Brynsdottir y su tío Silas, hermano del recién fallecido regente, junto con tres otros miembros de la familia inmediata y, al final de la comitiva, está el muchacho. Darvey Brynson, Primer Vástago de la Casa del Barghest. Creo que tan solo tiene once años. Es demasiado joven para esto y, además, su padre acaba de morir.

Él chico va vestido con una túnica larga azul y una pequeña capa de piel. De hecho, todos ellos llevan pieles y, en torno al cuello, unos collares de plata con lo que parecen colmillos de lobo con las puntas plateadas.

Caspian se pone en pie.

—¡Comencemos!

La luz de las lámparas de dones se atenúa y en la sala entran varias personas ataviadas con tabardos morados y portando bandejas con pequeñas tazas de barro. Los sirvientes llevan máscaras de media cara con las formas de los diferentes empíreos y, cuando le ofrecen una taza a todo el mundo, dicen en voz baja: «La sangre compartida de Pyrlanum». Se supone que nosotros debemos tomarla y responder: «Que el Caos bendiga al Vástago».

Hace varios años, asistí al Nombramiento de Vivian Chronicum, la Grifo regente, y, a pesar de mi corta edad, participé en el brindis. La bebida es un licor herbal elaborado con miel al que se le añade agua de manantial para rebajar el alcohol del mismo modo que, supuestamente, la sangre humana diluyó la sangre de los empíreos. Tomo mi taza, que tan apenas contiene unas gotas, y no digo nada.

Los sirvientes reparten las tazas y dejan una sola, más grande y que se parece más bien a un precioso cuenco en espiral, para el Primer Vástago, que se la beberá y se convertirá en regente.

—Pensaba que sería ahora —murmura Caspian.

Tiene el ceño muy fruncido y casi está fulminando con la mirada al grupo de vástagos del Barghest. Por encima de su cabeza, Aurora me mira a los ojos.

—¿El qué? —pregunto en voz baja mientras me inclino hacia él.

Caspian sacude la mano en el aire en un gesto de desdén, pero sigue mirando a su alrededor. Está pestañeando de un modo que no me gusta, como si estuviera intentando deshacerse de una visión.

Miro a Darling, que observa cómo Leonetti sujeta su taza con incomodidad a causa de las manos esposadas. Tiene la mandíbula tensa y no me sorprendería que, antes de la ceremonia, se dirigiera hacia él para montar una escena y liberarlo. Tampoco la detendría: tendrían que haberle quitado las cadenas antes de esto.

El sonido que emite mi hermano devuelve mi atención a los vástagos del Barghest. Se han colocado formando una luna creciente frente a Silas Brynson en lugar de ante el joven Darvey. El anciano es el que sujeta el cuenco de regente. No es lo que esperaba, pero es comprensible. Después de todo, la Casa del Dragón también se opondría a que un niño de esa edad fuese regente.

Nadie parece molesto, solo unas pocas personas intercambian miradas de sorpresa. Excepto Caspian, que se pone en pie de un salto.

—No, no, no —dice. Sacude tanto su taza diminuta que unas pocas gotas salen volando. Probablemente, la mayor parte del contenido—. Esto no está bien. Darvey Brynson es el Primer Vástago.

Mia le hace una reverencia con las manos cerradas en torno a su taza.

—Alto Príncipe Regente, mi filo... Mi sobrino es demasiado joven e inexperto. Hemos escogido al tío Silas por un muy buen motivo. Él también es un vástago del Barghest.

—¡No!

—¡Mi filo! —dice Aurora mientras se acerca con premura a mi hermano. Le pasa una mano por el brazo—. Por favor, esto es inesperado, pero no sin precedentes.

Caspian se gira hacia Darling.

—¿Y bien?

Ella abre la boca pero la vuelve a cerrar de golpe y le lanza una mirada asesina.

—Y bien ¿qué?

—¿Ninguno de mis compañeros regentes va a protestar por la destitución de un Primer Vástago? Sin duda, yo no permitiría que nadie intentara menospreciar a mi heredero. —Al decir esto, pasa la mirada fulminante por todo el salón de baile.

—Eso es un asunto de la Casa del Barghest, Dragón —dice Leonetti Seabreak con voz grave y poco usada, pero lo bastante firme como para parecer una orden—. Si fuera un asunto de la Casa del Dragón, tal vez nos importaría tu opinión.

Caspian lo mira boquiabierto. El silencio de la estancia tan solo se ve amplificado por el sutil roce de las telas y algunos murmullos distantes. Yo mismo estoy lo bastante aturdido como para mantenerme en silencio pero, mientras miro fijamente a Leonetti, me doy cuenta de dónde ha aprendido Darling su forma de hacer política.

Entonces, una carcajada hace añicos la calma: se trata del mismísimo Caspian. Al reírse con tanta fuerza, se dobla hacia delante y se le cae la copa, que repiquetea contra el suelo de piedra y rueda dejando un fino reguero de licor de miel.

Leonetti tuerce los labios en un gesto de desagrado y confusión. Por supuesto, él nunca ha presenciado a Caspian en sus peores momentos. La mayoría de la gente nunca lo ha hecho. Tan solo han oído los rumores.

Agarro a mi hermano del codo para mantenerlo en pie. Él se apoya en mí como si el júbilo hubiera hecho que perdiera la fuerza en las rodillas.

Todo el mundo lo está mirando.

—Caspian —siseo mientras aprieto los dedos con más fuerza—, compórtate.

—Me estoy comportando, hermano mío, mi dragoncillo querido.

Entonces, empieza a reírse de nuevo.

—¡Continuad! —dice la tía Aurora en voz alta mientras extiende las manos para indicar que se refiere al ritual del Nombramiento.

Asiento y dirijo a Caspian de vuelta a su sitio. Mi propia taza de licor me gotea sobre los dedos.

A mis espaldas, oigo cómo prosigue la ceremonia. Alguien recita el nombre completo del último Barghest regente y el de su madre, que gobernó antes que él. Entonces, pronuncian el nombre de Silas y, así, el Segundo Vástago se convierte en el Primero. Siento a mi hermano, me arrodillo a su lado y lo miro a la cara. El sudor le perla las sienes y, mientras se desploma, el pelo perfectamente peinado hacia atrás se le deshace en mechones.

—No pasa nada, Talon —murmura—. Todo irá bien. Esta parte no importa. Ya verán que el Primer Vástago es el Primer Vástago cuando... después de... —Cierra los ojos y echa la cabeza hacia atrás.

No tengo ni idea de qué hacer, pero le estrecho la mano.

—Funcionará. Y cuando hayamos bebido en honor de Silas Brynson, podremos beber en honor de Maribel Calamus, la regente de la Casa de la Esfinge. —Caspian me mira. Tiene los ojos apagados y brumosos. Tal vez solo esté cansado—. Eso nos gusta más, ¿no es así? —murmuro.

—No es... —comienza a decir. Entonces, pierde el hilo mientras me mira fijamente y, de pronto, parece muy triste. Quiero preguntarle qué es lo que ha visto, pero él susurra—: No podré casarme con su sobrina. Silas quiere mi trono, así que tendrás que tener cuidado con ese asunto.

—Lo haremos juntos —le respondo también en un susurro mientras la tía Aurora da un paso al frente y ocupa nuestro lugar a la hora de liderar a la Casa del Dragón para alzar las tazas y beber todos al unísono.

Toda la sala grita: «¡Que el Caos bendiga sus colmillos!». Entonces, la ceremonia llega a su fin.

Los labios de mi hermano se tuercen en una sonrisa burlona.

Los vítores aumentan y todo el mundo felicita a Silas Brynson de la Casa del Barghest.

Yo me quedo de pie sin apartar la mano del hombro de Caspian. Él alza la vista para observar los acontecimientos con gesto imperioso, como si estuviera por encima de todo. Aunque es un poco tarde. Me preocupa, no solo por él, sino por nuestra posición como la Casa dominante.

Sola, Darling tiene los brazos cruzados. Desearía acercarme a ella o pedirle que viniera junto a nosotros, pero es su turno. Espero a que me mire, a que me devuelva la mirada, pero no hay tiempo. Los sirvientes regresan con más bandejas llenas de pequeñas botellas de licor. En esta ocasión, rellenan las tazas usando la misma frase: «La sangre compartida de Pyrlanum».

Después, llevan el cuenco en espiral hasta Darling. Ella lo toma entre ambas manos con reverencia. Quiero darle un beso en la mejilla, colocarme a su lado, posarle la mano en la parte baja de la espalda… Cualquier cosa con tal de demostrarle que estoy aquí, que haremos todo lo demás juntos.

—Acéptalo como es debido —le dice Leonetti.

Darling abre mucho los ojos y lo mira con un gesto que parece atormentado.

Justo entonces, un estallido lejano atraviesa el aire.

Pestañeo. Reconozco ese sonido: es fuego de cañón.

Justo cuando lo pienso, el suelo tiembla bajo mis pies. Y, entonces, se vuelve a oír otro cañonazo.

Desde la entrada, uno de los lugartenientes de los Dientes del Dragón grita:

—¡La flota del Kraken está atacando!

Mi entrenamiento se impone a mi sorpresa.

—¡Dragones! —exclamo—. ¡A vuestros puestos!

Anoche, antes de la vigilia, enviamos nuevas órdenes precisamente para esto, así que todos deberían saber dónde tienen que ir. Tengo que poner a salvo a Caspian y, después, unirme a Finn y a los Dientes en el puesto de mando que escogimos en el tercer piso de la fortaleza interior.

—¡Esperad! —Caspian se pone en pie—. ¡Liberad a Leonetti Seabreak! Él hará que su gente declare el alto al fuego.

El Alto Príncipe Regente mira al Kraken regente mientras habla, pero este duda.

—Basta, Caspian —le digo—. Lo necesitamos como rehén si no está de nuestra parte en ponerle fin a esto.

—¡Talon! —Darling se acerca hacia nosotros a grandes zancadas.

Finn aparece junto a Leonetti y, entre él y los cuatro guardias del Dragón, aprisionan al Kraken regente.

Antes de que ninguno de nosotros pueda seguir discutiendo, la tía Aurora grita. Es un sonido horrible y ensordecedor. Cae de rodillas mientras se sujeta su propio rostro con las manos. Se clava las uñas doradas en la frente con tanta fuerza que se hace sangre. El corazón deja de latirme durante un instante.

Toda la estancia mira fijamente a mi tía. Otro disparo de cañón retumba contra la muralla exterior.

—No —dice Aurora con la voz áspera—. Es… —Se derrumba hacia delante y se apoya en las manos para no caer. Entonces, se gira para mirar a mi hermano—. Nos has traicionado —le dice mientras la sangre se le acumula en las marcas con forma de luna creciente que se ha dejado en la frente. Me coloco frente a mi hermano, pero él se limita a soltar una sola carcajada. Nuestra tía lo señala—. ¡Regentes! ¡Vástagos! ¡Escuchadme! Caspian Goldhoard nos ha traicionado. Lo he visto. ¡He visto su plan para destruir las Casas! Va a destrozar al mismísimo Pyrlanum. Debemos… Debemos… —Se tambalea con la mano en el pecho—. Talon…

No puedo evitarlo: me acerco a ella. Mientras apoyo una rodilla en el suelo, le tomo los hombros para mantenerla erguida.

—Tía…

—Tú eres el Dragón. Tú… —Tiene la mirada desenfocada—. ¡Eres el heredero de tu padre! ¡Bebe el licor! La sangre de los empíreos es tuya. —Vuelve a tambalearse.

—¡Hace tiempo que sospechaba de la traición de Caspian Goldhoard! —grita Silas Barghest—. Mi Casa no seguirá apoyándolo.

—¡Toma la taza, vástago del Dragón! —grita otra persona.

Alguien intenta ponerme una taza en las manos, pero yo los aparto de golpe.

—¡Ya basta! Yo no…

—¡Ah, qué ridiculez! —exclama el propio Caspian—. ¡No tengo tiempo para esto!

Alza los brazos en el aire y se marcha enojado.

—¡Caspian! —Lo llama Darling. Sin embargo, no puede alcanzarlo en medio de la multitud.

—¡Mirad, no le importa!

—¡Está loco!

—¡Siempre lo ha estado!

Me pongo en pie de golpe, pero Aurora me agarra de la manga.

—Mi filo —dice con urgencia—. Debes hacerte con el mando. Tienes que… Caspian está loco, perturbado, ¡ya lo has visto! —Alza la voz para decir—: ¡Talon Goldhoard, Dragón regente!

Miro a Finn.

—Llévate al prisionero y, después, reúnete conmigo en el puesto de mando.

Darling me agarra del brazo.

—¿Qué estás haciendo? Suéltalo.

Las lámparas de dones se reflejan en los cristales de sus gafas. No parece humana. Yo giro la mano para agarrarla de la muñeca.

—No puedo; no hasta que su flota se retire.

—¡Están atacando para liberarlo! Así que hazlo. ¡Gánate su rendición!

—¿Se detendrán? —estrecho mi agarre—. Darling, ¿se detendrán o seguirán atacando bajo sus órdenes?

—¡Danos una oportunidad!

Aurora se aprieta contra mi hombro.

—¿«Danos»? Pensaba que estabas prometida con mi sobrino, no aferrándote todavía a tu pasado como un buen calamar.

Darling toma aire y se aparta de mí con un tirón. Da dos pasos hacia atrás y, después, se da la vuelta y se abre camino a codazos entre la multitud.

Durante un instante no puedo respirar. Los gritos y los ruidos apabullantes me oprimen.

Aurora me toca la mejilla y yo me sobresalto.

—Hablaré con Leonetti Seabreak, Talon. Intentaré convencerlo de que haga contigo el mismo trato que tenía con Caspian. Tú haz tu trabajo, mi filo. Mi regente.

Mientras sigo mirando más allá del tumulto en busca de Darling, tan solo logro mover los labios pero, cuando digo que sí, no emito ningún sonido.

27
DARLING

Persigo a Caspian y las lágrimas sin derramar hacen que me ardan los ojos tras las lentes oscurecidas de mis gafas. ¿Cómo ha podido salir todo tan mal en tan poco tiempo? Un instante estaba emocionada por un futuro con Talon a mi lado y Leonetti como aliado y, ahora, vuelvo a estar en el mismo punto en el que estaba hace meses: anhelando liberar a mi padre adoptivo y maldiciendo a los Dragones y sus traiciones.

Me quedo sin aliento cuando pienso en el gesto de sorpresa de Talon y en cómo se ha dirigido a Aurora de inmediato en cuanto las cosas han empezado a ponerse feas. Cualquiera con una pizca de sentido común sería capaz de ver que la mujer tiene la vista puesta en el trono o, al menos, en una marioneta útil que pueda controlar. La mirada que ha intercambiado con el nuevo regente de la Casa del Barghest me hace pensar que llevan un tiempo planeando esto y no puedo evitar preguntarme cuál será su próximo movimiento. ¿Casar a la tal Mia Brynsdottir con Talon de modo que ambos puedan controlar mejor el reino? Es lo más probable. Y el apuesto idiota se meterá él solito en la trampa porque es demasiado bueno para que no sea así.

Aprieto los dientes cuando pienso en Talon. A la dura luz del día, todas sus dulces palabras no significan nada y soy una tonta enamorada por pensar que alguien cuyo título es «Príncipe de la Guerra» podría deponer las armas y aprender a ser un gobernante amable y justo. ¿Sentía siquiera de verdad algo de lo que me dijo anoche o no era más que otra maniobra política de los Dragones?

Por un instante pienso en Gavin. ¿Y si tenía razón? ¿Y si todo esto es culpa mía por no haber matado a los príncipes cuando tuve la oportunidad?

¡Que el Caos se los lleve a todos!

Dejo a un lado mi pena y mi ira para centrarme en mi objetivo más inmediato: Caspian. Tal vez pueda solucionar esto. Si puedo encontrarlo y hacer que regrese, me otorgue mi título y ponga a Leonetti a mi cargo, tal vez pueda avisar a Adelaide y la flota de que su esfuerzo es inútil, ya que su padre está libre.

Pero, antes, tengo que encontrarlo.

Me abro paso entre la marabunta de invitados y sirvientes. Alguien grita mi nombre y me agarra del borde del vestido para detenerme. Con la sangre palpitándome con fuerza, me suelto con un fuerte empujón y sigo corriendo detrás de Caspian. No hay ni rastro de él en el pasillo que está fuera del gran salón pero, de casualidad, veo un destello escarlata doblando una esquina.

Elias.

Salgo corriendo detrás de le sanadore y le atrapo antes de que pueda desaparecer tras una puerta. Le agarro de la túnica y le arrastro hacia atrás. Se da la vuelta y se sorprende al verme.

—Mi pluma… —comienza a decir.

—Ahórratelo. ¿Dónde está Caspian? ¿Dónde ha ido?

—Las murallas. Estaba divagando sobre un colmillo de algún tipo y… —Elias se detiene con un gesto de preocupación—. Voy a ir a por mi instrumental. Creo que tal vez haya sufrido algún tipo de ataque.

—¿Qué es lo que ha visto, Elias? —le pregunto. La desesperación me hace ser demasiado directa. Elle abre la boca, aunque no estoy segura de si es para protestar o para responderme de forma ambigua, así que le ahorro las molestias—. Sé que tiene un don para la profecía.

Elias hunde los hombros como si se sintiera aliviade de tener a alguien con quien compartir el secreto.

—No lo sé, pero es algo malo. La última vez que estaba tan nervioso fue… Bueno, fue justo antes de que el Príncipe de la Guerra os llevara a Cumbre del Fénix.

No sé qué hacer con esa información, así que me doy la vuelta y salgo corriendo hacia las murallas.

El recorrido por la fortaleza es rápido. Los pasillos estrechos están sorprendentemente vacíos, pero supongo que, aunque sea extraño, tiene cierto sentido. No hay demasiados motivos para que los sirvientes se queden. Si yo estuviera aquí en contra de mi voluntad, también huiría ante la primera señal de problemas.

Subo corriendo la escalera estrecha que conduce a las murallas. Los muslos me arden por el esfuerzo. Hace demasiado tiempo que no participo en una auténtica pelea y, durante la gira, mi forma física ha empeorado. Cuando irrumpo en las murallas, me sorprende descubrir que están vacías y que no hay nadie manejando los cañones.

—Son solo decorativos. Los muy idiotas codiciosos… —dice Caspian.

—¿Así que ahora también puedes leer la mente? —pregunto.

—¡Ja! Imposible. En realidad, ese don no existe. Solo sé lo de los cañones porque los examiné yo mismo cuando llegamos.

—Sabías que esto iba a ocurrir.

—Tenía la corazonada de que esta situación podría darse; de que los Barghest provocarían a los Kraken para asegurarse de que la guerra continuara. Pero basta de hablar de ese asunto; pronto no tendrá importancia. Ven y ayúdame a hallar el maldito colmillo.

No le hago caso y dirijo la vista al mar. Tan solo hay un puñado de naves Kraken e incluso menos barcos de la Casa del Barghest. Sin embargo, en el horizonte, hay una hilera de naves con una bandera extraña; una cosa amarilla brillante que no reconozco. No solo eso: la formación de las naves Kraken no es de ataque, sino de defensa. Nada tiene sentido.

—Por si te lo estás preguntando, son mercenarios —comenta Caspian—. Al menos, la Casa del Barghest se muestra decidida cuando se consagra a un objetivo aunque su sentido estético sea propio de una pesadilla.

Caspian está en la esquina más alejada de las murallas, arrastrándose entre las enormes estatuas de perros voraces. Supongo que son barghest. Tiene la ropa sucia y rota a pesar de que es imposible que lleve más de un par de minutos buscando. Por algún motivo, su tabardo me genera una extraña sensación de familiaridad, aunque no consigo recordar dónde he visto el diseño antes.

El príncipe exclama, sorprendido, y arranca un cristal enorme con un lado puntiagudo.

—Es más pequeño de lo que esperaba —dice—. ¿Dónde tienes la daga?

Con el ceño fruncido, saco uno de los cuchillos arrojadizos que he conseguido esconder en la cinturilla del vestido. Caspian resopla, enfadado.

—No, la daga de la Casa del Grifo. ¿Dónde está?

—En mis aposentos —comienzo a decir.

Caspian salta del saliente en el que estaba y se acerca a mí de inmediato. Hace que me dé la vuelta y me empuja hacia las escaleras.

—Ve. Ve a buscarla —dice, enfatizando cada sílaba como si estuviera hablando con una niña pequeña—. Y date prisa. De lo contrario, todo estará perdido.

Debería discutir con él y oponerme. Debería volver a mencionar a Leonetti. Pero me doy cuenta de que me siento atrapada por la misma urgencia que mueve a Caspian. No sé qué es lo que ha visto o qué es lo que está haciendo, pero sí creo que está trabajando en pos de un objetivo mayor de lo que el resto de nosotros pueda imaginar.

O, tal vez, lo que pasa es que estoy lo bastante enfadada como para querer ver qué tipo de caos puede sembrar un príncipe medio loco.

Bajo corriendo las escaleras y, cuando la falda se me engancha con algo afilado, me limito a dejar que se rasgue. Me arranco las hombreras y me quito los pendientes. Una doncella a la fuga viene hacia mí a toda prisa. Arrastra a un niñito de la mano y la detengo el tiempo suficiente para depositarle los pendientes y las hombreras emplumadas en las manos.

—Toma esto —digo antes de que pueda quejarse—, vas a necesitar el dinero.

—Gracias, mi pluma —dice mientras paso a su lado para regresar a mis aposentos.

Espero que todos los siervos de la casa hayan aprovechado la batalla cercana para huir. Y espero que esos cabrones tres veces malditos de los Barghest nunca los encuentren.

La puerta de mi habitación está abierta y no me sorprende demasiado descubrir que la han saqueado. Las cosas se están desmoronando con rapidez y solo espero que la daga del Grifo siga en el mismo lugar en el que la escondí.

Me acerco hasta la cómoda, saco uno de los cajones y tanteo la parte inferior en busca del arma. No estoy muy segura de qué es lo que me llevó a esconderla. ¿Quizás algún tipo de instinto nacido del Caos? Me acuerdo de lo que me ha dicho Elias; de que la última vez que notaron este tipo de comportamiento en Caspian fue justo antes de que yo llegara a Cumbre del Fénix. ¿Por qué el Caos nos ha atado de este modo? ¿Qué cosa terrible ha visto Caspian que, de algún modo, también me involucra a mí? Tiene que ser algo más que la caída de la Casa de la Esfinge, ¿no?

Acabo de sacar la daga de su escondite cuando oigo un suave arañazo detrás de mí. Agarro el arma y ruedo hacia la izquierda justo cuando una espada choca contra el suelo de piedra a meros centímetros del lugar en el que estaba arrodillada.

—Siempre he sabido que eras exactamente lo que parecías.

Finn, el amigo de Talon, está cerca de mí y, con los nudillos blancos, sujeta una espada corta.

—¿Un intento de asesinato tan pronto? —digo—. Ni siquiera me han nombrado regente todavía, lagartija.

—Y nunca lo harán, calamar. —Me muestra un pequeño bote de bálsamo labial—. Sabía que estabas usando a Talon. Qué lástima que no vayas a tener la oportunidad de utilizar esto.

Me río, aunque la carcajada me suena forzada incluso a mí misma.

—¡Tan solo es bálsamo labial! Sí, claro que ese era mi gran plan: besar a Talon hasta que acabara delirando y dejarle una marca escarlata para que todo el mundo supiera que era mío.

El muy bufón está más cerca de la verdad de lo que me gustaría y el corazón me da un vuelco ante su sonrisa cruel.

—Crees que soy estúpido, pero me he pasado las últimas semanas persiguiendo con mi hermana a los últimos de tus Tentáculos y arrancándoles la verdad. A esto lo llamas el «Beso de la Muerte», ¿no es así? No afecta a quien se lo pone, pero un solo beso y la víctima sufre una muerte atroz.

Trago saliva con fuerza. No tengo tiempo para esto.

—Te equivocas —digo mientras identifico las posibles maneras de salir de aquí. Doy gracias por mis gafas, ya que las lentes oscurecidas me permiten buscar las rutas de escape sin que Finn se dé cuenta.

—Ya veremos qué es lo que opina Talon —contesta él mientras se lanza a por mí.

No dirige el ataque con la espada sino con la mano libre y, en el último segundo posible, recuerdo que tiene un don del sueño y que un simple roce me dejaría inconsciente. Giro hacia un lado para apartarme de su camino, ruedo por encima de la cama, saco uno de los cuchillos arrojadizos y se lo lanzo. La hoja se le clava con profundidad en el hombro derecho y, aunque gruñe de dolor, no suelta el arma.

Por un instante, quiero acabar con él. Podría hacerlo. Tengo dos cuchillos más enterrados entre las capas de mi ropa de gala y podría lanzarle uno a la garganta como venganza por haber matado a Gavin. Sin embargo, Caspian me está esperando, así que me doy la vuelta y salgo corriendo de la habitación para volver a las murallas. Mi paso supera con creces al de Finn.

A mi espalda resuenan sus botas mientras me persigue, pero los pasillos estrechos y serpenteantes juegan a mi favor. En cuanto estoy segura de que he quedado fuera de su campo de visión, me meto dentro de un armario que hace tiempo que no se ha usado y espero a que pase corriendo junto a mí. Entonces, cuento cinco latidos antes de salir a toda prisa y retroceder corriendo por el pasillo por el que he venido en dirección a las escaleras que conducen a las murallas. No me cabe duda de que, en unos instantes, Finn reunirá refuerzos y la fortaleza se llenará de Dientes dispuestos a eliminarme. Es muy probable que haya acabado de firmar mi sentencia de muerte.

Solo espero que la profecía de Caspian merezca la pena.

28
TALON

Subo los escalones de dos en dos para llegar hasta la habitación que escogimos para dirigir nuestras tropas durante la estancia en la Casa del Barghest. Oigo el eco de los disparos de cañón, pero ya no están golpeando los muros de la fortaleza. Supongo que es porque las naves que estaban en el puerto han empezado a enfrentarse.

Un puñado de Dientes y soldados de a pie van detrás de mí a toda prisa, listos para dispersarse cuando los necesite.

La estancia es una *suite* de invitados de la que nos apoderamos en el tercer piso y que tiene acceso a una franja de la muralla desde la que podemos ver toda la bahía y la mayor parte del lado de la fortaleza que da al mar. Anoche, antes de la vigilia, apartamos los muebles, amontonamos las sillas, apoyamos la cama en posición vertical contra una pared y entramos dos mesas alargadas. Ahí, señalando un mapa de la costa y dando órdenes, es donde se encuentra el capitán Jersey de la Casa del Barghest cuando irrumpo en el interior.

En la sala solo hay soldados Barghest. No los de bajo rango que forman parte de la servidumbre no remunerada, sino los terceros hijos e hijas de las familias más ricas de la Casa que han comprado sus rangos y tienen poca experiencia en batalla.

—Ponedme al día —digo cuando me uno a Jersey.

Arran Lightscale, que está a mi lado, le hace un gesto al Dragón más cercano para que salga a las murallas a vigilar. El capitán Jersey duda y sus labios se tuercen momentáneamente. Tendrá sin problemas más de diez años que yo y, aunque su parentesco con Silas Brynson es distante, parece tener los mismos ojos azules y acuosos.

Hago una mueca.

—Ponme. Al. Día.

—Ah... Príncipe de la Guerra...

Jersey se entretiene con mi título y una pausa. Todos los soldados Barghest de la habitación tienen la mano en las espadas.

Justo en ese momento, el lugarteniente que Arran ha mandado al exterior vuelve a entrar a toda prisa con un tono de pánico en la voz.

—¡Señor! ¡Hay naves con la bandera mercenaria de Vir'asvan! Vienen desde el noreste y están atacando a los barcos Kraken. Además...

El lugarteniente Kennar se interrumpe cuando se percata de la atmósfera extraña y tensa.

—¿Sí, lugarteniente? —digo sin apartar la vista del capitán Jersey.

—Todas las naves que están protegiendo la bahía llevan la bandera de la Casa del Barghest, no la de Cumbre del Fénix.

—¿Ah, sí? —le pregunto al capitán. Su Casa lleva semanas mostrándose abiertamente en contra de la paz. ¿Hasta dónde estaban dispuestos a llegar en contra de los Dragones para sabotear los planes de Caspian?

Jersey asiente con la cabeza, pero no es un gesto dirigido a mí. Sus soldados desenvainan las espadas y atacan.

No es una pelea larga; apenas llega a ser una escaramuza. Mis Dragones y yo acabamos con ellos en unos instantes. Atravieso la garganta de Jersey yo mismo y, cuando saco el bracamante, dibujo un arco de sangre que salpica la mejilla de la joven Barghest que está a su lado. La chica abre mucho los ojos mientras el cuerpo de su capitán se derrumba sobre la mesa y, de inmediato, suelta la espada y se pone de rodillas. Los tres soldados de su Casa que quedan hacen lo mismo. Seis de ellos están muertos. Uno de mis Dragones tiene una herida abierta en la parte superior del brazo pero, por lo demás, estamos ilesos.

La furia hace que se me tense la mandíbula y me cuesta dar ninguna orden.

—Tú —le digo a la soldado que se ha rendido ante mí. Ella, aún de rodillas, alza la vista hacia mí.

—Príncipe de la Guerra…

—¿Qué es lo que sabes?

—La… Nosotros… La Casa del Barghest contrató a los mercenarios de Vir'asvan y…

—¡Escúpelo!

—Mi primo está en una de las naves y me advirtió de que estuviera preparada, ya que tenían órdenes de no permitir que los Kraken comenzaran o acabaran la batalla.

Asiento. Mi furia se está convirtiendo en algo más oscuro y pesado.

—Arran.

—Sí, señor. —La sangre cubre su espada, pero no se molesta en limpiarla ahora mismo.

—Toma el control. Vamos a apoderarnos de la Casa del Barghest en nombre del Alto Príncipe Regente.

La expresión de Arran se tuerce, pero no hace la pregunta que quiere hacer. Yo lo fulmino con la mirada hasta que dice:

—El regente… ¿Talon?

La cara me arde.

—Lo que importa es que el Alto Príncipe Regente es de la Casa del Dragón.

—Sí, Príncipe de la Guerra.

—Voy a buscar a Finn y a los regentes de la Casa del Kraken y la Casa de la Esfinge. Los traeré aquí junto con el Alto Príncipe Regente. Nos apoderaremos de esta Casa y defenderemos la costa, pero pondremos fin al ataque sobre los Kraken. Mantén aquí el puesto de mando. Si alguien se rinde, permitidlo. Pero, si se resisten... sin cuartel.

—Sí, señor —replica Arran, secundado por el resto de los Dragones.

—«Defended lo que es vuestro» —digo en tono casi amable. Es el comienzo del lema de los Dientes del Dragón.

Los Dragones presentes en la sala de mando gritan a modo de respuesta:

—«¡Con fuerza y furia!».

Me marcho.

Mientras bajo corriendo las estrechas escaleras, pienso en cómo toda mi vida ha consistido en defender lo que no es mío: tierras robadas, vidas robadas y partes de botines tomados a la fuerza. Y, sin duda, nada de todo eso lo he hecho por el bien de nadie, sino por mi familia. Porque mi padre me dijo que lo hiciera y porque habían asesinado a mi madre. Después, para ensalzar a Caspian con las únicas herramientas de las que disponía. Justo ayer, creía que estaba funcionando, que nos dirigíamos a trompicones hacia la paz y la reconstrucción de Pyrlanum. Estaba prometido y me imaginaba a mí mismo como un feliz consorte aliado con una Casa diferente. Lo que pasó anoche con Darling... Las sonrisas, los besos, los suaves sonidos que emitía... ¿fue todo un sueño?

Cuando llego al piso principal, tengo que frotarme los ojos con fuerza. Frente a mí, veo por todas partes a sirvientes no remunerados con las manos llenas de sedas y perlas robadas. Bien. No les presto atención. Me abro paso entre ellos y agarro al primer Dragón que encuentro.

—¿Dónde ha llevado la Vidente del Dragón a Leonetti Seabreak?

El soldado no lo sabe. Le pregunto por Finn, al que ha visto recorriendo un pasillo en dirección a las habitaciones de invitados.

Haciendo uso de mi don, busco el rastro de Aurora, pero es todo demasiado anárquico. La gente ha cruzado sus propios caminos, se han movido con prisa en grupos y las huellas son una auténtica maraña… Me doy por vencido. Ahora mismo, preguntar será más rápido.

El siguiente Dragón que encuentro es uno de los guardias de Cumbre del Fénix. Armado con una ballesta, va de camino a las murallas para unirse a sus compañeros. Al parecer, han acompañado a Aurora y al Kraken regente a la habitación de invitados de mi tía. Le deseo fuerza y fuego y me dirijo al lugar que me ha indicado.

Si puedo conseguir que Leonetti me crea, que comprenda que quiero la paz entre los Kraken y los Dragones y que ha sido la Casa del Barghest la que nos ha traicionado a ambos, tal vez podamos salvar algo de todo esto. Mis Dragones me seguirán sin dudarlo y, si señalamos a los Barghest como enemigos, resultará más fácil todavía. No me importa que mi Casa trabaje mejor con un enemigo designado. A mí me pasa lo mismo.

No hay soldados custodiando los aposentos de Aurora, así que abro la puerta.

El nombre de mi tía se me congela en los labios ante la escena que veo frente a mí.

Aurora está de pie en el centro de la habitación y su lujoso vestido verde y dorado resplandece bajo la luz del fuego en lugar de la luz de las lámparas de dones. El cabello le cae sobre los hombros, alborotado, y tiene los brazos abiertos. Leonetti Seabreak está atado a una silla y lleva la chaqueta abierta y la camisa rasgada de modo que dejan a la vista su pecho desnudo, por el que le corren unas hileras de sangre que dibujan una runa de algún tipo.

Antes de que pueda hacer nada, el cuchillo que Aurora tiene en la mano resplandece. Después, ella se lo clava al hombre en el estómago. Él suelta un grito horrible, como si lo hubieran noqueado, y el puño de mi tía desaparece en su interior. Se retira hacia atrás, lanza el cuchillo a un lado y vuelve a abalanzarse hacia adelante para meter ambas manos en el cuerpo de Leonetti.

No puedo moverme; el horror me tiene aprisionado. Tiene los brazos enterrados hasta las muñecas y está rebuscando bajo sus costillas. Siento náuseas en la garganta mientras ella aprieta los dientes y usa todo el peso de su cuerpo para empujar hacia delante. Después, se aparta hacia atrás con un rasguido.

Cae de culo en el suelo y es entonces cuando me fijo en la formación que hay esbozada en la madera. La alfombra está apartada a un lado y en su lugar, elaborado y pintado con sangre que está empezando a volverse marrón, hay un diagrama.

En sus manos, Aurora tiene un trozo de algo carnoso. Músculo. Sé lo que es: un fragmento del corazón de Leonetti Seabreak.

—¡Aurora! —grito al fin mientras desenvaino el bracamante.

Ella me ignora pero pronuncia una palabra que no comprendo y la carne sangrante que está entre sus manos se prende fuego. El diagrama que tiene bajo los pies empieza a resplandecer en un tono rojo brillante; después se vuelve lila, plata, violeta, arcoíris y todos los llamativos colores del Caos que he visto reflejados en los ojos de mi hermano. Y en los de Darling.

La mujer toma aire muy profundamente e inhala el inquietante humo blanco que emerge de la carne carbonizada que tiene en las manos.

Me dirijo hacia ella pero me detengo al borde de la formación del suelo. No quiero romperla, tocarla o desdibujarla. Está mal. Parece nublarse dentro de mi campo de visión y pegárseme a las fosas nasales y siento como si el fondo de mi garganta fuese un ser vivo. No solo se trata de carne ardiendo; es algo malo. Más allá de mi tía, el Kraken regente está derrumbado sobre la silla. En su pecho, como una flor de sangre, hay una herida abierta. Tiene la cabeza caída hacia atrás en una posición horrible y su rostro está relajado por la muerte.

El padre adoptivo de Darling. Se lo entregué a Aurora para que lo custodiara. Y, ahora, está muerto. No solo eso, sino que ha sido asesinado brutalmente a cambio de esta terrible magia.

Aurora arquea la espalda y lanza los brazos hacia afuera. El trozo de corazón de Leonetti cae al suelo y aterriza con un suave «plaf».

El Caos brilla en torno a mi tía y se transforma en lo que parecen burbujas de luz. Cada una de ellas crece y, después, estalla. De pronto, tan solo quedan la luz de las antorchas y el fuego parpadeante.

Ella se da la vuelta para mirarme y sus ojos, un auténtico arcoíris violeta, son remolinos de Caos. Separa los labios y dice con un tono de voz fantasmal.

—¡Los veo volando! ¡Los veo! Se besan y mueren. —Se le estremece todo el cuerpo—. ¡Darling! ¡Va a matar a tu hermano con un beso!

Después, se derrumba.

Contemplo su cuerpo desparramado. Siempre ha estado fingiendo que tenía un don de profecía. Esto es magia de sangre.

Hace años que no corría el riesgo de vomitar ante cualquier tipo de violencia, pero retrocedo dando tumbos y con una mano cubriéndome la boca. Mi tía, mi propia familia, ha…

Ha asesinado a este hombre tan solo por una visión. Por poder. Por un don falso.

La habitación me da vueltas.

Voy hacia fuera, me apoyo contra la pared y tomo aire con cuidado.

—¿Príncipe de la Guerra?

Cuando veo el uniforme a pesar de la visión borrosa, asiento sin preocuparme por comprobar de quién se trata.

—Poned a Aurora Falleau bajo custodia. Encadenada, ¿entendido? Y quiero... Quiero que encontréis y arrestéis también a Silas Brynson.

—Sí, mi filo.

Alguien más repite mis palabras.

Tengo sangre en las manos y no sé cómo ha llegado ahí. Necesito...

Vuelvo a respirar hondo. El pasillo está extrañamente silencioso. Todo el mundo ha debido de huir ya de estas habitaciones. Necesito a Darling. Tengo que encontrarla y ser yo el que le cuente lo de Leonetti. Y a Caspian. Le prometió que su padre estaría a salvo. ¿Es que no vio esto? ¿Acaso no le importó? ¿Qué es lo que le importa?

Me aparto de la pared. Tengo que seguir en marcha y continuar actuando. Cuando todo se haya acabado, podremos mantener una conversación en condiciones.

Un soldado de los Dragones sale de la habitación de invitados arrastrando tras él a Aurora, que apenas se mantiene en pie. Está aturdida y sus ojos siguen resplandeciendo con el brillo del Caos. Lo que ha visto no puede ser cierto, pero ¿acaso no es el objetivo de este sacrificio forzar una visión auténtica?

Antes de que la alejen, de pronto se gira hacia mí y extiende los brazos con unas manos que parecen garras.

—¡Talon! ¡Talon! —Tiene la mirada descentrada y las manos cubiertas de sangre. Me duele el corazón, pero dejo que me tome una mano. Mientras la aferra, me clava las uñas en la muñeca—. Ha sido una visión auténtica, Talon —sisea—. Confía en ella si es que no confías en nada más. La magia es cierta. Lo he visto. Ella lo besa y él muere.

Sacudo la cabeza. No puedo creerlo, pero Aurora se muestra tan insistente... Me clava las uñas todavía más y el dolor me centra.

—Te creo —digo en voz baja—. Ve con este Dragón. Te mantendremos a salvo, tía.

—Ay, Talon, sobrino mío, dragoncillo... —murmura mientras se tambalea hacia un lateral. El soldado la sujeta y me mira con los ojos desorbitados.

—En marcha —le digo.

El soldado se lleva a la tía Aurora.

—Talon —gruñe Finn.

Me agarra del hombro y me hace darme la vuelta. Empiezo a pedirle un informe, pero frunzo el ceño, confundido, cuando veo la sangre que lleva en el hombro y que le empapa el uniforme. Él se da cuenta de la dirección de mi mirada y suelta un bufido.

—Esto me lo ha hecho tu amante. Lo siento, Talon, pero es una traidora.

—¿Darling? —pregunto con una mueca.

Mi amigo me tiende la mano enorme. Sobre la palma tiene un pequeño tarro con una pasta dentro. Parece un bote de pintura. O maquillaje. Sacudo la cabeza y lo miro, expectante.

—Los Tentáculos usan veneno, Talon. —Finn agacha la barbilla y me mira con toda su seriedad y su certeza—. Tenía información de que le habían dado un poco a Darling. Esto estaba en su habitación y lo acabo de confiscar.

—¿Qué?

—Es un bálsamo labial. Bálsamo labial envenenado. Si se lo hubiera puesto y te hubiera besado, habrías muerto. —Retrocedo un paso—. No lo ha negado —continúa mi capitán con un tono casi de respeto—. Me alegro. Al fin sabemos cuál es la auténtica situación.

—Esto... —Extiendo el brazo pero no llego a tocarlo. Tengo la mano manchada de sangre allí donde Aurora me la ha agarrado—. Esto es veneno. Para besar. Y lo has encontrado en la habitación de Darling.

No me importa que Finn estuviese en su habitación, registrándola. Ya no. Tengo la respiración superficial y no dejo de sentir las náuseas que me revuelven el estómago.

—Sí —contesta él.

Y así, sin más, todo se detiene. Como en el momento en el que el agua se convierte en hielo. Siento el mismo frío.

«¡Los veo! Se besan y mueren».

Aurora lo ha visto.

Alzo de golpe la vista hacia Finn.

—Tenemos que encontrar a Darling y a Caspian. Ahora.

29
DARLING

En cuanto irrumpo en las murallas, Caspian me asalta. No hay otra manera de describirlo. Un instante se encuentra de pie cerca del borde, contemplando las flotas que se están enfrentando en la bahía y, al siguiente, me está arrastrando del brazo sin miramientos, murmurando algo sobre el tiempo y las circunstancias.

—Aquí, aquí. Tienes que colocarte aquí —dice mientras me ubica sobre una losa. Un solo vistazo hacia abajo y me doy cuenta de que estoy sobre algún tipo de símbolo extraño dibujado en un color marrón oxidado. Al mirar a Caspian, veo que le sangra la mano, así que se la agarro.

—¿Qué ha ocurrido? ¿Qué estás haciendo? —le pregunto.

Todavía estoy exhausta por la carrera a través de la fortaleza y Caspian me dedica una sonrisa triste mientras aparta la mano.

—Voy a salvarte. Y a Pyrlanum. Pero, sobre todo, a ti.

Intento dar un paso atrás. Hay algo en el tono de su voz que me desagrada, un fatalismo que hace que se me ponga la piel de gallina.

—Caspian… —comienzo a decir. Sin embargo, él extiende la mano.

—¿Dónde está la daga del Grifo?

Se la entrego a regañadientes y, en cuanto la tiene, me agarra la mano y me hace un corte profundo en la palma. Jadeo y la aparto de golpe, pero me doy cuenta de que, en realidad, no me he movido.

—Es rápido, ¿verdad? —dice con un tono de voz suave—. Me refiero al veneno. Hace más de trescientos años, hubo un filósofo que intentó convertirlo en una especie de medicina. Mucha gente murió antes de que el Fénix lo detuviera.

Intento hablar, pero tengo la boca llena de algodón. No puedo moverme en absoluto y, aun así, de algún modo, sigo en pie. En la distancia, se oye el eco de los cañones, que han redoblado su frecuencia. Espero que eso signifique que Adelaide se ha dado cuenta de que tiene que contraatacar.

—Tengo que admitir que todo esto ha sido más difícil de lo que imaginé que sería —prosigue él mientras saca una copa para recoger la sangre que fluye libremente desde mi mano—. Por supuesto, no es culpa tuya. Cuando Talon te trajo a Cumbre del Fénix, me di cuenta de que tenía que reunirlo todo de inmediato. Era el momento de sucumbir.

Intento responderle algo, pero no me sale nada. Ni siquiera un gemido.

El príncipe vuelve a dibujar otro sello en el suelo, justo enfrente del mío. Lo único que puedo mover son los ojos y, mientras pestañeo, me pregunto si es porque mi don ya está actuando contra el veneno.

—Esto siempre se ha tratado de ti, mi querida Darling. Pero debe resultarte aterrador —añade mientras se incorpora tras haber terminado el dibujo. Deja el cuenco de sangre a un lado y se coloca frente a mí de modo que vuelve a estar en el lugar que ocupaba cuando me ha hecho el corte, justo en el centro de mi campo de visión—. Así que déjame que te cuente una historia.

»Érase una vez un príncipe que veía y sabía demasiadas cosas. Veía el modo en que su tía miraba a su padre y el modo en que su madre se inquietaba antes las cosas que pintaba el niño. Le dijo que dejara de hacerlo, así que él no le mostró el dibujo de su muerte; el dibujo en el que su tía estaba sirviendo el té del que disfrutaba su madre todas las tardes en el jardín.

Intento mover las manos, pero no siento nada. Solo un vacío curioso. Sin embargo, las palabras de Caspian me apartan del pánico que experimento ante el hecho de que mi cuerpo no funcione y me arrastran al cuento que está tejiendo, que es más historia que fantasía.

—Tras la muerte de su madre, el niño descubrió que estaba enfadado; más enfadado de lo que había estado nunca. Pero su ira hizo que se convirtiera en algo más. Empezó a ver cosas que no debería haber visto y, a veces, hacía preguntas que a los demás les costaba demasiado responder, así que se perdió a sí mismo en sus cuadros.

»Su padre también estaba enfurecido y la tía del niño se dio cuenta de que había errado terriblemente en sus cálculos. Había creído que, tras unos meses de luto, podría ocupar con facilidad el puesto de su hermana, pero resultó que el hombre había amado de verdad a su esposa y estaba devastado por su pérdida. Tal vez la locura fuese cosa de familia, ¿no? Así que la mujer empezó a envenenar los oídos del Dragón, contándole mentiras que para el niño resultaban transparentes; mentiras que avivaban su ira y hacían que anhelara ser capaz de mostrarle la verdad al mundo.

Trago saliva y el movimiento me resulta tan sorprendente que intento mover el dedo meñique o uno de los dedos de los pies. Sin embargo, sigue siendo más de lo que puedo conseguir. Y, aun así, de algún modo, Caspian se da cuenta.

—Tu don es una auténtica maravilla, Darling. Ya estás sanando del veneno del Grifo. ¡Tiempo! ¡Ay, nunca hay tiempo suficiente!

Se acerca a un cofre pequeño, uno en el que no me había fijado hasta ahora, y comienza a arrastrarlo hasta el punto en el que nos encontramos mientras continúa con su historia.

—Por desgracia para el niño, la verdad no es algo que le interese al Caos. El Caos no quería más que recuperar sus instrumentos. Su poder. Sus sueños. —Se pone en cuclillas y suspira—. Te pido disculpas; he sido mejor mentiroso que cuentacuentos. Aurora me enseñó el arte de las mentiras cuando era muy pequeño. En caso de que no lo sepas, consiste en una parte de verdad y dos partes de lo que los otros quieren creer. Me convenció de que debía permitir que fingiera que mi don era el suyo para protegerme. Me dijo que mi madre habría querido que fuera así. Acepté, pues era demasiado joven para enfrentarme a ella. Pero, Darling, siempre te he visto. Desde que comencé a usar mi don, tú eras lo único que esbozaba y pintaba. Deberías ver los más antiguos de esos dibujos infantiles. Son absolutamente aterradores. Apenas un par de rayas de colores y unos agujeros oscuros en forma de espiral donde debería haber ojos.

Caspian se estremece de manera fingida. El sonido de los cañones aumenta de intensidad y miro en dirección a la bahía. No puedo ver muy bien lo que está ocurriendo, pero sea lo que fuere, atrae la atención del príncipe un instante.

—¡Ah! Te alegrará saber que Adelaide ha comenzado el contraataque. Y, además, por lo que parece, con bastante éxito. Bien por ella. Pero volvamos a ti.

»Siempre te he dibujado, pero nunca había comprendido por qué. En realidad, mi don me desconcierta tanto como a cualquier otra persona. Es profético, pero no demasiado. Para mí, solo hay un futuro y, de algún modo, tú eres la clave. Cuando era más joven, pensaba que, tal vez, debía devolverte a la posición que te corresponde por derecho, pero el Caos nunca ha hecho que nada fuera tan simple. Cuando tenía dieciocho años, tuve un sueño despierto verdaderamente aterrador; una profecía. Después, te pinté envuelta en llamas. Fue entonces cuando lo comprendí. Este ritual deshará todo lo que te han robado; ¡lo que nos han robado a todos, Darling!

Caspian comienza a sacar cosas del cofre y a mostrármelas de una en una.

—El Ojo de la Cocatriz ya lo conoces, ya que me ayudaste a conseguirlo. La Garra del Grifo también la conoces, aunque lamento haber tenido que comportarme de manera tan terrible y vil con Vivian para obtenerla. El Tentáculo del Kraken, que mi padre tomó cuando saqueó la casa isleña de Leonetti hace una década. La Pluma de la Esfinge. Me temo que fue obtenida del mismo modo. El Colmillo del Barghest, que me has visto encontrar ahora mismo. Y, por supuesto, la Escama del Dragón, el tesoro de mi propia Casa.

Coloca los artefactos a nuestro alrededor de modo que dibujen un círculo. Me doy cuenta de que puedo girar un poco la cabeza y seguir hasta cierto punto sus movimientos. Él sonríe, aunque su expresión es un poco triste.

—Tu don casi ha superado al veneno. Pero no importa. Verás, mi historia está a punto de acabar.

»El Caos me mostró que todo dependía de un artefacto singular; una vergüenza que mi familia llevaba generaciones ocultando. Esto. —Caspian me muestra un bote y le quita el tapón con los dientes. Entonces, mete la mano y saca una fruta roja enorme que gotea y parece fresca. Solo que no es una fruta, sino un corazón que, de algún modo, sigue latiendo con un ritmo lento—. Parece que mi antepasada Dragón mató al

Fénix y preservó su corazón. Lo encontré en los niveles más profundos del botín de mi familia, envuelto en algas marinas y protegido por fuego. Supongo que es un poco melodramático, pero al Caos parece encantarle lo absurdo.

El príncipe alza el corazón para que pueda verlo y, cuando lo hace, una bala de cañón extraviada se estrella contra las murallas justo detrás de él, lo bastante lejos como para no herirnos, pero lo suficientemente cerca como para que los escombros de la fortaleza caigan sobre nosotros.

—Ah, sí, me voy a dar prisa —dice, aunque no me lo dice a mí. Supongo que se lo dice al Caos, ya que parecen buenos amigos—. En cualquier caso, Darling, quiero que sepas que lamento que las cosas hayan salido así. A Talon sí que le importas, ¿sabes? Es solo que el momento no era el adecuado. El tiempo es así. Yo podría haberme enamorado de Elias si no hubiera tenido que arreglar todo este desastre. Espero que también me perdone.

Vuelve a alzar el corazón, que sigue palpitando en su mano, y le da un mordisco de modo que la sangre brota a chorros, le gotea entre los dedos y le pinta el rostro de crúor. Estoy desesperada por escapar, pero el veneno aún ejerce demasiado poder sobre mí.

—Siento que hayas tenido que formar parte de esto —dice tras masticar y tragar. Entonces, me atrae hacia él y me besa, posando los labios todavía ensangrentados sobre los míos.

Intento apartarme y oigo un ruido, como un grito de alarma. Creo que es posible que se trate de Talon, pero los labios de Caspian están fundidos con los míos y están calientes.

Intento alejarme y, conforme recupero el control de mi cuerpo, le apoyo las manos en el pecho y empujo. Pero no puedo hacer más que eso. Las lágrimas fluyen y me corren por las mejillas desde detrás de las gafas, pero estoy indefensa y atrapada por la locura y el beso de Caspian. Separa los labios de los míos y el calor estalla a mi alrededor. Hay demasiada luz. Me duele y las gafas se resquebrajan por las llamas.

Y, entonces, el mundo no es más que fuego.

30
TALON

Ni siquiera dudo en buscar el rastro de Darling con mi don. Lo encuentro antes de que se me ocurra que, primero, tendría que haber buscado el de Caspian.

La traza de la chica resplandece en mi conciencia, casi ardiente y crepitante. Me resulta fácil encontrarlo y conectar con él. Dejo que esa idea avive mi ira. La conozco tan bien que podría rastrearla aunque se hubiera marchado hace días y su rastro no fuera más que una huella borrosa. Sin embargo, ahora mismo, su traza es como un hervidero porque, cuando salió corriendo de la habitación de invitados y giró allí, a la izquierda de ese pasillo estrecho, estaba más que disgustada.

Agarro a Finn de la muñeca y lo arrastro detrás de mí. Tengo los ojos medio entornados. Me sumerjo en la energía estática y el hilo de relámpagos que es el rastro de Darling. Suelta destellos plateados y de todos los colores del arcoíris propio del Caos. Yo lo sigo cada vez más arriba y voy con tanta prisa que me tropiezo.

Cuando giro a la derecha en dirección a unas escaleras, estoy a punto de chocarme con Elias Chronicum.

—¡Elias! —dice Finn mientras extiende el brazo para ayudar a le sanadore a mantener el equilibrio.

Elle se centra en mí con los labios fruncidos y los ojos muy abiertos con una mirada intensa.

—¿Estáis buscando a Caspian? —Aferra su bolsa contra el pecho—. Se dirigía a las murallas y yo no dejo de buscarlo, pero hay soldados por todas partes. Y están heridos.

Lleva sangre en la ropa, pero no es suya.

—Estoy siguiendo a Darling. Ven con nosotros —contesto mientras paso a su lado.

—Tengo que encontrar a Caspian.

—Estarán juntos —dice mi capitán, que se suelta de mi agarre para tomarle del codo—. Puede que necesitemos de tus habilidades si consigue llegar hasta él.

—¿Qué? No.

Elias mantiene el ritmo a pesar de que ambos siguen discutiendo.

—¿Tienes antídotos para venenos? —pregunta Finn.

Mientras continúo siguiendo el rastro de Darling, los límites del miedo empiezan a sobreponerse a la ira.

—Depende del veneno, claro —espeta le sanadore.

—¿El veneno que usan los Tentáculos?

—Tienen al menos… dieciocho, que yo conozca. Todos ellos con diferente grado de…

Le cuesta hablar. Yo estoy subiendo los escalones de dos en dos, casi corriendo y dando vueltas y más vueltas. Son unas escaleras en espiral que nos llevarán a la parte más alta de las murallas, justo al lado de la torre vigía. Finn le responde algo a Elias en un gruñido.

En lo alto de las escaleras hay un descansillo en forma de medialuna y una puerta arqueada. Siguiendo el rastro de Darling, la atravieso disparado y me encojo ante la luz del sol. Bajo el cielo azul brillante huelo a humo y oigo el estruendo de un disparo de cañón. Más abajo se oyen gritos, pero los ignoro mientras contemplo las murallas de piedra oscura en busca de Darling. No la veo, pero su rastro sigue adelante dibujando un camino en zigzag hacia la entrada de la torre.

Una risa aguda hace que desvíe mi atención hacia arriba.

Hay dos figuras en lo alto de la torre abierta. El sol hace que el cabello revuelto de Caspian parezca dorado. Lleva en la mano algo oscuro y se está acercando a Darling. Ella no se mueve en absoluto.

—¡Caspian! —grito mientras me lanzo corriendo hacia la torre. El fuerte viento salobre y el humo se llevan su nombre.

El silbido de una bala de cañón apenas sirve de advertencia antes de que se estrelle contra la torre. Unos fragmentos de piedra me hacen cortes en las sienes y me tambaleo hacia delante, tosiendo. Me limpio la frente con el brazo y, tras agarrarme al dintel para darme impulso, me sumerjo en las sombras de las escaleras de la torre. Son tan estrechas que los hombros me rozan la pared de piedra mientras corro hacia arriba.

—¡Caspian! —vuelvo a gritar.

En el momento en el que salgo de un salto al nivel más alto de la torre, mi hermano posa la mano sobre Darling y la besa en los labios.

El estómago me da un vuelco. ¡He llegado demasiado tarde! Sin embargo, antes de que pueda separarlos, Caspian se aparta y me mira directamente. Levanta una mano ensangrentada y me saluda con los dedos justo cuando Darling prende en llamas.

Una ráfaga de poder bruto me golpea el pecho y el calor me empuja contra el parapeto. Estoy a punto de caer al vacío, pero consigo girarme y, en su lugar, caigo de rodillas sobre la piedra con los brazos levantados para protegerme la cabeza.

El fuego ruge y las oleadas de calor son demasiado intensas. Alzo el rostro, pero el aire está ardiendo. Cuando intento mirar, los ojos me lloran, doloridos.

Allí donde se encontraban Darling y Caspian, hay un pilar alto y ardiente de fuego azul. No… Detrás del pilar de fuego, mi hermano se encoge y se lleva las manos al estómago. Tiene el gesto torcido y abre la boca para gritar. Se tambalea hacia atrás y, de pronto, se incorpora con los brazos extendidos y la piel que le recorre la barbilla, el cuello y el pecho se abre y revela unas escamas de color esmeralda.

Veo unos colmillos enormes y unas espinas verdosas y negras. El monstruo que era mi hermano crece a pasos agigantados mientras se va cubriendo de piel escamosa. Los brazos se le curvan hasta convertirse en unas garras delanteras enormes y de él brotan unas alas afiladas y serradas.

El dragón que tengo frente a mí ruge.

Me cubro las orejas con las manos, ya que el chillido me atraviesa.

El animal se lanza hacia el cielo azul brillante y, al desplegar las alas, tapa el sol. Conforme mueve las alas, sube cada vez más alto y vuelve a rugir. Es enorme. La criatura, mi hermano, resplandece con suma belleza bajo el sol.

Entonces, el pilar de fuego disminuye. El incendio empieza a extinguirse, estrechándose y encogiéndose. Se mueve. Se tambalea.

De pronto, el fuego se convierte en unas alas.

Unas plumas que parecen chispas vuelan hacia mí y se dispersan. Arden allí donde me rozan, me queman el uniforme y esparcen cenizas sobre el suelo de piedra de la torre.

Ella también se lanza hacia el cielo: un gran pájaro rojo, naranja y dorado con alas de fuego que van dejando un rastro de ascuas.

El dragón la llama con un rugido y el fénix abre el pico para devolverle la llamada. Su grito es igualmente ensordecedor y puro, pero me atraviesa como la nota de un clarín.

Creo que el corazón ha dejado de latirme, al igual que el del mundo entero. Todos los corazones se detienen ante el grito del Fénix Renacido.

Entonces, el pulso vuelve a acelerárseme y el fénix se une al dragón, volando cada vez más alto. El pájaro es más pequeño que la sierpe, que puede rodearla hasta tres veces con su sinuoso cuerpo. Se buscan el uno al otro mientras giran en una danza de escamas y plumas que resulta tan dolorosa de ver como mirar al propio sol.

Me pongo de pie sin apartar la vista a pesar de que me duele y a pesar de que apenas puedo respirar.

Los empíreos vuelan alto en el cielo brillante hasta desaparecer. Se han ido.

Los oídos me pitan y estoy jadeando. El dolor cobra vida allí donde las plumas me han quemado y donde la piedra en forma de metralla me ha hecho cortes junto al nacimiento del pelo. No hay más explosiones ni disparos de cañones, sino gritos distantes que me parecen a la vez lejanos y cercanos.

—Talon —dice Finn. Me apoya una mano en el hombro. Pestañeo y giro el rostro hacia él con lentitud, como si mi cuello fuese un engranaje muy antiguo—. Talon —insiste él. Su agarre me resulta doloroso.

Vocalizo su nombre. ¿Lo ha visto? ¿Lo ha visto alguien más? ¿Cuánto tiempo ha transcurrido? ¿Estoy tan loco como Caspian?

Caspian.

Me tambaleo.

Darling.

—Venid aquí —dice Elias en un tono de urgencia.

Finn y yo conseguimos llegar hasta elle. Le sanadore está junto al parapeto, mirando el mar.

—Santo Caos bendito —susurra Finn.

El sol brilla de forma pintoresca sobre la bahía, donde varios barcos se sacuden, hechos pedazos y hundiéndose, mientras se ven arrastrados por unos tentáculos negros y rojos enormes. Mientras observamos, uno de los tentáculos saca una de las naves de los Barghest fuera del agua y la lanza contra otra. La bestia emerge de entre las aguas embravecidas. Es un kraken, por supuesto.

Sea lo que fuere lo que ha hecho Caspian, ha cambiado nuestro mundo por completo.

AGRADECIMIENTOS

Como el compromiso de Talon y Darling, haremos que esto sea breve.

Nos gustaría darle las gracias a nuestra agente, Laura Rennert, y al resto del equipo de ABLA. Laura pone muy buena cara de póker cuando le decimos: «¡Mira lo que hemos hecho!».

Gracias a todas las personas de Razorbill por vuestro entusiasmo y apoyo desde el principio. Especialmente a nuestra editora, Rūta Rimas, que es una campeona (y no solo porque nos pidiera más capítulos con Minina), y a la diseñadora Jessica Jenkins, que trabajó con la artista Marisa Ware para darle a nuestro libro un envoltorio tan increíble como lo que hay en su interior.

Gracias a nuestras familias por aguantarnos.

Y a Tessa le gustaría darle las gracias a Justina por hacer que se divirtiera incluso cuando ella misma no quería hacerlo.